I0635331

Odwrócony Dom

HANNA KULENTY-MAJOOR

Odwrócony Dom

Moonrise Press

Odwrócony Dom - Hanna Kulenty-Majoor

© Copyright 20⊠⊠ by Moonrise Press and Hanna Kulenty-Majoor

Published by Moonrise Press www.moonrisepress.com
P.O. Box 4288 Sunland, CA 91041-4288
info@moonrisepress.com

All Rights Reserved 2017 by Moonrise Press

No part of this book may be reproduced or utilized in any form or by any means, electronic or mechanical, including photocopying and recording, or by any information storage and retrieval system, without permission in writing from the publisher. This book is simultaneously published in print and e-book editions.

Cover illustration: Kaja Majoor
Typography: Martin Majoor

Manufactured in the United States of America

The Library of Congress Publication Data:
Kulenty-Majoor, Hanna. 1961–
Odwrócony Dom [The Upside-Down House]
234 pages. 15.2 cm x 22.9 cm.

A novel written in Polish.

SBN 978-1-945938-12-2 (paperback)
SBN 9978-1-945938-13-9 (e-book, E-Pub format)

10 9 8 7 6 5 4 3 2 1

Część pierwsza

Punkt.
Niebieski. Na szarym tle...
Punkt.

... rozchodzące się linie, coraz dalej dalej, szerzej, promienie w promieniach...
Punkt.

...w promieniach coraz cieńsze linie skłębione w nowe całości, coraz dłuższe,
coraz szersze pasma, dalej dalej, cieniutkie nitki rozdwajają się i
pędzą niczym drzewa bezlistne, coraz wyżej i szerzej, połączone na nowo...
– Dlaczego?

Punkt. Na szarym tle...
– Dlaczego?

...rozchodzące się linie, linie, linie, jak noworoczne balony na drutach wepchnięte
w duży kartofel czy kapustę, a może seler...
Punkt.

Niebieski, a może czerwony...
– Dlaczego?
– Dlaczego?
– Dlaczego to taka otchłań?

... Linie, linie pędzące, każda w swoim kierunku, jak promienie słońca to...
– Taka otchłań?

1

Ktoś zbiega po drewnianych schodach. Kobieta. Szare lekko pozaciągane rajstopy. Pantofle z zaokrąglonymi czubkami są zadbane i dobrze wypastowane. Szara zwiewna sukienka za kolana porusza się przy każdym ruchu. Blond fale przylizane do szczupłej twarzy wydają się być nieruchome, a przecież kobieta szybko zbiega po schodach? Otwiera drzwi na półpię-

trze, na wprost balustrady i próbuje wejść do środka pomieszczenia. Fala dźwięków organowych wylewa się z sali. Kobieta zmaga się jakieś dobre kilkanaście sekund z podwójnymi drzwiami. Wreszcie udaje jej się dostać do środka. Dźwięk organów się urywa. Zostaje naturalnie ucięty.
– Klik... – strzeliła wewnątrz druga klamka.
Cisza.

Patrzę uważnie na te zamknięte drzwi, ale nic się nie dzieje. Cisza i nuda. Film został urwany. Trwam w tej ciszy i tym błogim zastoju, patrząc tępo na mosiężną klamkę. Nawet się nie zastanawiam nad niczym, tylko trwam. Co to było? Gdzie ja jestem? Wzruszam ramionami lekko zdenerwowana, bo zaczynają mi się pocić dłonie, ale akcja niespodziewanie rusza dalej.

Kilka dziewcząt przekrzykując się pędzi po schodach na górę. Niosą jakieś papiery, gazety? Nuty! Z oddali słychać fortepian, jakiś klarnet, ktoś gdzieś śpiewa...
Szkoła muzyczna. Niewątpliwie. Jestem w szkole muzycznej. Drewnianej, ze skrzypiącymi podłogami, pachnącej i wilgocią i kurzem i naftaliną, jeżeli ktokolwiek wie co to jest? Coś mi tu jednak nie gra...
Dziewczyny poubierane w gustowne kostiumy. Sama chciałabym taki mieć. Niektóre z lekkimi nakryciami głowy. Mężczyźni w jasnych garniturach. O, jest tu taki jeden. Stoi na zewnątrz. Pali papierosa bez filtra, w fifce. Widocznie w budynku zabronione? Coś mi tu jednak nie gra... Coś mi tu jednak nie pasuje...
Beżowa wcięta w pasie marynarka z szeroką patką z tyłu? Czegoś takiego już dawno się nie nosi? Albo jeszcze nie nosi? Chyba mnie nie widzi? Zresztą, nikt mnie tu chyba nie widzi i to nie dlatego, że przewyższam prawie każdego i każdą o głowę? Zaczynam się bać. Coś mi tu nie gra...
– Jak ma mnie widzieć? Jestem przecież w środku? – zastanawiam się, ale nie mam już stuprocentowego przekonania czy oby na pewno jestem w środku?
A może jestem na zewnątrz? Nie potrafię ocenić sytuacji i logicznie myśleć. Wydawało mi się, że byłam w środku budynku szkoły, bo widziałam zbiegające po schodach rozgadane studentki.
– Studentki? Czy one mnie widziały? – przyszło mi nagle do głowy. – I dlaczego studentki? Skąd ta pewność? – wytarłam mokre dłonie o nogawki spodni.

Coś mi tu nie pasuje... Coś mi tu nie gra, ale film i tak leci dalej. Trwa. I ja trwam. I ja tępo patrzę na ten film, zatopiona w tym błogim zastoju. Patrzę tępo na ten film albo na ten sen. Patrzę tępo na pędzących ludzi. A oni pędzą swoim życiem w dół, w górę, w dół, w górę po tych drewnianych schodach tak, jakby mnie przenikali, jakby mnie tam zupełnie nie było? A przecież jestem! Widzę ich! A może to oni mnie nie widzą? Próbuję się uśmiechnąć, zagadnąć, ale oni nie reagują. Oni tylko pędzą w górę, w dół, w górę, w dół... Jakaś sala się otwiera, jakaś fala dźwięków wylewa, ktoś się śmieje, ktoś śpiewa...

Facet z fifką dalej pali swojego papierosa i patrzy w niebo. Pełnia lata. Chyba za chwilę będą wakacje?

Właśnie przeleciał samolot z wielkim hukiem. Dwupłatowiec.

Silny dreszcz, jak piorun przeszywa moje ciało. Gęsia skóra nawet na policzkach. Czuję unoszące się włosy. Strach paraliżuje mi wszystkie mięśnie tak, że na chwilę tracę oddech. Kontury obrazów zanikają, jak płynne przechodzenie z pozytywu w negatyw. Zapadam się w ciemność. Nie widzę już nic, a tylko te odgłosy otaczającej mnie sytuacji: samolot, szum wiatru, szum przyrody, drzew, liści, fortepian, organy, śmiech, otwieranie i zamykanie drzwi, wyostrzone odgłosy: dźwięki zbliżające się i oddalające, jak puls, jak wdech i wydech, odgłosy nie mające niby nic wspólnego ze sobą, a zestrojone w perfekcyjne unisono wdechów i wydechów, perfekcyjne unisono znaczeń: linii, promieni, rozgałęzień, pulsu, pulsu matki ziemi, tylko te odgłosy przypominają mi, wbijają mnie w przekonanie, że to nie jest sen! Ani sen, ani film! Zaczynam oddychać. Świetliste kontury negatywów nabierają koloru. To nie jest sen!

Facet z fifką pali papierosa. Widzę go! Widzę, jak facet dalej pali papierosa. – Ciągle tego samego? – prześwity świadomości sprowadzają mnie na ziemię. – Na ziemię? Na jaką ziemię? Gdzie ja właściwie jestem? Co się dzieje? Ile to trwało? – chce mi się panicznie śmiać, choć wcale nie jest mi do śmiechu.

– Który to jest rok? – słyszę swój zachrypnięty lekko głos, wyzwolony jak gdyby z jakiegoś letargu, innej rzeczywistości. – Który mamy rok? – poprawiam się i czuję, że krople potu spływają mi do ust.

Aż do ust spływają mi krople potu, bo oblizuję słoną wydzielinę. Nie mam pojęcia gdzie i kiedy i czy w ogóle to ma miejsce, ale skoro oblizuję słony pot, wycieram mokre dłonie o nogawki spodni, słyszę wyraźnie swój za-chrypnięty głos i całkiem konkretnie pytam, to chyba nie jest to ani film, ani sen? Chyba jednak istnieję w tej odwróconej do góry nogami rzeczywi-stości?

Ciekawość wygrywa z paniką. Negatywy zamieniają się w pozytywy, pach-nące pełnią lata.

Facet patrzy w górę na krążący dwupłatowiec i ciągle nic nie odpowiada. Papieros wypalony do połowy. Nie minęło więc dużo czasu? Może jedna, dwie minuty? Dla mnie cała wieczność...

– Tysiąc dziewięćset trzydzieści osiem... – rzucam wreszcie twierdząco, ale dosyć niepewnie. Zaskoczona jestem tym, co wydobywa mi się z gardła i chcę już odejść, ale facet jakby drgnął.

– Taak... tysiąc dziewięćset trzydzieści osiem... – zamyślił się na kilka se-kund, a ja na te kilka sekund przestałam oddychać.

– To dopiero będzie... – westchnął rozmarzony, nie odrywając oczu od krą-żącego samolotu.

– Chyba mnie słyszy? – fala paniki zalewa mnie ponownie, ale walczę z pulsem matki ziemi, żeby nie wygrał z moim ciałem do końca.

Panika paniką, ale czuję też jakąś skrywaną falę radości i nadziei, że jednak on mnie słyszy, że w końcu mnie słyszy!

– To dopiero będzie... świat zobaczy, świat się przekona ... – dochodzi do mnie jego głos, wyraźnie i konkretnie, a ja próbuję złapać oddech z powro-tem.

– Spokojnie, spokojnie... – staram się normalnie już oddychać i patrzę na tego faceta z niedowierzaniem:

Ciemne lekko kręcone włosy, wyrazisty nos, zbyt popsute zęby, jak na mło-dy wiek, no bo chyba jest w młodym wieku, a przynajmniej powinien? Nie ma zbyt wielu zmarszczek, tylko wyraźnie zaznaczone bruzdy przy nosie. Poza tym, wydaje się jakiś taki nieświeży? Może przez te zepsute przez papierosy zęby? Nieświeży albo zmęczony? Dziwnie w każdym razie wy-gląda. Niby młody, a stary? I ten jego beżowy garnitur z patką? Skąd taki strój? I ta pożółkła fifka papierosowa? Chłonę każdy szczegół, żeby jak naj-więcej zapamiętać. Muszę zapamiętać jak najwięcej. Muszę zapamiętać wszystko!

– No taak... Żydek. Ciekawe na jakim instrumencie gra? Ciekawe czy prze-żyje Holokaust?

Który to może być rok? Na pewno nie trzydziesty ósmy? Na pewno wcześniej, ale kiedy? – kombinuję. – Przecież facet wyraźnie powiedział: „to dopiero będzie, świat zobaczy, świat się przekona" – odtwarzam jego głos w pamięci, ale nie jest to łatwe.

Przeszkadza mi warkot samolotu, który ciągle krąży nad nami, jak gdyby nigdy nic. Zatacza kolejne kółka i kolejne.

– Czy on mnie w ogóle słyszy? Czy on mnie widzi?

Mężczyzna obserwuje ten powracający samolot jeszcze chwilę. Jaką chwilę? Rzuca niedopałek papierosa na wyschniętą, ubitą ziemię, glinę jakby, takie gliniane wyschnięte klepisko, przydeptuje butem i jak gdyby nigdy nic, jak gdyby mnie TU wcale nie było, jak gdyby TO wszystko nie miało TU miejsca, a jednak... wchodzi z powrotem do budynku szkoły muzycznej, jak odkryłam. I to nie do szkoły muzycznej w Warszawie! To wiem na pewno.

– Proszę pana? – biegnę za nim, a właściwie przenikam mur budynku.

Już jestem na drugim piętrze, a przecież w ogóle nie wykonałam żadnego kroku? – Proszę pana, który jest u pana rok, bo u mnie... dwa tysiące sześć! Słyszy pan? Dwa tysiące sześć! Jestem z... dwa tysiące szóstego roku! A pan? – próbuję go dogonić, ale nie mogę wykonać żadnego ruchu.

Stoję w miejscu, choć wydaje mi się, że biegnę. Przebieram nogami tak, jak jakiś uśpiony pies, któremu również się wydaje że biegnie, ale zamiast tego, przebiera tylko w miejscu łapami i lekko skowyczy. Ja też przebieram w miejscu nogami, bo nie mogę się ruszyć i nie mogę nic zrobić. Próbuję coś krzyknąć, krzyknąć za nim, ale nie mogę nic wypowiedzieć, bo i mnie też czy już głos zamienia się w skowyt. Najpierw w skowyt, a za chwilę w konwulsyjny szloch.

– Gdzie pan jest... – próbuję krzyknąć. – Gdzie... – próbuję jeszcze raz, bo mi nie wychodzi.

Nie mogę wydobyć głosu. Stoję, a jednak stoję na drugim piętrze! Przebieram w miejscu nogami i nie mogę wydobyć głosu.

– Gdzie... pan... Gdzie pan jest? – udaje mi się w końcu. – Gdzie pan? Gdzie pan jest? Pana nie ma?...

Są jeszcze jakieś dziewczyny, dziewczęta, zbiegające po schodach ze śmiechem, jakieś dźwięki, urywki gam i wprawek fortepianowych. Z sali organowej wychodzi dziewczyna w szarej sukience i szarych rajstopach, pończochach? Ta sama. Pończochy wcale nie są takie pozaciągane, tylko się trochę powałkowały. Może podwiązka spadła?

Wszystko powoli cichnie. Patrzę przez okno. Łzy, jak soczewki filtrują obrazy otaczającej mnie rzeczywistości. Drzewa, dużo zieleni, turkusów... Chyba jakiś las w pobliżu? Kolory wyostrzają się. Przechodzą z jaskrawych błękitów w żółcie i na odwrót. Pulsują. Pachną pełnią lata.

Samolot-dwupłatowiec ciągle krąży, zataczając kolejne kółka i kolejne...
– Który to może być rok? Dlaczego tu jestem? Gdzie jestem? Dlaczego nikt mnie nie słyszy? Dlaczego nikt nie zwraca na mnie uwagi? Dlaczego? Dlaczego? – tyle pytań. – Dlaczego czuję się jak z innej rzeczywistości? Z innej epoki? Z innej bajki? I wiem, że mówię prawdę.

2

– Matt! Matt!... – budzę męża silnym wstrząśnięciem. – Matt obudź się! – prawie krzyczę, choć nie do końca słyszę swój głos.
Łzy zalewają mi twarz. Łzy albo pot? A więc jestem. Żyję. Oddycham z ulgą. Jak przyjemnie jest żyć. Siadam na łóżku i próbuję dojść do siebie. Gdzie byłam?
Skrawki filmu, tamtego filmu albo tamtego snu wbijają mi się tępo w mózg. Widzę to wszystko jeszcze raz bardzo dokładnie. Tak wyraźnie i szczegółowo to widzę, jak widzę leżącego i pochrapującego obok męża.
Matt nie do końca wybudzony mamrocze coś niewyraźnie: – Ooo... co jest? Ooo... – próbuje przekręcić się na drugi bok, ale ja nie pozwalam mu na to. Potrząsam nim do skutku, czyli tak długo, aż wreszcie będzie mógł otworzyć oczy: – Maat!...
– Co się stało? Julia? Co się stało? – Matt prawie siada na łóżku. – Dlaczego płaczesz? – pyta zdziwiony i rozespany.
– Byłam... tam...
– Gdzie? Co się stało? Gdzie byłaś? – Matt wybudza się błyskawicznie. Zresztą ma to dobrze opanowane: dwójka dzieci i nadwrażliwa żona.
– Byłam, byłam... w... tysiąc dziewięćset dwudziestym szóstym roku! – wyrzucam z siebie jak automat i próbuję złapać oddech.
– Gdzie? Co? Jak to?... Obudź się...

– Nie śpię Matt! Nie śpię. Słyszysz? To nie był sen! Byłam tam...
– Zaraz, zaraz... – Matt zapala lampkę.

Właściwie jest już widno. Piąta dwadzieścia. Słychać pierwszy tramwaj. Poprawiam się w pościeli i spoglądam na przeciwległe piętrowe łóżko z Ikei. Dzieci spokojnie śpią. Ocieram łzy i jednak wstaję, żeby przykryć Filipa. Nawet nie drgnął. Sprawdzam Teę. Dziewczynka moja, żyjątko, oddycha równo. Jest dobrze. Jest bezpiecznie. Wracam do łóżka i szczelnie przykrywam się kołdrą.

– Co się stało? – Matt patrzy mi prosto w oczy.
– To co mówię... – staram się zachować spokój. – Byłam w tysiąc dziewięćset dwudziestym szóstym roku. Wierzysz mi? – prawie płaczę. – Posłuchaj, rozmawiałam z jakimś facetem... Był rok tysiąc dziewięćset dwadzieścia sześć...
– ...?
– Wiem co sobie myślisz, ale ja nie zwariowałam. I nie był to sen... To nie był sen! Matt?...Widziałam... go tak, jak widzę ciebie!
– Kogo? Kogo widziałaś? – zapytał spokojnie Matt.
– No, tego faceta? – wydało mi się to zupełnie oczywiste. – Widziałam tego faceta! Ciągle tego samego faceta... – na samo tylko wspomnienie zrobiło mi się trochę niedobrze i dostałam gęsiej skórki, choć leżałam w łóżku pod kołdrą.

Matt zrobił wielkie oczy, ale nic się nie odezwał, jak to on. Cierpliwy do bólu w każdej sytuacji i każdych okolicznościach. – Nawet takich... – przeszło mi przez myśl, ale szybko to odgoniłam, ponieważ nie chciałam dać po sobie poznać, że się denerwuję i stwarzać przez to jakiekolwiek pozory rzekomego wariactwa.

Wiedziałam, że Matt do końca mi nie wierzy, ale postanowiłam spokojnie i w miarę bez emocji kontynuować swoją opowieść:

– Rozmawialiśmy... Latał dwupłatowiec... Szkoła muzyczna... Wschód Polski?... To było gdzieś na wschodzie Polski. W jakiejś małej mieścinie lub na przedmieściu miasta. Dużo zieleni, lasy, ciepło, cieplejszy klimat... Teraz jest inaczej. Lata są inne. Zdecydowanie zimno i leje albo nie możesz wytrzymać z gorąca. Tam było inaczej. Tak ciepło, bezpiecznie ciepło, nie wiem jak to powiedzieć, jak to nazwać... Wierzysz mi? To jest takie ciepło, jakiego już nie ma. Jakiego TU już nie ma... – mówiłam coraz szybciej, a serce waliło mi jak kościelny dzwon. – Chcesz tam zostać, a jednocześnie boisz się, czujesz, że nie należysz do tamtego świata, życia, ale jakaś siła cię trzyma... To tak jak... powrót do dzieciństwa, do domu rodzinnego, do czegoś... co przeminęło, co zostało w naszej pamięci, co rozczula nas nawet na samo wspomnienie. Coś, co już było i nie powróci i nagle... jesteś w tym-czymś! Czujesz zapachy! Patrzysz na kolory, na ludzi, na szczegóły! Czujesz ciepło, którego tu, tam dawno, a może nigdy nie zaznałeś? Ciepło, ciepło... Ciepło zakodowane gdzieś w podświadomości, nadświadomości... Ciepło, którego nie chcesz zostawić... Przypominasz sobie...

– No dobrze... – Matt pociągnął za sznureczek przy lampce nocnej i zgasił światło. – Ale pomyśl logicznie... – zaczął powoli, całkowicie już wybudzony i nie sprawiający wrażenia, które mogłoby sugerować, że uważa mnie za nadpobudliwą wariatkę. – Gdybyś tam była i rozmawiała z kimś, to... – zastanowił się przez moment, dobierając właściwe słowa. – To zmieniłabyś bieg historii?

– ... ?

– Tak! Ten ktoś, ten facet czy jak mu... kiedy ci odpowiadał albo raczej chciał odpowiedzieć, może miał akurat inne plany? Może miał coś innego do zrobienia, a ty zawróciłaś mu głowę? Zatrzymałaś go? Zatrzymałaś jego czas? Zatrzymałaś przebieg wydarzeń...

– Ale on... nic mi nie odpowiedział! – prawie krzyknęłam i usiadłam ponownie na łóżku, tym razem opierając się o ścianę. – On nawet na mnie nie popatrzył, nie zareagował na moje pytanie, na to, że jestem z... dwa tysiące szóstego roku. Nic! Rozumiesz? Nic! Niente! Stał tak z tym petem w ustach, a potem nagle odwrócił się i... poszedł sobie! – wyrzucałam z siebie jak automat. – Wydaje mi się... – zamilkłam i przez chwilę walczyłam z oddechem, próbując się uspokoić.

Popatrzyłam na dzieci. Filip się poruszył, ale spał dalej. Tea też. Całe szczęście.

– Wydaje mi się, że... – zaczęłam cicho i tajemniczo. – Że weszłam w jego świat... – prawie wyszeptałam. – Weszłam w jego myśli... Tak miało widocznie być? Nie zakłóciłam biegu historii? Inaczej... porozmawiałby ze mną? Zauważył, że jestem? Coś by się wydarzyło? Słyszysz? Przecięliśmy się w podświadomości, a może w nadświadomości? Nasze linie myślowe przecięły się na roku... tysiąc dziewięćset trzydzieści osiem! – zaczęłam się znowu rozkręcać, ale widząc powiększające się znienacka zdziwienie na twarzy Matta i wielkie dwa znaki zapytania w jego oczach, postanowiłam się uspokoić.

– Nasze czasy przecięły się w... – zawiesiłam na chwilę głos. – W... tysiąc dziewięćset trzydziestym ósmym roku... – dokończyłam cicho. – To skąd wiesz ... – Matt powoli i starannie przetarł twarz. – Że byłaś w roku... – spojrzał na mnie poważnie. – Tysiąc... dziewięćset... dwadzieścia... sześć? – wycedził liczby osobno, rozdzielając je tak, aby ich poszczególne wybrzmienia i echa miały jednakową długość i wartość.
– No właśnie?... Skąd?... – wytrzeszczyłam oczy ze zdumienia.
Odchyliłam się do tyłu, zakrywając usta dłonią, a zimny prąd przeszył moje ciało.

Przez dłuższą chwilę nie mówiliśmy nic. Siedziałam jak skamieniała w łóżku z podkurczonymi kolanami, które szczelnie owinęłam kołdrą i intensywnie myślałam. Myślałam i o tym, co mi się niby śniło i o tym, co przed chwilą powiedziałam do męża. Nie zgadzały mi się te daty i nie miałam pojęcia skąd się wzięły?
– Czy to sobie wszystko wymyśliłam? Ale jak? Przecież... – próbowałam po raz kolejny odtworzyć w głowie ten film.
Bez skutku. Myśli biegały w różnych kierunkach. Słyszałam ciągle wypowiedź, a raczej zapowiedź tego mężczyzny, a jednocześnie podświadomość dawała mi również do zrozumienia, że rok tysiąc dziewięćset dwadzieścia sześć ma tu też jakieś znaczenie. Tylko jakie?

Zaczęła boleć mnie głowa i spięty kark. Matt w międzyczasie położył się i przymknął oczy. Patrzyłam na jego profil z nadzieją, że się do mnie ponownie odezwie, ale nic takiego nie nastąpiło. Matt po prostu zasnął, a ja postanowiłam już go nie budzić i nie drążyć tematu. Położyłam się z powrotem w łóżku, w miarę wygodnie. Próbowałam uspokoić myśli i zasnąć.
– Ha-ha, zasnąć, ale jak? Pobożne życzenie... – pomyślałam zła na siebie, bo sen nie nadchodził.

Sen w ogóle nie nadchodził i nie nadszedł już do rana, co było zresztą do przewidzenia. A do rana, a właściwie do naszego wstania została może niecała godzina. Tego dnia musieliśmy wracać do Holandii, do naszego drugiego domu. Ostatni miesiąc szkoły dzieci przed letnimi wakacjami dane nam było spędzić w naszej drugiej ojczyźnie.

3

Trzy rzeczy w życiu wychodzą mi naprawdę dobrze: komponowanie, gotowanie i sprzątanie.

W takiej też kolejności ustawiłabym te trzy rzeczy, jeżeli chodzi o stopień zadowolenia przy ich wykonywaniu. Uwielbiam komponować i całkiem nieźle mi to idzie przez ostatnie dwadzieścia parę lat. Gotowanie jest moją pasją od, powiedzmy dziesięciu lat i z małymi wpadkami jakoś sobie radzę. Sprzątanie najmniej mnie cieszy, ale tu jestem chyba najbardziej skuteczna. Zawsze mi wychodzi! Jestem mistrzynią sprzątania, co tu gadać. Jak wejdę w trans, sprzątam mieszkanie, dom, zdarza się że i pokój hotelowy. Ba, jak się zapomnę, to mogę posprzątać nawet i całą klatkę schodową! Nie potrafię bez tego żyć.

Ludzie często się ze mnie śmieją i pukają w głowę, delikatnie sugerując, że są przecież inne, znacznie przyjemniejsze czynności, takie jak na przykład: leżenie, czytanie, oglądanie telewizji. Zgadzam się! Też lubię leżeć i czytać albo oglądać telewizję, ale dopóki nie posprzątam, dopóty nie jest mi dane „enjoyić life". Tak już mam. Dopiero jak powymiatam wszystko do takiego stopnia, że aż pyłek nie siada, dosłownie, mogę wtedy zabierać się do kompozycji. No...

Zaczęło się to jakieś dwadzieścia parę lat temu, kiedy zarobiłam na pierwsze moje mieszkanie
w Warszawie. Właśnie to, gdzie ciągle jesteśmy. Kupiłam je za gotówkę, pochodzącą
z honorariów za moje trzy utwory. Pieniądze wręczyłam właścicielowi osobiście, wyciągając je z kieszeni spodni trzęsącymi się rękoma. Takie to były czasy. Trzy utwory i trzy pokoje!
Potem zaczęłam sprzątać. Całkiem niewinnie: raz na kilka dni, tak jak każdy? Najpierw raz na dwa dni, potem na trzy, potem już codziennie. Zagęszczałam swoje bezpieczeństwo, biegając z odkurzaczem po każdej osobie, która przekraczała progi mojej świątyni.
Pamiętam jak przyjeżdżał do mnie pierwszy mój chłopak z Holandii i po każdej imprezie malował ściany! Tak, tak... Leżąc wykończona w łóżku pytałam go regularnie: – Jo–os, czy wytarłeś „dry drops" ze zlewu? – Jakie „dry drops"? – pytał zdziwiony Jos. – Aa? Wyschnięte kropelki? O to ci cho-

dzi? – Uhmm... – odpowiadałam leniwie, ale i tak potem sprawdzałam czy zlew się błyszczał.

Boże, co to były za czasy... Śmiać mi się chce... Jak ci moi mężczyźni musieli mnie kochać? I jak tolerować? Teraz, szczerze mówiąc niewiele się zmieniło, aczkolwiek mięśnie mam jak z kamienia. Nie bolą mnie już ręce tak jak kiedyś, kiedy ciągle miewałam zakwasy od sprzątania. Matt też się jakoś pogodził z moją przypadłością, chociaż czasami ciężko bywa...

Małżeństwem jesteśmy od kilku lat, a właściwie od przyjścia na świat Filipa, naszego starszego syna. Mamy dwójkę dzieci urodzonych jedno po drugim. Mieszkamy w dwóch krajach: Polsce i Holandii. Matt, jak łatwo się domyślić jest Holendrem. Ja mam podwójne obywatelstwo: polskie i holenderskie, tak jak zresztą i dzieci, które do tego są również perfekcyjnie dwujęzyczne, choć urodzone w Arnhem. Aby to osiągnąć, kursujemy regularnie pomiędzy naszymi ojczyznami. Możemy sobie na to pozwolić, ponieważ mamy wolne zawody: Matt jest grafikiem, a ja całkiem uznanym kompozytorem. Dzieci chodzą do podstawówki polskiej i holenderskiej. Do tego uczą się gry na instrumentach. Filip na trąbce, a o rok młodsza Tea na skrzypcach. Trzy szkoły jednocześnie, bo dochodzi również szkoła muzyczna w Warszawie. Co prawda popołudniowa, ale jest co robić. Prywatne lekcje instrumentów mamy za to w Holandii. Ja przerabiam wtedy z nimi tylko teorię, kształcenie słuchu i takie tam inne muzyczne duperele. Też jest co robić, chociaż szczerze mówiąc, wolałabym uczyć cudze dzieci, jeżeli już... Jak to wytrzymujemy?

Ano jeździmy w tę i we w tę. Miesiąc tu, miesiąc tam. Nadrabiamy polski materiał z panem Andrzejem, który zamieszkuje z nami, gdy jesteśmy w Arnhem. W Warszawie, drugim naszym gniazdku Matt uzupełnia z dziećmi program szkoły holenderskiej tak, aby wszędzie były na bieżąco. Na szczęście ze względu na małą różnicę wieku dzieci są w jednej klasie, co bardzo ułatwia zadanie. Nie wiem jak by się to układało, gdyby było inaczej? Pewnie nie moglibyśmy tak kursować między tymi dwoma krajami? Nie powiem, żeby było lekko, ale dajemy radę. Głównie dzieci. Nie możemy przecież zrezygnować z którejś ojczyzny? No bo i z której?

Teraz jesteśmy w Warszawie. Majowe dni są coraz dłuższe i codziennie świeci słońce. Jak dobrze, jak dobrze... Jest mniej zajęć w szkole u dzieci, bo skończyły się już egzaminy i mam przez to trochę więcej luzu. Nie muszę ciągle przypominać Filipowi, żeby na przykład odrobił lekcje, a Tei, żeby więcej poćwiczyła na skrzypcach? To jest takie męczące... Nie chcę się poza tym wtrącać. Tak, nie chcę się w ogóle wtrącać, ale nie bardzo mi to wychodzi... Jestem przecież muzykiem i trudno jest mi zatkać po prostu uszy i nic nie mówić? Często wychodzę przez to na przymusowe spacery, aby dzieci mogły bezstresowo pograć. Łażę wtedy po centrach handlowych, od jednego do drugiego i przymierzam ciuchy. Czasami coś kupię w H&M, żeby następnego dnia zwrócić. Zawsze znajdę jakiś cel...

Cudowny ciepły maj... Jak przyjemnie jest wyjść z domu na spacer, który nie będzie trwał kilku godzin i nie czekać, aż dzieci wreszcie zadzwonią: – Mama, możesz już wracać!...
Cudowny ciepły maj...

4

Pociąg sunął równym i miarowym stukotem, zacinając się od czasu do czasu: tuk-ta-ta, tuk-tuk-tuk-tuk-ta-ta, tuk-ta-ta... Za oknem przemieszczały się powoli jakieś krajobrazy, osnute dymem z lokomotywy. Oczy miałam lekko przymknięte, bo strasznie chciało mi się spać, ale jednocześnie walczyłam ze snem. Nie wiem dlaczego? Po prostu wydawało mi się, że nie mogę sobie na to w tej chwili pozwolić. Byłam potwornie zmęczona, ale ciekawość świata i jakiś wewnętrzny budzik wygrywały jednak z moim przemęczeniem. Otwierałam na siłę oczy, to znowu je zamykałam i znowu otwierałam, wsłuchując się w monotonny, zapamiętany z dzieciństwa, choć jeszcze nie uświadomiony do końca stukot: tuk-ta-ta, tuk-tuk-tuk-tuk-ta-ta, tuk-ta-ta... Przyjemny stukot... Bezpieczny stukot... Usypiający stukot...
– Lokomotywa... – uśmiechnęłam się błogo i powieki zaczęły mi powoli opadać. – Lokomotywa parowa... Jak przyjemnie... – trwałam w uśmiechu. – Jak przyjemnie... Błogo... Bezpiecznie... – znów na chwilę przymknęłam oczy.
Ciepłe i suche powietrze, z nutą piżma i taniej wody kolońskiej muskało wnętrze mojego nosa.

Wydawało mi się, że jadę z Białegostoku do Warszawy. Tamta podróż... Ja mam trzy latka z kawałkiem, mój brat dwa miesiące. Najpierw stoimy na peronie i czekamy na pociąg. Łukasz w wózku, ja trzymam matkę za rękę. Jedna wielka walizka stoi przy moich nogach. Pamiętam swoje czerwone sandałki. Matka jest zdenerwowana, bo brat zaczyna się drzeć. Zapowiadany pociąg wreszcie nadjeżdża. Wielka parowa lokomotywa, wydająca potężny gwizd powoli wjeżdża na tor. Patrzę jak zahipnotyzowana na te olbrzymie srebrne koła, które połączone są jakimiś jaskrawo-czerwonymi żelaznymi wiązaniami. Wiązania zataczają koliste ruchy coraz wolniej i wolniej i w końcu wielka parowa maszyna, jak jakaś wielka bestia z potężnym świstem i dyszeniem zatrzymuje się.

– Jakie to straszne... – myślę sobie i nie ruszam się z miejsca.

Łukasz dalej się wydziera, a zdenerwowana matka próbuje go uspokoić i jednocześnie usiłuje odczepić górną część wózka od jego podwozia. Jakiś człowiek w mundurze zdejmuje wreszcie to wózkowe łóżeczko z płaczącym Łukaszem i pomaga nam wejść do wagonu. Wszystkie przedziały są zajęte. Właściwie jest już tłok, chociaż pociąg dopiero co został podstawiony. Wchodzimy do przedziału dla tzw. „matki z dzieckiem", ale i tu wszystkie miejsca są zajęte. Matka opiera łóżeczko z Łukaszem o stolik przy oknie. Nie ma nawet możliwości, żeby się cofnąć na korytarz, bo tam tłum ludzi przedziera się chaotycznie, to z jednej, to z drugiej strony i napiera na drzwi. Matka patrzy bezradnie na siedzących w przedziale pasażerów z nadzieją, że może ktoś ustąpi jej miejsca? Nic jednak takiego się nie wydarza, a wręcz przeciwnie. Każdy z pasażerów odwraca albo spuszcza głowę, próbując na nas nie patrzeć. Nikt nam też nie chce pomóc. Stoję zaraz za matką, trzymając się jej spódnicy, bo czego mam się trzymać, a za mną stoi ta wielka waliza. Podwozie wózka zostało na korytarzu i być może również przez to jest tam taki zator?

– Niech pani weźmie tą walizkę stąd! – odzywa się wreszcie jakaś zirytowana kobieta, gdy pociąg już ruszył.

– Jak mam wziąć? Chyba pani widzi...

– Nie mogę wyciągnąć nóg? – denerwuje się baba.

– No wie pani? Nie widzi pani, że mam małe dziecko?

– Jest tłok.

– Ale to jest przedział dla matki z dzieckiem... – nie daje za wygraną moja matka.

– Proszę pani... – śmieje się szyderczo kobieta.

– Proszę państwa... Proszę mi pomóc? – pyta bezradnie matka i zaczyna płakać.

– Proszę nie robić tu histerii! – odzywa się w końcu jakiś mężczyzna. – Niech się pani cieszy, że w ogóle jest w pociągu. – kończy temat, chowając nos w gazecie.

– Co za ludzie... Co za znieczulica... – moje matka płacze.

Łukasz się wybudza i też zaczyna płakać. Mnie się zbiera na płacz, ale staram się kontrolować. Trzęsie mi się broda i chyba nie dam dalej rady... Pociąg sunie równym miarowym stukotem, zacinając się od czasu do czasu: tuk-ta-ta, tuk-tuk-tuk-tuk-ta-ta, tuk-ta-ta... Za oknem mętne krajobrazy, osnute dymem z lokomotywy. Płaczę, stojąc za matką i trzymając się jej spódnicy. Ktoś w końcu pociąga mnie za rękę i sadza, a właściwie wciska obok siebie na siedzenie. Patrzę szybko na matkę, ale ona ruchem głowy przyzwala na to. Siadam więc skulona i przestraszona na drewnianej i wyślizganej ludzkimi tyłkami ławce-siedzeniu przedziału trzeciej klasy.

Przymykam oczy, bo nie chcę patrzeć na tę znieczulicę ludzką, która już wtedy była dla mnie bardzo wyraźna, niezrozumiała i niesprawiedliwa. Żal mi było mojej matki, która przez całą podróż stała w przedziale, opierając o stolik wózkowe łóżeczko z Łukaszem, karmiąc go w takiej pozycji z butelki czy kołysząc całym łóżkiem w momentach, kiedy brat się budził i zaczynał popłakiwać.

– A więc lokomotywa parowa? – przemknęło mi przez myśl i spróbowałam otworzyć oczy.

Nie było to takie łatwe. Powieki same mi opadały, jakby jakiś magnez ciągnął je do dołu i sklejał z powrotem do spania. Ciepłe i suche powietrze przyjemnie łaskotało wnętrze mojego nosa. Do tego ten zapach piżma i taniej wody kolońskiej działał dodatkowo usypiająco.

– Lokomotywa parowa... – hasło po raz kolejny wyświetliło mi się w mózgu, na tyle szybko, że nie zdążyłam się zdenerwować.

Zdałam sobie jednak sprawę z tego, że znów tam jestem...

Przeniosłam wzrok na drewniane surowe ławki, ustawione naprzeciwko siebie w otwartym wagonie-przedziale, zwabiona również tym dziwnym i słodkawym zapachem.

– Jezu... – zimny prąd przeszedł moje ciało. – Znowu?... – jęknęłam w lekkim bólu.

Jacyś ludzie, ubrani jak z epoki, głównie mężczyźni siedzieli spokojnie na tych ławkach i kiwali się w rytm stukotu pociągu: tuk-ta-ta, tuk-tuk-tuk-tuk-ta-ta, tuk-ta-ta... Miarowy równy stukot, który od czasu do czasu zacinał się, jak to się zdarza przy jeździe starymi pociągami, starymi lokomotywami i po starych podkładach kolejowych.

– Ciekawe, który to może być rok? – pomyślałam jeszcze w miarę spokojnie, zaciekawiona sytuacją.

Mętne krajobrazy za oknem przyćmione dymem z lokomotywy zaczęły się rozjaśniać, jakby słońce wyszło z zza chmur i wszystkie kolory nagle nabrały nowej jakości. Przyblakłe zielenie i błękity zaczęły być przesadnie wyraziste, prawie jaskrawe. Pojawiły się nagle niesamowite żółcie, przechodzące w pomarańcz i rażącą czerwień.

– Ale ładnie? – zauważyłam zaskoczona. – Jak tęcza? – ucieszyłam się. – Jakie piękne kolory? Niesamowite kolory... – zdałam sobie z tego sprawę, kiedy błękity i zielenie zaczęły zamieniać się w tak intensywne turkusy, że aż musiałam zmrużyć oczy.

– Co się dzieje? – pomyślałam zaskoczona. – Gdzie ja jestem? – zimny prąd przeszył ponownie moje ciało. – Znowu?... Który to może być rok? – zadawałam sobie w myśli to pytanie po raz kolejny.

Skłamałabym mówiąc, że się nie boję, ale ciekawość sytuacji i tym razem wygrywała ze strachem. Obserwowałam dyskretnie moich współtowarzyszy podróży.

– Jakiej podróży i dokąd?

Prawie nie ruszałam się i nie oddychałam, nie chcąc w ten sposób zdradzić miejsca mojego punktu obserwacyjnego. Czułam się, jak jakiś podglądacz, jak szpieg, jak ktoś dosłownie z innego filmu albo jeszcze lepiej, jak ktoś oglądający ten przymusowy film!

– Jaki to może być jednak film, skoro widzę czubki własnych butów, tych brązowych, z kryształkami z boku przy zapięciach, na tej samej drewnianej podłodze, na której o jakiś może metr dalej oparta jest stopa w czarnym wypolerowanym bucie? Stopa faceta siedzącego najbliżej mnie?

Spoconymi dłońmi potarłam o drewnianą i śliską powierzchnię ławki-siedzenia, na której i ja również siedziałam.

– Trzecia klasa? – przyszło mi nagle na myśl. – Nie ma już trzeciej klasy w pociągach ani osobowych, ani pospiesznych? – przypomniałam sobie. – Co to za nogi? Co to za buty z epoki? Dlaczego mój but i jego but jest w tym samym kadrze?

Tak jak mała dziewczynka, spotykająca po raz pierwszy drugą małą dziewczynkę, patrząca najpierw na jej buty, a potem na twarz, podnoszę powoli wzrok na tego mężczyznę. Ubrany jest na czarno. Coś w rodzaju melonika, zsuniętego na czoło zasłania mu oczy. – Chyba drzemie?

Na poręczy ławki zwisa jego laska. Noga na nodze, ręce skrzyżowane na biodrach, opuszczona głowa kołyszą się rytmicznie. Jest dosyć młody. – Ciekawe dlaczego ma laskę? Przecież to całkiem młody gość? – zastanawiam się.

Obok niego, siedzi tak samo ubrany na czarno facet i patrzy przez to okno. Naprzeciwko nich, jakby w odbiciu lustrzanym siedzi dwóch, prawie identycznie ubranych na czarno mężczyzn. Pierwszy z nich, tuż przy oknie śpi. Zsunięty na czoło melonik zasłania mu twarz. Ręce skrzyżowane na biodrach, noga na nodze. Drugi, ten bliżej mnie, siedzi sztywno jak posąg, jak zastygła klatka filmowa, jak śpiący rycerz... Patrzy w przestrzeń. Lekko rozchylone usta. Wygląda jakby nie oddychał?

– Ale numer? – zaczynam powoli bawić się całą tą sytuacją. – Było dwóch, a teraz jest czterech? Jak to możliwe? Rozklonowali się, czy co? Kiedy się dosiedli, jeżeli w ogóle się dosiedli? A może ja tego nie zauważyłam? Może ja niczego nie zauważyłam i ciągle nie zauważam? Może moja żółta plamka przestała działać albo co?... – pomyślałam.

Po drugiej stronie, krajobraz podobny do tego, co u mnie: mało drzew, za to jakieś niekończące się wzgórza o różnych odcieniach przydymionej, nie tylko dymem lokomotywy zieleni i żółci.

– A więc znów przydymionej?... – dochodzi do mojej świadomości i zaczynam się rozglądać w poszukiwaniu tych niedawno widzianych przeze mnie intensywnych i świdrujących w oczy kolorów.

– Gdzie one są? Gdzie się podziały? Były tu przed chwilą? Gdzie są te niesamowite i prawie nieziemskie turkusy? Jak tu cicho poza tym? Nic nie słyszę? Jaka tu cisza? Przecież pociąg jedzie? – zadawałam sobie w myśli pytania.

– Ktoś wyłączył muzykę z tego filmu, czy co? Wyciągnął kabel z kontaktu? Dziwne... Jadę tym pociągiem i nie słyszę żadnego dźwięku? Żadnego ludzkiego szmeru: przesunięcia się na ławce, skrzypnięcia podłogi, zmiany pozycji, nie mówiąc już o jakiejkolwiek rozmowie czy chociażby chrapaniu drzemiących? Nic. Tylko miarowy stukot pociągu, wiozącego tych czterech zastygłych Charlie Chaplinów i... mnie.

Czterech zastygłych w swoim czasie, epoce, myślach... A jednak?... Pociąg wciąż jedzie? Podróż trwa? Przesuwające się powoli krajobrazy, jak jakaś pętla tych samych pagórków, tych samych przydymionych zieleni i żółci dają znać, że przemieszczamy się skądś-dokądś? Przemieszczamy się po linii? A może nie po linii? A może po spirali? Albo po kilku liniach czasowych jednocześnie?

– O co tu chodzi? Czas do kwadratu? Czas do sześcianu? – próbuję zebrać myśli. – Dlaczego nikt nic nie mówi? Dlaczego nikt nie porusza się? Czy oni w ogóle żyją? Istnieją? Kim są? Który to jest rok? Który mamy rok, bo przecież też tam siedzę?...

Zaczynam się znowu bać, bo czuję jakiś trudny do ogarnięcia niepokój. Siedzę, kiwam się miarowo. Jestem?... Boję się cokolwiek nawet pomyśleć, wypowiedzieć, odezwać się, chrząknąć.

– A jednak, może by... ich ... tak... obudzić? – myślę sobie. – Przecież chyba nic się złego nie stanie? Mogę przynajmniej spróbować? – myślę dalej i zaczynam się delikatnie rozglądać.

Szukam odruchowo Matta. Przed chwilą tu był? Rozmawialiśmy? Gdzie się nagle podział?

I znów tamta podróż... Ja mam trzy latka z kawałkiem, mój brat dwa miesiące. Najpierw stoimy na peronie i czekamy na pociąg. Łukasz w wózku, ja trzymam matkę za rękę. Jedna wielka walizka stoi przy moich nogach. Matka jest zdenerwowana, bo brat zaczyna się drzeć. Wydziera się wniebogłosy, a matka nie może go uciszyć. Kołysze coraz bardziej wózkiem, a on ciągle płacze. Wreszcie puszcza moją dłoń i bierze dziecko na ręce. Mnie to w ogóle nie przeszkadza, że Łukasz tak się drze, ani to, że za chwilę odjedziemy z tego miejsca, że się właśnie będziemy przeprowadzać z Białegostoku do Warszawy na stałe. Co mnie to w końcu obchodzi? Dziecinna beztroska jest taka przyjemna, wyzwolona i niezobowiązująca. Tatuś czeka już w Warszawie. W nowym mieszkanku. Ciekawe jak będzie? Ale chyba fajnie będzie? Nie obchodzi mnie jak będzie. Jakoś w końcu będzie? Obchodzi i przeszkadza mi tylko to, że matka puszcza moją rękę. Prawie wyrywa swoją dłoń z mojej i to w takiej chwili? W takim momencie?

Wielka parowa lokomotywa, wydająca potężny gwizd powoli wjeżdża na tor. Patrzę jak zahipnotyzowana na te olbrzymie srebrne koła, które połączone są jakimiś jaskrawo-czerwonymi żelaznymi wiązaniami.

– Ale... – patrzę z podziwem. – Ale koła!... – jestem zaczarowana widokiem.

Wiązania zataczają koliste ruchy coraz wolniej i wolniej i w końcu ta wielka parowa maszyna, jak jakaś wielka bestia, z potężnym świstem i dyszeniem zatrzymuje się.

– Jakie to straszne! – myślę sobie i nie ruszam się z miejsca. – Jakie to straszne... – chwytam matkę za spódnicę, no bo za co mam chwycić w takiej strasznej chwili, w takim momencie? Wpatruję się z otwartą buzią w tę wielką i dyszącą ciągle maszynę, która co chwila wypuszcza sprężone powietrze ze swojego wnętrza tak, jak jakieś prychające olbrzymie zwierzę: – Aaaa-psik...

Znów szukam Matta. Przed chwilą tu był? Rozmawialiśmy? Gdzie się nagle podział?

– Który to jest rok? – zaczynam rozglądać się panicznie.

Wyczuwam obecność męża, ale go nie widzę.

– Który to może być rok?...

Mam mało czasu. Muszę coś zrobić. Coś, co mnie przeraża, przerasta, a jednocześnie otwiera drzwi do następnej tajemnicy. Tajemnicy, którą powinnam poznać, pokonać...

– Matt, gdzie jesteś?... Maatt?...

Na innej ławce, przytulonej plecami do ławki z mężczyznami, siedzi kobieta. Jedna jedyna. Szara sukienka. – Cóż za minimalizm kolorystyczny? Kapelusz nasunięty głęboko na czoło. Cień kapelusza zasłania jej twarz. Nie wiadomo czy śpi, czy nie? Tak samo zastygła, jak inni pasażerowie, których zresztą też ciągle widzę! Kobieta jest nieruchoma. Jakoś tak dziwnie i nieludzko nieruchoma, jak jakaś kukła czy coś w tym rodzaju?

– Dziwne to wszystko...

Nie jest to jednak ta kobieta, którą widziałam w szkole muzycznej. Ma ciemne włosy. Na szarej jedwabnej sukience dostrzegam żółte drobne wzorki kwiatowe. Nie wiem czy mam się cieszyć z tego powodu, czy nie, ale cień zadowolenia rozluźnia mnie na chwilę.

Krajobraz za oknem robi się bardziej żółty, prawie pomarańczowy. – Chyba zachodzi słońce? Twarz Matta, siedzącego na krawędzi... naszego łóżka odbija się w tej szybie!

Sztywnieję z przerażenia. Odruchowo odwracam głowę. Kobieta w szarej sukience w kwiatki nawet nie drgnie. Ręce ma splecione na biodrach. Drobne wypielęgnowane dłonie...

– Maatt... – odwracam głowę i próbuję krzyknąć, ale nie mogę wydobyć głosu.

Ściśniętą mam krtań i gardło. Matta nie ma. Matta ani śladu!

– Co robić? Chyba śnię? Gdzie ja jestem? – ściskam kurczowo torebkę. – Mam. Mam torebkę! Tę brązową, z krokodylej niby skóry. Moja torebka!

Otwieram i panicznie sprawdzam wszystkie przegrody: kosmetyczka, notes z adresami, klucze mieszkania warszawskiego, portfel ze złotówkami, telefon komórkowy polski, telefon holenderski. Patrzę śpiesznie na datę.

– Jest! Jest data: dwudziesty czwarty maj, dwa tysiące piątego roku!

Przecieram ekran telefonu i sprawdzam jeszcze raz cyferki, które wyświetlają mi się w równych odstępach: 24. 05. 2005.

– Godzina? Która godzina?

Zmieniam funkcję w telefonie i sprawdzam godzinę. Jest za siedem ósma. I tu srebrne cyferki w równych odstępach pokazują: 19. 53. Gęsia skóra pokrywa całe moje ciało. – Gdzie ja jestem? Gdzie ja do cholery jestem?!...

Pociąg wreszcie nadjechał. Wielka parowa lokomotywa, wydająca potężny gwizd powoli wtoczyła się na tor, ciągnąc za sobą wagony.

– Jak ja się boję pociągów. Jak jak się boję parowych lokomotyw...

– Aaaa-psik... – sprężone powietrze znowu prycha z olbrzymiego pyska lokomotywy.

Matka puszcza moją rękę. Prawie wyrywa swoją dłoń z mojej i to w takiej chwili! W takim momencie! Nie wybaczę jej tego... Dlaczego? Dlaczego teraz? Właśnie teraz?...

– Mamusiu, ja się boje... – cieniutki głos dziecka próbuje przebić się przez ten chaos.

– Mamusiu, mamusiu, boję się... – czuję, że broda zaczyna mi drgać i za chwilę się rozpłaczę.

– Tak się boję mamusiu... – płaczę już i bezsilnie wpatruję się i w syczącą lokomotywę i w matkę, która nie zwraca na mnie uwagi.

Matka wyrywa swoją dłoń z mojej dłoni i wyciąga z wózka Łukasza, wrzeszczącego na siłę Łukasza: – No już, no już moje maleństwo... – słyszę.
– Mamusiu... – płaczę na dobre, zanosząc się spazmem, a z nosa zaczyna mi zwisać malutki jeszcze gil. – Mamusiu... ja się tak boję pociągów... – zaciągam się spazmem. – Ciągle mi się śnią takie pociągi! Mamusiu... – płaczę, a półmetrowy w międzyczasie gil sięga mi prawie do kolan.
Moja kretonowa sukienka w kwiatki jest mokra. Matka nie zwraca na mnie uwagi. Ciągle kołysze w ramionach płaczącego brata: – No już, już, już, ciii... malutki, ciii... Cicho do cholery! Cicho!...
Jakiś pan w mundurze pomaga jej zdjąć górną część wózka tak, żeby podwozie można było złożyć.
– Mamusiu... – zanoszę się niekończącym się spazmem. – Ja się bo... bo-ję...
Jest mi nagle tak gorąco i tak obojętnie... Pan w mundurze popycha mnie do przodu. Muszę zrobić krok i wsiąść do tego pociągu. Do tego pociągu...

Pociąg szarpnął gwałtownie. Trzęsącymi się rękoma próbuję zamknąć portfel. Nie mogę wcelować w zatrzask. Nie mogę zamknąć tego cholernego portfela. Akurat teraz nie mogę go zamknąć. – Cholera...
Twarz Matta, odbijająca się w szybie okiennej jest tak samo zdziwiona i przerażona jak moja.

I nagle, jak za dotknięciem czarodziejskiej różdżki, przyciśnięciem pilota telewizyjnego czy jakiegoś innego guzika, włącza się dźwięk: rumor, rozmowy, okrzyki, śmiechy, trzaskanie drzwiami w przedziałach, a właściwie wagonach. Pasażerowie podrywają się ze swoich drewnianych ławek i pośpiesznie chwytają za bagaże ułożone na podwójnych, równie surowych jak siedzenia półkach nad nimi. Wychodzą. Napiera tłum ludzi. Ludzi jest tyle, że nie mogę zapamiętać i rozróżnić nikogo. Kobiety, mężczyźni, dzieci. Rozglądam się za tajemniczą damą, ale jej już nie ma. Jakby znikła, wyparowała z miejsca, na którym przed sekundą siedziała. Nie mogę odczytać nazwy stacji. Ludzie pchający się do wyjścia zasłaniają mi widok.

Gwizd i szarpnięcie lokomotywy odrywa nas od tego hałasu, by znów w zupełnej ciszy kontynuować naszą podróż. – Naszą? – Tak, naszą...
Matt siedzi teraz obok mnie. Patrzymy na spadającą z pustego siedzenia, pozostawioną pewnie przez kogoś gazetę, która jakby w zwolnionym tem-

pie, koziołkując kilka razy, rozpłaszcza się tuż przy naszych, moich stopach:
– „La Figaro" 24. 05. 1926 – odczytuję.
– „La Figaro" 24. 05. 1926 – odczytujemy razem.
– Widzisz? Mówiłam ci? – chwytam Matta za rękę. – Miałam rację! Jest rok tysiąc dziewięćset dwadzieścia sześć! – wołam z satysfakcją i z wymuszonym zwycięskim uśmiechem, choć ani nie czuję się zwyciężcą, ani nie jest mi w ogóle do śmiechu.
– Miałaś rację... – to Matt. – Miałaś rację... Jest rok tysiąc dziewięćset dwadzieścia sześć... – głos męża jest jakby pusty i nieobecny.

– Mamusiu! Mamusiu!... Ja się boję... Boję się tej lokomotywy! – cieniutki głosik małej dziewczynki, w kretonowej sukieneczce w kwiatki i czerwonych letnich sandałkach rozdziera serce stojącego obok kolejarza.
– Mamusiu... – pociągam ją za spódnicę i płaczę, a pan w mundurze pomaga nam wejść do pociągu.
Gdyby wiedział o moich lękach? A może to on właśnie wie? Gdyby to ona wiedziała o moich lękach, to może i by mnie obroniła? W końcu ja też jestem jej dzieckiem? Ale ona nie chce wiedzieć o moich lękach! Ona o niczym nie chce wiedzieć, co wykracza poza jej plany i co wykracza poza jej wyobraźnię. – Ona mnie nie obroni... Nigdy mnie nie obroni i przed niczym i przed nikim...
Patrzę smutna, jak matka opiera łóżeczko z Łukaszem, moim dwumiesięcznym bratem o stolik przy oknie, w przedziale pociągowym. Nie ma nawet możliwości, żeby się cofnąć na korytarz, bo tam tłum ludzi przedziera się chaotycznie, to z jednej, to z drugiej strony i napiera na drzwi. Matka patrzy bezradnie na siedzących w przedziale pasażerów z nadzieją, że może ktoś ustąpi jej miejsca? Nic jednak takiego się nie wydarza, a wręcz przeciwnie. Każdy z pasażerów odwraca albo spuszcza głowę, próbując na nas nie patrzeć. Nikt nam też nie chce pomóc. Stoję zaraz za matką, trzymając się ciągle jej spódnicy, bo czego mam się trzymać, a za mną stoi ta wielka waliza. Podwozie wózka zostało na korytarzu i być może również przez to jest tam taki zator?
– Ona mi nic nie pomoże... – stwierdzam fakt smutna. – Nic i nigdy... Nigdy mi nie pomogła...
Patrzę dalej na matkę, która stoi bezradnie, z łóżeczkiem opartym o stolik, w przedziale pociągowym, z łóżeczkiem, gdzie śpi mój dwumiesięczny

brat i... jakoś przestaje być mi jej żal. Przestaje. Trochę mam przez to wyrzuty sumienia, ale z drugiej strony...

Spuszczam głowę i udaję, że mnie tu nie ma albo po prostu niczego nie widzę. Też nie widzę albo już nie widzę.

5

– Mamka!... Jestem głodny... – to nasz syn, który niespodziewanie pojawia się w przedziale. Obok niego Tea, rozhuśtana na poręczach surowych drewnianych ławek kołysze się w swojej zabawie.

– Pasta-pesto! – oznajmia Filip. – Chcę pasta-pesto! – mówi zdecydowanie i nagle wybiega do przodu.

Idziemy za nim. Szybko, coraz szybciej. Łapię Teę za rękę i zaczynam ciągnąć za sobą.

– Niee!... Maminka... Niee... – protestuje Tea.

– Cicho... – mówię i ciągnę ją dalej za rękę.

Chcę wziąć gazetę, wrócić po nią, ale nie ma na to czasu. Filip jest już w drugim wagonie. Prawie biegniemy za nim. Tea już nie protestuje, tylko podąża razem z nami za Filipem.

– Filip! Tea! Matt! – wołam i uświadamiam sobie, że przecież jesteśmy wszyscy w komplecie.

To dobrze. To bardzo dobrze, tylko nie wiem dlaczego chce mi się nagle płakać?

– Wzruszyłam się czy co? A może znów się spociłam? – myślę, powstrzymując emocje, a i tak łzy ciekną mi po policzkach cienką strużką.

– Przecież nie zjadłam kila cebuli? – zaczynam być podirytowana, bo łzy napływają mi coraz bardziej do oczu i zasłaniają ostrość widzenia. Napływają mi również do nosa i do ust. Słone i szczypiące. – Cholera... – wściekam się, bo mi to zaczyna przeszkadzać.

Biegniemy dalej za Filipem. Jest w drugim wagonie, przebiega przez złącza. My za nim. Filip jest już w trzecim wagonie. My dobiegamy.

– Kurcze... Filip! Zatrzymaj się! – krzyczę.

Filip nagle zatrzymuje się. My też. Rozglądam się dookoła. Trzeci wagon okazuje się być wagonem restauracyjnym albo czymś w rodzaju, bo po lewej stronie widoczne jest małe okienko barowe, z którego jakaś gruba opalona ręka z chochlą wydaje posiłki. Chlapnięcie zwoju spaghetti na talerz, na to łycha zielonkawego sosu: – Chlap...

Filip staje zachwycony w kolejce. My za nim.

– Pasta-pesto! – woła podniecony.

Ludzie czekający przed nami bezgłośnie, jak posągi odbierają swoje porcje. Słychać tylko brzęk talerzy, łychę nakładającą makaron i zielone pesto: – Chlap... Chlap...

Kobieta w szarej sukience, z żółtymi kwiatowymi wzorkami odwraca nagle głowę i przez chwilę spotykamy się wzrokiem. Nie wiem czy stała przede mną, czy za mną? Nieważne. Jest...

Oczy ma tak jasne i przenikliwe i tak smutne? Dziwne? Oczy nie z tego świata? Oczy, które jednak skądś znam?

Usta jej ułożyły się w literę „O". Zdziwienie? Przerażenie? Wydłużały się coraz bardziej i bardziej. Szczęka, jak jakaś dźwignia zawisła, zastygła w dole nieludzko. Nieproporcjonalnie wielkie „O", jak z obrazu Muncha, jak bezgłośny krzyk przerażenia i rozpaczy wmurował mnie sparaliżowaną strachem w ziemię. Przez chwilę wydawało mi się, że nieludzka siła grawitacji odrywa tę jej szczękę od reszty twarzy, mięśnie odsłaniają kości policzkowe, całą czaszkę, spływając w dół, jak woda z wanny? Wielkie „O" wydało nagle przeraźliwy dźwięk sinusowy, jak zaśpiew wielorybów z jakiejś morskiej otchłani. Dźwięk niski, opadający wolnym glissandem, niebyt głośny, a tak przejmujący... Niby blisko, a daleko...

Dźwięk, jak z głębi oceanu rozwibrował moje ciało.

I nagle zostaliśmy sami. Matt, dzieci i ja staliśmy sami przed okienkiem barowym. Osamotnieni i opuszczeni nagle przez wszystko i przez wszystkich czekaliśmy na swoje porcje spaghetti. Zapach był tak zniewalający, że nie mogłam się powstrzymać, żeby nie skorzystać z takiej oferty. Zresztą, nie tylko ja. Tea wyraziła również ochotę zjedzenia pasta-pesto, a Filip aż trząsł się z głodu i podekscytowania.

Zajrzałam do środka okienka barowego. Kilka osób w kuchni przygotowywało pospiesznie posiłki. Rozmawiali po włosku. A jednak?... Gruba Murzynka wysuwała talerze na coś w rodzaju parapetu, znajdującego się z drugiej strony okienka. Wyciągnęłam odruchowo rękę, żeby chwycić za najbliższy talerz, ale Matt mnie powstrzymał.

– Nie bierz tego! – zawołał i złapał mnie gwałtownie za przegub.

– Dlaczego?

– Nie zmieniaj biegu historii... – wycedził powoli przez zęby.

– Dlaczego? Przecież stoją trzy porcje i nikt tego nie rusza? – odpowiedziałam prawie szeptem i zaczęłam rozglądać się wokół i sprawdzając odruchowo czy ktoś na nas nie patrzy i nie słyszy. Ale nikogo nie było. Zrobiło się pusto i przeraźliwie cicho.

– Nie zmienię historii Matt... – zaczęłam ostrożnie. – Te talerze były przeznaczone dla kogoś, kto ich po prostu nie odebrał?... Widzisz... Więc...

– Nie ruszaj tego... – syknął i odciągnął mnie od okienka. – Te talerze nie były przeznaczone dla... nas... – zawahał się. – To prowokacja. – szepnął mi do prosto do ucha.

– Prowokacja? Jaka prowokacja? – w przyśpieszonym tempie zaczęłam nagle myśleć: – On ma rację. Te porcje nie były przeznaczone ani dla nas, ani nie były przeznaczone dla nikogo. Nikt nas tam przecież nie widział, nie słyszał, nie rozumiał, nie popatrzył, nie zagadał, nie uśmiechnął się? Nikt i nic. Poza tym, nikogo tam przecież nie było?

– Dlaczego więc, mielibyśmy zjeść spaghetti z sosem pesto z ... tysiąc dziewięćset dwudziestego szóstego roku? – pomyślałam nagle, zdumiona swoim oświeceniem i odchylając się do tyłu, oparłam ciężko o ścianę pędzącego pociągu.

Nikt nie zjadł tych trzech ostatnich porcji spaghetti, które gruba czarna kucharka, mówiąca biegle po włosku wysunęła odruchowo na parapet barowego okienka. Nikt tych dań nie zjadł nigdy. Porcje stały przez chwilę na tym barowym parapecie, parując smakowitym zapachem ciepłej bazylii, a potem ktoś je prawdopodobnie wrzucił z powrotem do gara albo do kubła z odpadami i tyle.

– Dlaczego więc tu jesteśmy? Dlaczego nie możemy się z nikim i niczym porozumieć? – pytania jedno przez drugie cisnęły mi się do ust, ale nie mogłam znaleźć na nie odpowiedzi.

Znajomy odgłos cykad, trzepiących równym rytmem na zewnątrz, uzmysłowił mi nagle, że jesteśmy gdzieś na południu Europy. – Włoch? – pomyślałam, odtwarzając w pamięci strzępki języka włoskiego, który przed chwilą doszedł do naszych uszu. – A może Francji? – przypomniałam sobie pozostawioną gazetę. – To chyba są Włochy? – patrzyłam przez okno na coraz bardziej egzotyczne krajobrazy.

Przydymione zielenie i żółcie pagórków rozświetlały się coraz intensywniejszymi kolorami, a pojedynczo rosnące do tej pory cyprysy zaczęły się stopniowo zagęszczać. Tworzyły ciemno-zieloną, przerywaną gdzieniegdzie linię. – A może to jest Francja? Jednak Francja? Na pewno Francja, a włoski pociąg? – kombinowałam.

Nie miałam pojęcia. Nie miałam też pojęcia dokąd zmierza nasza podróż. Dokąd wiezie nas ten pociąg.

– Najważniejsze, że żyjemy... – myślałam. – A może tak nam się wydaje? W każdym razie Matt i dzieci są razem ze mną! Widzimy się! Reagujemy na siebie! Filip jest smutny, bo nie dostał jedzenia...

Dźwięk cykad narasta tak przejmująco. Wizualizuje się. Widzę nagle czarną ścianę dźwięku, która przybliża się i cofa, przybliża i cofa. Żółte kropeczki na szarym tle...

– Dzieci! Gdzie są moje dzieci? – wołam.

Ściana napiera na mnie, zasysa jak czarna dziura. Pulsuje... – Skąd znam te żółte kropeczki? Niepokoją mnie te żółte kropeczki?...

Nie słyszę już nic. Nie widzę. Nic nie widzę. Czuję, że tracę oddech i zaczynam chaotycznie łapać powietrze tak, jak ryba wyciągnięta z wody. – Spokojnie, spokojnie... – próbuję oddychać.

Jak przyjemnie jest móc oddychać. Świetliste kontury obrazów, jakby negatywów zamieniają się znów w pozytywy. Nabierają powoli kolorów i kształtów...

– Dzieci... Gdzie są moje dzieci? – krzyczę.

– Tu jesteśmy! – śmiech Filipa.

– Muszę zrobić kanapki na drogę... – mówię, jak w jakimś transie, nie otwierając nawet oczu.

– Zrobiłaś już maminko. – teraz Tea.

Siedzi obok. Czuję ją. Słodki zapach dziewczynki...

– Muszę zrobić kanapki, kanapki, przecież... – powtarzam obsesyjnie.

– Zrobiłaś to wczoraj wieczorem. – tym razem Matt próbuje mnie uspokoić.

– Gdzie jesteśmy? – przecieram łzy i patrzę przez okno pędzącego pociągu.

– Dojeżdżamy do Berlina... – zaskoczony Matt szeroko otwiera oczy.

– Do Berlina? A z której strony? Z Polski? Czy z Holandii?

– Z Polski...

– A który jest dzisiaj? – pytam i gorączkowo odwijam z folii pierwszą-lepszą kanapkę, leżącą na stoliku: razowy chleb, ser Almette, szynka, plasterek ogórka, papryka.

– To ja? Coś jakbym sobie przypominała? Coś zaczynam kojarzyć...

– Dwudziesty czwarty maj ... – odpowiada zdziwiony Matt

– Dwudziesty czwarty maj? – nie dowierzam. – A który rok? – pytam ostrożnie.

– Dwudziesty czwarty maj, dwa tysiące sześć. Obudź się! Jedziemy do domu! Do Holandii! Wracamy do Holandii...

– Dwa tysiące sześć? Jak to?

– Co, jak to? – Matt zaczyna się irytować.

– To niemożliwe?

– Co niemożliwe? Wracamy do Holandii! Julia obudź się! – krzyknął zdenerwowany.

– Do Holandii?! A która jest u ciebie godzina? – zapytałam cynicznie.

– Za siedem ósma! – odpowiedział zły i wsadził nos w gazetę komputerową.

6

Przez pewien czas nie mówiłam nic. Próbowałam ochłonąć. Policzyłam kanapki. Wszystko się zgadzało, po dwie dla każdego. Policzyłam ilość naszego bagażu. Wszystko też się zgadzało.
Pełnia lata, a raczej późnej wiosny. Za oknem pociągu jasno-zielone kolory pól, rozświetlone popołudniowym słońcem. Żadnych cyprysów, żadnych cykad. Za to jakieś małe domki i kolorowe altanki. – Pewnie ogródki działkowe? – pomyślałam. – Coś takiego? Coś takiego...

Filip i Tea bawią się na korytarzu. Jak zwykle kłótnia i moja irytacja. Matt czyta jakieś czasopismo komputerowe. Jak zwykle... Brązowa torebka, z krokodylej-niby skóry leży na moich kolanach.
Zastanawiałam się, gdzie przed chwilą byłam? Czy był tam ze mną Matt, czy były tam dzieci? Zastanawiałam się czy sama zrobiłam te osiem kanapek leżących na stoliku, a jeżeli już, to kiedy i gdzie? Zastanawiałam się też, gdzie podziały się te egzotyczne krajobrazy i ci dziwni ludzie?
Jedyne co pamiętałam, to: okładkę włoskiego, wróć, francuskiego dziennika „La Figaro", z datą dwudziesty czwarty maj, tysiąc dziewięćset dwa-

dzieścia sześć, jaskrawo niebieskie oczy młodej kobiety w szarej sukience z drobnymi kwiatowymi wzorkami, Matta, siedzącego na krawędzi naszego łóżka w warszawskim mieszkaniu, śpiące dzieci, szkołę muzyczną gdzieś na wschodzie Polski, uporczywie krążący nad moją głową dwupłatowiec, zapach rozgrzanego powietrza, piżma i taniej wody kolońskiej, cykady, cyprysy i czterech identycznych, zastygłych w swojej epoce i w swoim czasie facetów w melonikach.

Zapamiętałam także zdjęcie w sepii... Jakąś parę. On stary, z brodą, siedzi wyprostowany na ławce w zarośniętym ogrodzie. Ona młoda, dużo młodsza, siedzi obok niego. Trzyma na kolanach dziecko. Przy ławce stoi podrdzewiały dziecięcy wózek z dużymi kołami. Szprychy w kołach też są zardzewiałe. Dziecko zaczyna płakać. Kobieta kołysze przez chwilę maleństwo w ramionach, po czym wstaje i podchodzi do wózka, żeby je tam ułożyć. Starszy mężczyzna z długą przerzedzoną na końcach brodą siedzi dalej sztywno, bez ruchu, tak, jakby w ogóle nie obchodziło go nic co się wokół niego dzieje albo może wydarzyć. Nie jest w sumie taki stary? Brązowe przenikliwe oczy zamurowane kolorami sepii prześwietlają mnie na wylot.

Łukasz ciągle drze się w wózku. Matka wyrywa swoją dłoń z mojej, mokrej ze strachu rączki, prawie ze złością. Jest taka podirytowana, taka podirytowana... Zupełnie nie rozumiem tego? Nerwowo wyjmuje Łukasza z wózka: – No już, już, ciii... cicho. Bądź żesz już cicho do cholery... – zaczyna nim potrząsać, a brat zamiast się uspokoić, to tylko coraz bardziej się wydziera.
Za chwilę nadjedzie pociąg i musimy do niego wsiąść, a ja tak bardzo boję się pociągów. Tak bardzo... Szczególnie tych starych, z parowymi lokomotywami. Przerażają mnie takie lokomotywy. Wyglądają jak jakieś bestie, które nigdy nie są spokojne, bo nawet jeśli stoją na stacji, na peronie, to prychają i dyszą tym swoim sprężonym powietrzem złowrogo.
Śnią mi się takie pociągi i takie lokomotywy prawie co noc albo co drugą noc. Zazwyczaj chcę przejść z jednego toru na drugi, w takim miejscu, gdzie tych torów jest dosyć dużo, co najmniej pięć lub sześć i gdzie jest to niedozwolone. Rozglądam się bezradnie albo w prawo, albo w lewo. Między trakcjami kolejowymi niewinna trawka przebija się przez zrudziałe kamienie. Z prawej strony widzę nadjeżdżający pociąg, więc przeskaku-

ję szybko na następny tor. Ale tam też nadjeżdża pociąg ze strony lewej.
– Ojej, żeby zdążyć! – myślę w popłochu i dalej pędzę na następne tory,
przeskakując je albo do przodu, albo do tyłu, ponieważ ciągle z różnych
stron nadjeżdżają ciągle różne pociągi! Niektóre z nich są bliżej, niektóre
dalej, niektóre już z daleka trąbią, żeby przegonić mnie stamtąd i pędzą tak
szybko. Tak szybko...

Niektóre suną powoli, ale i tak nieubłagalnie przybliżają się do mnie.
Przeskakuję więc przez te wąskie-niby odcinki między trakcjami i przez
te trakcje kolejowe coraz szybciej i szybciej i w coraz większej panice, bo
zagrożenie przejechania mnie przez pociąg, jakikolwiek pociąg, nie mija,
a wręcz wzrasta!

Pociągów jest bowiem coraz więcej! Nadjeżdżają, a to z prawej, a to z lewej
strony, a ja biegam w tę i we w tę, parę susów przez jeden tor, drugi, skąpa
trawa jest nawet i tam, parę susów przez ten pasek ziemi między trakcjami... Zmęczona bieganiem, chcę wreszcie przystanąć na chwilę i odpocząć. Zdaję sobie sprawę z tego, że te wszystkie wąskie paski ziemi, czyli te
wąskie fragmenty ziemi pomiędzy tymi wszystkimi trakcjami kolejowymi
nie są zbyt bezpieczne, żeby się na nich zatrzymywać, no ale cóż? Co mam
zrobić? Trzeba iść dalej. Biec dalej! Uciekać! Ratować się!

Wąskie fragmenty niczyjej ziemi, pokryte zrudziałymi kamieniami, przez
które przebijają się do życia bezwzględnie i bezwstydnie zielone kępki trawy nie są bezpieczne w ogóle! Są wręcz niebezpieczne i przez to nie są
wskazane do jakiegokolwiek zatrzymywania się. A tym bardziej do jakiegokolwiek pozostawania tam i odpoczywania. Są poza tym za wąskie! Po
prostu za wąskie! Taka informacja, a raczej takie przekonanie rozkazuje
mi, zmusza mnie, żeby pędzić dalej. Nie daję jednak rady. Nie mogę już.
Jestem zmęczona...

– Co robić? – zaczynam panikować. – Czy mam przeskakiwać przez te tory,
czy położyć się płasko na tym wąskim skrawku ziemi między trakcjami?
A może położyć się między torami? Wzdłuż torów? – myślę, wyczerpana
ciągłym uciekaniem i nie tylko uciekaniem.

Chcę już odpocząć. Jestem bardzo zmęczona. Jestem wyczerpana do granicy możliwości. Wyczerpana do granicy fizycznego nieznośnego bólu.
Nie mogę tak więcej skakać? Nie chcę tak więcej skakać? Nie chcę tak się
więcej bać? Tak się bać! I pociągów... I samolotów... Samolotów też! Szczególnie samolotów...

Telefon komórkowy wysuwa mi się z dłoni i spada na podłogę. Patrzę śpiesznie na godzinę:
– Jest! Jest godzina! Za cztery ósma.
Podnoszę telefon i przecieram ekran, żeby sprawdzić jeszcze raz i dokładniej czas. Cyferki, które wyświetliły mi się w równych odstępach wyraźnie wskazują: 19. 56.
– A więc minęły tylko trzy minuty? – zastanawiam się. – Stoi przecież, jak wół? – próbuję na nowo wrócić do rzeczywistości. – Data? Jaka jest data? Gdzie jest data? – nerwowo sprawdzam datę.
Klikam kilka razy w klawiaturę ekranu. Zmieniam szybko funkcję w telefonie i data też zaczyna mi się wyświetlać.
– Jest! Jest też i data! – cieszę się jak dziecko. – Zgadza się... – uspokojona, patrzę na srebrne cyferki. – Jest! Jest... Dwudziesty czwarty maj... – zaczynam niepewnie odczytywać. – Dwa tysiące sześć... – zamieram na chwilę.
– Jak to? – zaczynam mieć wątpliwości. – Przecież jeszcze nie tak dawno sprawdzałam zawartość mojej torebki i data w telefonie była inna? – przypominam sobie. – No to jak? Tak? Czy nie tak? – serce zaczyna walić mi jak dzwon. – Jednak się nie zgadza! Gdzie ja jestem? Gdzie ja do cholery jestem? – jeszcze raz układam w głowie fakty z ostatnich kilku minut, które w moim odczuciu trwają jak wieczność, jak zatrzymana teraźniejszość w zatrzymanym kadrze filmowym.
– Nie! Jednak nie! Nie zgadza się! Te same buty, z kryształkami przy zapięciach, ale... dlaczego TAM był rok... dwa tysiące pięć? Gdzie „tam"? Jakie „tam"?...
– Ta sama torebka!... – wykrzykuję spontanicznie i bezsilnie wpatruję się w ekran telefonu komórkowego.

Zatrzymana klatka filmowa ożywa i film rusza dalej: – Gdzie „tam"? Jakie „tam"? Ta sama torebka? Dwa tysiące pięć? Zaraz, zaraz, jak były ubrane dzieci? – staram się to sobie przypomnieć, ale nic nie przychodzi mi do głowy.
Zupełna pustka.
– Czy to w ogóle były moje dzieci? – zaczynam wątpić. – Oczywiście że tak! Filip, Tea... Widziałam je wyraźnie! Charakterystyczny śmiech Filipa... Dlaczego Matt siedział na naszym warszawskim łóżku? Mieliśmy coś zjeść?...

No i to zdjęcie w sepii? Ta dziwna para? On stary, z brodą, siedzi wyprostowany na ławce w zarośniętym ogrodzie. Ona młoda, dużo młodsza, siedzi
obok niego. Trzyma na kolanach dziecko. Przy ławce stoi podrdzewiały
dziecięcy wózek z dużymi kołami. Szprychy w kołach też są zardzewiałe.
Dziecko zaczyna płakać. Kobieta kołysze przez chwilę maleństwo w ramionach, po czym wstaje i podchodzi do wózka, żeby je tam ułożyć.

Starszy mężczyzna z długą przerzedzoną na końcach brodą siedzi dalej
sztywno, bez ruchu, tak, jakby w ogóle nie obchodziło go nic co się wokół
niego dzieje albo może wydarzyć.

– Nic i nikt... Nic i nikt... – obija się o moje uszy jak: – Klik-klak... Klik-klak...
Mężczyzna nie jest w sumie taki stary. Jego brązowe i przenikliwe oczy,
zamurowane kolorami sepii prześwietlają mnie na wylot. – Ale to chyba
z innej bajki? Ale z której? Niewiarygodne?

– Z której to bajki? – odzywam się.

– Co z której bajki? – Matt gwałtownie odłożył gazetę. – Mówiłaś coś? – zapytał i spojrzał na mnie uważnie. – Uspokój się? Co się z tobą dzieje? Gdzie
ty przebywasz? Jesteś cała mokra? Julka?!

Tuk-ta-ta, tuk-tuk-tuk-ta-ta, tuk-ta-ta... Pociąg jedzie dalej, zacinając się coraz rzadziej.

– Taak... – wypuściłam powietrze z płuc i poczułam nagłą ulgę.
Rozluźnione mięśnie, jak z waty, pociągnęły moje ramiona wzdłuż ciała
prawem ciążenia. Ogarnęła mnie lekka senność.

– Czy byłeś tam ze mną? – spytałam wprost.

– Gdzie?

– W tysiąc dziewięćset trzydziestym ósmym?

– Nie. – odparł krótko Matt. – Obudź się!

– A w tysiąc dziewięćset dwudziestym szóstym? – nie dawałam mu spokoju.

– Nie, nie byłem. – Matt wziął mnie za rękę. – Posłuchaj... – zaczął cicho,
zerkając na bawiące się dzieci. – Opowiadałaś mi o tym, chyba wczoraj albo
jakieś... dwa dni temu... – Matt się na chwilę zamyślił. – Posłuchaj... Uspokój się...

– Co-o-o?

– Posłuchaj... Uspokój się, po pierwsze...

– Dwa dni temu?

– Tak. Jakieś dwa dni temu... Nie wiem, nie pamiętam... – Matt potarł dłonią o czoło. – Może to było dwa, może trzy dni temu? A może wczoraj? Nie pamiętam...

– O czym ci opowiadałam?

– O jakimś samolocie, szkole muzycznej... – Matt jeszcze bardziej ściszył głos. – Posłuchaj, dzieci patrzą... Nie możesz tak krzyczeć...

– O pociągu też? – przerwałam mu niecierpliwie.

– Nie wiem... – ściszył nagle głos.

– O pociągu nic nie wiesz? – przerwałam ponownie.

– Nie wiem... – Matt zamyślił się i patrzył na mnie uważnie, prawie nie mrugając powiekami.

– To znaczy... O pociągu... było... później... – odpowiedział niepewnie i nie spuszczał ze mnie wzroku.

– Co takiego?

– No... później... Całkiem niedawno... Jakieś może... – zawiesił głos, starając się zachować spokój. – Jakieś może... pięć minut temu?...

– Co takiego? Pięć minut temu? To gdzie ja byłam?

– Nie pamiętasz?

– A co mam pamiętać? Jakieś różne daty: dwa tysiące sześć, dwa tysiące pięć... – próbowałam opanować narastającą falę paniki.

Mrowienie nóg i rąk zaczęło narastać w takim tempie, że musiałam się na chwilę położyć. Rozciągnęłam się więc na tej twardej i śliskiej ławce.

– Twardej i śliskiej ławce, wagonu trzeciej klasy? Chyba zwariuję?... – przeszło mi przez myśl jak piorun, jak błysk, krótki, ale mocny.

Tak mocny, że znów nie mogłam swobodnie oddychać.

– Gdzie ja jestem? – udało mi się w końcu wziąć głęboki oddech.

Jeszcze raz i jeszcze raz.

– Gdzie ja właściwie jestem? Gdzie ja do cholery jestem? – zaczęłam się coraz bardziej rozkręcać.

– Dlaczego Matt jest taki opanowany? On musi coś wiedzieć? – panika moja zaczęła zapętlać się i podążać w niebezpieczny i zakazany przeze mnie i dla mnie zaułek.

– Powiedz mi o tym? – poprosiłam, najspokojniej jak tylko potrafiłam w danej chwili i zaczęłam poruszać dłońmi.

Miałam nadzieję, że uciążliwe mrowienie wreszcie mnie opuści, ale nic takiego nie nastąpiło. Wręcz przeciwnie. Leżałam skostniała na drewnianej ławce i przyglądałam się tępo mężowi. Matt też patrzył na mnie tępo i uważnie. Tak uważnie i w takim napięciu, że prawie nie mrugał powiekami. Czas się nagle zatrzymał. Klatka filmowa stanęła w miejscu, zamrażając naszą teraźniejszość.

Patrzę uważnie na tę zamrożoną teraźniejszość, ale nic się nie dzieje. Cisza i nuda. Nic się nie dzieje. Film został urwany. Trwam w tej ciszy i w tym błogim zastoju, patrząc tępo na męża. On też patrzy na mnie w taki sam sposób. Nie spuszcza ze mnie tego swojego zastygłego i zdziwionego wzroku i nie porusza się. Trwamy. Nawet się nie zastanawiamy nad niczym i nikim. Trwamy.

– Co to było?... Gdzie ja jestem? – podnoszę wreszcie ramiona, lekko zdenerwowana, bo zaczyna boleć mnie kark i znów się pocę.

Wycieram mokre dłonie o spodnie. Mrowienie rąk jakby powoli ustępuje. To dobrze, to bardzo dobrze. Wracam. Akcja filmu niespodziewanie rusza dalej.

– Klik...

– Naprawdę nic nie pamiętasz? – Matt zamyślił się i po chwili zaczął streszczać treść pierwszego snu.

Cierpliwie, spokojnie, prawie bez żadnych emocji zaczął streszczać i potwierdzać treść mojego pierwszego snu.

– Klik...

7

Szkoła muzyczna w małym miasteczku na wschodzie Polski. Młoda kobieta stoi wewnątrz budynku, oparta o balustradę starych drewnianych schodów. Patrzy w dół. Potem w górę. Wodzi wzrokiem po błękitno-szarych, dawno nie odnawianych ścianach klatki schodowej.

– Przydałoby się tu pomalować? – pomyślała. – Kiedyś była tu kolorowa tapeta, ale po pożarze wszystko zmienili...

Mocne popołudniowe słońce wpadło przez owalne okno na półpiętrze. Rozświetliło wielkie rzeźbione drzwi naprzeciwko. Masywne podwójne drzwi, które zawsze trudno było otworzyć i trudno było zamknąć. Sala organowa. Kiedyś był tu pokój nauczycielski, ale zmienili jakiś czas temu na salę organową i bardzo dobrze, żeby nikomu nie przeszkadzały dźwięki tego najpotężniejszego w końcu instrumentu, które do tej pory wydobywały się z małej salki na górze. Tu było w miarę cicho, a co najważniejsze przestronnie. Profesorowie za to wynieśli się na górę. Na sam strych. I też bardzo dobrze, bo nie zatruwali nam powietrza dymem z papierosów i cygar. Szczególnie Żebrowski palił jak smok. Nie wychodził przy tym na dziedziniec, choć było to prawo niemówione, a palił w środku budynku. Międlił w spróchniałych zębach zawsze do połowy wypalone cygaro i stawiał nam dwóje z historii literatury i historii muzyki przy każdej okazji. Przy tym palił tam gdzie chciał, co chciał i nikt nie był w stanie przeciwstawić się temu. Nawet Zbiggi. Wszyscy się go bali.

Popołudniowe słońce rozgrzewa plecy młodej kobiety, opartej o balustradę schodów. Kobieta patrzy w dół, ale nie widzi i nie słyszy nic i nikogo. Nie widzi i nie słyszy nikogo... Bezwzględna cisza świdruje w uszach swoją intensywnością. Jest pełnia lata, a raczej pełnia późnej wiosny. Za chwilę będą wakacje.
Kobieta rozgląda się powoli i nieśmiało, jakby chciała zapamiętać każdy szczegół z otaczającej jej rzeczywistości. Patrzy na brudne niepomalowane ściany...

I nagle, jak za dotknięciem czarodziejskiej różdżki, przyciśnięciem pilota telewizyjnego czy jakiegoś magicznego guzika włącza się nagle dźwięk: rumor, rozmowy, okrzyki, śmiechy. Słychać z oddali trzaskanie drzwiami otwieranych i zamykanych ćwiczeniówek, jakiś fortepian, jakiś klarnet, ktoś gdzieś śpiewa...

Ktoś zbiega po drewnianych schodach. Kobieta. Szare lekko pozaciągane rajstopy, na których zauważa się „lecące oczko". Pantofle z zaokrąglonymi czubkami są zadbane i dobrze wypastowane. Szara zwiewna sukienka za kolana porusza się przy każdym ruchu. Blond fale przylizane do szczupłej twarzy wydają się być nieruchome, a przecież kobieta szybko zbiega po schodach? Ładna młoda kobieta zbiega po tych drewnianych schodach i zatrzymuje się przed masywnymi drzwiami na półpiętrze. Otwiera te drzwi i próbuje wejść do pomieszczenia. Fala dźwięków organowych wylewa się na chwilę z sali, ponieważ kobieta zmaga się jakieś dobre kilkanaście sekund z podwójnymi drzwiami. Wreszcie udaje jej się dostać do środka i szczelnie zamknąć za sobą te podwójne i masywne drzwi. Dźwięk organów się urywa, zostaje naturalnie ucięty.
– Klik... – strzeliła wewnątrz druga klamka.

Cisza.

Patrzę uważnie na te zamknięte drzwi, ale nic się nie dzieje. Cisza i nuda. Nic się nie dzieje. Film został urwany. Trwam więc w tej ciszy i tym błogim zastoju, patrząc tępo na mosiężną klamkę tych podwójnych drzwi na pół-piętrze. Nawet się nie zastanawiam nad niczym, tylko trwam. Trwam...
– Co to było?... Gdzie ja jestem? – pytam samą siebie i wzruszam tylko ramionami lekko zdenerwowana, bo zaczynają mi się pocić dłonie.
– Klik... – akcja nagle i niespodziewanie ożywa i rusza dalej.
Niemy film zaczyna stawać się rzeczywistością.

Kilka dziewcząt, przekrzykując się pędzi po schodach na górę. Niosą pliki nut do biblioteki szkolnej, która mieści się tuż obok pokoju profesorów.
– To niesprawiedliwe. – powiedziała drobna blondynka w gustownym jasnoniebieskim kostiumie i instynktownie ściszyła głos. – Słyszałyście, żeby ktoś za cukier wyleciał z budy?
– To nie za cukier! – odpowiedziała jej stanowczo długonoga przyjaciółka z prosto uciętą grzywką. – Wiesz przecież jaki jest Żeber i jaka jest Sofie?
– No wiem... ale dwa tygodnie przed egzaminami? – nie dawała za wygraną jasnowłosa Olga.
– Jej śmierć nawróci nas wszystkie... – niespodziewanie odezwała się ta trzecia i zastygła na chwilę w bezruchu.
Kapelusz miała nasunięty głęboko na czoło, tak, że cień zasłaniał prawie całą jej twarz.
A jednak, dostrzegłam jej przenikliwe i jasne oczy. Tak przenikliwe i tak jasne oczy, że aż zrobiło mi się jakoś dziwnie.
– Co to jest za szkoła? – pomyślałam odruchowo. – Coś mi tu nie pasuje? Coś mi tu jednak nie gra... – lekki strach zaczął znów powracać.
Kobieta w szarej jedwabnej sukience odwróciła nagle głowę i przez chwilę spotkałyśmy się wzrokiem. – Jest! Są! Smutne i przenikliwie oczy, które chcą mi coś przekazać... Oczy nie z tego świata. Oczy, które już skądś znam?
Odruchowo chwytam jeszcze mocniej za drewnianą i śliską poręcz balustrady. Śliską i lepką od mojego potu.
Spod kapelusza kobiety ciemny warkocz spływa łagodnie po jej szarej jedwabnej sukience w żółte drobne kwiatowe wzorki. Ściana dźwięku przybliża się i cofa... Żółte punkciki na szarym tle... Teraz na czarnym...

Teraz znowu na szarym... świdrują mi w oczach. Ściana dźwięku jest coraz bliżej. Napiera na mnie, zasysa, jak jakaś czarna dziura... Jest coraz bliżej... Pulsuje... Żółte punkciki, jak jakiś przeraźliwy rój świetlistych insektów wypełniają moje wnętrzności...
– Ojej, skąd znam te żółte punkciki? – jest mi niedobrze.
Nic nie widzę, nie słyszę.
– Skąd znam tę kobietę? – muszę coś zrobić, zanim będzie za późno...
– Klik...

Cisza... Niemy film. Znów niemy film.
Stoję na półpiętrze i patrzę. Patrzę i chłonę. Obserwuję, jak młode dziewczyny poubierane w gustowne kostiumy, sama chciałabym taki mieć, jakby w zwolnionym tempie kręcą się po tej klatce schodowej. Schodzą po drewnianych schodach na dół albo wchodzą na górę. Niektóre są z lekkimi nakryciami głowy, chociaż jest tak ciepło? A może właśnie dlatego, że jest tak ciepło? Mężczyźni... O, są nawet jacyś mężczyźni! W jasnych garniturach.
– O, jest tu taki jeden! – ucieszyłam się. – Stoi na zewnątrz budynku. Pali papierosa bez filtra. W fifce. Ale numer? Widocznie w szkole palenie jest zabronione? – pomyślałam zaskoczona.
– Widocznie w szkole palenie jest zabronione... – próbuję sobie wytłumaczyć.

Cisza... Wszystko obserwuję w zupełnej ciszy i w zwolnionym do granicy percepcji tempie wydarzeń.
– Zaraz się wszystko zatrzyma? – myślę. – Nie chcę, żeby wszystko się zatrzymało? Jeszcze nie... Jeszcze nie teraz... Muszę chłonąć każdy szczegół, żeby móc zapamiętać jak najwięcej... Żeby móc zapamiętać wszystko...
– Klik...

I znów wraca ten film albo ten sen. Scena, którą przed chwilą widziałam wyświetla mi się po raz drugi, ale w odwrotnej kolejności:
Kilka dziewcząt, przekrzykując się pędzi po schodach na górę. Niosą pliki nut do biblioteki szkolnej, która mieści się tuż obok pokoju profesorów.
– To niesprawiedliwe. – powiedziała drobna blondynka w gustownym jasnoniebieskim kostiumie i instynktownie ściszyła głos. – Słyszałyście, żeby ktoś za cukier wyleciał z budy?

– To nie za cukier! – odpowiedziała jej stanowczo długonoga przyjaciółka z prosto uciętą grzywką. – Wiesz przecież jaki jest Żeber i jaka jest Sofie? – No wiem... ale dwa tygodnie przed egzaminami? – nie dawała za wygraną jasnowłosa Olga.

Jakaś dziewczyna w szarej sukience zbiega właśnie po drewnianych schodach z drugiego piętra. Cóż za minimalizm kolorystyczny? Nie wiem czy mam się z tego powodu cieszyć, ale nikły cień uśmiechu rozluźnia mnie na chwilę. Blond fale przylizane do szczupłej twarzy prawie w ogóle się nie poruszają, a przecież dziewczyna zbiega po schodach? Ma zaczerwienione oczy. Widać, że przed chwilą płakała.
Zosia – Sofie. Najzdolniejsza organistka na roku. Miała pecha przez Żebera przez całe pięć lat. Od początku konserwatorium kochał się w niej, oczywiście bez wzajemności i tępił przy każdej okazji. Musiała być obkuta i z historii literatury i z historii muzyki za nas wszystkie, a i tak zawsze coś dziad znalazł. Chociaż by to, że nie mogła usztywniać włosów na cukier, no bo tak się dziadu nie podobało i już.
– Sofie! – ucieszyła się Olga, mijając na schodach koleżankę.
– Nie teraz... – ucięła Sofie. – Nie mam teraz czasu. Przepraszam, ale nie mogę teraz z wami rozmawiać... – Sofie zręcznie wyminęła zaskoczone jej zachowaniem przyjaciółki i nie patrząc na nie skierowała się prosto na dół, w kierunku masywnych i podwójnych drzwi na półpiętrze.
– Widzę to... Słyszę to...
Zaskoczone przyjaciółki patrzyły, jak Sofie zatrzymała się przed salą organową, jak wyjęła z wiklinowej torebki złożoną na pół chusteczkę i wytarła nią oczy. Stała tak jeszcze przez parę sekund zamyślona, ze spuszczoną głową. Patrzyła przez moment na swoje nowe pantofle z zaokrąglonymi czubkami, po czym zdecydowanym ruchem nacisnęła wielką mosiężną klamkę tych drzwi. Trochę się przy tym musiała napracować, bo drzwi były bardzo masywne.
Fala dźwięków organowych wydobyła się z sali, by za chwilę zniknąć wraz z zamknięciem drugich, wewnętrznych drzwi.
– Klik... – strzeliła wewnętrzna klamka.

– Sofie... – niespodziewanie odezwała się ta trzecia z przyjaciółek i zastygła na chwilę w bezruchu.

Kapelusz miała nasunięty głęboko na czoło, tak, że cień zasłaniał prawie całą jej twarz.

A jednak... dostrzegłam jej przenikliwe i jasne oczy. Tak przenikliwe i tak jasne oczy, że aż zrobiło mi się jakoś dziwnie...

– Sofie zginie przez Niemca za cztery lata... – odezwała się po chwili, a przeze mnie przeszedł zimny prąd.

– Jej śmierć nawróci nas wszystkie... – dokończyła swoje proroctwo.

Właśnie przeleciał z hukiem samolot. Dwupłatowiec. Biegniemy wszyscy na dziedziniec szkoły, żeby zobaczyć co się dzieje. Przeskakuję w pośpiechu co drugi schodek, próbując dogonić Różę. Schody uginają się i trzeszczą niemiłosiernie pod ciężarem zbiegającej w popłochu młodzieży. Otwarte na oścież okno na półpiętrze, przez które wpada żar popołudniowego upału trzepie teraz o framugi z wielką siłą. Potężny podmuch wiatru, połączony z silnym zapachem spalenizny wyrywa je z zawiasów. Tłuczone szkło rozpryskuje się, jakby w zwolnionym tempie, wydając przeraźliwy dźwięk. Dźwięk niezbyt głośny, a tak przejmujący... Niby blisko, a daleko... Jak z głębi oceanu, jak zaśpiew wielorybów z jakiejś morskiej otchłani... Tak, jak na zwolnionych do granicy percepcji klatkach filmowych dźwięk jest niski, sinusowy. Opada coraz niżej wolnym glissandem... Tumany kurzu unoszą się w powietrzu przysłaniając kolorową tapetę, wyklejoną na ścianach korytarza... Za chwilę olbrzymi jęzor ognia, wpadający przez wyrwane okno wraz z framugą zajmie całe półpiętro...

Silny dreszcz, jak piorun przeszywa moje ciało. Gęsia skóra nawet na policzkach. Czuję unoszące się włosy. Strach paraliżuje mi wszystkie mięśnie tak, że na chwilę tracę oddech. Kontury obrazów zanikają, jak płynne przechodzenie z pozytywu w negatyw. Zapadam się w ciemność. Nie widzę już nic. Tylko te odgłosy otaczającej mnie sytuacji. Samolot...

– Który to jest rok? – pytam.

Słyszę swój głos, zachrypnięty lekko głos, wyzwolony jak gdyby z jakiegoś letargu, jakiejś innej rzeczywistości...

– Który mamy rok? – poprawiam się i czuję, że krople potu spływają mi do ust.

Aż do ust spływają mi krople potu, bo oblizuję słoną wydzielinę i nie mam pojęcia gdzie i kiedy i czy w ogóle to ma miejsce, ale skoro oblizuję słony pot, wycieram mokre dłonie o nogawki spodni, słyszę wyraźnie swój zachrypnięty głos i jeszcze do tego konkretnie pytam, to chyba nie jest to ani film, ani sen? Chyba jednak istnieję w tej odwróconej do góry nogami rzeczywistości? Chyba jednak istnieję?

Ciekawość wygrywa z paniką. Negatywy zamieniają się w pozytywy pachnące pełnią lata...
Facet patrzy w górę na krążący dwupłatowiec i ciągle nic nie odpowiada.
– Czy on mnie w ogóle słyszy? Czy on mnie widzi? Papieros wypalony ma do połowy... Dlaczego patrzy na ten powracający samolot jeszcze chwilę? Jaką chwilę? Dla mnie to jest cała wieczność... Dlaczego rzuca niedopałek papierosa na ziemię, przydeptuje butem i jak gdyby nigdy nic, jak gdyby mnie TU wcale nie było, jak gdyby TO wszystko nie miało TU miejsca... wchodzi z powrotem do szkoły?
– Proszę pana! – biegnę za nim, a właściwie przenikam mur budynku.
Już jestem na drugim piętrze, a przecież w ogóle nie wykonałam żadnego ruchu, żadnego kroku...
– Proszę pana, który jest u pana rok, bo u mnie... dwa tysiące pięć ... Słyszy pan? Dwa tysiące pięć! Jestem z... dwa tysiące piątego roku! A pan?! – próbuję go dogonić, ale nie mogę wykonać żadnego ruchu.
Stoję w miejscu, choć wydaje mi się że biegnę. Przebieram nogami tak, jak jakiś uśpiony pies, któremu się również wydaje że biegnie, ale zamiast tego przebiera tylko w miejscu łapami i lekko skowyczy. Ja też przebieram w miejscu nogami, bo nie mogę się ruszyć. Nie mogę się ruszyć i nie mogę nic zrobić! Próbuję coś krzyknąć, krzyknąć za nim, za tym facetem, ale nie mogę nawet nic wypowiedzieć. Już nie mogę nic wypowiedzieć, bo i mnie też czy już głos zamienia się w skowyt. Najpierw w skowyt, a za chwilę w konwulsyjny szloch.
– Gdzie pan jest... – próbuję krzyknąć. – Gdzie... – próbuję jeszcze raz, bo mi nie wychodzi.
Nie mogę wydobyć głosu! Stoję... A jednak... Stoję na drugim piętrze, przebieram w miejscu nogami i nie mogę wydobyć głosu.
– Gdzie... pan... Gdzie pan jest?... – udaje mi się w końcu. – Gdzie pan?... Gdzie pan jest?... Dokąd pan idzie?!
Facet kieruje się prosto do pokoju nauczycielskiego na górze. Z biblioteki obok wychodzi Żeber. – No i co Bruno? – pyta, międląc w zębach do połowy wypalone cygaro. – Co ja mam z tobą zrobić?
– Zaliczyć... – odpowiada Bruno i uśmiecha się niewinnie.

Dostrzegam jego zbyt popsute zęby jak na młody wiek, ciemne lekko kręcone włosy, wyrazisty nos i ten jego beżowy garniturek z patką...

– A jak z klarnetem? Zaliczyłeś już? – pyta Żeber i ruchem ręki zaprasza go do pokoju nauczycielskiego, który tak naprawdę jest też jego gabinetem, bo ciągle tam przesiaduje.

– Tak panie profesorze... – odpowiada Bruno i wchodzi do środka.

Drzwi zamykają się za nim złowieszczo.

Na korytarzu-klatce schodowej, gdzie ciągle stoję przy balustradzie schodów, jakbym była na stałe wmurowana w posadzkę widzę, że są tam jeszcze jakieś dziewczyny – dziewczęta, zbiegające po schodach ze śmiechem. Zauważam wśród nich Różę. Słyszę jakieś dźwięki, urywki gam i wprawek fortepianowych. Z sali organowej na półpiętrze wychodzi dziewczyna w szarej sukience i szarych rajstopach, pończochach. Ta sama. Wychodzi Sofie. Pończochy wcale nie są takie pozaciągane jakby się wydawało, tylko się trochę powałkowały. Może podwiązka spadła? Sofie podciąga tę pończochę, bo za bardzo się zsunęła. Robi to szybko i sprawnie. Dyskretnie rozgląda się na boki. Nie płacze już. Jest silna i opanowana. Wygra tę bitwę...

Świetliste kontury pozytywów nabierają koloru. Zaczynam oddychać. To nie jest sen.

– To nie jest sen... – zaczynam sobie powoli uświadamiać.

Facet z fifką pali papierosa na dziedzińcu szkoły. Widzę go. Widzę, jak facet dalej pali papierosa.

– Ciągle tego samego? – prześwity świadomości sprowadzają mnie coraz bardziej na ziemię.

– Na ziemię? Na jaką ziemie? Gdzie ja jestem? Gdzie ja właściwie jestem? Co się dzieje i ile to trwało? Ile to trwa? – chce mi się panicznie śmiać, choć wcale nie jest mi do śmiechu.

– Który to jest rok? – słyszę swój głos, po raz drugi. – Skąd znam tę scenę?...

– Który mamy rok? – łzy, jak soczewki filtrują obrazy otaczającej mnie rzeczywistości: drzewa, dużo drzew, dużo zieleni, turkusy, dużo turkusów, chyba jakiś las w pobliżu?

Kolory wyostrzają się. Przechodzą z jaskrawych błękitów w żółcie i na odwrót. Pulsują. Pachną pełnią lata. Pachną i pulsują... Samolot-dwupłatowiec ciągle krąży, zataczając kolejne kółka i kolejne...

– Który to jest rok? – pytam jeszcze raz. – Który mamy rok? – poprawiam. – Który mamy rok! – powtarzam obsesyjnie, prawie krzycząc. – Który MAMY ROK?! – krzyczę.

Facet patrzy w górę na krążący samolot i nie odpowiada. Papieros wypalony do połowy. Nie minęło więc dużo czasu. Może jedna, dwie minuty? Dla mnie cała wieczność...

– Tysiąc dziewięćset trzydzieści osiem! – wykrzykuję, zaskoczona tym, co wydobywa mi się z gardła.

– Taak ... Tysiąc dziewięćset trzydzieści osiem... – odpowiada mi drobny Żydek, palący papierosa w fifce bez filtra.

Bruno, lat dwadzieścia trzy. Jego oczy robią się nagle wielkie i przerażone: – To... dopiero... będzie... świat... zobaczy... świat... się... przekona... – mówi powoli, oddzielając każde słowo tak, aby brzmienia tych słów i ich echa miały jednakową długość.

Bruno odpowiada tak, jakby był zahipnotyzowany, nie odrywając oczu od samolotu.

– Czy to mnie odpowiada Bruno?

Na dziedzińcu szkolnym panuje panika. Piski i płacz. Okrzyki i bieganina. Niektórzy, tak jak ja albo facet z fifką stoją i patrzą:

Samolot-dwupłatowiec z wielkim hukiem zakreślił rozpaczliwy łuk nad dziedzińcem szkoły, ciągnąc za sobą czarną łunę palonego silnika, po czym... runął w pobliski zagajnik.

Jeszcze raz...

Patrzę na zahipnotyzowanego Bruna. Widzę, że o coś go pytam. Bruno się waha, zdawkowo odpowiada. Nie mam pewności czy to oby mnie odpowiada Bruno? Zielenie i turkusy pobliskiego lasu rażą mnie intensywnością kolorów. Piski, płacz, bieganina, przerażenie dochodzą do mojej świadomości. Odwracam głowę. Powoli odwracam głowę. Pożar budynku...

– Nie! Wróć!

Odwracam powoli głowę w stronę... nieuniknionego... Samolot-dwupłatowiec zatacza ostatni łuk nad dziedzińcem szkoły...

– Widziałam to już tyle razy? Ciągle widzę i widzieć pragnę! Jaki masochizm? Jaki to jest masochizm? Dlaczego chcę to zobaczyć? Wreszcie zobaczyć aby zakończyć w ten sposób sprawę? Albo dopiero zobaczyć i roztrząsać to w nieskończoność? Po co? Po co mam to na wszelkie sposoby roztrząsać i rozkładać na czynniki pierwsze? I ciągle oglądać i oglądać?

46

I wgapiać się i wgapiać? I pastwić się i pastwić? Pastwić chyba najbardziej nad samą sobą? Wystarczą mi już te sny?...

Samolot-dwupłatowiec zakreśla ostatni rozpaczliwy łuk nad dziedzińcem szkoły, ciągnąc za sobą czarną śmiertelną łunę nieuniknionego, aby za chwilę...
– Jaką chwilę? Dla mnie całą wieczność...
Aby za chwilę... Powoli... Jakby w zwolnionym tempie... Zwalniamy klatkę filmową do zera... Runąć... Zaryć dziobem w pobliski zagajnik. Dokonać tego, co oczywiste i nieuniknione.

8

Otworzyłam oczy. Pociąg jechał wolno, mijając ogródki działkowe, kolorowe o tej porze roku.
– A więc rzeczywiście dojeżdżamy do Berlina? – pomyślałam, rzeczowo i leniwie, bo jakoś strasznie chciało mi się spać, a przynajmniej mieć przymknięte błogo oczy.
Nie wiem co się ze mną działo. Nie miałam pojęcia. Przed chwilą rozmawiałam z mężem. Tak mi się wydawało, ale nie dałabym sobie ręki uciąć, jeżeli okazałoby się to prawdą?
– Czyżby sen? Jaki znów sen? – przymknęłam powieki, tak dla sprawdzenia.

Ciągle widzę ten wypadek... Nie muszę nawet zamykać oczu. Ileż to razy widziałam? Ileż to razy widziałam podobne wypadki? Ile razy wyobrażałam sobie, że nie zdążę w porę przed tym uciec? Ile razy budziłam się mokra i już do rana nie mogłam zasnąć?
Przede mną rozbijały się różne samoloty: boeingi, pasażerskie, małe odrzutowce, prywatne awionetki, czasami szybowce. Zawsze tak samo. Najpierw widzę krążący lub zbyt gwałtownie zniżający się samolot, czarny ogon płonącego silnika, przeraźliwy dyszący dźwięk spadania maszyny w ramiona nieuniknionego... Potem moja panika, która wmurowuje mnie tam, gdzie akurat stoję i nie pozwala ruszyć się z miejsca. Koszenie drzew, krzaków, zabudowań. Wielki huk i fala potężnego ognia, zagarniającego wszystko dookoła. Wbijanie się maszyny dziobem w jakże miękką ziemię,

o... jakieś może kilkadziesiąt metrów dalej od moich zamurowanych paniką nóg.

Sen. Sen o rozbijających się samolotach albo o nadjeżdżających ze wszystkich stron pociągach. Sen, który jest obsesją. Powtarzającą się regularną obsesją.

– Dlaczego? Dlaczego akurat mnie musi się to przydarzać? Kiedy to się wreszcie skończy i czy w ogóle skończy?

I znów stoję na niedozwolonym przejeździe kolejowym. Zazwyczaj chcę przejść z jednego toru na drugi w takim miejscu, gdzie tych torów jest dosyć dużo, co najmniej pięć lub sześć i gdzie jest to niedozwolone. Rozglądam się bezradnie albo w prawo, albo w lewo. Między trakcjami kolejowymi niewinna trawka przebija się przez zrudziałe kamienie. Z prawej strony widzę nadjeżdżający pociąg, więc przeskakuję szybko na następny tor. Ale tam też nadjeżdża pociąg ze strony lewej.

– Ojej, żeby zdążyć! – myślę w popłochu i dalej pędzę na następne tory, przeskakując je albo do przodu, albo do tyłu, ponieważ ciągle z różnych stron nadjeżdżają ciągle różne pociągi!

Niektóre z nich są bliżej, niektóre dalej, niektóre już z daleka trąbią, żeby przegonić mnie stamtąd i pędzą tak szybko. Tak szybko... Zbyt szybko...

Niektóre suną powoli, ale i tak nieubłagalnie przybliżają się do mnie. Przeskakuję więc przez te wąskie-niby odcinki między trakcjami i przez te trakcje kolejowe, coraz szybciej i szybciej i w coraz większej panice, bo zagrożenie przejechania mnie przez pociąg, jakikolwiek pociąg nie mija, a wręcz wzrasta! Pociągów jest bowiem coraz więcej. Nadjeżdżają, a to z prawej, a to z lewej strony, a ja biegam w tę i we w tę, parę susów przez jeden tor, drugi, skąpa trawa jest nawet i tam, parę susów przez ten pasek ziemi między trakcjami. Popołudniowe słońce oślepia mnie. Bije mnie w twarz swoimi promieniami, które odbijają się jak w lustrze od srebrzystej i świecącej jak jakaś tarcza głowicy nadjeżdżającej z wyciem lokomotywy. Srebrna lokomotywa przybliża się nieubłagalnie.

– Muszę zdążyć! Muszę zdążyć! I przed tą lokomotywą... I przed nieuniknionym.

Uciekam, biegnę dalej. Przeskakuję przez te tory, przez te zrudziałe kamienie i zielone kępy niczyjej trawy rwącej się do życia. Ja też rwę się do życia...

Nie chcę być ani przejechana przez pociąg, ani nie chcę być świadkiem upadającego na ziemię, rozbijającego się na moich oczach samolotu! Rozbijającego się tuż przy mnie! Tuż przy moich zamurowanych niemocą ucieczki nogach! Nogach, które nie mogą wyrwać mnie z tego letargu! Nie mogą wyzwolić mnie stamtąd i pomóc w tej ucieczce.

– Nie wiem co jest w sumie gorsze? Czy to, że za chwilę rozbije się przy mnie samolot? Czy moja ucieczka przed pędzącymi ze wszystkich stron pociągami, które próbują mnie rozjechać? Wiem jedno, muszę uciekać. Biec dalej. Ale coraz mniej mam już sił. Zmęczona jestem.

Zmęczona bieganiem, chcę wreszcie przystanąć na chwilę i odpocząć. Zdaję sobie sprawę z tego, że te wszystkie wąskie paski ziemi, czyli te fragmenty ziemi pomiędzy trakcjami kolejowymi nie są zbyt bezpieczne, żeby się na nich zatrzymywać. No ale co mam zrobić? Trzeba iść dalej? Biec dalej? Ratować się...

Wąskie fragmenty niczyjej ziemi, pokryte zrudziałymi kamieniami, przez które przebijają się do życia bezwzględnie i bezwstydnie zielone kępki trawy, są wręcz niebezpieczne i przez to nie są wskazane do jakiegokolwiek zatrzymywania się! A tym bardziej do jakiegokolwiek pozostawania tam i odpoczywania. Są za wąskie. Po prostu za wąskie! Taka informacja, a raczej takie przekonanie rozkazuje mi, zmusza mnie, żeby pędzić dalej. Nie daję jednak rady. Nie mogę już. Jestem zmęczona.

– Co robić? – zaczynam panikować. – Czy mam jednak przeskakiwać przez te tory, czy położyć się płasko na tym wąskim skrawku ziemi między trakcjami? A może położyć się między torami? Wzdłuż torów? – myślę, wyczerpana ciągłym uciekaniem i nie tylko uciekaniem...

Chcę już odpocząć. Jestem bardzo zmęczona. Jestem wyczerpana do granicy możliwości. Wyczerpana, do granicy fizycznego nieznośnego bólu. Nie mogę tak więcej skakać? Nie chcę tak więcej skakać? Skakać, przeskakiwać, uciekać, bać się... Nie chcę tak więcej się bać! Tak się bać!

– Niech to się wreszcie skończy albo w jedną, albo w drugą stronę! – myślę zrezygnowana.

– Nie mam już więcej siły walczyć z przeznaczeniem...

Tym razem jest to samolot. Tym razem widziałam samolot-dwupłatowiec, rozbijający się prawie na dziedzińcu naszej szkoły.

– Naszej? Co ja właściwie mówię? Naszej, to także i mojej? Gdzie ja jestem? – chcę krzyknąć, ale nie robię tego.

Za bardzo pamiętam Bruna palącego papierosa. – Jednego? Zaraz, zaraz... chyba nie był to tylko jeden papieros?... Skąd mogłam przypuszczać, że był wtedy rok tysiąc dziewięćset dwadzieścia sześć? – zaczęłam myśleć intensywnie. – Nie było mowy o roku tysiąc dziewięćset dwadzieścia sześć? Myśli Bruna, stojącego przed szkołą i moje spotkały się w roku... tysiąc dziewięćset trzydzieści osiem? Skąd więc ta inna data? Zapewne spotykając Bruna nie był to też rok... tysiąc dziewięćset trzydzieści osiem, ale wcześniej? Tak by wynikało z naszego krótkiego i przypadkowego niby-dialogu? Tylko kiedy to było? – kombinowałam. – A może spotkałam Bruna na dziedzińcu szkoły dwa razy? – zastanowiłam się głęboko, bo taka teza wydała mi się bardzo prawdopodobna.

– Czy włoski pociąg, wiozący całą naszą rodzinę poprzez bezlistne krajobrazy południa Europy, gdzie tylko od czasu do czasu ciemno-zielone cyprysy rosły prawie ciągłą linią przy torach, byłby na to odpowiedzią? Nie bardzo chciało mi się w to wierzyć. W pociągu siedzieli przecież zupełnie inni ludzie? Faktycznie, wyglądali na Włochów, ale nie widziałam tam Bruna w beżowej marynarce? Bruna, który jak dotąd jedyny zareagował na moje wołanie, dobijanie się do innego czasu? Nie widziałam tam dziewczyny w szarej sukience, polskiej dziewczyny z blond włosami? Teraz już wiem na pewno, ona mówiła po polsku! Nawet wiem, jak miała na imię: Zosia, Sofie. Tak, Sofie! Tak ją nazywałyśmy! – Dlaczego właściwie nazywaliśmy ją Sofie?...

Szczątki wątków, rozmów, obrazów z pierwszego snu wracały do mnie jak bumerang z całą swoją wyrazistością. Przypomniałam sobie grupkę dziewcząt stojących na drugim piętrze, przy balustradzie schodów. Tam, gdzie zgubiłam Bruna...
Wspominały imieniny Sofie. Tak, wspominały imieniny tej Sofie z blond falami, przylizanymi do twarzy.
– Kiedy jest Zofii? Według polskiego kalendarza to piętnasty maj, a więc... spotkanie na schodach musiało odbyć się później, już po tych imieninach? Może... jakiś tydzień po? Najwyżej tydzień po? – zastanawiałam się. – Szkoła muzyczna... Szkoła muzyczna... – mruczałam pod nosem i starałam się sobie przypomnieć jak najwięcej. – Kiedy to się mogło wydarzyć? Kiedy to się mogło wy...

– Dwudziesty czwarty maj! – doznałam olśnienia. – To na pewno był dwudziesty czwarty maj! – nie miałam wątpliwości. – Tylko kiedy? Który to był rok? – czułam się jeszcze bardziej bezradna niż wtedy, kiedy obudziłam Matta i po raz pierwszy podzieliłam się moim odkryciem.

9

Nie będę już opisywać, jak bardzo bałam się, boję i bać będę. Jak fale emocji paraliżować mi będą ciało, zimny prąd przeszywać mięśnie, a pot spływać po twarzy. Przyjmijmy to za pewnik. Za sytuację tak oczywistą, przydarzającą mi się tak często, że wolałabym raczej skupić się na faktach, a emocje zostawić tam, gdzie już nie będę w stanie ich powstrzymać. Literatura faktu.

A zatem...

Tea weszła do przedziału pędzącego pociągu. Jej brązowa bluzka w białe paski przykuła moją uwagę. Wdrapała się na kolana Matta, prosząc o zabawę. Brązowa bluzka w białe paski nie dawała mi spokoju. Matt niechętnie odłożył telefon komórkowy, w którym tym razem coś sprawdzał i zaczął huśtać Teę: – Hop, hop, hop, paardje in galop... Tea een de dames paard... Tea op een heren paard... Tea op een boeren paard... Tea op een wild paard... Gaat in de grond!

– Ale fajnie papa, ale fajnie... – cieszyła się Tea. – Jeszcze raz, jeszcze raz, papa...

Matt powtórzył tę wyliczankę kilka razy, aż w końcu oboje mieli dosyć. Tea ześlizgnęła się z kolan ojca i grzecznie usadowiła się naprzeciwko Filipa, który tym razem siedział spokojnie obok mnie i coś nucił sobie pod nosem. Tea zajęła się rysowaniem, a Matt znów zaczął grzebać w swojej komórce. Brązowa bluzka w białe paski nie dawała mi spokoju...

– Może coś zjemy? – zaproponowałam nieśmiało. – Macie ochotę na... pasta-pesto?

– Tata nie pozwala. – odpowiedział smutno Filip, kopiąc mnie w nogę.

– A więc jednak?... – myśli kotłowały się teraz w mojej głowie w przyśpieszonym tempie. – Nie ma przecież w polskich wagonach Warsu takich dań? Najwyżej flaki, bigos czy kiełbasa na gorąco? „Tata nie pozwala?" Co to znaczy?

Gwałtownie otworzyłam drzwi przedziału. Prawie biegnąc, przemieściłam się do następnego wagonu. Jeszcze jeden wagon, niewiele ludzi rozmawia na korytarzu, jeszcze jeden wagon... Pędzę... Jest!

W lewym rogu okienko Wars. Zapach smażonej kiełbasy mieszał się z zapachem świeżej bazylii. Niedojedzona resztka makaronu w zielonym sosie spoczywała samotnie na talerzu, stojącym na parapecie okienka barowego. Automatycznie odwróciłam głowę.

Po drugiej stronie, przy stoliku siedział... Melonik. Czytał gazetę, której szukałam: „La Figaro". Nie patrzyłam dalej. Wybiegłam. Filip i Tea czekali na korytarzu. Pewnie biegli za mną?

– Gdzie jest tata? – krzyknęłam.

– Śpi. – odpowiedział zaskoczony Filip.

– Posłuchajcie... – wzięłam głęboki oddech. – Czy byliśmy już w tym Warsie?

– Tak.

– Jedliśmy coś?

– Nie...

– Dlaczego nie? – pytałam.

– Tata nie pozwolił... – odpowiedział niepewnie Filip.

W oczach zakręciły mu się łzy.

– A co chcieliście zjeść? – pytałam dalej.

– Pasta-pesto... – podbródek mojego syna zaczął drgać i w końcu Filip się rozpłakał.

Przytuliłam go bardzo mocno, prosząc, aby się natychmiast uspokoił i pomógł mi myśleć.

– Tata nam nie pozwolił. – Tea przejęła dialog rzeczowo.

– Dlaczego?

– Nie wiem? – odpowiedziała niewinnie. – Jestem bardzo głodna...

– Ja też... – dodał Filip.

– Zaraz zjemy... – zaczęłam.

– Dojeżdżamy do Berlina! – zawołała Tea. – O, tramwaje!

– Taak! Hurra! – ucieszył się nagle Filip.

– A co jeszcze było... Wydarzyło się w Warsie? – spytałam, ale nie dostałam odpowiedzi.

Dzieci zbyt zajęte były wyglądaniem przez okno.

– Pani... – odpowiedziała mi wreszcie Tea.

– Jaka pani?

– Taaka... młoda... – Tea wzruszyła ramionami. – Miała ładną sukieneczkę w żółte kwiatuszki i cały czas patrzyła na mnie.

– Mówiła ci coś?

– Nie. – odpowiedział chłodno Filip. – Zabrała nasze talerze z makaronem, bo tata nie pozwolił jeść.

– Dlaczego?

– Nie wiem?

– Nic nie mówiła? – pytałam dalej.

– Nic.

– A pan?

– Jaki pan? – Filip był wyraźnie zaniepokojony.

– Pan, który czytał gazetę? Pamiętacie pana, który czytał gazetę?

– Niee...

– Ja tak! – odpowiedziała z ożywieniem Tea. – Miał taki śmieszny kapelusik...

– A taak! – ucieszył się Filip. – Miał zieloną laskę, jak babcia Halinka, ale trochę ładniejszą. Przypominam sobie!

A więc jednak... Brązowa koszulka Tei w białe paski... Ta, którą ma teraz na sobie... Ta, którą kupiłam w H&M jakieś... no, może trzy miesiące temu, może w lutym... Tak, to była zima! Bluzka z... dwa tysiące szóstego roku... Brązowa bluzka w białe paski Tei, huśtającej się na poręczach surowych drewnianych ławek, ustawionych naprzeciwko siebie, na których przed chwilą siedziało czterech zastygłych, na czarno ubranych mężczyzn?

– Brązowa bluzka w białe paski, brązowa bluzka w białe paski... – zaczęłam powtarzać po cichu, jak jakąś mantrę.

 – Czyżbym była tam... tu... dwa razy? Najpierw sama, a potem z rodziną? Ale po co? – myśli kłębiły się w przyspieszonym tempie. – Po co miałabym tam wracać? – zastanawiałam się. – Dokończyć coś? Odkryć? Zrobić coś? Coś, co mnie przeraża, a jednocześnie wciąga, jak jakaś czarna dziura? Otwiera drzwi do następnej tajemnicy? Tajemnicy, którą powinnam poznać i pokonać? Tylko po co?

– Dojeżdżamy! Mamka! Maminka! Dojeżdżamy do Berlina! – zawołał podniecony Filip.

– Hurra! Wreszcie wysiadamy!

10

Wiosenne ulice Berlina, rozkwitłe dorodnymi platanami zachęcają do spaceru. Chcę być sama. Rozdzielamy się na rogu Kurfürstendamm i Fasanenstrasse. Matt, Filip i Tea w lewo, do antykwariatu, ja w prawo, w krainę wielkich sklepów. Nic tak nie oczyszcza, jak przebieranie się w kolorowe ciuchy bez zobowiązań. Wtapiam się więc w tłum i próbuję o wszystkim zapomnieć. Mam tylko godzinę. Sklepy zamykają dzisiaj o dziewiątej. Na szczęście.

Mało czasu, więc rozpoczynam rundę od zwiedzania Peek & Cloppenburg. Jak zwykle „look" na dział młodzieżowy i... „we go"! Kilka par dżinsów, sukienek, spódnic i bluzek wrzucam do przymierzalni, żeby za chwilę wymienić to na inny zestaw. Przebieram się tak szybko, że aż zaczynam tracić przyjemność. Muszę jeszcze przecież zdążyć do KaDeWe, a ta cholerna sukienka utkwiła mi na cyckach tak, że nie mogę jej zdjąć! Ani w górę, ani w dół!
– Cholera, akurat teraz, kiedy tak się śpieszę! – zdenerwowana ciągnę sukienkę do góry i stoję tak uwięziona z podniesionymi rękami przed lustrem, którego zresztą nie widzę. – Nie będę przecież prosić o pomoc? – myślę w popłochu i zdesperowana szarpię tą sukienką do skutku.
– Wreszcie! Uff... Udało się! Cholerny suwak, aż ściągnęło mi stanik!
Swoją drogą, gdyby tak prześwietlić te wszystkie kabiny i zobaczyć tych wszystkich zmagających się z materią ubraniową ludzi, można by nakręcić niezły film: ciasno, sterty ciuchów, pot, smród i ten trans zakupowy. Niezły ubaw.

Komórka dzwoni. Pewnie Matt i dzieci szukają mnie. W spodniach opuszczonych do kolan odbieram: – Ja? Ja? Okej, okej...
Dajcie mi na razie spokój. Matka chce sobie wreszcie poprzymierzać.
Decyduję się na spodnie. Płacę szybko kartą i już jestem w sklepie obok. Wielki luksusowy magazyn. Tu muszę trochę zwolnić, popatrzeć na okulary słoneczne, powąchać wody toaletowe, niektórymi się popsikać, jeżeli starczy miejsca na rękach, wysmarować się szybko jakimś dobrym kremem albo i dwoma, szmineczka, maskara... Wszystko sprawnie i dyskretnie. Och, jak ja to lubię, jak to lubię...

W dziale bielizny, jak jest czas, przymierzam kilka zestawów, ale teraz nie mam czasu. Jest za dwadzieścia dziewiąta i muszę się sprężać. Wpadam jeszcze na górę, żeby przeczesać ubrania i buty. Szybki marsz między wieszakami nie należy do najprzyjemniejszych, ale może uda mi się coś jeszcze upolować?

Wychodzę ze sklepu KaDeWe tuż przed zamknięciem. Ludzie obładowani torbami przeciskają się do wyjścia. Niektórzy zatrzymują się w holu na papierosa. Ja idę dalej, zadowolona z zakupów: spodnie Diesla i zielony płaszcz. Nie ukrywam, że idę z lekkimi wyrzutami sumienia. Od czasu do czasu mam gest i pozwalam sobie na małe szaleństwo. Zresztą, Matt na ogół pomaga mi w tym. To dzięki niemu mam na przykład tyle kompletów bielizny, które dowolnie mogę ze sobą zestawiać, a nie tylko kombinować z dwoma stanikami i dwiema parami gaci, które przez pół mojego ubogiego życia musiałam na przemian prać ręcznie i suszyć po nocach na różnych kaloryferach. To dzięki namowom Matta mam też kupę innych rzeczy. Mam staniki, bluzki, sukienki i buty, a teraz mam nowe spodnie i ładniutki płaszcz. I dobrze, tak ma być. W końcu zasługuję na to. Z drugiej strony, życie jest jedno... Za chwilę założę te ciuchy, a przynajmniej spodnie, bo na płaszcz jest już za ciepło. Muszę jeszcze tylko dojść do hotelu, a to kawał drogi. Ale co tam? Czeka mnie miły wieczór. O dziesiątej wybieramy się na kolację. Wspaniałą jak zwykle kolację w Literaturhaus. Kolejne przeżycie kulinarne, dla mnie prawie mistyczne, typu: „mmm, o dżisis, mmm", dzięki któremu odkryłam, że gotowanie na gazie to także sztuka.

Stołujemy się tu od lat. Właściwie prawie od urodzenia naszych dzieci, kiedy to postanowiliśmy przedzielać uciążliwe holendersko-polskie podróże jednodniowym pobytem w Berlinie. Takie małe wakacje, przyjemność, zwiedzanie sklepów, jakieś ZOO, jakieś muzeum, a przede wszystkim mój ciuchowy trans i dobre żarcie! Zawsze ten sam hotel Atlanta, ta sama restauracja w Literaturhaus, chyba że skusimy się na pasta-pesto u Włocha. Ten sam rytuał usypiania dzieci: „Niee, mamusia i tatuś tylko na chwilkę na zewnątrz, żeby sprawdzić jak działa baby-phone"... Ten sam rytuał picia grappy już w łóżkach.

Pierwszy raz w Literaturhaus, zachwycił mnie kompletnie. Zachwycił mnie tam nie tylko sam wystrój, a ściślej tzw. ogród zimowy, gdzie jadaliśmy pod palmą o każdej porze roku bez względu na to czy było zimno, czy ciepło, ale zachwyciło mnie tam przede wszystkim samo jedzenie, a głównie zestawianie oryginalnych, aczkolwiek prostych dań w taki sposób, w jaki do tej pory nie przyszło by mi do głowy.

Wszystko było tam zjawiskowe! Wszystkie dodatki, sosy, dresingi były zjawiskowe. To tego sam już perfekcyjny wygląd talerza powodował u mnie niebywałą wręcz euforię estetyczno-węchową, a ślinianki moje pracowały tak intensywnie, jak u przegłodzonego psa.

Na przykład dresing do pewnej sałatki. Teraz, to pikuś, ale kilka lat temu... Moje odgłosy podczas jedzenia... No, powiedzmy: „dżisis i mmm"... należały do najbardziej cenzuralnych. Wielokrotnie Matt musiał mnie uciszać, a gdy to nie pomagało, wsadzał rękę pod stół i z niewinnym uśmiechem łypał na boki...

Sekret polegał na tym, że do mieszanki: balsamico, dobrej oliwy z pierwszego tłoczenia i kropli miodu dodawało się trochę prawdziwego bulionu. Sałata z misternie ułożonymi listkami, w zagłębieniu których szkliły się krople złocistego sosu z dodatkiem prażonych orzeszków pinii, wędzonego łososia, posypanego czerwonym pieprzem rozpływała się w ustach. Pycha! Albo pieczony w morskiej soli łosoś. Próbowałam odtworzyć ten przepis wielokrotnie i powiem szczerze, że w końcu się udało! Sól przyklejamy delikatnie tylko do rybnej skórki, która po upieczeniu jest tak chrupka, pofałdowana wypieczonymi bąbelkami białka, że aż odstaje w apetycznym wygięciu od reszty soczystego mięsiwa. Ma tak wspaniałą konsystencję, że w momencie przegryzania rybnej skórki zastanawiam się czy jest ona oby nie zakraszana jakąś tajemniczą dodatkową obróbką kulinarną? No taak... Można by marzyć i marzyć... Szczerze mówiąc, poczułam się nagle głodna i ostro przyśpieszyłam tempo marszu, nie zwracając nawet uwagi na tak kuszące wystawy.

– Mademoiselle? – usłyszałam nagle kobiecy głos.
– Oui? C'est moi?... – odruchowo odpowiedziałam po francusku, choć nie znam tego języka. Oczywiście rozumiem co nieco, ale żeby mówić? Najdziwniejsze, że zaczęłam nagle myśleć w tym języku? Nie jestem już także panienką?...
Rozejrzałam się dookoła, ale nie zobaczyłam nikogo obok siebie, choć uliczny gwar żył sobie swoim wieczornym, letnim życiem. Trochę zasko-

czona, przeszłam parę kroków. Zegar na wieży kościelnej właśnie kończył wybijać godzinę dwudziestą-pierwszą.

Spojrzałam na wieżę tego ocalałego częściowo po wojnie kościoła, którego nie do końca odbudowana ruina odcinała się niemal surrealistycznie od nudnego postkomunistycznego otoczenia. Podziwiałam niebieskie szyby kościoła, które mieniły się różnymi odcieniami turkusów i błękitów, rozświetlanymi dodatkowo ostatnimi promieniami zachodzącego już słońca. Zegar na wieży kościelnej umilkł, a ja zaciągnęłam się ciepłym i suchym powietrzem.

Zbliżyłam się do pasów, tuż przed sklepem C&A. Ostatni klienci wychodzili właśnie z magazynu. Jakaś matka z trzykołowym wózkiem mocowała się przy krawężniku. Nawet chciałam jej pomóc, ale poradziła sobie i przeszła na drugą stronę ulicy, w kierunku dworca kolejowego Zoologischegarten. Popatrzyłam, jak znika z wózkiem za rogiem jakiegoś budynku. Ja poszłam dalej, prosto w stronę hotelu. Ze spuszczoną głową przeszłam może kilka metrów, gdy kobiecy głos zaskoczył mnie ponownie.

– Mademoiselle?...

Podniosłam głowę.

Tłum ludzi, który przed chwilą mnie otaczał, zniknął w ułamku sekundy, rozpłynął się. Tylko odgłosy gwaru ulicznego, samochodów zostały jeszcze na chwilę, ale i one zaczęły się stopniowo oddalać powolnym zjawiskiem Doplera, jakby ktoś zmieniał obroty taśmy magnetofonowej na coraz wolniejsze, coraz cichsze i niższe tak, aby za chwilę dojść do zera. Cisza... Nic się nie dzieje... Cisza i nuda... Kątem oka zauważyłam brązowe zaokrąglone pantofle na nogach kobiety, która stała bardzo blisko mnie.

– Podobne do tych, jakie mam na sobie?... – przemknęło mi przez myśl.

Jej, były jednak bardziej zniszczone, a szara jedwabna sukienka w żółte kwiatki powiewała na wietrze, muskając delikatnie moje kolana. Bardzo jasnoniebieskie i przenikliwe oczy młodej kobiety patrzyły teraz prosto na mnie, a gruby warkocz jej ciemnych włosów opadał miękko na ramiona.

– Marija... – szepnęła wzruszona. – Marija... – prawie nie otwierała ust, a jej przenikliwe oczy świdrowały mnie na wylot.

Biło z nich jakieś światło, niesamowite światło. Chciałam uciec od tego światła i od całej tej sytuacji, ale sparaliżowane nagłym strachem nogi odmówiły mi posłuszeństwa.

– Czyżby czas wywinął mi znowu psikusa, zapętlił się i cofnął na nowo?

Stałam jak wryta i przyglądałam się na jej pełne i kształtne usta, które z takim upodobaniem, przejęciem i takim wzruszeniem wypowiedziały to imię: – Marija...

Rozejrzałam się wokół siebie. Tłum ludzi, „współczesnych" ludzi wrócił nagle i sunął powoli, jakby w zwolnionym tempie. Zupełnie bezgłośnie. Poubierani w dżinsy i t–shirty turyści, matki z trzykołowymi wózkami, zadbane pary, wybierające się do kina czy na kolację należeli teraz do innej rzeczywistości, do świata, do którego przed chwilą i ja przynależałam. Teraz ten świat rozciągnął się w jakąś nieskończoność. Nieskończoność jednak na tyle ograniczoną, że potrafiłam zauważyć i określić otaczające mnie zjawiska: cisza i współcześni ludzie, sunący bezgłośnie, jak w niemym filmie, gdzie kabel ze ścieżką dźwiękową został brutalnie wyrwany z kontaktu,

– A więc są? Istnieją?... Tylko dlaczego coś albo ktoś wyłączył im głos?

Cisza... Przerywana od czasu do czasu wzruszonym szeptem kobiety w szaro-żółtej sukience, szeptem, skierowanym niewątpliwie do mnie: – Marija...

Dlaczego taka cisza? Dlaczego taki film? Do czego służy ten film w takiej ciszy? Czy ten niemy film stanowi jakieś tło do tego spektaklu? Do tego spotkania? Tło do nieprzypadkowego spotkania Maryjki... i ... Laury?

– Dlaczego taka cisza? – próbuję otworzyć usta, żeby odpowiedzieć, ale jakaś nieznana obezwładniająca mnie siła zatrzymała, wygięła mi dolną szczękę nienaturalnie.

Wielkie „O" zastygło na mojej twarzy w bolesnym grymasie. „O", którego nie mogłam ani wydłużyć, ani cofnąć! Trwało to może parę sekund, parę zastygłych sekund przerażenia, po czym z gardła wydobył mi się dziwny gulgot, zupełnie niepodobny do mojego głosu:

– La-u-ra... – mój głos?

Tak dziwny, nieznany, jakby podwójny? Jak jakieś unisono zestrojonych ze sobą kilku głosów? Z bliska, a jednocześnie z oddali? Unisono prawie idealne, bez żadnych przesunięć, dudnień...

– La-u-ra... – powtórzyłam to imię, oddzielając starannie sylaby.

– La-u-ra... – wsłuchiwałam się w każdą sylabę, próbując odczytać jakiś sens i znaczenie tego słowa.

– La-u-ra... – A więc to ja? A więc to Marija? Kim jest Marija? I kim jest Laura?

Kobieta uśmiechnęła się nieznacznie. Jej przenikliwe niebieskie oczy utkwiły we mnie i błyszczały jeszcze mocniej. Wydobywało się z nich oślepiające światło. Zaczęło robić się coraz jaśniej i jaśniej, prawie widno, a przecież był, jest wieczór? Odruchowo spojrzałam na zegarek: Dwudziesta-pierwsza zero zero.

– Co takiego? Dwudziesta-pierwsza? Dlaczego jest dzień? Dlaczego jest tak widno? Czyżbym zatrzymała się w czasie? Dlaczego nie poruszyła się wskazówka na moim zegarku? Przecież... dwudziesta-pierwsza już była?! – próbowałam myśleć logicznie. – Już była?!... – zaczęłam odtwarzać rzeczywistość od końca: – Pamiętałam tę matkę z wózkiem trzykołowym, która próbowała przejść przez jezdnię przy sklepie C&A? Pamiętam te turkusowe witraże w tym kościele? I tę wieżę? I ten zegar?...

– Marija, to dla ciebie. Marija... – Laura wyciągnęła rękę, żeby coś mi podać.

– Nie nazywam się Marija! – krzyknęłam, ale głos utkwił mi w gardle. Widocznie poruszyłam się przy tym zbyt gwałtownie, bo to coś wypadło jej z dłoni i zawirowało gdzieś w okolicy moich kolan. Opadło na chodnik. Patrzyłam jak spada. Powoli, koziołkując kilka razy... Schyliłam się, żeby podnieść jakąś karteczkę. Laura musiała w tym czasie zrobić to samo, bo nasze głowy spotkały się. Przylgnęłyśmy na chwilę do siebie czołami tak blisko, że wielkie błękitne oko, jedno wielkie błękitne oko Laury, wypełniające prawie całą jej drobną twarz połączyło się z jednym wielkim i brązowym okiem Maryjki.

– To dla ciebie... – szepnęła mi prosto w twarz, po czym rozpłynęła się. Dosłownie! Znikła! Po prostu znikła, rozpływając się, rozdzielając się jakby na boki...

Stałam tak chwilę oszołomiona. Czułam jeszcze zapach jej perfum. Przyblakłe falbanki jej szarej sukienki w żółte kwiatki stawały się coraz bardziej przezroczyste, coraz bardziej nikłe, aż w końcu rozmazały się całkowicie w mroku wieczornej majowej ulicy Berlina. Zapach...

Stałam bez ruchu. Nie wiem jak długo. Kiedy wypłynęłam na powierzchnię świadomości, jakiś przechodzień z mega plecakiem w pomarańczowej czapeczce Nike szturchnął mnie w łokieć:

– Excuse me? Where is the nearest S–ban station please?

– Over there... – wskazałam mu kierunek dworca Zoologishergarten.

Zachodzące słońce ostatnimi promieniami malowało cienką różową nitkę światła nad horyzontem, na tle szaro-granatowego nieba.

– Muszę się spieszyć – pomyślałam. – Matt już pewnie uśpił dzieci i czeka na mnie wściekły w restauracji.

Sięgnęłam po komórkę, żeby do niego zadzwonić. Jakież było moje zdziwienie, gdy na ekranie telefonu wyświetlił mi się taki obraz: 24.05. 2006. Godz. 21.00.

– Przecież to niemożliwe? – instynktownie odwróciłam głowę.

Matka z dzieckiem w trzykołowym wózku wychodzi właśnie z wielkiego magazynu C&A. Dochodzi do krawężnika ulicy, przez którą zamierza przejść. Koło wózka utknęło w jakiejś koleinie.

– Może Pani pomóc? – pyta Maryjka.

Nie! Wróć!

– Może Pani pomóc? – pytam po angielsku.

– No, thanks... – odpowiada mi zdawkowo matka.

Uwalnia wózek z koleiny i pcha go dalej, kierując się w stronę dworca. Ja... zostaję na rogu Kurfürstendamm i Hardenbergstrasse. WIDZĘ SIEBIE!

– Przecież to niemożliwe?! Jest godzina dwudziesta-pierwsza zero zero!? Przecież to niemożliwe? Tyle się wydarzyło? Matka pewnie robi już dziecku kolację, a trzykołowy wózek stoi na klatce schodowej i czeka, aż go później wniesie na górę? Gdzie jest Laura? Przecież rozmawiałam z nią jakąś chwilę? Chwilę rozciągniętą w czasie? Takie slow-motion? Przecież... Dwudziesta-pierwsza już dawno była? BYŁA? Przechodziłam z pasów na chodnik jakiś czas temu? Stoję tu jakieś może... dwadzieścia minut i dwadzieścia metrów od krawężnika! Dla mnie cała wieczność...

– Co się właściwie wydarzyło? – próbuję odtworzyć przeszłość, a w zasadzie teraźniejszość.

– Gdzie się przed chwilą znajdowałam? Gdzie podziewa się Laura? Kto to w ogóle jest Laura i skąd ją znam? Skąd ona zna mnie? Dlaczego mam na imię Marija? Przecież, o ile wiem nazywam się Julia? Tak, Julia? Julia, a nie jakaś Marija? Kto to jest Marija? A może Marija i Julia to ta sama osoba? A może Marija w ogóle nie istnieje, albo odwrotnie?

Tyle się wydarzyło? A może nic się nie wydarzyło, bo zegar stoi zastygły i ciągle pokazuje godzinę dwudziestą-pierwszą?

– A może... – intuicja napierała na jedyną wersję, którą tak naprawdę już znałam, a na pewno przypuszczałam, bałam się jej, a zarazem chciałam poznać, pokonać jej nieludzką tajemnicę. Wersję, która przekonywała mnie w tym, że znalazłam się w dwóch życiach jednocześnie. W dwóch niezależnych czasach.

– Czas do kwadratu? – zapytałam siebie na głos. – Czas do sześcianu? Czas do jakiejś potęgi? Na pewno?... – próbowałam logicznie myśleć.

Wyobraziłam sobie prosty schemat: Gdyby linia X była linią życia z dwa tysiące szóstego roku, to prostopadła linia Y, aby uzyskać czas do kwadratu przeszłości musiałaby wskazywać na linię życia z roku tysiąc dziewięćset szesnaście. Dziewięćdziesiąt lat do tyłu, bo dziewięćdziesiąt stopni ma kąt prosty, a tylko w taki sposób uzyskamy kwadrat, mnożąc X przez Y. Musiałam więc lawirować w tej przestrzeni czasowej to tu, to tam? To szkoła muzyczna z tysiąc dziewięćset trzydziestego ósmego roku, kąt 68°, to pociąg z tysiąc dziewięćset dwudziestego szóstego roku, pędzący po południowej krainie Europy, kąt 80°?... – Zaraz, zaraz... – myślałam intensywnie, choć nie było to łatwe.

Stałam tak, jak słup na ulicy, potrącana przez przechodniów, a moja komórka co chwilę dzwoniła.

– Jeżeli pomnożymy X i Y, to uzyskamy XY, a nie X2 czy Y2. Nie jest to więc czas do kwadratu, a powierzchnia dwóch czasów. Dwóch żyć... Jeżeli dołączymy do tego wymiar Z, to przy prostym rachunku, przy pomnożeniu X, Y, Z otrzymamy objętość czasową. Objętość, przestrzeń czasową lat: tysiąc dziewięćset dwadzieścia sześć, tysiąc dziewięćset trzydzieści osiem i dwa tysiące sześć!

To jak... rozchodzące się linie? Linie, jak noworoczne balony na drutach, wepchnięte w duży kartofel czy kapustę, a może seler? W Punkt! Linie, wepchnięte w punkt! Niebieski, na szarym tle? A może czerwony? Linie, oznaczające różne lata, czasy, istnienia? Pędzące nieubłaganie, każda w swoim kierunku, z wymierzonymi wektorami w swoje nieskończoności, przeznaczenia... Linie, jak promienie słońca, które TU zachodzi, a TAM wschodzi...

Ja jestem tym punktem i ogarniam wschód i zachód jednocześnie! Ja stoję pomiędzy tymi liniami wplątana w ich labirynt! Ja odczuwam delikatne dudnienia, wibracje, szumy i fale przeszłości!

– Tylko skąd ten kwadrat?

Czas do kwadratu nie daje mi spokoju.

– A może... X razy X razy X razy...

Komórka dzwoni niemiłosiernie. Nie zwracam na to jednak uwagi. Powoli, jak w transie schylam się i podnoszę z chodnika jakąś kartkę.

Zdjęcie. Jest to żółto-brązowe zdjęcie w sepii, o wymiarach, jakieś... dziewięć na piętnaście centymetrów. Na zdjęciu młoda kobieta z niemowlęciem. Twarz jakby znajoma? Obok, starszy mężczyzna. Siedzą na ławce, w jakimś zarośniętym ogrodzie. Przy nich stoi dziecięcy wózek z dużymi kołami. Szprychy w kołach są tak zardzewiałe... Odwracam szybko zdjęcie. W górnym prawym roku odczytuję wykaligrafowany napis: „Choroszcz. 1916".

11

Szkoła muzyczna w niedużym mieście na wschodzie Polski. Młoda kobieta stoi wewnątrz budynku, oparta o balustradę starych drewnianych schodów. Patrzy w dół. Potem w górę. Wodzi wzrokiem po błękitnawo-szarych, dawno nie odnawianych ścianach klatki schodowej.

– Przydałoby się tu pomalować? – pomyślała. – Jeszcze nie tak dawno była tu ta kolorowa tapeta? Wyglądało to ładniej i schludniej, ale po pożarze...

Mocne południowe słońce wpadło przez owalne zabytkowe okno półpiętra. Rozświetliło wielkie ciemno-brązowe i rzeźbione drzwi naprzeciwko. Masywne podwójne drzwi, które zawsze trudno było otworzyć i trudno było zamknąć. Sala organowa.

Popołudniowe słońce rozgrzewa plecy młodej kobiety, opartej o balustradę schodów. Kobieta patrzy w dół, ale nie widzi i nie słyszy nic i nikogo. Bezwzględna cisza świdruje w uszach swoją intensywnością. Rozgląda się powoli, nieśmiało i uważnie, jakby chciała zapamiętać, przypomnieć sobie każdy najmniejszy szczegół z otaczającej jej rzeczywistości. Patrzy na brudne, szaro-niebieskie niepomalowane ściany.

– Przydałoby się tu pomalować... – westchnęła.

– Pożar ten... zmiótł cały urok... – myśli sobie. – Na dziedzińcu panowała taka panika? To jest trauma, wielka trauma. Ciekawe czy coś może ją przebić? Odbudować? Zagłuszyć ten ból? Całe szczęście, że nikt poza pilotem nie zginął...

Jest pełnia lata, a raczej pełnia późnej wiosny. Za chwilę będą wakacje.

Maryjka czuje się spełniona. Zdała fortepian na piątkę, a z resztą przedmiotów jakoś sobie poradzi. Może uda jej się zaliczyć wszystko jeszcze przed końcem roku? To znaczyłoby, że za kilkanaście dni mogłaby pojechać do domu. Jeżeli nie uda się jej pozdawać wszystkiego wcześniej, jeszcze przed wakacjami, to najwyżej za kilka tygodni wróci do Sète.

Ojciec na pewno się ucieszy. Nie widzieli się od prawie roku. Tylko te listy wysyłane raz na dwa miesiące. To za mało. Stanowczo za mało. Są ze sobą przecież tak związani, tak zżyci, jak mało kto...

– A tyle się wydarzyło? Tyle wydarzyło i tyle się jeszcze wydarzy... – pomyślała, z nieukrywaną radością.

Najchętniej opowie mu o wszystkim osobiście. Jeszcze trochę. Jeszcze tylko kilkanaście dni. Taką ma nadzieję. Za chwilę i tak będą wakacje.

– Jak dobrze, jak dobrze... – Maryjka westchnęła z ulgą.

Wyobraziła sobie Tadeusza, jego zielone rozpalone oczy i śniade sprawne dłonie, które tak ją ostatnio często dotykały. Poczuła lekki i przyjemny dreszcz na plecach, a jej ramiona pokryła gęsia skórka. Uśmiechnęła się, ale za chwilę spoważniała. Przypomniało jej się to, co ostatnio mówił Bruno. Wzdrygnęła się na samą myśl i postanowiła ją odgonić. Odeszła od balustrady schodów, gdzie przez jakiś czas samotnie stała i podeszła do okna na półpiętrze. Owalne okno było uchylone, więc bez trudu wyjrzała na dziedziniec szkoły.

– O wilku mowa... – pomyślała, widząc stojącego na placyku Bruna. – Brun... – chciała zawołać, ale szybko zrezygnowała.

Patrzyła, jak Bruno zaciągał się z lubością papierosem, po czym wyrzucił peta z pożółkłej szklanej fifki na wyschniętą, ubitą ziemię, glinę jakby, takie jakby gliniane wyschnięte klepisko, przydeptał butem tlącą się jeszcze resztkę papierosa i zdecydowanie zaczął iść w kierunku budynku szkoły. Maryjka chciała wybiec do niego, zbiec z tego drugiego piętra, żeby go przynajmniej spotkać na dole, ale nogi odmówiły jej posłuszeństwa. Nie mogła się ruszyć z miejsca. Stała tak jakiś czas przy oknie, a gdy wreszcie poczuła się lepiej, wróciła do balustrady schodów i ciężko się o nią oparła.

– Jeżeli to prawda... – pomyślała, opuszczając głowę.

– O Boże, Bruno, obyś nie miał racji... – westchnęła smutno. – Obyś nie miał racji... – próbowała zagłuszyć tę straszną myśl, która od dłuższego czasu zakłócała nie tylko jej beztroską sielankę, ale przede wszystkim zakłócała bezpieczeństwo Tadeusza, jej najdroższego, najukochańszego mężczyzny, który może być przecież powołany do wojska?

Do jakiejś niesprawiedliwej i niepotrzebnej nikomu armii samców żądnych władzy? Tak jak Bruno jest powołany? A przecież to nie wróży nic dobrego?

– Nie zdarza się to na szczęście jeszcze tak często, ale... to nic dobrego nie wróży... – myślała.

– Maryjka! Dobrze się czujesz? – usłyszała, jak przez mgłę.

Kilka dziewcząt, przekrzykując się pędziło po schodach na górę, do biblioteki szkolnej. Przystanęły przy niej i zatroskana Olga zajrzała jej w twarz.

– Wszystko dobrze? – ponownie zadała pytanie i nie spuszczała z niej oczu.

– Taak... – odpowiedziała Maryjka i z trudem podniosła głowę.

Próbowała się uśmiechnąć, ale nie za bardzo jej to wyszło.

– Taak... – wypuściła ze świstem powietrze z płuc i bezradnie popatrzyła na koleżanki.

– To niesprawiedliwe... – westchnęła. – To niesprawiedliwe co się dzieje... To nie-spra-wie-dli-we... – wycedziła powoli, potrząsając z niedowierzaniem głową.

– Pewnie, że niesprawiedliwe... – podjęła Olga i zaczęła swój wywód, ale Maryjka już jej nie słuchała.

Zaszczepiony niepokój skutecznie odgonił całą nowo-powstałą rzeczywistość, która pojawiła się nagle, jak za dotknięciem jakiejś czarodziejskiej różdżki, pilota telewizyjnego czy jakiegoś innego włącznika energii. Rzeczywistość, która bezwzględnie poruszyła cały ten niemy do tej pory film. Rzeczywistość, która uruchomiła tę ścieżkę dźwiękową na nowo, aby za chwile znów ją wyłączyć.

– Klik...

Maryjka patrzy na ciągle poruszające się usta Olgi, ale nic już nie słyszy. Gesty Olgi, wymachiwanie rękami, oburzenie na jej twarzy też tracą swoje znaczenie. Maryjkę niepokoi coś innego. Niepokoją ją ciągłe mobilizacje. Mówi się, że będzie wojna.

12

Zrobiło mi się niedobrze. Czasami mdleję, standardowo raz na rok, ale tym razem nie mogłam sobie na to pozwolić. Byłam sama, nie było przy mnie ani Matta, ani dzieci, ani nikogo.

– Nie, nie teraz... – próbowałam się uspokoić.

Nie chciałam robić tu żadnego widowiska.

– Nie teraz... – modliłam się w duchu i zaczęłam myśleć intensywnie o tym, że moje zdrowie psychiczne jest w zupełnym porządku.

Nie piłam alkoholu ani wczoraj, ani dziś, nie biorę żadnych leków, ani innych środków czy narkotyków. Uważana jestem za całkiem normalną, okej artystka, inteligentną i wrażliwą osobę.

Przysiadłam na murku, otaczającym najbliższe drzewo. Posiedziałam chwilę, starając się ogarnąć myśli:

– Nazywam się Julia i żyję w dwudziestym-pierwszym wieku. Kim jest więc Marija? Kim jest Laura? Dlaczego się tam znowu znalazłam? – myśli moje kotłowały się i pędziły w różnych kierunkach, jak stado przestraszonych zwierząt.

Pędziły nieubłagalnie, z wymierzonymi jak strzały wektorami w swoje nieskończoności i swoje przeznaczenia.

– Co się dzieje? Co się właściwie wydarzyło? – próbowałam dojść do siebie.

Na szczęście mrowienie w dłoniach ustało, a żółte kropeczki, połyskujące na czarnym tle negatywu mojej świadomości znów zaczęły zamieniać się w pozytyw, pachnący wieczornym powiewem późnej wiosny. Rozstawiłam szeroko nogi, a głowę zwiesiłam w dół:

– Nazywam się Julia i żyję w dwudziestym-pierwszym wieku. – powtórzyłam to zdanie kilka razy w myślach, a ostatni raz już na głos.

Ludzie przechodzili obok mnie niezauważalnie...

– Kim jest Marija? Kim jest Laura? Dlaczego się tam... tu... znowu znalazłam? – dalej na głos organizowałam moje stargane myśli.

Oddech powoli zaczął mi wracać i uspokajać się. Jedno wiedziałam na pewno: rozmawiałam przed chwilą z Laurą! – Dla-cze-go właśnie ja? I czy tylko ja? – zadawałam dalej na głos pytania, oddzielając wyraźnie sylaby.

Jakiś facet przechodzący obok drzewa, spojrzał na mnie zdziwiony i puknął się parę razy w czoło. Chciałam mu na ten gest odpowiedzieć wy-

stawieniem środkowego palca, ale szybko zrezygnowałam i tyko pokazałam mu język.

– Po co znów w to włażę? Po co miałabym dotykać tej tajemnicy? Tajem-
nicy, o którą wcale nie prosiłam i nie proszę? Tajemnicy dwóch światów?
Dwóch czasów jednocześnie? Funkcji dwóch czasów? A może trzech?
A może czterech? Tajemnicy do jeszcze wyższej potęgi?...
– Zdjęcie w sepii, z tysiąc dziewięćset szesnastego roku... – przypomnia-
łam sobie.

Teraz dopiero zaczął się młyn: Obrazy z tysiąc dziewięćset dwudziestego
szóstego roku, tysiąc dziewięćset trzydziestego ósmego, trzydziestego
dziewiątego, może nawet i z tysiąc dziewięćset trzydziestego siódmego
roku, aż wreszcie z dwa tysiące piątego i szóstego roku zaczęły wirować,
jak ogromne koło ruletki. Jakby ktoś ponakładał na siebie kilka klatek filmowych, kilka wątków i puszczał je jednocześnie! Kilka filmów: dwa, trzy
i więcej. Nieskończona ilość filmów!
W tym samym momencie rozgrywające się wątki, akcje... Smutek, radość,
miłość, śmierć...
Ja te filmy oglądam i rozróżniam losy, wątki bohaterów. Przyglądam się
tym rolom, gdzie sama jestem główną aktorką! Jedną z głównych aktorek!
Przyglądam się tej funkcji czasu do nieskończonej potęgi, a raczej funkcji
czasów do nieskończonej potęgi, nieskończonych potęg. Ba, uczestniczę
w tym spektaklu! I nie ma to nic wspólnego z żadną reinkarnacją, w którą
dość ostro wierzę i którą udało mi się bezkolizyjnie ułożyć z wiarą, religią
kościoła chrześcijańskiego. Relnkarnacja sugeruje liniowość, następowa-
nie czegoś po czymś w samej definicji: „Kiedyś miałaś takie życie, teraz
masz takie, a jak sobie zasłużysz, to możesz mieć taakie, a nawet pójść
prosto do nieba"! Reinkarnacja to czas liniowy.
Czas do kwadratu, czas do sześcianu i większych potęg jest przeciwień-
stwem liniowego myślenia. Ja się nie reinkarnuję! Ja sobie jestem, żyję
w dwóch, trzech życiach jednocześnie! Dwie, trzy różne daty, epoki, gdzie
wypadkową, punktem zbieżnym, funkcją, jestem... JA SAMA! Ja sama,
w swojej materialnej i niematerialnej formie! Ja Julia! Ja... Marija! Ja... kto
by tu jeszcze... i kiedy?... Tylko po co? Kiedy się tego dowiem i czy na pewno się dowiem?

66

– Jeszcze nie teraz, jeszcze nie teraz... – jakaś mglista myśl, jak proroczy śpiew podpowiada mi cicho: – Jeszcze nie teraz...

Kim jest Laura, nie robiło już na mnie takiego wrażenia, ani fakt, że znam ją z tamtego pociągu. Wrażenie robiło na mnie to, że... przemówiła!

Siedzę na murku. Na ekranie mojej komórki ciągle wyświetla się godzina dwudziesta-pierwsza, chociaż jest już prawie ciemno.

Powoli dochodzę do siebie. Chowam zdjęcie do torebki. Wstaję, żeby wreszcie powlec się do hotelu, gdy dzwoni telefon.

– Gdzie jesteś? – woła wściekły Matt. – Nie mogę się do ciebie dodzwonić od ponad godziny? – wykrzykuje. – Dlaczego nie odbierasz telefonu?

– Nie odbieram telefonu? Od ponad godziny?...

I znów zobaczyłam ten samolot... Samolot-dwupłatowiec, zataczający kolejne okręgi nad dziedzińcem naszej szkoły... I znów pojęłam, że coś się zaraz stanie, że coś się zaraz wydarzy. Coś strasznego, nieodwracalnego i nieuniknionego...

– Nieuniknionego... – wypowiedziałam to słowo powoli i ze wszystkich sił i za wszelką cenę spróbowałam podciągnąć do góry ociężałe powieki. Wreszcie udało mi się z trudem otworzyć oczy.

13

Jak już wcześniej wspomniałam, czasami zdarza mi się zemdleć. Standardowo raz do roku tracę przytomność. Wpływają na to różne okoliczności: widok krwi własnej, czyjejś, ból, zmęczenie, wyobrażanie sobie trudnych sytuacji. Na początku robi mi się niedobrze. Jak zwykle to samo okropne uczucie pojawia się gdzieś w okolicy żołądka: uczucie, jakby chciało się zwymiotować, duszno, brak powietrza, a potem już tylko mrowienie nóg, rąk, twarzy, całego ciała, zanik kolorów, kształtów i podświadome szukanie bezpiecznego miejsca, żeby się położyć i nie poobijać, zanim stracę zupełnie świadomość. Jasne punkciki na ciemnym tle pulsują z coraz większą szybkością, przybliżają się i oddalają, a strzępki dochodzących głosów przestają mieć dla mnie jakiekolwiek znaczenie:

– Julia, Julia! Co się dzieje?...

– Proszę pani? Proszę pani? – to ta gorsza wersja scenariusza.

Jest mi wszystko jedno, choć zawsze lub prawie zawsze towarzyszy mi przy tym uczucie lęku przed śmiercią. Niekiedy w „ostatniej chwili" chwytam się ręki Matta: – Ale ja nie umrę prawda? Nie umrę?...

– Nie, nie umrzesz. Odpłyń sobie spokojnie...

Po takim pozwoleniu rzeczywiście odpływam na kilka sekund lub minut. Powiem tak, łatwiej mi zemdleć, jeżeli ktoś jest obok mnie, nie panikuje, tylko spokojnie przyzwala mi na utratę przytomności. Zawsze jednak pozostaje ten sam strach. Strach czy lęk?

– Śmierć... – O ile łatwiej jest mieć kogoś przy sobie w takiej chwili?

– Przyzwolenie na odejście...

Próbowaliśmy z Mattem wiele razy przejść z tą moją przypadłością do porządku dziennego, nie napinać się tak, nie bać się, nie walczyć. Odfrunąć, a potem wrócić na ziemię i żyć dalej, według planu obowiązków dnia. Nie zawsze się to jednak udaje...

Do restauracji dotarłam o wpół do jedenastej. Matt siedział w patio i popijał piwo. Widząc mnie, wstał, podszedł, bez słowa wskazał na swój zegarek i kilka razy puknął palcem w blat tarczy.

– Dzieci śpią? – zapytałam ostrożnie.

– A jak myślisz? Już dawno! – warknął.

– Przepraszam...

– Dlaczego nie odbierałaś telefonu? Dzwonię i dzwonię, komórka milczy albo dowiaduję się, że nie ma takiego numeru?

– Przepraszam...

– Popatrz która godzina? – podsunął mi swój zegarek pod nos.

Popatrzyłam.

Liście palmy zaszeleściły delikatnie. Chłodne powietrze, napędzane domowym wiatraczkiem zaszumiało mi nad uchem. Otworzyłam oczy. Zamknęłam. Znów otworzyłam i znów zamknęłam. Chciałam dokończyć ten cudowny sen...

Sny, które miewam w chwili omdlenia zawsze są takie same. Piękne słoneczne, południowo-europejskie obrazy. Kwitnące na biało, różowo i czerwono oleandry, lasy piniowe, przekrzykujące się polirytmicznymi chórami cykad, które co jakiś czas zestrajają się w rytmiczne unisono, aby za chwilę znów rozejść się w chaos.

Cyprysy... Ciemno-zielone cyprysy, w znacznych odstępach, rosnące przy drodze, torach... pociągu...

Zawsze to samo: południe Francji, pędzący pociąg, a w nim ja. Obserwuję te krajobrazy, letnie krajobrazy Francji, rozmawiam z ludźmi, śmiejemy się. Jest tak przyjemnie, tak dobrze... Nie chcę wysiadać z tego pociągu. Nie chcę, nie chcę...

Jakaś siła wypycha mnie z tego pięknego świata. Tak, wracam do świadomości. Twarz Matta wyraźnie pochyla się nade mną:

– Już dobrze, już dobrze...

– Gdzie ja jestem? – pytam półprzytomnie, starając się nie zamykać oczu.

– Zemdlałaś.

Zlana potem i pojękując, próbuję sobie coś przypomnieć, uporządkować myśli.

– Już dobrze, już po wszystkim... – Matt był bardzo zatroskany, choć tyle razy widział mnie w podobnej sytuacji i tyle razy tłumaczył sobie: „– No trudno, mdleje od czasu do czasu".

Ktoś przysunął mi szklankę wody. Spróbowałam się podnieść, ale ciało odmówiło posłuszeństwa. Siły zupełnie mnie opuściły. Ułożyłam się z powrotem na zimnej posadzce. Nie będę walczyć z matką naturą. Zemdlałam, to jasne. Zatroskany mąż, patio restauracji Literaturhaus, biało--czarna podłoga, do której leżę przyklejona.

Zrobiło się lekkie zamieszanie. Matt odpędzał tłumek:

– To nic takiego proszę państwa... – uspakajał. – To się zdarza, naprawdę nic się nie stało. Nie, nie trzeba wzywać lekarza, moja żona reaguje zbyt emocjonalnie na pewne rzeczy. Proszę się rozejść.

Popatrzyłam na niego z wdzięcznością. Spróbowałam wstać i powoli dotarłam do naszego stolika pod palmą. Opadłam na krzesło. Zawsze po odzyskaniu przytomności czuję się błogo i bezpiecznie. Nic się nie liczy, tylko to, że żyjesz. Żyjesz, oddychasz, pomimo słabości i bólu. Czasem też i bólu. Cieszysz się każdym szczegółem należącym do TEGO ŚWIATA...

Co ciekawe, często jeździmy do Francji na wakacje. Ta sama od lat autostrada Route du Soleil, oleandry, cyprysy, cykady i cel podróży, jakaś śródziemnomorska mieścina, w której spędzamy dwa do trzech tygodni. Jeździmy zawsze samochodem, nigdy pociągiem. Skąd więc ten pociąg w moich snach i snujące się ZNAJOME krajobrazy? Czyżby omdlenie stanowiło fazę przejściową do innego, równoległego życia? Równoległego w swej teraźniejszości, przeszłości, a kto wie, może i przyszłości?

Nie chciało mi się w to wierzyć. A jednak? Ostatnie wypadki wskazywałyby na to, że rzeczywiście TAM byłam?

– Omdlenie omdleniem, ale zdjęcie, które dostałam od Laury ciągle spoczywa w mojej torebce? – pomyślałam.

– Czy oby na pewno?... – upiłam łyk wody i tępo zapatrzyłam się w nieruchomą palmę przy następnym stoliku, gdzie jacyś goście właśnie płacili rachunek.

– Co się do cholery dzieje? Chyba nie zwariowałam? – moja obawa zaczęła powoli wracać, wypierając błogi stan zachwytu z panującej teraźniejszości.

Matt zamówił jakieś jedzenie. Również dla mnie.

– Ciekawe co wybrał? Chociaż... nie ważne. I tak zawsze wymieniamy się talerzami i próbujemy swoich dań na zmianę. Dla naszej rodziny powinno się skonstruować obracany stół... – postanowiłam zmienić temat.

Czułam dyskretne spojrzenia gości, siedzących przy sąsiednich stolikach.

– Do licha z nimi. Co mnie to obchodzi? – nalałam sobie wody mineralnej i nagle zachciało mi się strasznie śmiać.

W tym smutnym, sztywnym i skorumpowanym świecie taki incydent ze mną w roli głównej poruszył tych ludzi. Nagle jest współczucie, chęć pomocy, itp. itd. Nieźle musiał wyglądać mój spektakl? Mogłabym teraz zacząć krzyczeć, rozebrać się do naga, nawet zwymiotować i nikt by się nie oburzył? Wręcz przeciwnie, każdy by współczuł?

Kelnerka Margot przyniosła nasze potrawy. Dwa talerze ze stekami wołowymi. Wielkie, lekko wypieczone i pachnące steki, polane ziołowym, rozpływającym się w ustach maselkiem. Do tego w całości gotowane marchewki, misternie ułożone, z zielonymi szparagami i paskiem zgrillowanego buraka.

Byłam tak głodna, że zupełnie zapomniałam o zdjęciu. Ślinianki moje zaczęły intensywnie pracować. – Nie, nie będę już opisywać...

Matt nalał mi czerwonego wina. Dobre, czerwone wino! Kiedy skończyłam jeść, przechyliłam kieliszek i wypiłam wino do dna. Jednym ruchem, jak wódkę:

– Hop! – postawiłam pusty kieliszek na stole i odsunęłam talerz na bok.

Matt bez pytania nalał mi kolejną porcję wina, a ja nie śpiesząc się, wyjęłam z torebki fotografię.

– Co tam masz? – zainteresował się Matt.

– Popatrz sam. – przysunęłam mu zdjęcie pod nos.

Matt zdjął okulary i najpierw przeczytał napis na odwrocie: „Choroszcz 1916"

– Choroszcz, tysiąc dziewięćset szesnaście? Hmm… – w skupieniu odwrócił zdjęcie i przyglądał mu się coraz bardziej zaciekawiony.

Po chwili spojrzał na mnie z niepokojem i niedowierzaniem. Chciał coś powiedzieć, ale nie był w stanie wydusić ani jednego słowa. Położyłam palec na ustach, coś w rodzaju „ciii"… tak, aby dać mu do zrozumienia, że nie musi nic mówić. Jego oczy rozszerzyły się jeszcze bardziej i utkwiły we mnie, jak dwa wielkie znaki zapytania.

– Tak. To ja. To jestem ja, Matt… – powiedziałam spokojnie i przytknęłam znów palec do ust.

– To jestem ja… – napięcie nagle odeszło.

Poczułam niesamowitą ulgę i … dumę.

14

Szkoła muzyczna. Maryjka stoi wewnątrz budynku, oparta o balustradę starych drewnianych schodów. Patrzy w dół, potem w górę. Wodzi wzrokiem po błękitno-szarych i brudnych ścianach klatki schodowej.

– Przydałoby się tu pomalować? Jeszcze nie tak dawno była tu ta kolorowa tapeta w kwiatki… Szkoda, że wszystko zmienili po pożarze. To już rok. Jak ten czas leci? Całe szczęście, że nikt poza pilotem nie zginął. A taka była panika? Mój Boże… To jest trauma… To dopiero jest trauma… Ciekawe, czy coś albo ktoś może ją przebić, odbudować? Zagłuszyć ten ból?

– Mogliśmy wszyscy zginąć… – pomyślała wzburzona, ale natychmiast postanowiła odgonić te złe myśli, które i tak co jakiś czas powracały.

Szczególnie teraz, kiedy jest tak ciepło i przyjemnie i kiedy za chwilę będą wakacje. Wtedy też prawie były wakacje. I też było ciepło i przyjemnie… – O nie, nie… nie będzie teraz o tym myśleć!

Mocne południowe słońce wpadło przez owalne zabytkowe okno półpiętra. Rozświetliło wielkie ciemno-brązowe i rzeźbione drzwi naprzeciwko.

Masywne podwójne drzwi, które zawsze trudno było otworzyć i trudno było zamknąć. Sala organowa. Kiedyś był tu pokój nauczycielski, ale zmienili jakiś czas temu na salę organową. I dobrze. Nikomu teraz nie przeszkadzały dźwięki tego najpotężniejszego w końcu instrumentu, które do tej pory wydobywały się z małej salki na górze. Tu było w miarę cicho, a co najważniejsze przestronnie. Profesorowie za to wynieśli się na górę. Na sam strych. I też bardzo dobrze, bo nie zatruwali nam powietrza dymem z papierosów i cygar.

Szczególnie Żebrowski, czyli Żeber, który palił jak smok. Nie wychodził przy tym na dziedziniec, choć było to prawo niemówione, a palił w środku budynku. Międlił w spróchniałych zębach zawsze do połowy wypalone cygaro i stawiał nam dwóje z historii literatury i historii muzyki przy każdej okazji. Przy tym palił tam gdzie chciał, co chciał i nikt nie był w stanie przeciwstawić się temu. Nawet Zbiggi. Wszyscy się go bali.

Zbiggi, czyli Zbyszek był pianistą, tak jak Maryjka, ale Chopin, Beethoven czy Mozart nie za bardzo go interesowały. Zbiggi grał muzykę zakazaną, czyli jakiś tam jazz. Maryjka nie do końca wiedziała na czym to polegało, ale wielokrotnie, szczególnie przed egzaminami, kiedy każdy mógł do woli ćwiczyć wieczorami w szkole, zakradała się do ćwiczeniówki Zbyszka i poddawała się urokowi tej dziwnej, ale całkiem przyjemnej muzyki. Zresztą, nie tylko ona. Róża, Olga i nawet Sofie, jej najlepsze przyjaciółki też tam się zakradały.

Kiedyś do ćwiczeniówki wtargnął Żeber i zrobił wszystkim wielką awanturę. Przede wszystkim rozkazał Zbyszkowi zagrać etiudę F-dur Chopina. Zbiggi posłusznie wtopił palce w klawiaturę i zaczął grać nakazany utwór. Żeber z kolei usiadł z jego prawej strony i zajął się poprawianiem mu prawego pedału. Przygniótł mu stopę swoim ciężkim butem i z lubością wrzeszczał:

– Więcej, więcej tego pedału! Więcej idioto! Chciałeś grać? Ha-ha... To teraz graj idioto! Ha-ha... No i co?...

Zbyszek tak się w końcu zdenerwował, że nie przerywając grania, postawił swoją lewą nogę na nodze Zebera i oczywiście na swojej drugiej, która była pod spodem i tak mocno docisnął całą tę piramidę, że aż pokazały mu się gwiazdki w oczach. Pomimo własnego bólu dalej grał etiudę i patrzył z satysfakcją, jak Żeber nie może się z tych kleszczy w żaden sposób uwolnić. Wił się i wykręcał, jak węgorz w siatce, a Zbiggi walił w klawisze.

Etiuda Chopina, jak jakaś wielka fala poczwórnego echa passaży dobiegła wreszcie końca, tworząc niebywałą chmurę dźwiękową. Chmura ta jeszcze jakiś czas rozbrzmiewała, a Żeber nie mógł wyrwać się z tej nożnej uwięzi. Wreszcie udało mu się. Wstał i przez chwilę patrzył na wszystkich tak, jakby zobaczył ducha, po czym machnął ręką i wyszedł bez słowa. Mogliśmy sobie wyobrazić, że za chwilę zapali cygaro? Za tydzień nie było już Zbyszka w szkole.

Popołudniowe słońce rozgrzewa plecy młodej kobiety, opartej o balustradę schodów.

Maryjka patrzy w dół, ale nie widzi i nie słyszy nic i nikogo. Bezwzględna cisza świdruje w uszach swoją intensywnością. Jest pełnia lata, a raczej pełnia późnej wiosny. Za chwilę będą wakacje. Maryjka rozgląda się powoli i nieśmiało, jakby chciała zapamiętać każdy szczegół z otaczającej jej rzeczywistości. Patrzy na brudne, niepomalowane ściany.

– Jak dobrze, że już zaraz wakacje! – pomyślała z ożywieniem.

Czuła się wyjątkowo spełniona. Fortepian zdała właśnie na piątkę i miała już ten egzamin za sobą, a piątka z głównego to prawie wakacje. Przypomniała sobie, że pozostałe dziewczęta miały znacznie gorzej. Musiały zaliczyć egzaminy z instrumentów głównych w terminie, a nie tak jak ona, przed czasem.

– Dobrze być cudzoziemką... – uśmiechnęła się do siebie i zaczęła obmyślać następne terminy zaliczeń.

Doszła do wniosku, że z resztą przedmiotów jakoś sobie poradzi. Jeszcze została jej tylko teoria i język. Ale co tam? Może uda się zaliczyć wszystko jeszcze przed końcem roku? To znaczyłoby, że za kilkanaście dni mogłaby pojechać do domu. Jeżeli nie uda się pozdawać tych przedmiotów jeszcze przed wakacjami, to najwyżej za kilka tygodni wróci do Sète.

Ojciec na pewno się ucieszy! Będą mogli znów rozmawiać do nocy, wylegiwać się na plaży do zachodu słońca i popijać dobrym winem owoce morza, które sami złowią.

– Ooo... – na samo wspomnienie świeżych muli Maryjka się oblizała.

– A może uda się razem pojechać do Barcelony i zobaczyć Laurę? – wpadła na pomysł, ale szybko zrezygnowała. – Nie, chyba nie... Papa się nie zgodzi...

Nie widziała się z nim od prawie roku. Od ostatnich wakacji. Tylko te listy, wysyłane raz na dwa miesiące. To za mało. Stanowczo za mało. Są ze sobą przecież tak związani, tak zżyci, jak mało kto...

– A tyle się wydarzyło? Tyle wydarzyło i tyle się jeszcze wydarzy... – pomyślała, z nieukrywaną radością i zachichotała.

– Najchętniej opowie mu o wszystkim osobiście. – postanowiła.

A jest co opowiadać i nie da się tego tak łatwo opisać w listach. – Nie wiadomo, jak by zareagował? – przestraszyła się nagle.

Co prawda ojciec wiedział o Tadeuszu już od jakiegoś czasu, ale jakoś nigdy o niego nie wypytywał, a kiedy Maryjka zaczynała rozpływać się na temat ukochanego, ojciec natychmiast kończył rozmowę. Nie miała pojęcia co on miał do jej narzeczonego? O ślubie tym bardziej nie miała odwagi napisać mu w liście.

– A może uda się namówić Tadeusza na ten wyjazd? Papa może go wreszcie poznać? Lepiej go poznać? – pomyślała, ale i tym razem zgasiła pomysł szybko.

Wyobraziła sobie Tadeusza, jego zielone świecące i rozpalone oczy, śniade sprawne dłonie, które tak ją ostatnio często dotykały. Poczuła lekki i przyjemny dreszcz na plecach, a jej ramiona pokryła gęsia skórka. Uśmiechnęła się, ale tylko na chwilę, bo nagle spoważniała. Przypomniało jej się to, co ostatnio mówił Bruno. Wzdrygnęła się na samą myśl i postanowiła ją odgonić.

Odeszła od balustrady schodów i podeszła do okna na półpiętrze. Owalne okno było uchylone, więc bez trudu wyjrzała na dziedziniec szkoły.

– O wilku mowa... – pomyślała, widząc stojącego na placyku Bruna, który palił jak zwykle papierosa i wpatrywał się w niebo.

– Brun... – chciała zawołać, ale szybko zrezygnowała.

Patrzyła, jak Bruno zaciągnął się z lubością tym papierosem, jeszcze może ze dwa razy, po czym wyrzucił peta z pożółkłej szklanej fifki na wyschniętą, ubitą ziemię, glinę jakby, takie jakby gliniane wyschnięte klepisko, przydeptał butem tlącą się jeszcze resztkę papierosa i zdecydowanie zaczął iść w kierunku budynku szkoły.

Maryjka chciała wybiec do niego, zbiec z tego drugiego piętra, żeby go przynajmniej spotkać na dole, ale nogi odmówiły jej posłuszeństwa. Nie mogła się ruszyć z miejsca. Stała tak jakiś czas przy oknie, a gdy wreszcie poczuła się lepiej, wróciła do balustrady schodów i ciężko się o nią oparła.

– Jeżeli to prawda... – pomyślała, opuszczając głowę.
– O Boże, Bruno... Obyś nie miał racji... – westchnęła smutno. – Obyś nie miał racji...

I nagle, jak za dotknięciem czarodziejskiej różdżki, przyciśnięciem pilota telewizyjnego, czy jakiegoś magicznego guzika, włącza się nagle dźwięk: rumor, rozmowy, okrzyki, śmiechy. Słychać z oddali trzaskanie drzwiami otwieranych i zamykanych ćwiczeniówek, jakiś fortepian, jakiś klarnet, ktoś gdzieś śpiewa...

Kilka dziewcząt, przekrzykując się pędzi po schodach na górę. Niosą pliki nut do biblioteki szkolnej, która mieści się tuż obok pokoju profesorów. Trzeba to zanieść przed szesnastą.
– To niesprawiedliwe, niesprawiedliwe! – zawołała oburzona Olga, drobna blondynka w gustownym jasnoniebieskim kostiumie. – Słyszałyście, żeby ktoś za cukier wyleciał z budy? – instynktownie ściszyła głos.
– To nie za cukier! – odpowiedziała jej stanowczo długonoga przyjaciółka z prosto uciętą grzywką. – Wiesz przecież jaki jest Żeber i jaka jest Zośka?
– Róża odruchowo poprawiła ciemną grzywkę.
– No wiem... ale dwa tygodnie przed egzaminami? – nie dawała za wygraną Olga.

– Maryjka! Dobrze się czujesz? – krzyknęła nagle i podbiegła do przyjaciółki, stojącej przy balustradzie schodów, która miała dziwnie opuszczoną głowę.
Dziewczęta dołączyły do Olgi i również przystanęły przy Maryjce. Zatroskana Olga zajrzała jej w twarz:
– Wszystko dobrze? – zapytała już ciszej i nie spuszczała z niej oczu.
– Taak... – odpowiedziała Maryjka i z trudem podniosła głowę.
Usłyszała koleżankę, jak przez mgłę, bo włączył się nagle dźwięk, którego do tej pory nie było. Próbowała się uśmiechnąć, ale nie za bardzo jej to wyszło.
– Taak... – wypuściła ze świstem powietrze z płuc i bezradnie popatrzyła na koleżanki.
– To niesprawiedliwe... – westchnęła. – To niesprawiedliwe co się dzieje... To nie-spra-wie-dli-we... – wycedziła powoli, potrząsając z niedowierzaniem głową.

– Pewnie, że niesprawiedliwe... – podjęła Olga i zaczęła swój wywód: – Zośka i tak ma z nas najgorzej, bo nie dość, że dyplom z organów ma na karku, to jeszcze ten Żeber utrudnia jej życie...

– Sama się o to prosi... – zauważyła Róża.

– Jak możesz tak mówić? – oburzyła się Olga. – W końcu też sobie usztywniasz grzywkę?

– O nie! Nic podobnego! – Róża się żachnęła.

– Tra-la-la, myślisz, że ci uwierzę?

– To nie wierz... – wzruszyła ramionami. – Ja w każdym razie wiem, że tego w szkole nie wolno robić i już. Więc... gdybym nawet chciała... to i tak mogę sobie na to pozwolić tylko po godzinach. – zakończyła krótko. – Ale Zosia...

– Tylko po godzinach? – przerwała jej Olga, akcentując z cynizmem pierwszą sylabę słowa „tylko" i wydymając w pogardzie usta.

– A żebyś wiedziała! Tylko po godzinach! Szkoła to szkoła!

– Jaka zasadnicza?

– Nie kłóćcie się... – niespodziewanie odezwała się ta trzecia z dziewcząt, która do tej pory milczała. – Jej śmierć... – zaczęła cicho i zastygła na chwilę w bezruchu.

Kapelusz miała nasunięty głęboko na czoło tak, że cień zasłaniał prawie całą jej twarz.

– Jej śmierć nawróci nas wszystkie... – wypowiedziała powoli swoje proroctwo.

– Taki stary dziad, taki stary dziad... – Olga, jak gdyby nigdy nic, jak gdyby tego w ogóle nie usłyszała, dalej kontynuowała swój wywód z wyraźnym oburzeniem:

– Jak można kochać kogoś i tak tępić? Nawet bez wzajemności, to co?... – zastanawiała się.

– Po co tak tępić? Taki stary dziad, taki stary... – nie mogła zrozumieć.

– A co? A co? – włączyła się do rozmowy Maryjka, która dotąd stała zamyślona. – Co jest u Sofie? Bardzo „zła" jest u Sofie? Bardzo „zła"?

Dziewczęta mimochodem roześmiały się naturalnie i szczerze, widząc jej zabłąkaną minę.

– Jezus Marija... – zaczęła z przesadną powagą Róża, powstrzymując śmiech. – Marijo, bez Jezusa, może być? – zapytała i teraz sama Maryjka

nie wytrzymała i parsknęła śmiechem, a koleżanki wtórowały jej nerwo-
wym chichotem, zerkając czy przypadkiem nie robią jej tym przykrości.
– Kiedy nauczysz się wreszcie języka polskiego? No kiedy? – rzeczowo
i krótko zapytała Róża, a za chwilę dalej z wymuszoną powagą dodała: –
Zosia, o pardon... Sofie nie jest wcale taka „zła"? To bardzo dobra osoba, tylko jej się za bardzo nie układa, tak jakoś jej nie idzie... – Róża robiła głupie
miny, a koleżanki się śmiały.
– Dajcie jej spokój. – nie wytrzymała ta trzecia i oddaliła się od koleżanek.
Miała przenikliwe i jasne oczy. Tak przenikliwe i tak jasne oczy, że aż zrobiło się jakoś dziwnie. Wszystkim zrobiło się jakoś dziwnie...

Sofie zbiegła właśnie po schodach z drugiego piętra. Szczupła blondynka z falami loków, przyklejonymi sztywno do twarzy i zaczerwienionymi
oczami. Widać, że przed chwilą płakała.
– Zosiu... – ucieszyła się Olga, widząc na schodach koleżankę.
– Nie teraz... – ucięła Zosia. – Nie mam teraz czasu. Przepraszam, ale nie
mogę teraz z wami rozmawiać... – zręcznie wyminęła zaskoczone jej zachowaniem przyjaciółki i nie patrząc na nie skierowała się prosto na dół,
w kierunku masywnych i podwójnych drzwi na półpiętrze.
Zdziwione przyjaciółki patrzyły, jak Zosia zatrzymała się przed salą organową, jak wyjęła z wiklinowej torebki złożoną na pół chusteczkę i wytarła
nią oczy. Stała tak jeszcze przez parę sekund, zamyślona, ze spuszczoną
głową. Patrzyła przez moment na swoje nowe pantofle z zaokrąglonymi
czubkami, po czym zdecydowanym ruchem nacisnęła wielką mosiężną
klamkę podwójnych drzwi. Trochę się przy tym musiała napracować, bo
drzwi były bardzo masywne. Fala dźwięków organowych wydobyła się
z sali, by za chwilę zniknąć wraz z zamknięciem drugich wewnętrznych
drzwi.
– Klik... – strzeliła wewnętrzna klamka.

– Sofie... – niespodziewanie pojawiła się ta trzecia z przyjaciółek: – Sofie
zginie przez Niemca za cztery lata... – odezwała się po chwili. – Jej śmierć
nawróci nas wszystkie... – dokończyła swoje proroctwo.
– Klik...

– No i wyobraźcie sobie... – kontynuowała Olga. – Że ten głupi Żeber złapał
wczoraj Zośkę na korytarzu i... I wiecie co?... – zawiesiła tajemniczo głos.

– No i co? No i co? – Róża nie wytrzymywała.

– No i... zaciągnął ją do łazienki! Męskiej... Wyobraźcie sobie... Męskiej i...

– I?...

– I... wsadził jej głowę pod kran!

– Nie mów!?

– Pod kran! Z zimną wodą! Wsadził jej głowę pod kran i tak długo trzymał, aż włosy były zupełnie mokre i przestały się lepić od tego cukru... – Olga opowiadała, podniecona i wzburzona, ale Maryjka już jej nie słuchała. Zaszczepiony niepokój skutecznie odgonił całą nowo-powstałą rzeczywistość, która pojawiła się nagle, jak za dotknięciem jakiejś czarodziejskiej różdżki, pilota telewizyjnego czy jakiegoś innego włącznika energii. Rzeczywistość, która bezwzględnie poruszyła cały ten niemy do tej pory film, rzeczywistość, która uruchomiła tę ścieżkę dźwiękową na nowo, aby za chwile znów ją wyłączyć. Maryjka patrzy na ciągle poruszające się usta Olgi, ale nic już nie słyszy. Gesty Olgi, wymachiwanie rękami, oburzenie na jej twarzy też tracą swoje znaczenie...

Maryjkę niepokoi coś innego. Zupełnie coś innego i bardziej przerażającego niż ta cała historia z Sofie. Niepokoją ją te ciągłe mobilizacje, o których wspominał Bruno. A jednak?

Ciągle są te mobilizacje, które czają się podstępnie i regularnie. Niby „o nie, nie ma się czego bać, to tylko ćwiczenia", a i tak wie, że to nie są tylko ćwiczenia. Mówi się, że będzie wojna.

– Może być wojna... – wyszeptała ze zgrozą i próbowała zagłuszyć tę straszną myśl, która od dłuższego czasu zakłócała nie tylko jej beztroską sielankę, sielankę zakochanej po uszy kobiety, ale zakłócała przede wszystkim bezpieczeństwo Tadeusza.

Jej najdroższego, najukochańszego Tadeusza, mężczyzny jej życia, który może być przecież powołany? Powołany do wojska? Do jakiejś armii? Niesprawiedliwej i niepotrzebnej nikomu armii samców żądnych władzy?

– Tak jak Bruno jest powołany?... – przypomniała sobie...

– Bruno... – wypowiedziała to imię i nagle zdecydowała, żeby oderwać się wreszcie od tych schodów, od tej balustrady, przy której ciągle trwała przyklejona i zbiec w końcu na dół, na dziedziniec szkoły.

– Bruno! – zawołała do kolegi, który stał na placyku i palił papierosa.

– Bruno... – podbiegła do niego i położyła mu rękę na ramieniu.

Bruno był niższy od niej o kilka centymetrów. Drobny Żydek, w beżowej marynarce z patką z tyłu palił papierosa bez filtra, w pożółkłej fifce i patrzył w niebo.

– Tysiąc dziewięćset trzydzieści osiem... – powiedziała smutno Maryjka i pokiwała bezsilnie głową.

Ciągle nie mogła zapomnieć o tym wypadku i wymazać tego powracającego obrazu z pamięci.

– Taak... tysiąc dziewięćset trzydzieści osiem... – zamyślił się Bruno. – Taak... Tysiąc dziewięćset trzydzieści osiem... – wypowiedział i dalej palił papierosa.

Bruno, lat dwadzieścia trzy. Jego oczy robią się nagle wielkie i przerażone:

– To... dopiero... będzie... świat... zobaczy... świat... się... przekona... – mówi powoli, oddzielając każde słowo tak, jakby był zahipnotyzowany.

Bruno odpowiada, nie odrywając oczu od samolotu.

– Bruno... – Maryjka szarpie go za rękaw marynarki. – Bruno, do mnie mówisz? – pyta i też obserwuje samolot-dwupłatowiec, który krąży nad dziedzińcem szkoły.

– Bruno... myślisz, że TO się może powtórzyć?

– TO... dopiero będzie... Świat zobaczy... Świat się przekona...

– Wojna?

– A co myślisz? – odwrócił się nagle. – Myślisz, że to przejażdżka majowa? Przejażdżka majowa?! – zaśmiał się gorzko.

– Nie wiem... Czy...

– Tak, tak! To są ćwiczenia! – krzyknął. – Codziennie mamy tu takie ćwiczenia! Od roku mamy tu takie ćwiczenia! Zobacz... Zobacz, jak ładnie leci? Mam nadzieję, że tym razem nie spadnie?!

– Bruno!

– A przecież... to nie wróży nic dobrego! Nie wróży nic dobrego... Nic dobrego to nie wróży... – powtarzał w kółko. – Takie ćwiczenia nie wróżą nic dobrego... Tylko jedno... Tylko jedno wróżą...

– Jeszcze trochę... Jeszcze tylko kilkanaście dni... Za chwilę i tak będą wakacje... – Maryjka próbuje się pocieszyć, ale powstały niepokój tylko wzrasta.

– Będzie dobrze, będzie dobrze – łapie się tej myśli kurczowo. – Za chwilę przyjdzie Tadeusz, pójdą razem na Planty...

– Słyszysz co do ciebie mówię?! – wydarł się nagle Bruno.

– Słyszę... – wypuściła z płuc powietrze przestraszona. – Obyś nie miał racji Bruno... Obyś nie miał racji... – pomyślała bezsilnie i próbowała zagłuszyć tę straszną myśl, która i tak prawie bez przerwy świdrowała jej w głowie.

– Myślisz, że będzie wojna? – zapytała w końcu, cicho i delikatnie, jakby od tego zależała przyszłość.

– Ja nie myślę, ja wiem! – odpowiedział twardo i rzeczowo Bruno.

– Przecież można wyjechać?

– Ty... Ty to możesz sobie wyjechać do tej swojej Francji, ale ja?... – zawiesił głos, w którym czuło się zrezygnowanie i brak nadziei.

– Myślisz, że Francja gwarantuje jakieś bezpieczeństwo?

– Myślę, że Hitler nie zaatakuje Francji... – zastanowił się.

– Ale przecież ty też możesz wyjechać?

– Ja? Dokąd? Zwariowałaś? I co bym tam robił? Grał na klarnecie w jakichś knajpach, jakieś klezmerskie kawałki?

– No...

– Tu się urodziłem i tu jest moje miejsce! A poza tym... Jestem Żydem, a chyba wiesz, co się z Żydami robi?

Na chwilę zapanowała uciążliwa cisza. Bruno wyciągnął kolejnego papierosa i zapalił go zapalniczką.

– Została mi tylko matka... – zaciągnął się głęboko. – Ojciec już dawno nie żyje, zginął w po...

– A ja w ogóle nie mam matki! – przerwała mu Maryjka. – Nigdy nie miałam... – dokończyła smutno.

– Jak to, nie miałaś? – Bruno zaciągnął się papierosem po raz kolejny. – Przecież jakoś musiałaś się urodzić? – nie ukrywał irytacji.

– Jakoś się musiałam urodzić... – powtórzyła po nim Maryjka i powoli wyciągnęła z torebki fotografię w sepii. – Zobacz... – podsunęła mu zdjęcie pod nos.

– Kto to jest? – Bruno niechętnie popatrzył na zdjęcie. – Ale ona jest podobna do ciebie? To ty? – zapytał w końcu zdziwiony.

– Podobna, prawda?

– Identyczna!

– To pewnie... jest moja matka. Noszę tę fotografię przy sobie od lat...

– Pewnie?... Skąd to masz? – zainteresował się.

– Od mojej macochy. – Maryjka mocno zaakcentowała ostatnie słowo i histerycznie się zaśmiała. – To zdjęcie dostałam od mojej macochy, która jest tylko... o sześć lat starsza ode mnie...

– Fiuu... – zagwizdał. – No nieźle... A co na to twój ojciec?

– Mój ojciec nawet o tym nie wie. Zresztą, mój ojciec... – zamyśliła się na chwilę. – Mój ojciec nic nie wie albo nic nie chce wiedzieć...

– Nie wie komu zrobił dziecko? – zapytał cynicznie.

– Dostałam to od Laury w tajemnicy przed ojcem. – Maryjka zignorowała pytanie.

– To skąd wiesz, że to twoja matka?

– To chyba widać?

– A ten brodacz? Chyba nie twój ojciec? – Bruno zaśmiał się ironicznie.

– Bruno... – upomniała go Maryjka. – To wcale nie jest śmieszne...

– No to... kto to jest? – zapytał. – Chyba nie mąż tej pięknej pani?

– Chyba nie... – zgodziła się. – Nie wiem... – wzruszyła bezradnie ramionami.

– A to dziecko? – zapytał po chwili.

– Może to ja?

– I co na to twój ojciec?

– Nie chce ze mną rozmawiać...

– Nie chce rozmawiać? A ta twoja macocha?

– Powiedziała mi, że w Polsce mam rodzinę i powinnam ją odszukać...

– To znaczy, że coś wie?

– Może tak, może nie? Rozstali się z ojcem już dawno, parę lat temu. Do tej pory w ogóle nic nie wiedziałam. Nie wiedziałam, że mogę mieć jakieś polskie korzenie...

– Dziwny ten twój ojciec. – stwierdził ponuro Bruno. – No i co? Udało ci się odszukać kogoś? – zainteresował się po chwili.

– I tak i nie... – westchnęła Maryjka.

– Jesteś bardzo zagadkowa? – zauważył Bruno.

Wyjął kolejnego papierosa, żeby znów zapalić, ale Maryjka go powstrzymała.

– Za dużo palisz.

Stali tak przez jakiś czas w milczeniu i obserwowali krążący nad nimi samolot-dwupłatowiec, który zataczał coraz kolejne okręgi nad dziedzińcem szkoły. I coraz kolejne... I kolejne...

Bruno trzymał w dłoni złotą zapalniczkę i walczył z chęcią zapalenia kolejnego papierosa.

15

– Klik... – strzeliła złota zapalniczka i poczułam papierosowy dym.
I znów zobaczyłam ten samolot. Samolot-dwupłatowiec, zataczający kolejne okręgi nad dziedzińcem naszej szkoły. I kolejne... I kolejne...
I znów pojęłam, że coś się zaraz stanie. Że coś się zaraz wydarzy. Coś
strasznego, nieodwracalnego i nieuniknionego.
– Nie-u-nik-nio-ne-go... – wypowiedziałam to słowo powoli, bardzo powoli
i ze wszystkich sił i za wszelką cenę spróbowałam podciągnąć do góry ciężkie i posklejane powieki, ale nie mogłam otworzyć oczu!

Samolot-dwupłatowiec właśnie przeleciał z hukiem. Biegniemy wszyscy
na dziedziniec szkoły, żeby zobaczyć co się dzieje. Przeskakuję w pośpiechu co drugi schodek, próbując dogonić Różę. Schody uginają się i trzeszczą niemiłosiernie pod ciężarem zbiegającej w popłochu młodzieży.
Otwarte na oścież okno na półpiętrze, przez które wpada żar popołudniowego upału trzepie teraz o framugi z wielką siłą. Potężny podmuch wiatru,
połączony z silnym zapachem spalenizny wyrywa je z zawiasów. Tłuczone
szkło rozpryskuje się, jakby w zwolnionym tempie, wydając przeraźliwy
dźwięk. Dźwięk niezbyt głośny, a tak przejmujący... Niby blisko, a daleko?
Jak z głębi oceanu, jak zaśpiew wielorybów z jakiejś morskiej otchłani. Tak,
jak na zwolnionych do granicy percepcji klatkach filmowych: dźwięk jest
niski, sinusowy, opada coraz niżej wolnym glissandem... Tumany kurzu
unoszą się w powietrzu, przysłaniając kolorową tapetę w kwiatki, wyklejoną na ścianach korytarza... Za chwilę olbrzymi jęzor ognia, wpadający
przez wyrwane okno wraz z framugą zajmie całe półpiętro!

Silny dreszcz, jak piorun przeszywa moje ciało. Gęsia skóra nawet na policzkach. Czuję unoszące się włosy. Strach paraliżuje mi wszystkie mięśnie tak, że na chwilę tracę oddech. Kontury obrazów zanikają, jak płynne
przechodzenie z pozytywu w negatyw.
Zapadam się w ciemność. Nie widzę już nic. Tylko te odgłosy otaczającej
mnie sytuacji:
– Samolot... Sa-mo-lot-dwu-pła-to-wiec...

Ciekawość wygrywa z paniką. Negatywy zamieniają się w pozytywy, pach-
nące pełnią lata.

Bruno patrzy w górę na krążący dwupłatowiec i nic nie mówi. Papieros wypalony ma do połowy. Dlaczego patrzy na ten powracający samolot tak długo? A może to jest tylko chwila? Jaka chwila? Dla mnie jest to cała wieczność...

Dlaczego rzuca ten niedopałek papierosa na ziemię, przydeptuje butem i jak gdyby nigdy nic wchodzi z powrotem do szkoły?

– Bruno! – biegnę za nim. – Bruno, nie możesz tak sobie stąd odejść, jak gdyby nigdy nic, jak gdyby TO nie miało TU miejsca... – krzyczę.

– O co ci chodzi? – odwraca się nagle Bruno.

Widzę jego zepsute zęby.

– Bruno... nie możesz uciekać od nieuniknionego!?... – próbuję go dogonić, ale nie mogę wykonać żadnego ruchu.

Stoję w miejscu, choć wydaje mi się, że biegnę. Przebieram nogami tak, jak jakiś uśpiony pies, któremu się również wydaje, że biegnie, ale zamiast tego, przebiera tylko w miejscu łapami i lekko skowyczy. Ja też przebieram w miejscu nogami, bo nie mogę się ruszyć! Nie mogę się ruszyć i nie mogę nic zrobić! Próbuję coś krzyknąć, krzyknąć za nim, za Brunem, ale nie mogę nawet nic wypowiedzieć! Już nie mogę nic wypowiedzieć, bo i mnie też, czy już głos zamienia się w skowyt! Najpierw w skowyt, a za chwilę w konwulsyjny szloch.

– Gdzie jeste... – próbuję krzyknąć. – Gdzie... – próbuję jeszcze raz, bo mi nie wychodzi.

Nie mogę wydobyć głosu!

– Stoję... A jednak... Stoję na... drugim... drugim piętrze, a nie na placyku?... Przebieram w miejscu nogami i nie mogę wydobyć głosu!

– Gdzie... Gdzie jesteś?... – udaje mi się w końcu krzyknąć. – Gdzie jesteś?... Gdzie jesteś?... Dokąd idziesz? Nie możesz teraz odejść?... Tak sobie odejść?!

Bruno kieruje się prosto do pokoju nauczycielskiego na górze. Z biblioteki obok wychodzi Żeber. – No i co Bruno? – pyta, międląc w zębach do połowy wypalone cygaro. – Co ja mam

z tobą zrobić?

– Zaliczyć... – odpowiada Bruno i uśmiecha się niewinnie.

– A jak z klarnetem? Zaliczyłeś już? – pyta Żeber i ruchem ręki zaprasza go do pokoju nauczycielskiego, który tak naprawdę jest też jego gabinetem, bo ciągle tam przesiaduje.

– Tak panie profesorze... – odpowiada Bruno i wchodzi do środka.
Drzwi zamykają się za nim złowieszczo.

Na korytarzu-klatce schodowej, gdzie ciągle stoję, przy balustradzie schodów, jakbym była na stałe wmurowana w posadzkę widzę, że są tam jeszcze moje koleżanki, zbiegające po schodach ze śmiechem. Zauważam wśród nich Różę, Olgę. Słyszę jakieś dźwięki, urywki gam i wprawek fortepianowych.
Z sali organowej na półpiętrze wychodzi Zosia w szarej sukience i szarych rajstopach, pończochach. Wychodzi Sofie... Pończochy wcale nie są takie pozaciągane, jakby się wydawało, tylko się trochę powałkowały. Może podwiązka spadła? Sofie podciąga tę pończochę, bo za bardzo się zsunęła. Robi to szybko i sprawnie. Dyskretnie rozgląda się na boki. Nie płacze już. Jest silna i opanowana.
– Sofie... Wygrasz tę bitwę... Trzymaj się... – mówię do niej stłumionym głosem i teraz mnie chce się płakać.
Czuję, że po policzkach zaczynają płynąć mi łzy, których nie mogę w żaden sposób opanować i powstrzymać. Nie jest to pot, a łzy. Wpływają mi no nosa i do ust. Słone, piekące łzy.
Płaczę, bo żegnam się właśnie z Sofie. Żegnam się z Sofie, która odwróciła się i z wdzięcznością popatrzyła na mnie, po czym zdecydowanym ruchem nacisnęła wielką mosiężną klamkę ciemno-brązowych drzwi sali organowej i weszła do środka by na zawsze zniknąć z mojego życia. Zniknąć z życia Maryjki już na zawsze. Zniknąć z życia na zawsze.
– Klik... – strzeliła wewnętrzna klamka...

Świetliste kontury pozytywów nabierają koloru. Zaczynam oddychać. To nie jest sen.
– To nie jest sen. – zaczynam sobie powoli uświadamiać.
Bruno pali papierosa na dziedzińcu szkoły. Widzę go! Widzę, jak Bruno dalej pali papierosa.
– Ciągle tego samego? – prześwity świadomości sprowadzają mnie coraz bardziej na ziemię.
– Na ziemię? Na jaką ziemię? Gdzie ja jestem? Gdzie ja właściwie jestem? Co się dzieje i ile to trwało? Ile to trwa? – chce mi się panicznie śmiać, choć wcale nie jest mi do śmiechu.

Łzy dalej kapią mi po policzkach, dalej wpadają do nosa i do ust. Te same łzy samotności i przeznaczenia...
Łzy, które jak soczewki filtrują obrazy otaczającej mnie rzeczywistości: drzewa, dużo drzew, dużo zieleni, turkusy... Dużo turkusów, chyba jakiś las w pobliżu? Kolory wyostrzają się, przechodzą z jaskrawych błękitów w żółcie i na odwrót. Pulsują i pachną. Pachną i pulsują pełnią lata... Samolot-dwupłatowiec ciągle krąży, zataczając kolejne kółka, i kolejne... Na dziedzińcu szkolnym panuje panika. Piski i płacz. Okrzyki i bieganina. Niektórzy, tak jak ja albo Bruno stoją i... patrzą... Samolot-dwupłatowiec z wielkim hukiem zakreślił rozpaczliwy łuk nad dziedzińcem szkoły, ciągnąc za sobą czarną łunę palonego silnika, po czym... runął w pobliski zagajnik.

Jeszcze raz... Patrzę na zahipnotyzowanego Bruna. Widzę, że o coś go pytam. Bruno się waha, zdawkowo odpowiada. Nie mam pewności czy to oby mnie odpowiada Bruno? Zielenie i turkusy pobliskiego lasu rażą mnie intensywnością kolorów. Piski, płacz, bieganina i przerażenie dochodzą do mojej świadomości. Odwracam głowę. Powoli odwracam głowę... Pożar budynku. Nie! Wróć!... Odwracam powoli głowę w stronę... nieuniknionego...
Samolot-dwupłatowiec zatacza ostatni łuk nad dziedzińcem szkoły... Widziałam to już tyle razy? Ciągle widzę i widzieć pragnę! Jaki masochizm? Jaki to jest masochizm? Dlaczego chcę to zobaczyć? Wreszcie zobaczyć aby zakończyć w ten sposób sprawę? Albo dopiero zobaczyć i roztrząsać to w nieskończoność? Po co? Po co mam to na wszelkie sposoby roztrząsać i rozkładać na czynniki pierwsze? I ciągle oglądać i oglądać? I wgapiać się i wgapiać? I pastwić się i pastwić? Pastwić się chyba najbardziej nad samą sobą! Wystarczą mi już te sny!

Samolot-dwupłatowiec zakreśla ostatni rozpaczliwy łuk nad dziedzińcem szkoły, nad tym glinianym-niby klepiskiem, ciągnąc za sobą czarną śmiertelną łunę palonego silnika. Łunę nieuniknionego... Aby za chwilę... Jaką chwilę? Dla mnie całą wieczność... Powoli... Jakby w zwolnionym tempie... Zwalniamy klatkę filmową do zera... Runąć... Zaryć dziobem w pobliski zagajnik. Dokonać tego, co oczywiste i... nieuniknione. NIEUNIKNIONE!

Cisza... Wszytko obserwuję w zupełnej ciszy i w zwolnionym do granicy percepcji tempie wydarzeń.

– Zaraz się wszystko zatrzyma? – myślę w panice. – Nie chcę, żeby wszystko się zatrzymało? Jeszcze nie... Jeszcze nie teraz... Muszę chłonąć każdy szczegół, żeby móc zapamiętać jak najwięcej... Żeby móc zapamiętać wszystko!

– Klik... – otwieram oczy.

16

– Jesteś bardzo zagadkowa?... – westchnął Bruno i wyciągnął ostatniego już papierosa z paczki.

Maryjka powstrzymała go, kładąc mu rękę na ramieniu. – Nie za dużo palisz Bruno?

– Wiem Marija, wiem... – wymówił prawdziwe jej imię z takim naciskiem i namaszczeniem, że poczuła coś w rodzaju podziwu z jego strony, ale też i zazdrości, jakiejś takiej pierwotnej i głęboko ukrywanej zazdrości.

– Bruno... boisz się? – zapytała cicho.

– Boję. – odpowiedział poważnie i zgniótł niezapalonego papierosa. Wsadził go z powrotem do miękkiej papierowej i pustej paczki i zwinął całość w zwięzłą kulkę. Chwilę się zastanawiał, a potem cisnął tym z całą siłą przed siebie.

– O, idzie twój narzeczony... – zauważył ponuro.

Tadeusz zbliżał się do nich od strony budynku szkoły. Pewnie już wcześniej był w szkole i nie zastawszy jej na drugim piętrze, wracał spokojnie na placyk. Podbiegł do niej uśmiechnięty i nie patrząc na Bruna złapał ukochaną w pół. Próbował pocałować ją w szyję, ale mu nie pozwoliła.

– Nie teraz... – Maryjka sprytnie wyrwała się mu z uścisku, zerkając niepewnie na Bruna. Panowie szybko podali sobie ręce i Bruno zaraz poszedł z powrotem do szkoły.

– Teraz! – Tadeusz złapał ją ponownie i pocałował w policzek.

– Nie... – Maryjka zaczęła się znowu wyrywać.

– A tak, właśnie tak... i właśnie teraz. – nalegał.

– Ale ludzie patrzą... Nie... Tadzi-ju... Co ty robisz? – broniła się Maryjka. Próbowała uwolnić się z objęć Tadeusza, ale ten nie zamierzał jej puścić.

– Jacy ludzie? Widzisz tu kogoś? – nie dawał za wygraną. – Kocham cię, pragnę... Nie mogę się doczekać... – zaczął całować jej włosy.

– Po ślubie. – ucięła Maryjka.

– Nie mogę się doczekać... – rozpalał się coraz bardziej.

– Po śluubie...

– To dopiero za cztery miesiące?

– Po śluuubie... – Maryjce udało się w końcu przerwać tę miłosną sielankę i wyrwać z objęć ukochanego.

Stali przecież na środku szkolnego placu, gdzie ciągle ktoś przechodził i łypał na nich podejrzanie. Spojrzeli na siebie porozumiewawczo i trzymając się za ręce ruszyli w stronę wyjścia z dziedzińca szkoły. Maryjka starannie zamknęła furtkę na żelazny haczyk i ponownie chwyciła Tadeusza za rękę. Poszli w kierunku miasta, na Planty, eleganckiego parku w samym centrum Białegostoku.

Majowe późne popołudnie, rozświetlone coraz później zachodzącym słońcem, intensywny zapach jaśminów, jazgocące, ścigające się przed wieczorem jaskółki i bliskość kochającego mężczyzny wprowadzały Maryjkę w błogi nastrój. Błogi i wyrazisty stan euforii. Stan intensywnie odczuwalnej teraźniejszości, którą chciałoby się zatrzymać jak najdłużej...

– Chciałabym zatrzymać czas... – westchnęła. – Myślisz, że można zatrzymać czas?

– Nie jeden filozof już się nad tym głowił, zadając sobie pytania, na które nie ma jednoznacznych odpowiedzi. – odpowiedział poważnie Tadeusz i zamyślił się na chwilę.

– Jaki filozof? – zaciekawiła się Maryjka.

– Na przykład Platon albo Arystoteles... – zaczął swój wykład Tadeusz: – Platon twierdzi, że czas powstał wraz z niebem, a niebo według niego ma gdzieś swój początek. Arystoteles z kolei twierdzi, że wszyscy filozofowie, z jednym wyjątkiem, oczywiście z wyjątkiem Platona, zgadzają się, że czas jest wieczny, a jego fenomen polega na ciągłym ruchu: jest ruch, jest zmiana, jest czas, nie ma ruchu, nie ma zmiany, nie ma czasu, bo czas nie istnieje bez zmiany i bez ruchu.

– Naprawdę? To znaczy, że... jak się zatrzymamy i będziemy tak stać, nawet tutaj i... nie będziemy się ruszać, to... zatrzymamy czas? – myślała intensywnie Maryjka.

Miała przy tym taką minę, że Tadeusz się roześmiał.

– Nie... nie jest to takie proste... – popatrzył na nią z czułością. – Gdyby tak było, to... mógłbym cię tutaj na przykład całować bez końca... – w tym momencie przyciągnął ją jednym ruchem i pocałował w usta.

Tym razem nie broniła się. Stali tak jakiś czas pod rozłożystym platanem i całowali się.

W pewnym momencie odskoczyli od siebie, jak dwa przestraszone zwierzaki. Jakaś inna para kochanków schroniła się pod drzewem, żeby pewnie robić to samo? Maryjka, zawstydzona dobiegła z powrotem do głównej alei parku. Tadeusz dołączył natychmiast. Szli jakiś czas obok siebie, próbując pokonać zmieszanie. W milczeniu doszli do pałacu Branickich.

– Jak tu pięknie... – westchnęła Maryjka, ale nie otrzymała odpowiedzi.

Tadeusz myślał intensywnie, a ona postanowiła nie przeszkadzać mu w tym.

– Mówi się, że będzie wojna... Myślisz, że będzie wojna? – Maryjka przerwała w końcu to milczenie. – Boisz się?

– Nie. – odpowiedział twardo Tadeusz i natychmiast zmienił temat: – Spróbujmy, zatrzymajmy czas i jego wszelkie wymiary, bo to, że są wymiary, to wiem na pewno...

– Skąd ty to wiesz mój mądralo?

– Intuicja moja droga. Intuicja. Popatrz... – zamyślił się znowu. – Popatrz, taki Arystoteles?... Przekonywał nas o ruchu i zmianie, dla uzyskania definicji czasu. A Archimedes z kolei uważał, że czas, to zjawisko doświadczalne, osadzone w porządku natury. Z kolei Heraklit z Efezu, nie wiedząc jak ująć zjawisko upływającego czasu, porównał go do płynącej rzeki? Śmieszne co? – znów się na moment zamyślił i dalej kontynuował:

– Isaac Newton nauczał, że absolutny matematyczny czas płynie sam przez się, niezależnie od niczego, ale już Gottfried Wilhelm Leibniz twierdził, że czas i przestrzeń nie istnieją w sensie absolutnym, lecz są złudzeniami. Zupełne przeciwieństwa! I kto ma tu rację? Jak z tego wybrnąć? Myślisz, że można z tego wybrnąć? – zapytał nagle, a Maryjka aż podskoczyła.

– Można by wymieniać i wymieniać... i jakby się temu nie przyglądać, to... i jeden i drugi i następny mają rację. Wszyscy oni mają rację! – mówił dalej Tadeusz. – Nie uważasz?

– Ale z ciebie filozof Tadzi-ju... – pokiwała z podziwem głową Maryjka, ale Tadeusz nie zwrócił na to uwagi.

– Każdą teorię na swój sposób odczuwam właściwie, ale niekompletnie...

– mówił dalej, a jego oczy robiły się coraz większe. – Czyżbym był łącznikiem?... – zastanowił się. – Chcę to widzieć kompletnie. Widzieć, słyszeć i czuć kompletnie. Czas i jego wymiary... Co to w ogóle jest czas i ile ma wymiarów? Bo to, że ma wymiary, tego jestem pewien! – powtórzył to zdanie z naciskiem. – Gdzie czas ma swój początek i gdzie koniec? Dlaczego w określonych strefach czasowych podporządkowany jest on perpetuum, zależnym od pory roku, nocy i dnia? Co wpływa na początek różnych zjawisk, ich rozwój i przemijanie? Czy czas możemy zatrzymać? A może go spowolnić, zwłaszcza wtedy, kiedy jesteśmy w stanie szczęśliwości? – w tym momencie mocniej ścisnął Maryjkę za rękę.

– Właśnie, ta boska teraźniejszość... Chwilo trwaj... – zapatrzył się w jakiś punkt przed sobą.

– A może uda nam się przyspieszyć czas, kiedy jesteśmy nieszczęśliwi?

– Tadeusz stanął na chwilę i nie wypuszczając jej ręki, popatrzył w niebo z takim nieszczęśliwym wyrazem twarzy, jakby to niewinnie zachodzące słońce miałoby na coś wpływ.

– A może... jesteśmy w stanie przeskoczyć pewne strefy czasowe, które mają swój rytm, systematykę i określony puls? A może... jesteśmy w stanie przeskoczyć czas liniowy, zwany czwartym wymiarem, którego definicję zaserwował nam Einstein i przejść do jego innych, większych wymiarów? I to jeszcze, że tak powiem... za życia?... – zastanawiał się.

– A jak jest z muzyką Marija? – ożywił się nagle i zwrócił do niej swoją nawiedzoną twarz, na której malowało się jakieś nieokreślone do końca napięcie. – Czy muzyka też jest fenomenem natury Marija? – zapytał poważnie.

– Chyba tak... – teraz ona się zastanowiła. – W muzyce zatracam się bez reszty i chyba... udaje mi się choć na chwilę zatrzymać teraźniejszość... – dokończyła zdanie, zadowolona, że tak płynnie i zgrabnie jej to poszło i że tak ładnie udało jej się sformułować taką w końcu filozoficzną myśl.

– Taak... – potwierdził w zamyśleniu. – Muzyka jest chyba najlepszą, najszybszą, najbardziej abstrakcyjną, zmysłową i duchową formą wypowiedzi. Muzyka jest chyba najwygodniejszym językiem, żeby odpowiedzieć, a przynajmniej spróbować odpowiedzieć na tych kilka, jakże kluczowych i egzystencjalnych pytań. Czyż nie? Nie sądzisz? – znów zwrócił do niej swoje zamyślone oblicze, ale nie otrzymawszy odpowiedzi, mówił dalej:

– Taak... – zaczął i znów się zatrzymał: – Obojętnie jaką teorię przyjmiemy, czy czas jest, czy nie? Czy płynie nieskażony niczym, czy tylko dzięki ruchowi? Czy jest złudzeniem, czy nie? Jedno jest pewne, skoro istniejemy, to go zauważamy. Mało tego, chcemy go określić i zmierzyć. Gdybyśmy nie istnieli, to czy czas jest, czy nie, nie miałoby znaczenia? Przecież mógłby sobie płynąć bez względu na to czy istniejemy, czy nie? Albo nie płynąć? Ale skoro jednak zauważamy czas, to znaczy, że jest? Tylko jaki? A może jest ich więcej? Tylko my o tym jeszcze nie wiemy? Domyślamy się? Szukamy?... Ja się domyślam, ba, wiem to na pewno! Spróbuję to udowodnić najpierw filozoficznie, a potem...

– Tadzi-ju... – przerwała mu niecierpliwie Maryjka. – Chodźmy dalej proszę...

– Czas i jego wszelkie wymiary... – mówił dalej, poważny i skupiony, nie zwracając na nią uwagi. – Skoro wymiary, to czy i jak możemy go... je... zmierzyć? – zastanawiał się. – Dlaczego to fenomenalne zjawisko wzbudza tyle emocji?

– Tadzi-ju...

– Tylko co zrobić z tym „przed" i „po"? – wstrzymał na chwilę oddech, po czym odpowiedział sam sobie:

– Ano związać teraźniejszością!

– Jak tu pięknie Tadzi-ju... Popatrz... Zatrzymajmy tę teraźniejszość? – Maryjka próbowała wyrwać go z tego filozoficznego letargu.

Tadeusz przestał mówić i spojrzał na nią z czułością, zadowoleniem i satysfakcją. Przygarnął ją do siebie i wyszeptał prosto do ucha, bawiąc się przy tym kosmykiem jej ciemnych włosów:

– Moja ty piękna... Wiesz, jaka ty jesteś piękna? Mówił ci już to ktoś? – zapytał podstępnie i wreszcie się uśmiechnął.

– Ty mi to mówisz. – odpowiedziała zadowolona.

– Piękna i mądra. – dorzucił po chwili.

– Dlatego drążę w muzyce, bo muzyka jest dla mnie też piękna i mądra...

– I jak się szybko uczy? – dodał z podziwem i roześmiał się.

– A wiesz, jak pani Jadzia mierzy czas? – zapytała wesoło.

– Jak?

– Częstotliwością posiłków! Zawsze o takich samych porach, bez względu na...

– Ha-ha... – zaśmiał się Tadeusz. – Dobrze masz z tą panią Jadzią... Ha-ha... Zawsze uważałem, że ta stancja to dobry wybór... Ha-ha... – śmiał się szczerze. – Odmierzamy czas jedzeniem... Ha-ha... Nie trzeba patrzeć na zegarek, tylko wytężyć węch... Ha-ha-ha... To tak, jak: „jest ruch – jest czas"... Ha-ha... Jest śniadanko – jest obiadzik i jeszcze jest... ha-ha... kola-cyjka... Arystoteles... Ha-ha-ha... Arystoteles... Ha-ha-ha... – śmiał się tak, że aż miał łzy w oczach.

Maryjka też się w końcu zaczęła śmiać:

– Żebyś wiedział. Jest ruch – jest czas! Jest śniadanko – jest obiadek! A jak kolacyjki nie ma, to...

– Ha-ha-ha... To czas staje w miejscu! Ha-ha-ha... Widzisz jakie to proste? Wystarczy nie zjeść kolacji? Ha-ha... No to ja się tu głowię jak zatrzymać czas, a tu wystarczy nie zjeść kolacji? Ha-ha... A wiesz, opowiem ci pewną historię ... – Tadeusz cały czas śmiał się tak, że aż jakiś pan, który szedł przed nimi odwrócił się, stanął i patrzył na nich ze zdumieniem.

– Moi rodzice dwa lata temu w Wenecji takie mieli odmierzanie czasu po-siłkami, że ojciec biegał do toalety trzy razy dziennie, a matka raz na trzy dni. No i matka po tygodniu mówi do ojca: – Idź Heniu do apteki i kup coś. A ojciec poszedł i ledwo dukając po włosku tłumaczy pani za okienkiem: – Pani magister, moja żona załatwia się raz na trzy dni. – Tak? – zdziwiła się pani magister. – Bardzo mi przykro. – stwierdziła. – A ja... – zaczął mój oj-czulek. – Ja załatwiam się trzy razy dziennie. – Ooo... To gratuluję. – skwi-towała. – Ale pani nie rozumie? – dalej mój ojczulek. – Proszę nam coś dać, żebyśmy się spotkali? – poprosił grzecznie. – A gdzie się państwo chcecie spotkać? – zapytała uprzejmie pani magister. – No... jak to gdzie? – zdziwił się tato. – W toalecie! Ha-ha-ha... Ha-ha... Ha-ha-ha... – Tadeusz śmiał się do rozpuku, a pan stojący przed nimi zawtórował mu grubym basem.

– A tobie Tadzi-ju, to tylko toaletowe pomysły chodzą po głowie? – Maryjka zawstydziła się trochę i postanowiła uciszyć Tadeusza. – Tylko toaletowe... Ciągle to samo...

– O nie... moja droga... O nie... Nie tylko... Trochę filozofii też mogę, jak widzisz przemycić? – Tadeusz powoli się uspakajał.

– Dobrze... Dobrze masz z tą panią Jadzią... – powiedział na końcu, a Ma-ryjka przestała się śmiać.

Pan, który ciągle stał przed nimi grzecznie się teraz ukłonił, podnosząc z głowy swój słomkowy elegancki kapelusz i oddalił się szybciej niż by mo-gli się tego spodziewać.

– Ale ja chciałabym mieć wreszcie swój dom, swoje miejsce, a nie jakieś tam stancje. – Maryjka odezwała się po chwili poważnie. – Ciągłe tułanie

się... A to Francja, a to Polska... Też jako sublokatorka... A to tu, a to tam...
Nie mogę ćwiczyć... Nie mogę przyjmować do siebie nikogo...

– Będziesz miała swój dom. Szybciej niż ci się wydaje. – Tadeusz się wreszcie uspokoił.

– Ja tylko marzę Tadzi-ju, tylko marzę... – westchnęła.

– Marzenia się spełniają. Sama wiesz?

– Wiem, wiem... Wiem Tadzi-ju... – Maryjka zaczęła się nagle irytować.

– No więc?

– Ale co innego studia, a co innego dom, jeżeli masz TO... na myśli. – odpowiedziała, lekko urażona, akcentując słowo „to".

– Kupimy dom. Zobaczysz. Zdobędziemy wreszcie nasz dom, ale na początku...

– Wiem, wiem... Wiem Tadzi-ju... – pokiwała głową z dezaprobatą.

– Dlaczego... „co innego" studia? – zapytał po chwili. – Wszystko kosztuje
i za wszystko się płaci, to tylko kwestia ceny...

– Myślisz, że opłacenie studiów, czesne za całe pięć lat, ta cała... dla ciebie
mała, ale dla mnie duża kwota mnie nie boli? Nie przeszkadza mi? Nie po-
winieneś mi tego przypominać i wypominać! I tak czuję się winna, że twój
ojciec wszystko to finansuje!

– Ale ja ci niczego nie wypominam? – spojrzał na nią zaskoczony. – Ja cię
kocham! A on...

– Ja też cię kocham i dlatego to znoszę, ale nie chcę, żeby mi ciągle o tym
przypominano?

– Ale... Marija... Ja ci nie przypominam! Mówię tylko, że zdobędziemy
wreszcie nasz dom. Nasz! Rozumiesz? Nie mojego ojca, ale nasz...

– No to co masz na myśli, mówiąc... „na początku"? – przerwała mu. –
Wiesz, że sama nigdy nie dałabym rady płacić pięć lat za czynsz, za szkołę
i jeszcze mieć jakieś marzenia? Dom... Zdaję sobie sprawę, że gdyby nie
twój bogaty tatuś, musiałabym wrócić z powrotem do Sète i łowić te cholerne mule...

– Marija, ja cię kocham i nie pozwolę żebyś wyjechała, a ojciec... – machnął
ręką. – A ojciec, skoro chce nam pomóc, to niech pomoże. Wszyscy sobie
teraz pomagają. Wszyscy! Zobacz, jakie są czasy? Wiem, że jesteś ambitna,
ale zobacz jakie są... niepewne czasy? – podkreślił słowo „niepewne" i za-
cisnął pięści.

– Wytrzymaj jeszcze trochę Marija... – poprosił łagodniej.

– Sama i tak... nie dałabym rady... – stwierdziła ponuro. – Gdyby nie twój ojciec... nie moglibyśmy być razem. – poddała się, w tej bezsensownej wymianie zdań i przytuliła głowę do ramienia Tadeusza.

Ten objął ją i odwzajemnił jej gest mocnym uściskiem.

– Nie mówmy już o tym. – poprosił. – Jest jak jest. Został ci jeszcze tylko jeden rok studiów, za cztery miesiące bierzemy ślub! Marija! Za cztery miesiące bierzemy ślub! Nie cieszysz się?

– Też pytanie? Tadzi-ju? Oczywiście, że się cieszę!

– Za cztery miesiące będziesz moja i tylko moja i żaden ojciec ani twój, ani mój nie zakłóci nam naszego szczęścia, naszej...

– Chciałabym jeszcze tylko pojechać do Sète. Ojciec jest bardzo zdruzgotany... – przerwała mu Maryjka.

– Dlaczego zdruzgotany? Czym?

– No... Wiesz...

– Chciałabyś, żebym pojechał z tobą? – zaproponował Tadeusz.

– Niee... Nie musisz... Ale do Barcelony... Mógłbyś? – zapytała nieśmiało.

– Do Barcelony? Uważasz, że powinienem prosić JĄ również o pozwolenie?

– To nie tak Tadzi-ju...

– A jak?

– Chciałam ją tylko zobaczyć...

– Przecież to nie twoja matka?

– Ale wychowała mnie jak matka. Dlaczego jej tak nie lubisz? Przecież nic ci nie zrobiła? – dopytywała się Maryjka

– Odeszła od twojego ojca, a takich kobiet nie lubię.

– Odeszła, odeszła... Bo jej nie kochał. Nie kochał jej chyba nigdy? Późno to zrozumiałam, ale lepiej późno niż wcale, prawda? – spytała i popatrzyła Tadeuszowi w oczy. – A poza tym, jak chcesz wiedzieć... – Maryjka zawahała się. – To właśnie Laura wypchnęła mnie na studia, do Polski. Jak myślisz dlaczego? I dlaczego mój ojciec tak bardzo się temu sprzeciwiał? Jak myślisz? – nalegała.

– Nie wiem? Nigdy nie mieliśmy okazji rozmawiać na ten temat. – odpowiedział szczerze.

– Ze mną też nigdy nie chciał rozmawiać na temat twojego kraju Tadzi-ju, choć zdawał sobie sprawę, jak bardzo się kochamy. Jak myślisz dlaczego? – to mówiąc, otworzyła torebkę i po raz drugi w tym dniu pokazała fotografię w sepii.

Tym razem Tadeuszowi.

Tadeusz oczywiście widział to zdjęcie wielokrotnie i domyślał się, tak, jak i zresztą domyślała się Maryjka, że jej przyjście na świat dokonać się musiało w Polsce. Ojciec Maryjki musiał ją gdzieś i jakoś począć? Tylko gdzie? Co łączyło go z tą tajemniczą Polką z tego zdjęcia, o której istnieniu nikt nic nie wiedział, poza tym, że nie żyła?

A może żyła, tylko nikt nie chciał Maryjce o tym powiedzieć? Kim była? Co robiła? Jak żyła i jak umarła, jeżeli w ogóle umarła? Dlaczego i kiedy?

Nikt nic nie wiedział albo nie chciał wiedzieć. Tak, jak jej ojciec, który na samo wypowiedzenie słowa „Polska" dostawał białej gorączki, nie mówiąc już o pytaniach dotyczących jej matki.

Aż dziw bierze, że pozwolił jej jechać na te studia w Białymstoku.

Zdjęcie dostała od Laury, która po odejściu od jej ojca, a właściwie po ucieczce od niego, przemyciła tę fotografię dla Maryjki, sugerując, że w Polsce mogą być jej korzenie. Razem doszły do wniosku, że Choroszcz jest w pobliżu jakiegoś Białegostoku i tam należałoby rozpocząć poszukiwania. Laura niewiele wiedziała o tej pięknej kobiecie na zdjęciu, która bardzo przypominała Maryjkę, ale raz ojciec się przed nią wygadał. Upił się i wygadał...

— Może to było prawdziwym powodem, dla którego Laura od niego odeszła? – myślała często Maryjka.

— Kiedy umarła twoja matka? – zapytał niespodziewanie Tadeusz.

— Jeszcze przed moim urodzeniem! — Maryjka wybuchła histerycznym śmiechem, a kiedy się wreszcie opanowała, zakryła nagle twarz dłońmi, a z jej oczu popłynęły od dawna wstrzymywane łzy.

— Boję się... Bardzo się boję... — wyszeptała, łkając. – Co z nami będzie Tadzi-ju? Co z nami będzie? – płakała.

Tadeusz objął ją i gładził delikatnie po włosach.

— Ojciec próbuje załatwić mi posadę w Zurichu... — próbował pocieszać i ją i siebie, ale zdawał sobie sprawę z tego, że zabrzmiało to wszystko groteskowo i nieprawdziwie.

Że to wszystko jest jakąś wielką groteską i farsą w obliczu zagrożenia kolejną wojną. Przecież wie i o tych mobilizacjach i o tych nagonkach...

— Nie wezmą cię do wojska? — Maryjka odczytała jego myśli.

— Ojciec...

– Ojciec, ojciec! Znowu ten ojciec… Ojciec nie załatwi ci wszystkiego, choćby był i Bogiem! – podniosła nagle głowę zdenerwowana, wyzwalając się przy tym z uścisku ukochanego. Zdecydowanym ruchem otarła łzy.
– Mówi się o mobilizacjach. – dodała poważnie i wyzywająco.
– Ale jesteś przecież Francuzką?
– A co to ma do rzeczy? Myślisz, że moje obywatelstwo uchroni nas od wojny?
– Moglibyśmy zamieszkać w Zurichu, a nawet w Sète, jakbyś chciała? Przecież jesteś Francuzką? Nie zapominaj o tym…
– Nie zapominam! – przerwała mu nagle Maryjka.

Szli jakiś czas w milczeniu, trzymając się tylko za ręce. Po paru krokach Maryjka gwałtownie przystanęła, jakby sobie coś nagle przypomniała:
– A ty nie zapominaj Tadzi-ju, że jesteś Żydem! – powiedziała surowo.
– Nie zapominam. – Odpowiedział dumnie.

17

Do hotelu wróciliśmy grubo po północy. Dzieci spokojnie spały z wyciągniętymi do tyłu ramionami. Poprzysuwałam je do siebie, robiąc więcej wolnego miejsca w łóżku, zdjęłam ubranie, przebrałam się w piżamę, umyłam zęby i szybko wsunęłam się pod kołdrę.
Matt w tym czasie nalał do łazienkowych szklanek czerwonego wina.
– Chcesz trochę? – zaproponował.
Chciałam, choć czułam się wykończona po całym dniu.

Popijając małymi łykami wino, opowiedziałam pokrótce Mattowi, co przydarzyło mi się przed kilkoma godzinami na rogu Kurfürstendamm i Hardenbergstrasse.
– Sam widzisz, że tym razem, to ona weszła do mojego życia, a nie odwrotnie? Dlaczego przekazała mi tę dziwną fotografię? Co ja mam z tym zrobić? – wstałam z łóżka i zaczęłam chodzić w kółko po pokoju.
Fale paniki wracały jak bumerang, a rozsądek i tak niewiele mi podpowiadał. Matt słuchał w napięciu i co jakiś czas odwracał zdjęcie. Patrzył na nie długo, bardzo długo, czasami zdejmował okulary i studiował z bliska. Potem z taką samą uwagą śledził napis po drugiej stronie: „Choroszcz 1916".

– Nic ci to nie mówi? – odezwał się wreszcie i wskazał na napis.

Rzuciłam okiem na zdjęcie.

– Oczywiście, że mówi. Rodzina od strony matki pochodziła z Choroszczy. Z tego co wiem, mieli tam posiadłość, ale wybuchła pierwsza wojna światowa i w obawie przed Niemcami uciekli do Rosji.

– Data ta wskazuje, że jednak nie uciekli... – zauważył Matt. – Przynajmniej nie wszyscy? – dodał.

– Nie wiem o co tu chodzi? – przysiadłam z powrotem na łóżku, wyrwałam zdjęcie z rąk Matta i popatrzyłam na datę: „Choroszcz 1916". W głowie miałam mętlik. – Co to ma znaczyć?

– To może powinnaś zapytać o to swoją matkę? – zaproponował Matt.

– A jak jej wytłumaczę skąd TO mam na przykład? – zdziwiłam się.

– Szczerze mówiąc, nie chcę jej straszyć, a poza tym... – upiłam łyk wina.

– Matka mówiła mi zawsze, że wszyscy wtedy uciekli z Choroszczy. Zabezpieczyli dom, wyjechali, a jak wrócili, bo w Rosji z kolei dopadła ich rewolucja październikowa, to domu już nie było.

– Może jednak ktoś tam został? – nalegał Matt.

– Niemożliwe... – wzięłam głęboki oddech i zaczęłam przypominać sobie na głos to, co pamiętałam z opowiadań:

– Choroszcz, tysiąc dziewięćset czternaście. Pełnia upalnego lata. Prababka Jadwiga, z mężem Janem, ośmiorgiem dzieci, dwoje umarło we wczesnym dzieciństwie, ze swoją matką Marcjanną wyruszają do Petersburga. Wybuchła właśnie pierwsza wojna światowa, a oni boją się Niemców i dlatego postanawiają uciec do Rosji. Zabierają większość swojego majątku-dobytku, zostawiając oczywiście samą nieruchomość zamkniętą na cztery spusty i meble. Mają nadzieję, ba, są święcie przekonani, że wrócą po wojnie do swojego domu, do wolnej Polski. Przede wszystkim do wolnej Polski.

W Petersburgu, na początku powodzi im się całkiem nieźle, jak na tamte czasy.

Najstarszy syn Józef studiuje prawo, młodszy Bolesław medycynę, a jeszcze młodszy Bronisław budowę okrętów. Najstarsza z córek, moja babka Maria, notabene bardzo podobna do mnie, zdała właśnie na malarstwo. Najmłodsze dzieci: Jadwiga, Janina, Stanisław i Kazimierz kręcą się przy matce. Kazio zaczyna dopiero szkołę powszechną, inne są w trakcie uczenia.

Rosyjska podstawówka nie podoba się Jadzi, bo nie dość, że trudny język, mało znane dziwaczne litery, to jeszcze i modlić się każą po rusku? Dziwny ten kraj. Dziwni ludzie, ale żyć trzeba? No więc żyją sobie na tej obczyźnie ubogo, tęskniąc za domem i jakoś tam dają radę. Muszą dać radę, żeby móc w ogóle wrócić, nie stracić nadziei i przede wszystkim przeżyć.

No i zaczęło się... Najpierw umarł pradziadek, jeszcze chyba nawet w tym samym roku albo na początku tysiąc dziewięćset piętnastego. Potem zachorował nagle najstarszy syn. Miał już wychodzić ze szpitala, gdy ktoś niechcący poczęstował go rosołem. Zmarł następnego dnia. Potem wybuchła rewolucja. Bieda, strach, choroba zbierają swój plon. Bolesław umiera równie szybko, jak Józef. Prababka Jadwiga nie ma pieniędzy na utrzymanie małych dzieci i starej matki. Bronisław, jedyny ocalały ze starszych synów chodzi swoimi drogami i nie ma zamiaru troszczyć się o rodzinę. Pozostaje Maria. Piękna zmysłowa Maria. Dorabia szyjąc, haftując, czasami uda jej się coś namalować...

– Powiedziałaś, że twoja babka była bardzo do ciebie podobna? – przerwał mi Matt.

– Tak, ale jeżeli myślisz, że to ona jest na tym zdjęciu, to od razu ci powiem, że się mylisz. Aż taak podobna do mnie nie była? Przecież to jest moja twarz?!

– No... Fakt... Jak skóra zdjęta...

– No, sam widzisz? A poza tym, chyba moja mama coś by wiedziała? Tyle razy pokazywała mi różne zdjęcia z przeszłości, ale tego zdjęcia...

– A może ktoś chce ci zrobić jakiś kawał? – zapytał nagle.

– Kawał? Jaki kawał? Któż miałby mi zrobić kawał i po co? Czy ta kobieta, którą widziałam „na żywo" na berlińskiej ulicy, jechałaby za nami pociągiem, żeby dać mi tę fotografię w sepii? No dobrze, może i tak było? Widziały ją dzieci, ja, ty...

– Ja jej nie widziałem. – uciął Matt.

– Jak to, nie widziałeś? – spytałam zaskoczona.

– Nie widziałem.

– Ale chyba mi wierzysz? Nie jestem wariatką?

– Oczywiście, że ci wierzę... – powiedział, nie patrząc na mnie.

Trochę to mnie speszyło, ale brnęłam dalej:

– Któż by się musiał tak napracować, żeby zrobić fotomontaż i umieścić moje oblicze z młodości obok jakiegoś starego dziada? Do tego ten dzi-

dziuś? Przecież nie mój? I te stroje z epoki, uczesanie? Po co? – znów gwałtownie zerwałam się z łóżka i zrobiłam parę rundek po pokoju.

– Popatrz tu... – Matt chwycił mnie za rękę, posadził obok siebie i przysunął mi zdjęcie pod nos. Wskazał na dekolt kobiety.

– To chyba jakieś znamię? – popukał palcem w zdjęcie.

– Gdzie?

– Tu, tu... – dotknął palcem niby „mojej" szyi. – Z tego co wiem, u ciebie chyba nic takiego nie ma?

– Pokaż? – wyrwałam mu zdjęcie.

– Faktycznie! Nie mam czegoś takiego! Ale numer?... – pomacałam się po szyi.

– A zobacz tu... – Matt znowu dotknął palcem zdjęcia. – Oczy! Nawet na takiej fotografii widać, że ona ma jasne oczy, a ty masz przecież brązowe?

– Ale numer?... – otworzyłam usta ze zdziwienia. – Czyli... znaczyłoby, że to jednak nie ja? – ucieszyłam się.

– Nie ty, ale ktoś bardzo do ciebie podobny. Może to jednak twoja babka, prababka, ktoś z rodziny? – nalegał Matt.

– Niemożliwe!

– Nic ci ta fotografia nie mówi? Napis?...

– Nikt nie był tak podobny do mnie Matt! Widziałam przecież zdjęcia mojej babki?

– Może nie wszystkie?

– Matt! Nie jestem wariatką! Widziałam zdjęcia mojej babki! – powtórzyłam stanowczo. – To nie jest ONA! – prawie krzyknęłam i złapałam się za usta, bo Tea poruszyła się niespokojnie w łóżku.

– Widziałam różne zdjęcia mojej babki i... inaczej wyglądała... – mówiłam spokojniej, ale różne wątpliwości krążyły mi po głowie.

Cała plątanina wątpliwości, jak stadko szczurów połączonych ogonami pełzała mi teraz po głowie.

– Nie jestem wariatką... – powtórzyłam. – Zapewniam cię, że w końcu odkryję prawdę. Daj mi trochę czasu... – mój entuzjazm nagle opadł. – A może rzeczywiście ktoś chce mi zrobić głupi kawał? Tylko po co? – pomyślałam.

– Ale przecież napis?... – nalegał Matt.

– No tak... Ten napis... – byłam trochę zła, bo ten napis rozwalał mi wszystko, całą logiczną konstrukcję, którą próbowałam sobie na szybko utkać.

– Posiadłość w Choroszczy oczywiście była, nie mogę zaprzeczyć, nie mogę wyrzec się tego faktu, ale...

– Nie wszyscy wyjechali z Choroszczy w tysiąc dziewięćset czternastym... – przypomniał mi.

– No przecież widzę! – zdenerwowałam się. – Tylko że moja mama opowiadała mi co innego? Mówiła, że... wszyscy wtedy wyjechali! – zaznaczyłam słowo „wszyscy".

– Jednak nie... – Matt wypowiedział to z jakąś taką dziwną satysfakcją, a ja jeszcze bardziej się zdenerwowałam.

– Nie wiem kurczę, o co chodzi! Nie wiem! Nie pojmuję... – zaczęłam się coraz bardziej rozkręcać. – Zapewniam cię Matt, że... i owszem, ona na tym zdjęciu jest do mnie bardzo podobna, a raczej ja do niej, ale... no chyba sam widzisz, że to po pierwsze nie jestem ja? Jednak nie jestem ja? A po drugie ona wyglądała... inaczej? Wyglądała... jednak... inaczej?! – zaakcentowałam słowo „jednak" i „inaczej", ale nie miałam już żadnej pewności. A może wyglądała tak, jak ja? A może to jestem ja? A może jasne oczy tej kobiety na tej fotografii są wynikiem wyblaknięcia koloru? Wynikiem starości zdjęcia? Może kiedyś też były brązowe? A ta plamka na szyi, to jakiś przyklejony paproch, brud?

– Niemożliwe... – zganiłam siebie za takie myślenie. – Mama mi wielokrotnie powtarzała, że moja babcia, a jej mama miała niebieskie oczy. Wszyscy w jej rodzinie mieli niebieskie oczy. Ja mam brązowe po ojcu! Co bym poza tym... robiła na tym zdjęciu!? Nie przypominam sobie...

– A może jednak to moja babka? – zaczęłam mieć wątpliwości, a głośno dodałam: – Zapewniam cię Matt, że w końcu odkryję prawdę. A jeżeli rzeczywiście ktoś chce mi zrobić głupi kawał... – wstałam nagle i przeszłam się po pokoju.

Filip zaczął mówić przez sen. Odczekałam chwilę. Przykryłam go i poprosiłam Matta, żeby dolał mi wina. Usiadłam.

– Choroszcz... Choroszcz... – upiłam łyk. – Dom w Choroszczy? Ale numer?

Jednego byłam pewna. Prawie pewna. Na tyle pewna, na ile to sobie w końcu wydedukowałam. Kobieta na tym zdjęciu, to ani nie jestem ja, ani nie jest to moja babka.

– Czyżby?... – znów fala wątpliwości zalała mi mózg.

Przeszłam się po raz kolejny po pokoju i usiadłam z powrotem na łóżku. Próbowałam się rozluźnić:

– Ale numer... Ale numer... – drugi łyk wina.

– Dlaczego nie było tego domu, jak wrócili z tułaczki? – zapytał Matt.

– Dom stał, ale mieszkali już tam inni ludzie i nie zamierzali oddać majątku. Co oni musieli przeżyć... – zamyśliłam się... – Co oni musieli przeżyć? Wszystko od nowa...

– A nigdy nie widziałaś swojej babci? – zapytał nagle Matt.

– Żartujesz? – zdziwiłam się. – Umarła niedługo po porodzie mojej matki? Mogła mieć najwyżej dwadzieścia kilka lat? – powiedziałam to takim tonem, jakby wszystko to było dla Matta oczywiste.

– No to co było dalej? – zapytał Matt. – Wrócili do tej Polski?

– Wojna niebawem się skończyła, choć i tak rewolucja przytłoczyła wszystko. Prababka z chorą matką i dziećmi w popłochu uciekają do Polski... – kontynuowałam swoją opowieść.

– Jak się okazało, wracają do wolnej Polski. Jest nadzieja! Na granicy muszą jednak długo czekać. Zbyt długo... Umiera Marcjanna. Biedaczka, tak bardzo chciała dotrzymać... Być pochowana na ojczystej ziemi. Nie doczekała. Tyfus i dyfteryt atakuje także dzieci. Przeżywają, bo młode organizmy są przecież silne, a małej Jadzi zaczynają się nawet kręcić włosy po wcześniejszym ogoleniu. Maria jest na razie zdrowa, dzielnie pomaga matce. Docierają w końcu do Polski w roku tysiąc dziewięćset osiemnastym. Muszą urządzić swoje życie na nowo. Nie mają nic. Jadwiga próbuje wynająć jakieś mieszkanie w Białymstoku, ale kto przyjmie biedaczkę z czwórką maluchów? Cała nadzieja w Marysi: Ta, jak się ubrała, umalowała, to i mieszkanie od razu się znalazło. Co oni musieli przeżyć...

– A może to dziecko na tym zdjęciu to jest twoja matka? – zapytał niespodziewanie Matt.

– No coś ty! Moja matka urodziła się dużo później, w tysiąc dziewięćset dwudziestym czwartym!

– A może ktoś się pomylił i zamiast daty tysiąc dziewięćset dwadzieścia cztery wpisał tysiąc dziewięćset szesnaście?

– Niemożliwe! W dwudziestym czwartym nie było już przecież... Choroszczy? – zaniemówiłam.

– To może zdjęcie pochodzi z... tysiąc dziewięćset czternastego? Zanim jeszcze wyjechali do tej Rosji? – pytał Matt.

– Nie wiem? – odpowiedziałam szczerze.

– To co to jest za dziecko?
– Co to za dziecko? Co to za facet? Co to za kobieta? Co to za zdjęcie?! Nie
wiem Matt. Nie wiem!
– Skończmy już... – zaproponował Matt.

Natychmiast się zgodziłam. Dochodziła druga w nocy. Za kilka godzin czekała nas dalsza podróż do Holandii, a i tak nie mogliśmy nic wymyślić. Nic
nowego nie mogliśmy już wymyślić.
Im więcej kombinowałam i przykładałam różne wersje do tej układanki,
nawet to, że ta bardzo podobna do mnie kobieta na fotografii rzeczywiście
była moją babką, to i tak nie mogłam wytłumaczyć, skąd wzięło się tam
to dziecko? Kim był ten starszy mężczyzna i co robili w tysiąc dziewięćset
szesnastym roku w Choroszczy?
– Nawet gdyby ta data była pomyłką i zdjęcie to było zrobione jeszcze przed
ich ucieczką do Rosji, to w tysiąc dziewięćset czternastym roku Maria mia-
łaby szesnaście lat, a w tysiąc dziewięćset szesnastym osiemnaście? – prze-
liczałam. –Teoretycznie mogłaby wtedy urodzić dziecko, ale przecież...
miała tylko moją matkę? Jedyną córkę i to urodzoną osiem lat później?
Chyba już lepiej, żebym to ja była na tej fotografii... – pomyślałam zrezygnowana.

Rozbolała mnie głowa. Skołowane myśli plus alkohol pulsowały straszliwie pod czaszką.
– Już nie dam rady, idziemy spać Matt. – rzuciłam krótko i zgasiłam lampkę.

Długo nie mogłam zasnąć. Przewracałam się z boku na bok i dla odpręże-
nia wyobrażałam sobie kombinacje moich strojów w przeróżnych zesta-
wieniach, w tym ostatni nabytek: zielony płaszcz i dżinsy. Zawsze to robię,
gdy nie mogę zasnąć. Czasami tak się wciągam, że wstaję w środku nocy,
żeby coś poprzymierzać i pomóc wyobraźni. Chwilowe niby odprężenie
zaczyna być kolejną obsesją.
Wybita całkowicie ze snu leżę potem z otwartymi oczami i czekam. Czekam, czekam i czekam... Coraz bardziej zdenerwowana. Sen nie przychodzi... Wściekła na siebie zrywam się z łóżka, po raz kolejny i przebieram
w ciuchach do rana.
– Co ty wyprawiasz? – pytał wybudzany regularnie Matt.
– Nic, nic, śpij. Śpij proszę...
– Uhmm... – i już go „nie było".

Tym razem moje szafy były daleko. Postanowiłam pomyśleć jeszcze raz o zdjęciu i o Laurze...

– Muszę jednak porozmawiać o tym z mamą... – postanowiłam. – Ale to już w Polsce, po wakacjach.

Przymknęłam oczy, choć i tak niechcący obserwowałam, jak poranne światło zaczęło powoli przeciskać się przez zasłony. Pierwsze ptaki rozśpiewały się na pobliskich platanach, a chwilę później nadjechały śmieciarki. Wreszcie usnęłam.

18

Maryjka oparta o framugę pociągowego okna patrzyła na letnie krajobrazy Niemiec. Przez półprzymknięte powieki bawiła się światłem. Raz zamykała całkowicie oczy, po czym otwierała je, zostawiając tylko szparkę, aby filtrować rzęsami promienie zachodzącego słońca.

Była sama w przedziale, wdzięczna losowi, a przede wszystkim Tadeuszowi za to, że załatwił jej taki komfort podróżowania.

– Do samej Francji pojedzie pierwszą klasą! Uff... jak dobrze...

Zmęczenie bardzo dawało się we znaki i szczerze mówiąc, miała dosyć tej podróży. Z przesiadką w Warszawie będzie już prawie doba, a i tak końca nie widać? Na szczęście za niecałą godzinę dojedzie do Berlina. Tam ma się zatrzymać u wuja Tadeusza Ignaca, jeżeli wszystko będzie dobrze... Jeżeli nie, jakoś przetrzyma na dworcu do następnego dnia. Zamknęła na chwilę oczy. Wakacje rozpoczęły się już na dobre...

Po udanej sesji, razem z Tadeuszem przebywali przez kilka dni w majątku jego rodziców, w Supraślu.

Maryjce nie udało się zaliczyć wszystkich przedmiotów jeszcze w maju, tak, jak to sobie wcześniej zaplanowała, za to zaliczyła całość bez problemu prawie w terminie, gdzieś tak pod koniec czerwca.

– No trudno, jak się nie ma, co się lubi, to się lubi, co się ma...

Taka sytuacja bardzo jej w sumie odpowiadała. „Prawie w terminie" oznaczało bowiem to, że mogła bez skrupułów i bez zbędnego tłumaczenia wyjechać z Tadeuszem do Supraśla. Po prostu wyjechać na krótkie i niezaplanowane wakacje, a w terminie, jak gdyby nigdy nic z tych wakacji wrócić i pojechać według planu do Sète. Ojciec nie musi przecież o niczym za dużo wiedzieć? Maryjka też nie musi go o niczym dodatkowo informować? Po co? Sesja odbyła się tak, jak miała się odbyć... i już. Do Francji pojedzie po Supraślu, wtedy, kiedy oficjalnie zaczną się wakacje.

– A może trochę później?...

Zresztą, tydzień w tę czy we w tę nikogo nie zbawi? Nie wpłynie specjalnie ani na stan samopoczucia jej ojca, ani też na stan jego cierpliwości. Wytrzyma. Musi wytrzymać. Ona też wytrzyma, szczególnie będąc tak blisko z ukochanym... Co ma być, to będzie...

– Mój ty Tadzi-ju... – pomyślała Maryjka i uśmiechnęła się na wspomnienie ich wspólnych wypraw nad rzekę.

Mieli tam takie miejsce, gdzie nikt nie mógł ich wypatrzyć. Tajemnicze miejsce, w wielkiej dziupli spróchniałego dębu, tuż nad samym brzegiem rzeki stanowiło dla nich azyl bezpieczeństwa.

Dość obszerna, aczkolwiek trochę niewygodna dziupla była kryjówką nie tylko przed niepożądanymi ludźmi, ale głównie przed pasącymi się w pobliżu krowami.

Krowy zaciekawione i znudzone swoją dolą, wlokły się często za nimi. Oczywiście wlokły się do pewnej granicy, czyli do spróchniałego dębu. Tam, zwykle odstawszy swoje i przeżuwszy porcję trawy, wracały zrezygnowane na pastwisko. To właśnie w dziupli Maryjka pozwoliła sobie na coś więcej niż tylko pocałunki.

Nie protestowała za bardzo, kiedy pewnego dnia Tadeusz dotykał jej inaczej niż normalnie. To znaczy, na początku i owszem, protestowała i to dosyć ostro, na tyle ostro, na ile ostrość ta była w ogóle możliwa w takiej sytuacji? Maryjkę przerażała bowiem i ta niezwykła, zupełnie nieznana dla niej siła, która jak jakaś wielka fala obezwładniała całe jej ciało narastającym pożądaniem i to, że w jej głowie wyświetliło się nagle hasło: „puszczalska"! Hasło „puszczalska" nie chciało się od niej łatwo odczepić, cofnąć, wciągnąć z powrotem w jej skołatany i otumaniony pożądaniem mózg. Hasło „puszczalska" blokowało Maryjkę szczerze i skutecznie. Hasło „puszczalska" dawało jej wyraźnie do zrozumienia, że chyba zbyt wcześnie jest na miłosne akty. Poza tym, było jej tak niewygodnie, że nie mogła za żadne skarby ściągnąć sukienki.

– Zrobić? Nie zrobić?... – targały nią skrajne emocje.

– Dobrze ci?... – zapytał w końcu Tadeusz.

– Dobrze... dobrze... – szepnęła Maryjka i dalej mocowała się z suwakiem.

W międzyczasie szybko przekartkowała w myślach kalendarzyk małżeński.
– „Puszczalska"... – myśl, jak bicz ukłuła ją boleśnie.
– Oj tam... – spróbowała się rozgrzeszyć i po lekkim psychicznym oporze poddała się nowemu uczuciu całkowicie.
Nie miała odwrotu, ale też nie chciała mieć odwrotu. Chciała mieć „to" już za sobą. Skończyła niedawno dwadzieścia trzy lata i czas najwyższy nastąpił, żeby stać się kobietą.
Między jednym, a drugim pocałunkiem i przy coraz większym napieraniu na nią Tadeusza, przy opuszczonej już do pasa sukience, Maryjka doszła do wniosku, że nie może teraz zajść w ciążę. Zresztą, gdyby nawet okazało się, że jednak może, to i tak nic by się przecież nie stało? Nic by się przecież między nimi nie zmieniło?
– Dobrze ci?... – zapytał znów zatroskany Tadeusz.
– Taak... – odpowiedziała cicho i wbiła palce w jego gęste włosy.
Kombinowała dalej w myślach, choć nie było to łatwe. Ba, robiło się coraz trudniej...
– We wrześniu biorą ślub... – coraz trudniej myślała. – Co prawda, zostałby jej jeszcze rok studiów, ale... – nie mogła już skupić myśli... – Daliby radę...
– Ma-ri-ja!... – krzyknął nagle, gorący jak ogień Tadeusz.
– Tadzi-ju! – zawtórowała mu instynktownie Maryjka, choć nie za bardzo i nie do końca wiedziała, o co chodzi.

Kiedy było już po wszystkim, leżeli nadzy pod dębem. Maryjka jeszcze raz przemyśliwała całą tę zaistniałą sytuację, wszystkie „za" i „przeciw", a Tadeusz głaskał ją delikatnie trawą po brzuchu.
Zdziwiona krowa, która nie odeszła w porę na pastwisko, patrzyła na nich z zaciekawieniem. Maryjka odruchowo zakryła się sukienką.
– Dobrze ci było?... – zapytał po raz kolejny Tadeusz.
– Dobrze? – odpowiedziała pytaniem i roześmiała się szczerze.
Cieszyła się, że miała „to" już za sobą. Chyba... miała „to" już za sobą...

Dochodziła powoli piąta po południu i trzeba było wracać na podwieczorek. Trzymając się za ręce, szli wzdłuż brzegu rzeki. Mięciutka kilku-centymetrowa trawka przyjemnie łaskotała ich w stopy. Po drodze, jakaś grupka kilkunastoletnich chłopców skakała beztrosko z chybotliwego i małego mostku do wody. Skakali na „główkę", rozpędzając się jeszcze na trawie.

– Uważajcie! – zawołał Tadeusz. – Tam w wodzie jest pal! To bardzo niebezpieczne!

– Jaki pal? – zapytał jeden z nich.

– Nie widać go, ale trzeba uważać! Najlepiej sprawdźcie grunt. W zeszłym roku mój znajomy skoczył do wody na ten pal i złamał sobie kręgosłup.

– Tak, taak, akurat... – nastolatek wzruszył ramionami i odwrócił się do grupy.

– Naprawdę tak było? – zapytała Maryjka, gdy poszli dalej.

– Naprawdę. – odpowiedział poważnie. – Leży teraz sparaliżowany.

– To okropne! – przeraziła się. – Może powinniśmy ich bardziej przestrzec? Powstrzymać?

– To i tak nic nie da... Młodość broni się swoimi prawami. Sama widzisz?...

– Uhmm... – mruknęła, trochę zawstydzona i zmieszana.

Potężny rumieniec nie schodził jej z twarzy, a różne emocje i wątpliwości zaczęły na nowo targać jej duszę.

– „Puszczalska"... – myśl, jak dzwon znów uderzyła w nią niespodziewanie, ale na szczęście jakiś wewnętrzny kontrapunkt zaczął uspokajać ją łagodnie:

– „Jaka tam puszczalska, żadna puszczalska, po prostu... wyzwolona".

– Jestem wyzwolona... – szepnęła do siebie, tak, żeby Tadeusz nie usłyszał i spontanicznie zaczęła zbierać maślaki.

Przechodzili właśnie przez mały zagajnik. Maryjka w jednej ręce trzymała sandały i podwinięty rąbek sukienki, tworząc z niej coś w rodzaju worka, a drugą ręką beztrosko wrzucała tam grzyby:

– To na kolację!

– Na kolację? – zdziwił się Tadeusz. – Znasz się na grzybach?

– Uhmm – mruknęła i dalej schylała się po grzyby, nie patrząc na niego.

– To tylko maślaki...

– Jesteś grzybiarą. Wiesz o tym? – zaśmiał się, ale Maryjka nie zareagowała.

– Powiedz „jestem grzybiarą"? – poprosił.

– Jestem gszybierą... – powtórzyła posłusznie.

– Nie gszy, ale grzy... Grzybiarą. – poprawił.

– Gszybiarą...

– Grzy...

– Gszy...

– Jestem grzybiarą i kocham Tadeusza!

– Jestem gszybiarą i kocham Tadeusza... – powtarzała, nie patrząc na niego.
Była tak pochłonięta zbieraniem, że podwinięta niewinnie sukienka zrobiła się wypchana, jak balon.
– Wyglądasz, jak w ciąży? – zażartował Tadeusz.
– Ojej? Oby nie?! Tadzi-ju! – stanęła nagle wyprostowana.
– Wypluj te słowa Tadzi-ju! – popatrzyła na niego z nieudawanym przestrachem, ale Tadeusz śmiał się tylko rozluźniony:
– To ty powyrzucaj te grzyby, bo, jak nas mama zobaczy...

– Mój ty Tadzi-ju... – westchnęła Maryjka z rozrzewnieniem.
Niecały tydzień minął od ich rozstania, a już za nim tęskniła.
Na szczęście nie było za dużo czasu na rozmyślania, bo pociąg zwolnił nagle bieg i dojeżdżał powoli do Berlina. Maryjka dostrzegła pierwszą kolejkę S–banu i zaczęła zbierać swoje rzeczy ze stolika. Sprawdziła dokumenty w torebce, bilety, wszystko się zgadzało. Zdjęła dość ciężką walizkę z półki i ustawiła wszystkie bagaże między siedzeniami. Nie było tego tak dużo. Jedna waliza i dwie małe torby, plus oczywiście torebka na ramię. Da radę. Nawet, jeśli wuj Ignac po nią nie przyjdzie...
Liczyła się z taką ewentualnością po ostatnich wydarzeniach w Niemczech. Czystki etniczne zaczęły się i tu w przyśpieszonym tempie, chociaż trwały już od wielu lat. Jakiś Hitler doszedł do władzy i wszystko dodatkowo pokomplikował. Oj, pokomplikował... Zrobiło się na świecie bardzo nieprzyjemnie i niebezpiecznie. Wojna wisiała przecież na włosku? Żydzi, którzy mogli dokądś wyjechać, uciec, żeby chociaż przeczekać tę klęskę korzystali masowo i w niemałym popłochu z takiej możliwości. Najczęściej była to Palestyna, ale ze względu na ograniczoną ilość paszportów, która z roku na rok, z miesiąca na miesiąc była coraz mniejsza, Ameryka stanowiła następny, bezpieczny punkt docelowy.

Rodzina Tadeusza też szykowała się do emigracji. Właśnie tam. Do Ameryki.
Szczególnie Ignac, brat Henryka i ojca Tadeusza nalegał na to nieustanie. Henryk z kolei, ciągle się nad tym zastanawiał i wahał, bo po pierwsze, powodziło im się całkiem przyzwoicie od czasu kiedy zaczęli zajmować się handlem złota i diamentów, po drugie, zgromadzili przecież spory już kapitał, prowadząc z Ignacem od lat swoje warsztaty jubilerskie w środkowej Europie, od Polski przez Berlin, aż do Antwerpii, a po trzecie, skoro szło im

naprawdę bardzo dobrze, to żal było tak po prostu wyjeżdżać? Po czwarte, Henryk, w przeciwieństwie do Ignaca był lewicowcem, członkiem socjalistycznej i robotniczej partii, a nie syjonistą i właśnie ten fakt, chyba najbardziej ostudzał jego entuzjazm do emigracji. I chociaż Henryk robotnikiem dawno już przestał być, co zupełnie nie przeszkadzało mu, żeby przynależeć do Bundu, to dalej zamierzał kontynuować swoją działalność partyjną bez jakichkolwiek zakłóceń. Również bez zakłóceń zamierzał prowadzić dalej swoją działalność charytatywną, której z wielkim zaangażowaniem od lat się poświęcał.

Szczególnie kultura była jego oczkiem w głowie. Oczywiście, wspierał jak najbardziej i przede wszystkim kulturalną autonomię Żydów, polskich Żydów, co było również głównym założeniem partii, ale kultura w ogóle, kultura jako taka, kultura niezależna, bardziej europejska i bardziej świecka niż religijna najbardziej go interesowała.

W szczególności muzyka i literatura były jego największymi wyzwaniami i pasjami. Regularnie zabierał żonę Sarę z Białegostoku do Warszawy i kursowali tam między elitarnymi i artystycznymi miejscami. Spotykali się z muzykami, pisarzami, aktorami. Z grupą podobnych do siebie ludzi, często dobrze już podpici kończyli wieczór w jakiejś przyjaznej knajpie, ćwicząc tam nowoczesne tańce przy gramofonie...

Nie za bardzo chciało się więc Henrykowi ruszyć, jak to się mówi tyłek i zaczynać życie od nowa? Zaczynać życie na ziemi mniej lub bardziej obiecanej? i to jeszcze z rodziną? Nie chciał wyjeżdżać ani do Ameryki, ani tym bardziej do Palestyny. Szczególnie do Palestyny, bo po pierwsze, Palestyna mało go ciągnęła i geograficznie i klimatycznie, a po drugie, nigdy nie był wielkim zwolennikiem narastającego przez lata, aczkolwiek wymuszonego, jakby na to nie patrzeć... syjonizmu.

W Polsce podobało mu się najbardziej. Pomimo gorzkiego i od lat istniejącego antysemityzmu, wolał już przecierpieć i przesiedzieć trudne czasy w swoim kraju. W końcu tu się urodził, tu urodziła się jego żona i dzieci. Istniejący antysemityzm dokuczał mu co prawda tak, jak i każdemu Żydowi, ale Henryk przełykał to z godnością. Trzeba przyznać, że też jakoś go to w miarę omijało. Może dlatego, że miał dużo pieniędzy? A może dlatego, że miał taki pozytywny i twardy charakter? W każdym razie, dzieci mogły bez problemu i bez większych psychicznych nagonek studiować w zagranicznych uczelniach. Mógł im to spokojnie zapewnić, gwarantując finansowe wsparcie. Nawet studia Maryjki postanowił z własnej inicjatywy opłacać, jak to się mówi bez mrugnięcia okiem, z przyjemnością i w poczuciu jakiegoś idealistycznego spełnienia. Lubił ją poza tym, a fakt, że grała na pianinie stanowił tylko dodatkowy atut.

Nie za bardzo to się z kolei podobało Maryjce. Miała mniejszą w tym przyjemność i sporawe opory. Głupio jej po prostu było, że przyszły teść jest aż tak hojny. No, ale cóż miała zrobić? Nie przyjąć tych pieniędzy? Ulec dumie? Czy ulec pokorze?

– Duma... duma... – dumała wielokrotnie, szukając jakiegoś wytłumaczenia i pocieszenia się w pulsującym jak dzwon, w swojej uporczywej melodii sumieniu, ale niełatwo jej było. Niełatwo...

– Duma do niczego dobrego przecież jej nie zaprowadzi? – myślała. – A poza tym... żyć jakoś trzeba? No cóż? Pokora zazwyczaj bardziej się opłaca i chociaż ciężko się na nią czasami zdecydować, to warto podjąć to ryzyko. W końcu nie ma nic do stracenia? – pocieszała się zrezygnowana, ale też i trochę uspokojona.

– No cóż... zostaje mi tylko pokora, bo przecież żyć jakoś trzeba?... – mówiła to sobie często na głos i rozmyślała w takich momentach o matce Tadeusza, która przecież w ogóle nigdy i nigdzie nie pracowała?

Przez całe życie siedziała w domu i zajmowała się dziećmi, jak te jeszcze były małe albo reprezentowała, jak to się mówi swojego męża, korzystając tylko z jego pieniędzy.

Sara nie miała z tym żadnego problemu, a przynajmniej nigdy się na to nie uskarżała. Korzystała z pieniędzy Henryka tak, jak i korzystała z życia, a czy dzieci były małe, czy dorosłe, nie miało to większego znaczenia.

Była przy tym piękną kobietą, o wyjątkowym guście. Potrafiła świetnie się ubierać. Może był to wpływ wyzwolonych artystek? Może sama była nieodkrytą artystką? A może po prostu była to tylko kwestia posiadania pieniędzy?

W każdym razie Maryjka patrzyła na nią z podziwem i trochę zazdrościła takich gustownych i wytwornych kreacji. Gorzej było z biżuterią. Tutaj Sara zdecydowanie przesadzała. Miała co prawda ładne wypielęgnowane dłonie, ale ilość połyskujących pierścionków na jej każdym prawie palcu trochę Maryjce przeszkadzała.

Szczególnie na początku drażniła ją taka ilość biżuterii. Po jakimś czasie przyzwyczaiła się do tego. Przyzwyczaiła się też do wyjątkowo spokojnej i wyważonej natury przyszłej teściowej i szczerze mówiąc, nie mogła tak do końca zrozumieć i nadziwić się, że może być taki kontrast? Że tak spokojna, tak wyważona kobieta, która może się tak pięknie ubierać, która taki dobry ma gust, obwiesza się biżuterią, jakby była świąteczną choinką albo jakąś inną odpustową atrakcją?

Jak to w ogóle jest możliwe, że taki spokojny człowiek ma w ogóle jakieś potrzeby? Jakieś gusty? A jeżeli już ma, to dlaczego takie skrajne? A może taki człowiek nie ma potrzeb, tylko udaje? Jak się poza tym żyje człowiekowi, który nie ma potrzeb? A może je ma, tylko Maryjka o tym nie wie? Nie domyśla się albo nie potrafi się domyśleć, ponieważ sama posiada zdecydowanie inny temperament?

– No, ale w końcu... tyle pierścionków, to przecież jakaś potrzeba? – kombinowała.

– A zresztą, czy to ważne? – poddawała się. – Do tej kobiety pasują te pierścionki. Jest taka... przezroczysta, cicha, prawie niezauważalna, schodząca wszystkim z drogi?... Chociaż biżuteria przypomni o jej istnieniu...

A poza tym, Sara i tak była wyjątkowa, co szczerze trzeba było jej przyznać. Podobnie, jak ciotka Lucy, tryskająca nietuzinkową wyjątkowością, choć ta z kolei stanowiła całkowite zaprzeczenie swojej znacznie urodziwszej szwagierki.

Mała, krępa blondynka, ze śmiejącymi się, rozbieganymi oczami, przy których widać było drobne zmarszczki. Belgijka z pochodzenia, bardzo żywa, głośna i niecierpliwa. Do tego również mnóstwo pierścionków na palcach obu rąk i ze trzy albo cztery złote łańcuszki na szyi. Trudno byłoby jej nie zauważyć? I to nie tylko jako żony jubilera...

Tak jak teraz... Głośny i zaraźliwy śmiech Lucy zawibrował w hali dworca na Friedrichstrasse.

– Jak dobrze! Są! – ucieszyła się Maryjka.

Odruchowo przyśpieszyła, ciągnąc za sobą ciężką walizę.

– Marija! Marija! – zawołała ciotka i już była przy niej.

Ucałowały się serdecznie, tym bardziej, że zarówno jedna jak i druga mogły wreszcie swobodnie rozmawiać po francusku.

Wuj Ignac, trochę speszony podał Maryjce rękę na powitanie. Był bardzo podobny do ojca Tadeusza: te same ciemne i grube włosy, przyprószone siwizną, te same wyraziste zielone oczy. Znacznie wyższy. Tak na oko Maryjki, jakieś metr dziewięćdziesiąt wzrostu. Opalony i świeżo ogolony wyglądał trochę dziwnie. W miejscu zarostu i zaraz przy ustach wyraźnie widoczne były ślady bielactwa.

– Ciekawe po co się goli? – przeszło przez myśl Maryjce, ale oczywiście nie zapytała.

Po wylewnym powitaniu Lucy, a powściągliwym Ignaca, wyszli z hali dworcowej i skierowali się na parking. Lucy cały czas trajkotała, a Maryjka od czasu do czasu grzecznie jej potakiwała.

Na parkingu czekał na nich samochód. Wuj Ignac sprawnym ruchem wrzucił rzeczy Maryjki do bagażnika czarnego i niedbale zaparkowanego mercedesa, a ciotka nie przestawała mówić. Ignac trochę siłował się z klapą, a gdy wreszcie udało mu się ją zamknąć, ruszyli spokojnie w stronę Unter der Linden.

Jechali bardzo wolno. Lucy gadała jak najęta, ale Maryjka już jej nie słuchała. Rozglądała się dyskretnie na boki. Tak dyskretnie, jakby było to czymś zakazanym...

Mijając Bramę Brandenburską zauważyła maszerujące grupki oddziałów Hitler-Jugend. Lucy na moment przestała mówić i... zrobiło się jakoś nieprzyjemnie. Wuj i tak nic się nie odzywał, tylko tępo patrzył przed siebie, prowadząc spokojnie samochód i ta nagła cisza nabrała nagle jakiegoś nowego znaczenia, mistycznego, a jednocześnie przerażającego znaczenia. Nikt nie odważył się już nic powiedzieć, odezwać. Maryjka utkwiła wzrok na dłoni wuja trzymającego kierownicę. Do domu na Fasanenstrasse jechali w całkowitym milczeniu.

Kamienica, gdzie mieszkali, mieściła się prawie przy Kurfürsterdamm. Na dole znajdował się warsztat i mały sklepik jubilerski. Na pierwszym i drugim piętrze salon, sypialnie i pokoje gościnne. Etalaże sklepiku było prawie całkowicie wyczyszczone z przedmiotów. Leżało tam może jeszcze kilka łańcuszków, ze dwie niezbyt cenne kolie, dwa albo trzy zegarki. Wszystko porozrzucane, jakby zostawione na przynętę: – Patrzcie, jeszcze tu jesteśmy... Jeszcze nie wyjechaliśmy... Jeszcze żyjemy!...

Na kolację poszli do pobliskiej restauracji w Literaturhaus.
Cóż za menu? Maryjka była zachwycona. Na przystawkę podano kacze wątróbki, zapiekane z figami. Pycha! Palce lizać! Wątróbki moczyło się najpierw w mleku, potem w soku z cytryny i na końcu w miodzie, następnie

otarte z marynaty układało się je w niewielkich odstępach, na blachę do pieczenia, przyklejało grudki morskiej szarej soli tu i tam, trochę pieprzu, posiekanego rozmarynu i czosnku. Figi nacinało się i do każdego nacięcia wkładało kulkę mieszanki serów. Jeden ser musiał być pleśniowy, najlepiej niebieski. Każdą figę trzeba było owinąć dwoma plasterkami wędzonego boczku, włożyć, podobnie jak wątróbki do jakiegoś naczynia żaroodpornego, dodać świeżą natkę pietruszki, oliwę, balsamico, sól, pieprz i do pieca. Nie za długo, żeby były miękkie, soczyste i dochodziły do idealnej konsystencji już na talerzach.

– To kiedy ślub? – zapytał Ignac, upijając łyk czerwonego portu.

– Piętnastego września, w sobotę...

– W kościele?

– Taak. Bierzemy katolicki ślub, tak będzie lepiej...

– Gdzie?

– W Farnym, w Białymstoku – odpowiedziała Maryjka.

– A wesele będzie? – zapytała tajemniczo ciotka Lucy i wyciągnęła szyję w stronę dziewczyny.

– Będzie, będzie... – Maryjka zaczerwieniła się lekko.

– W Supraślu?

– W Supraślu.

– To zrobimy sobie zupkę grzybową? – zachichotała Lucy.

Wuj Ignac zawtórował jej gromkim śmiechem. Widząc, że Maryjka nic nie rozumie, opowiedział jej historię sprzed dwóch lat, kiedy to po raz ostatni odwiedzili majątek Henryka i Sary:

– Gdzieś tak pod koniec sierpnia wybraliśmy się wszyscy na grzyby. Piękny las, jak pewnie zdążyłaś już zauważyć, wilgotny po deszczu, pachnący młodymi borowiczkami, wykluwającymi swoje zamszowe główki: „Tu jesteśmy, tu jesteśmy, kto nas znajdzie, kto nas znajdzie"? Kto pierwszy, ten lepszy! Henio z Sarą, Lucy i ja chodzimy z wielkimi koszami i wypatrujemy i wypatrujemy: tu jakiś maślaczek, tu jakiś podgrzybek, pod brzózką jakiś samotny czerwono-główiec. Mało tego jakoś? Oj mało. Wszystko przebrane, bo ruszyła wiara do lasu, pewnie zaraz po deszczu i nie zostawiła dla nas nic! Wróciliśmy do domu prawie z pustymi koszykami z wyjątkiem...

– Oj Ignac... Dajże spokój, co było, to było... – przerwała zawstydzona ciotka.

– Lucy, Lucy?... Gdybyśmy wtedy twoją zupkę zjedli... To już dawno bylibyśmy u Pana Boga...

– Dobra, dobra, nie bądź taki mądry... – broniła się Lucy, ale Ignac coraz bardziej się śmiał:

– Wyobraź sobie Marija, że w ostatniej chwili zdołaliśmy przebrać te jej... ha-ha... zbiory... ha-ha... zanim to wszystko trafiło do garnka! A czego tam nie było? Szatany, muchomory...

– A któż je krewetki z pancerzykami? No któż? – zmieniła szybko temat Lucy.

– Toż to przecież sam rarytas! Wapno w czystej postaci...

– Sam jesteś wapno w czystej postaci! – zaczęła się śmiać. – A wodę do mycia rąk, to kto wypił?

– Wodę? Jaką wodę?

– Po krewetkach Ignac, po krewetkach! No? Któż to wypił? – pokiwała z politowaniem głową.

– Oj tam, zdarzyło się i ot co... Ale twoja zupka...

– A wiesz Marija, że Ignac w saunie cygara popala? – dorzuciła znienacka i teraz oboje wybuchnęli śmiechem.

Maryjka patrzyła na tych dwoje uśmiechnięta i z rozrzewnieniem tęskniła za Tadeuszem.

Tak chciała być już jego żoną i bez skrępowania chodzić pod rękę po bulwarach wielkich miast, śmiać się ze swoim mężem tak beztrosko, jak tych dwoje teraz, bywać na wykwintnych kolacjach, gdzie nikt ze zgorszeniem nie przyglądałby się jej nagim palcom. Co prawda miała pierścionek zaręczynowy, złote serduszko z dwoma diamencikami, ale co obrączka. to obrączka.

– ... o mało nie przypłacił życiem!... Jak się tak głupio ktoś zakłada... – ciągnęła dalej Lucy.

– A o co chodzi? – Maryjka włączyła się do rozmowy.

– No jak to? Wysiedzieć w saunie godzinę i jeszcze z cygarem?

– To nie był mój pomysł! – bronił się wuj.

– Ale jesteś starszy i mądrzejszy...

– No... ale... Jak zakład, to za...

– Oj ty... Stary, a głupi! – ostro zakończyła temat ciotka.

Na drugie danie przyniesiono tartę cykoriową i kurczaka. Wuj zabrał się ochoczo do jedzenia.

– Na długo jedziesz do ojca? – zapytał, wkładając sobie do ust wielką porcję kurczaka.

– Nie mówi się z pełną gębą! – Lucy szturchnęła go łokciem w bok tak, że aż wypadł mu z ręki widelec.

– Co ty robisz? Na Boga?

– Chciałam na miesiąc... – Maryjka zaczęła nieśmiało i nagle przerwała, upewniając się czy może mówić dalej. – Ale chyba... muszę jeszcze pojechać do Barcelony...

– Do Barcelony? To kawał drogi? – zauważył Ignac, przeżuwając mięso.

– Tak, to kawał drogi... – zgodziła się.

– Co będziesz robić w Barcelonie? – zapytała nagle Lucy.

– Chcę odwiedzić swoją macochę.

– Macochę? – krzyknęła. – A któż w dzisiejszych czasach odwiedza macochy?

– Lucy! Przywołuję cię do porządku! – zagrzmiał Ignac. – Macochy też można odwiedzać.

– To prawda... – zgodziła się Maryjka. – A kiedy wujostwo wyjeżdża? – zapytała, mając nadzieję, że poprzedni temat będzie szybko zakończony.

– Oj, to jeszcze nie wiadomo... – westchnęła Lucy. – Nie wiadomo... Paszporty powinny były być już w ubiegłym tygodniu...

– Dobrze, że dzieci dojechały... – wtrącił Ignac.

– Jacob i Anne są już w Chicago. Dzięki Bogu! – Lucy złożyła dłonie, jak do modlitwy i błagalnie spojrzała w górę.

Liście palmy, pod którymi stał ich stolik w patio restauracji zaszeleściły złowrogo...

Tej nocy Maryjka nie mogła spać. Przekręcała się z boku na bok, myśląc nieustannie i o Tadeuszu i o najbliższej ich przyszłości. Jeżeli udałoby się wejść Tadeuszowi do kancelarii adwokackiej pana Sorbino w Zurichu, to znaczyłoby, że powinni zamieszkać w Szwajcarii.

Tam mogłaby kontynuować fortepian. Zna przecież swój język lepiej niż polski, a i francuski Tadeusza wzmocniłby się.

– Panie Boże, zadecyduj za mnie... – szepnęła nagle, wykończona myślami, które krążyły po jej zmęczonej głowie, jak jakaś zwięzła pętla, która za nic nie chciała się rozwiązać.

Nie mogąc zasnąć, przypominała sobie ich poznanie:

Pięć lat temu... Tadeusz, student pierwszego roku filozofii i prawa, szkolił swój francuski we Francji. Przebywał na wakacjach u Pierra Corbois, przyjaciela ojca Maryjki, w małej miejscowości La Salvetat sur Agout, obszar Languedoc Roussillon. Maryjka z ojcem Jeanem odwiedzili w pewnym momencie Pierra i tam poznali młodego Polaka.

Pierre i Jean przyjaźnili się od lat. Zapomniani malarze, artyści. Obaj wyklęci w pewnym sensie przez swoje rodziny, małomówni dziwacy i odludkowie, którzy najchętniej tylko we własnym towarzystwie potrafili cieszyć się życiem. Nad jeziorem wspólnie łowili ryby, malowali pejzaże, urządzali ogniska i biesiadowali do rana.

Wielki stół, na którym się jadło, piło, grało w karty i szachy stał tuż przy wejściu do najstarszej części domu, średniowiecznej ciemnej budowli z kamienia, która pewnie niejedne czasy pamiętała.

Małe okienko, a właściwie kamienna szpara od toalety, oczywiście bez żadnej szyby wychodziła prosto na stół. Maryjka trochę się wstydziła zaglądać do tego przybytku z wiadomych względów. Postanowiła nawet mniej jeść, ale kiedy i to nie pomagało namówiła Tadeusza, kiedy już się trochę lepiej poznali na wspólną wyprawę „wpław" na najbliższą wyspę.

Po przepłynięciu dwóch prawie kilometrów, rozdzielali się w krzakach. Tak, tak... Pływali do najbliższej wyspy, żeby w spokoju, w bezpiecznym dla każdego rewirze, bez stresu zrobić po prostu kupę! Wydalić zalegający balast i załatwić się porządnie na łonie natury, a nie w graniczącym z jadalnym stołem, średniowiecznym wychodku.

Chcieli przy okazji trochę popływać i za chwilę wrócić do domu jak gdyby nigdy nic...

Maryjka roześmiała się w łóżku na cały głos, przypominając sobie cały ten niezwykły rytuał: Codziennie rano, po śniadaniu wyglądało to mniej więcej tak:

– To co, idziemy?... – pytała tajemniczo.

– Idziemy, idziemy... – odpowiadał trochę speszony Tadeusz.

Na początku sporo się ociągał, ale wreszcie wskakiwali razem do jeziora i odpływali. Chłopak z dobrego domu szybko podłapał zwyczaje młodej Francuzki z prowincji. Wcale mu nie

przeszkadzały spojrzenia innych gości, którzy co jakiś czas odwiedzali Pierra i którzy zastanawiali się niejednokrotnie:

– Co ci młodzi tak ciągle pływają na tę wyspę? Taki kawał? Co tak tam długo robią i dlaczego zawsze o jedenastej?

Ojciec Maryjki już wtedy bardzo się denerwował myśląc, że jego ukochana córeczka wpadła w sidła miłości. Zresztą, niewiele się pomylił. Pod koniec wakacji byli już z Tadeuszem parą.

– Mój ty Tadziju... – pomyślała Maryjka i przymknęła na chwilę oczy.
Lasy Languedocji tak bardzo przypominały Tadeuszowi Polskę. Cieszył się jak dziecko, widząc olbrzymie świerki i brzozy porastające wyspę. Zapuszczał się bardzo często w jej głąb, kiedy tylko tam dopływali. Oczywiście Maryjka podążała ochoczo za nim, z nadzieją znalezienia paru grzybów. Tego Tadeusz nie znosił. Nawoływał ją wielokrotnie i szukał po lesie:
– Po co ci te grzyby? Przecież nie możemy ich stąd zabrać? Chcesz płynąć z tymi grzybami? – denerwował się, ale ona i tak za każdym razem robiła swoje.
Instynkt wypatrywania przesuszonych i często robaczywych maślaków silniejszy był niż rozum.
– Grzy-bia-ro... – wołał Tadeusz. – E-cho... E-cho...
– E-cho... E-cho... – odkrzykiwała cienko Maryjka, będąc gdzieś w krzakach.
– Grzy-bia-ra... ko-cha... Ta-de-u-sza... a... Ta-de-usz... ko-cha... grzy-bia-rę...
– Gszy-bia-ra... ko-cha... Ta-dzi-ja... a... Ta-dzi-jo... ko-cha... gszy-bia-rę...
– E-cho... E-cho...
– E-cho... E-cho...
– Grzy-bia-ro ty moja, cho-odź, po-ro-bi-my inne rze-czy, znacznie przyjemniejsze rze-czy... No... cho-odź już, cho-odź już, zostaw te grzy-by... Grzy-biaaa-rooo... Cho-odź... Cho-odź... E-cho... E-cho...
– I-dę... I-dę... E-cho... E-cho... – odpowiadała Maryjka i powoli wracała.
– Wysrałaś się?
– Uhmm... A ty?
– Ja też. Ja te-eż... Ja... te-eż... E-cho... E-cho...

– E-cho... E-cho... – Maryjka uśmiechnęła się i przekręciła na drugi bok.
Pomyślała jeszcze raz o Tadeuszu i szybko zasnęła.

19

Zdjęcie w sepii. Jakaś para. On stary, z brodą, siedzi wyprostowany na ławce, w zarośniętym ogrodzie. Ona młoda, dużo młodsza, siedzi obok niego. Trzyma na kolanach dziecko. Przy ławce podrdzewiały dziecięcy wózek z dużymi kołami. Szprychy w kołach też są zardzewiałe. Dziecko zaczyna płakać. Kobieta kołysze przez chwilę maleństwo w ramionach, po czym wstaje i podchodzi do wózka, żeby je tam ułożyć i ukoić do snu. Starszy mężczyzna z długą i przerzedzoną na końcach brodą siedzi dalej sztywno, bez ruchu, jakby w ogóle nie obchodziło go nic, co się wokół niego dzieje albo może wydarzyć. Nie jest w sumie taki stary... Brązowe i przenikliwe oczy zamurowane kolorami sepii... patrzą w dal. Nagle drgnął. Złapał kobietę za rękę i gwałtownie przyciągnął do siebie.
– Zostaw! – syknął jej do ucha.
– Ależ ojcze? – zawołała. – To przecież moje dziecko!
– To nie twoje dziecko! Zapomnij o niej! Oddaj mu ją jak najszybciej!
– Ależ ojcze...
– To rozkaz!...
– Chcę się do niej przytulić? Tylko na chwilę! Tylko na chwilę?...
– To rozkaz! Rozumiesz?

Obudziła się zlana potem. Zegar ścienny właśnie wybijał czwartą nad ranem. Na ulicy jakieś podniesione zdenerwowane głosy zakłócały ciszę nocną. Maryjka usiadła prosto na łóżku, jak przestraszony zając, wypatrujący myśliwego i zaczęła nasłuchiwać.
– Co się stało? – pomyślała i przetarła zaspane oczy.
Zarzuciła na ramiona wełniany żakiet, leżący na wierzchu otwartej walizki, wstała powoli z łóżka, podeszła na palcach do okna i wyjrzała ostrożnie przez szparkę między zasłonami.

Wuj Ignac, ciotka Lucy, oboje w szlafrokach i jakiś nieznany łysy i otyły facet stali przed domem. Wuj tłumaczył coś łysemu, a przynajmniej starał się coś wytłumaczyć, ale ten nie dawał mu dojść do słowa. Ciągle przekrzykiwał go i przesadnie gestykulował, machając rękami jak wiatrak. Nawet Lucy nie mogła go uspokoić:
– Panie Szulc, błagam pana, na Boga, jest noc? Porozmawiajmy o tym spokojnie jutro? Proszę pana, panie Szulc...

– Ale to rozkaz! – zawołał Szulc i rozdygotany próbował zapalić papierosa.
Przez chwilę zrobiło się cicho. Łysy palił, Lucy chodziła to w jedną, to w drugą stronę, kręcąc się zdenerwowana po chodniku, a Ignac próbował przemawiać do grubasa opanowanym tonem:
– Nie musi być aż tak źle Szulc... Przecież naziści nie mogą ciągle się włamywać?
– Nie mogą? To już trzeci raz w tym tygodniu! – wykrzyknął.
– Dlatego musimy pozamykać wystawy, przynajmniej na razie? – uspokajał go Ignac. – Nie możemy kusić wilka, choć...
– Zabierajcie się stąd jak najszybciej! To rozkaz! Nie chcę mieć żadnych kłopotów! – Szulc był zdecydowany.
Wuj, delikatnym, aczkolwiek stanowczym gestem wepchnął Szulca do klatki schodowej kamienicy. Rozmawiali na dole, w salonie, ale Maryjka nie mogła rozróżnić ani słów, ani tym bardziej znaczenia.
Zrezygnowana wślizgnęła się z powrotem do łóżka i postanowiła zasnąć, choć nie było to łatwe. Po tym, co przed chwilą usłyszała, uświadomiła sobie z wyrazistością, że kryształowych nocy jest znacznie więcej niż przypuszczała. Nagonka na Żydów tylko wzrasta i najlepszą rzeczą jaką mogliby zrobić, to rzeczywiście wynieść się stąd jak najprędzej na jakiś czas. Przynajmniej, dopóki wszystko się nie ułoży. Znaczyłoby, że wyjazd Tadeusza do Szwajcarii jest również konieczny?
– O Boże, żeby nam się tylko udało... O mój Boże zrób coś... – pomyślała zatroskana.
Głosy na dole nagle ucichły, jakby ktoś je wyłączył, wyciągając kabel z kontaktu.
Maryjka leżała bez ruchu i próbowała nadsłuchiwać, ale tylko świdrująca w uszach cisza zaznaczała swoją obecność w pokoju, a wschodzące i zazdrosne słońce, pierwszymi promieniami zaczęło przeciskać się przez szparę w zasłonach.

Obudziła się około południa, a właściwie została obudzona, bo Lucy bez pukania, osobiście wniosła tacę ze śniadaniem.
– Wstawaj moja panno! – zawołała donośnie.
Postawiła tacę na stoliku przy łóżku i ciężko opadła na stojący obok fotel. Miała podkrążone, zaczerwienione oczy i nie było jej do śmiechu.
– Czy coś się stało? – Maryjka zapytała nieśmiało, chociaż i tak wiedziała o co chodzi.

– Marija... – Lucy wypuściła powietrze z ust. – Za cztery dni musimy być w Rotterdamie. Tam będą czekać na nas paszporty, trzeba spakować dom, zabezpieczyć. Wyjeżdżamy, rozumiesz? Wyjeżdżamy! Nie wiem na jak długo... – mówiąc to, zakryła twarz dłońmi i wybuchła krótkim szlochem.

Maryjka zupełnie zdezorientowana, siedziała sztywno na łóżku i czekała, aż ta się uspokoi. Nie wiedziała jak jej pomóc, tym bardziej, że domyślała się wszystkiego, a w takiej sytuacji wypadało tylko współczuć.

– Wiem Lucy, wszystko wiem... – wydusiła po chwili ponuro i pogłaskała Lucy delikatnie po włosach.

Kiedy Lucy wreszcie się wypłakała, sięgnęła do kieszeni szlafroka, którym była owinięta, uśmiechnęła się nieznacznie i wyciągnęła małe okrągłe pudełeczko. Wydobyła z niego złoty łańcuszek z równoramiennym krzyżykiem, na którym połyskiwały purpurowe granaty.

Szybkim i zdecydowanym ruchem zawiesiła go na szyi Maryjki:

– To dla ciebie!

– Dla mnie? – zdziwiła się Maryjka.

– Wychodzisz niedługo za mąż, chciałabym, aby ten krzyżyk przyniósł ci szczęście...

– Oh, c'est magnifique! – zachwyciła się dziewczyna.

– Pamiętaj, noś go zawsze przy sobie i pomyśl czasem o nas... – mówiąc to, Lucy znów się rozpłakała.

– Dziękuję Lucy, będę myśleć o was i... jak to się wszystko skończy...

– Nie skończy się... To się nigdy nie skończy... – płakała Lucy.

– To się nigdy nie skończy... – powtórzyła po niej cicho Maryjka i utkwiła wzrok w podłodze.

Po nierównych dębowych deskach szedł mały pajączek. Pokonywał szczeliny i drewniane słoje podłogi, nic sobie nie robiąc z powagi sytuacji. Doszedł do wielkiej donicy z palmą i jak gdyby nigdy nic zabrał się do robienia pajęczyny.

– Jestem jego wrogiem. – pomyślała Maryjka. – Wrogiem, niebezpiecznym wielkoludem, który jednym palcem, w jednej sekundzie mógłby go zgnieść, rozetrzeć na miazgę, unicestwić. Jest taki mały i nieporadny, a ja taka duża... Czy można czuć tu jakieś zagrożenie? Czy ten mały pajączek czuje zagrożenie? A może różnica między nami jest tak wielka, że zagrożenia nie ma? Zbyt wielka, żeby zagrożenie w ogóle poczuć? A może... żyjemy w dwóch różnych światach? Niemożliwe! Żyjemy na tym samym świecie, bo widzę przecież tego małego pajączka, próbującego upleść swoje bezpieczeństwo? Ciekawe, czy on mnie widzi? Widzi, widzi, a na pewno się boi, a to znaczy, że łączy nas to samo życie. Może więc... i ja muszę dalej tkać swoją pajęczynę, nie oglądając się na nic i na nikogo? Bo przecież strach przed wrogiem jest i tu i tu? Tylko... czy mój wróg jest aż... takim wielkoludem?...

– Ubieraj się Marija! Musimy wcześniej pojechać na dworzec. Czeka cię długa podróż. Trzeba sprawdzić tę rezerwację i zrobić zakupy. – zadecydowała Lucy i wstała z fotela.

Otarła szybko łzy i wyszła z pokoju, zostawiając Maryjkę z nienaruszonym śniadaniem.

Istotnie, czekała ją długa podróż. Najpierw nocnym pociągiem do Paryża, potem do Toulouse i w końcu do Béziers. Tam wyjść miał po nią ojciec.

20

Spóźnił się, jak zwykle. W długim płaszczu i słomkowym kapeluszu przybył na stację tuż przed siódmą. Na peronie nie było już prawie nikogo i tylko gołębie wydziobywały ostatnie okruchy z bułek, pozostawionych przez pasażerów. Maryjka siedziała na walizce ze spuszczoną głową i drzemała. Jean podszedł do niej cicho, przyklęknął i gwizdnął prosto do ucha.

– Papa!?... – podskoczyła obudzona.

Ucałowali się serdecznie i ruszyli w stronę najbliższego baru. Deszczowy poranek pachniał świeżością i spokojem małego leniwego miasteczka, które właśnie budziło się do życia.

Przeszli na drugą stronę ulicy i w małej kawiarence zamówili kawę z mlekiem i ciepłe croissants z malinową konfiturą. Deszcz przestał już padać, a zza chmur pokazało się słońce.

Po lekkim śniadaniu siedzieli na tarasie, popijali kawę i rozmawiali o tym i o tamtym.

Maryjka patrzyła na przystojnego ojca, który co jakiś czas smukłymi palcami robił sobie skręta z pachnącego suszonymi śliwkami tytoniu, po czym z lubością go zapalał. Zaciągając się, patrzył w niebo mrużąc oczy, uśmiechał się sam do siebie i nawijał na palec pukiel swoich długich ciemnych i kręconych włosów.

Wyglądał bardzo młodo pomimo czterdziestu dwóch lat. Właściwie mogliby uchodzić za rodzeństwo? Tak zresztą często bywali postrzegani przez przypadkowych ludzi, co zawsze bardzo denerwowało Maryjkę. Do czasu...

Gdy skończyła dziesięć lat, Jean się wreszcie zakochał. Wracali razem z krótkich wakacji we Włoszech do Marsylii, gdzie wtedy jeszcze mieszkali. W pociągu poznali młodą Hiszpankę, pianistkę, która rozpoczynała właśnie studia muzyczne w Marsylii. Ponieważ nie miała odpowiednich warunków do ćwiczenia na instrumencie, Jean zaproponował jej wynajęcie pokoju.

Nie był to taki zły pomysł? W salonie stał nieużywany od lat fortepian, córka dojrzewała i coraz bardziej potrzebowała kobiecej ręki, a i on nie byłby taki samotny. Po śmierci matki Maryjki, którą podobno bardzo kochał, nie wiązał się już z nikim. Nie wyobrażał sobie również, żeby spokój jego dziecka, który z takim trudem zbudował jako samotny ojciec, został zakłócony przez inną osobę.

Hiszpanka zamieszkała u nich w połowie września, dwudziestego szóstego roku. Tak, jak było ustalone, ćwiczyła na fortepianie, trochę gotowała, sprzątała, na początku tylko po sobie, a potem w całym domu i uczyła Maryjkę gry na instrumencie. To zajęcie wyszło zupełnie przypadkowo i spontanicznie, spowodowane obopólną, jak się okazało miłością do muzyki. Maryjka uwielbiała te lekcje. Chętnie grała na fortepianie i marzyła, żeby w przyszłości również zostać pianistką.

Bardzo się zaprzyjaźniły. Różnica wieku była niewielka, tylko sześć lat. Były jak siostry, ale czasem przeszkadzało Maryjce to, że młoda Hiszpanka znikała na noc w pokoju jej ojca... Wkrótce okazało się, że Jean i Laura są zakochani i postanowili zostać parą, oczywiście bez ślubu, co doprowadzało niektórych sąsiadów do głupich komentarzy. Ale ojciec i tak nic sobie z tego nie robił i tylko się śmiał:

– No i co panie Source? Złapałoby się za młode cycuszki co? Złapałoby się... panie Source... Złapało... Widzę, jak się pan ślini... Ha-ha... A oui?... C'est bonne!

– Merde... – machał ręką pan Source i uciekał do kurnika.

Maryjka była bardzo zazdrosna na początku. Właściwie nie wiedziała o kogo bardziej? Ale... w końcu przyzwyczaiła się do sytuacji i poszła na rozejm z „macochą", którą i tak uwielbiała.

Po kilku latach wyprowadzili się wszyscy z Marsylii i zamieszkali w Sète, nad samym morzem.

Cudownie było spacerować całymi dniami wzdłuż plaży, czasami aż do samego Cap d'Agde i dalej. Zbierać wielkie muszle, kąpać się w czystej lazurowej wodzie i wylegiwać na gorącym piasku.

– Popatrzcie, jeżeli będziemy tak iść i iść... to dojdziemy do samej Barcelony? Czyż nie? – cieszyła się Laura.

– Ciekawe, ile by mam to zajęło? – zastanawiała się Maryjka.

– Spróbujmy? – śmiał się Jean i śmiesznie przebierał nogami, rozpryskując przesadnie wodę w morzu.

Przychodzili wieczorem do domu, często obładowani mulami, które zbierali na pobliskiej mieliźnie. Robili wspólnie kolację, a potem ojciec wracał do pracy w prowizorycznym namiocie nad wodą i siedział tam prawie codziennie przez całą noc.

Robił artystyczne meble. Pamiątka ze studiów malarskich w Rosji, których nigdy nie skończył... Czasami malował zawzięcie i do skutku nocne pejzaże. Rano nie można było go dobudzić...

Nie wiadomo co było przyczyną, ale stał się wkrótce wyjątkowo małomówny. Zresztą, nigdy nie grzeszył wartkością słowa... Maryjka podejrzewała, że być może miał inną kobietę? Zaczął też więcej pić. Nie podobało się to młodej „żonie". Coraz częściej wybuchały między nimi jakieś konflikty i awantury, aż w końcu młoda Hiszpanka nie wytrzymała i wróciła do rodzinnej Barcelony. Ojciec wcale jej nie zatrzymywał, co dla Maryjki wydawało się trochę dziwne? Zamknął się natomiast w sobie jeszcze bardziej, a Maryjka postanowiła nie wtrącać się i nie zadrażniać i tak napiętej już sytuacji. Sytuacji, która jak jakaś naciągnięta do granicy możliwości struna może pęknąć za chwilę z wielkim hałasem...

– Jaka była moja matka? – zapytała, kiedy siedzieli już w pociągu z Béziers do Sète.

– Piękna i dobra. – uciął krótko Jean.

– Tylko tyle?

– A co chcesz wiedzieć?

– Dlaczego nigdy mi o niej nic nie mówisz?

– A co mam ci mówić?

– Tato... Przecież wiesz o co mi chodzi...

– Nie wiem o co ci chodzi...

– Wiesz... Błagam, powiedz coś? Wyduś to z siebie...

– Mam ci mówić, że nie żyje?

– Tato...

– Zawsze to samo, zawsze to samo... – Jean pokręcił głową. – Czy nie możemy porozmawiać o czymś innym?

– Nie możemy. – Maryjka odwróciła się demonstracyjnie.

– Umarła przy porodzie... – powiedział cicho po chwili.

– Nie o to mi chodzi...

– A o co?

– Tato...

– Nie wiem o co ci chodzi... – upierał się Jean.

– Błagam...Tato?...

– Umarła przy twoim porodzie... – jego ton zrobił się bardziej napięty.

– Tylko tyle?

– Aż tyle! – warknął i zerwał się z siedzenia.

Podszedł do okna i skręcił sobie papierosa. Palił, stojąc odwrócony do niej plecami. Przez jakiś czas nie mówili nic. Letnie krajobrazy Lanquedocji, rozświetlone były porannym słońcem, które od czasu do czasu chowało się za coraz to mniejsze chmurki, zwracające przestrzeń błękitnemu niebu.

– Przecież życie może być takie piękne... Dlaczego ludzie tak je komplikują? – pomyślała Maryjka i zaczęła obgryzać skórkę przy paznokciu.

W którymś momencie poczuła nagły ból, a z palca popłynęła krew.

– Czy moja matka była... Polką? – wyrzuciła z siebie wreszcie, trzymając krwawiący palec w ustach.

– Jaką Polką? O czym ty mówisz? – Jean odwrócił się gwałtownie.

– Dobrze wiesz, o czym mówię. – nie dawała za wygraną Maryjka.

– Nie wiem? – spokojnie odpowiedział jej pytaniem.

– Nie udawaj... Dobrze wiesz...

– Nie wiem... – napięcie w jego głosie rosło.

– Wiesz. Nie udawaj...

– Nie wiem. Nie wiem! NIE WIEM! – zaczął powtarzać, jak opętany.

– To dlaczego tak nienawidzisz kraju mojego narzeczonego? – Maryjka szła za ciosem, czując, że narasta w niej wściekłość:

– To dlaczego, gdy byłam mała, wszyscy się śmiali, że przywiozłeś sobie „pamiątkę" z wojny? To dlaczego...

– Pamiątkę? Jaką pamiątkę?! – wrzasnął.

– Mnie! Taką pamiątkę!

– Merde! Co ty bredzisz?!

– Gdzie jest moja matka?! – krzyknęła Maryjka.

– Co ty wygadujesz?! Merde!...

– Gdzie jest moja matka?!

– Umarła!

– Gdzie jest moja matka?!

– Umarła przy twoim porodzie! Merde! Przecież ...

– Gdzie jest MOJA MATKA?!

– NIE WIEM !!...

Pociąg sunął równym miarowym stukotem. Za oknami przemieszczały się powoli krajobrazy południowej Francji, osnute dymem lokomotywy. Przesuwające się powoli krajobrazy, jak jakaś pętla tych samych pagórków, tych samych przydymionych zieleni i żółci...

W pociągu, naprzeciwko Maryjki, na surowych drewnianych ławkach siedzieli jacyś mężczyźni ubrani w mundury i spokojnie kiwali się w rytm stukotu pociągu. Było ich czterech. Chyba spali. Ręce skrzyżowane na biodrach, noga na nodze, czapki nasunięte głęboko na czoła zasłaniały twarze.

– Nie słyszeli naszej kłótni? – zastanawiała się Maryjka. – Kiedy się pojawili? Nie widziałam ich wcześniej?...

Co dziwne, nie słyszała żadnego dźwięku? Żadnego ludzkiego szmeru, przesunięcia na ławce, skrzypnięcia podłogi, zmiany pozycji, nie mówiąc już o jakiejkolwiek rozmowie czy chociażby chrapaniu drzemiących? Nic. Słyszała tylko miarowy stukot pociągu, wiozącego czterech zastygłych rycerzy i ... jej ojca, zaciągającego się przy oknie papierosem. Ciągle tym samym?...

– Gdzie ja jestem? – Maryjka prawie nie ruszała się i nie oddychała, nie chcąc w ten sposób zdradzić miejsca swojego punktu obserwacyjnego.

Patrzyła w napięciu na śpiących żołnierzy. Jeden z nich miał lekko rozchylone usta, z których wypłynęła stróżka śliny.

– A więc żyje... – pomyślała z ulgą. – Podróż trwa.

Krajobraz za oknem zrobił się bardziej żółty, prawie pomarańczowy. Znów zaświeciło słońce.

I nagle, jak za dotknięciem czarodziejskiej różdżki, przyciśnięciem jakiegoś guzika włączył się dźwięk. Rumor, rozmowy, okrzyki, śmiechy, trzaskanie drzwiami przedziałów, a właściwie wagonów. Pasażerowie podrywają się z miejsc i pośpiesznie chwytają za swoje bagaże, ułożone na podwójnych, równie surowych, jak siedzenia półkach nad nimi. Napiera tłum ludzi. Kobiety, mężczyźni, dzieci....

– Skąd się wzięli?... – Maryjka i Jean też szykują się do wyjścia.

Nagłe szarpnięcie lokomotywy i krótki gwizd sugeruje stację:

– Sète! Koniec trasy!

Pozostawiona przez kogoś gazeta spada z górnej półki i bardzo wolno, jakby w zwolnionym tempie, koziołkując kilka razy, rozpłaszcza się tuż przed nogami Maryjki: „La Figaro" 26. VII. 1939.

– O, gazeta?... – ucieszyła się dziewczyna.

Na okładce zdjęcie jakiegoś miasta i domów, z powtykanymi w okna francuskimi flagami.

– Pewnie po niedawnym święcie narodowym? – pomyślała.

21

Do domu przybyli około południa. Słońce mocno prażyło w zenicie, a uspokojone morze małymi falami obijało się o przybrzeżne skałki na mieliźnie. Maryjka postawiła torby w sieni i wbiegła do pokoju na dole.

– Ale tu śmierdzi! – zawołała. – Dlaczego nie wietrzysz? – to mówiąc, otworzyła szeroko okna i przylegające do nich turkusowe okiennice.

– Śmierdzi? – zdziwił się Jean. – Dla mnie nie śmierdzi.

Jedną ręką podniósł torby córki, stojące w przedpokoju, drugą chwycił jej walizkę i skierował się na górę, do pokoju Mariji, przeskakując co drugi schodek. Kiedy wrócił usiadł przy stole.

– Jak tu brudno... – zauważyła Maryjka, zbierając do popielniczki porozrzucane pety.

– Brudno, brudno... To posprzątaj! – zerwał się z krzesła i wyszedł nad morze.

Szedł wyprostowany jak strzała i dumny, nie oglądając się za siebie.

– Jak zwykle ... – pomyślała Maryjka i pokiwała z politowaniem głową. – Jak zwykle...

Pokręciła się jeszcze trochę na dole, porządkując pokój, po czym poszła za ojcem.

Siedział na niedużym kamieniu, ciągle w płaszczu i kapeluszu i palił skręta. Maryjka podeszła do niego po cichu, oderwała przyklejoną do kamienia samotną małżę i gwizdnęła mu prosto do ucha.

– Marija?! – podskoczył.

Roześmiała się i podała mu muszelkę. – Co zjemy na kolację?

– Do kolacji jeszcze daleko, ale jak masz ochotę na mule, to możemy nazbierać?

– Oui, oui! – ucieszyła się dziewczyna. – A jeszcze lepiej, wykąpmy się! – zawołała.

– Nie jesteś zmęczona? – zapytał, skręcając następnego papierosa.

– Oczywiście, że jestem, ale popatrz, jak tu jest bosko? Pełnia lata, słońce wysoko jeszcze praży, nie ma wojny... Siedzę na wilgotnym piasku i przyglądam się chmurom na nieskazitelnie błękitnym niebie... Jest bosko... Drugi raz w życiu, po Barcelonie, czuję się jak w raju! To jest raj na ziemi! Tato, to raj na ziemi! Popatrz... Papa...

– Nie przesadzasz? – zapytał Jean.

– Popatrz na tych ludzi? – mówiła dalej, nie zwracając na niego uwagi.

– Wylegują się tak, jak my? Na plaży popijają wino... Dzieci bawią się na kocach... Kosze jedzenia, kieliszki, talerze, rozmowy i śmiechy... Szum morza i ten zapach... Zapach wielkiej słonej wody... Czyż nie jest to raj? – pytała zachwycona. – Widzę raj. Słyszę raj. Czuję łagodne głaskanie wiatru po ciele i wilgotny, kojący podmuch od wody. Prawie smakuję tę wodę i ten wilgotny wiatr... Wącham... Nie jestem w stanie nawet rozróżnić, co jest pierwsze...

– Marija, Marija... – westchnął udobruchany na dobre Jean. – Ciągle taka romantyczka z ciebie?

O to właśnie chodziło Maryjce. Pragnęła, żeby go jakoś uspokoić i wypytać wreszcie o rzeczy, o których nigdy w życiu nie chciał z nią rozmawiać.

Pragnęła porozmawiać z nim o matce. O matce, której nie znała, prawie nic nie wiedziała na jej temat, nie miała ani jednego jej zdjęcia. Ba, nie wiedziała nawet jak miała na imię?

Czuła się, jak jakiś żebrak bezdomny, co prawda wolny, który nie wie dokąd zmierza i chwila obecna stanowi największą przyjemność jego bytu, ale z drugiej strony, pozbawiony swojej ludzkiej historii? Przecież, tak jak każdy człowiek miała do tego prawo? Miała prawo do swej ludzkiej historii? Wyciągnęła się na piasku, przyćmiona kilkudniowym zmęczeniem i choć wszystkie jej zmysły pracowały na bardzo wysokich obrotach „teraz albo nigdy", to i tak zapadła w nieoczekiwany i mocny sen.

Obudziła się, kiedy zachodziło słońce. Przykryta dwoma kocami leżała na zimnej już plaży.

Z domu dolatywał przyjemny zapach smażonej ryby. Światło w kuchni paliło się i widziała krzątającego się tam ojca, przyrządzającego kolację. Maryjka wstała, owinęła się szczelnie kocami i szczękając zębami ruszyła w stronę domu.

– Wyspałaś się? – rzucił wesoło Jean, sprawnie przekładając rybę na drugą stronę.

– Uhmm... Co jemy? – zapytała zaspana.

– To co lubisz. Dorada!

– Kocham Cię papa... – westchnęła Maryjka.

– Wiem, wiem... – mruknął zadowolony Jean.

Przekładał dalej rybę i pogwizdywał cicho jakąś melodię. Skwierczący tłuszcz co chwila podskakiwał i strzelał mu prosto w twarz.

– Merde... – zaklął i zaczął zmniejszać ogień w piecu.

Zdjął patelnię z paleniska i sprawnie dorzucił pogrzebaczem dwie żelazne obręcze. Postawił z powrotem patelnię na miejsce i patrzył jak ryba dochodzi.

– Ja też cię kocham... – powiedział po chwili do siebie.

Po kolacji nalał córce i sobie czerwonego wina. Pili przez chwilę w milczeniu. Po jakimś czasie zdjął ze ściany wiszącą na kołku gitarę i położył ją na stole. Upił jeszcze łyk wina i skręcił sobie papierosa.

– Chcesz? – zapytał.

– Nie, dziękuję. Nie palę.

– A ja tak... – podpalił zapałką papierosa i zaciągnął się z lubością.

Po kilku machach odłożył skręta na popielniczkę, złapał za gitarę i zaczął grać flamenco.

W pewnym momencie spojrzał zawstydzony na Maryjkę i przerwał.

– Teraz, to się wstydzę przy tobie... – zaśmiał się gorzko.

– Zwariowałeś? Dawaj, dawaj. Olé, Olé! – zawołała i poderwała się nagle z krzesła.

Zaczęła tańczyć, a Jean zaczął znów grać. Wystukiwała bosymi stopami rytmy flamenco, a Jean grał dalej i dalej, szybciej i szybciej. Zamknął oczy i szarpał struny gitary, jak w jakimś transie. Gdy skończyli, zapalił znowu papierosa.

– Nie za dużo palisz? – zauważyła Maryjka.

– To ona nauczyła cię tak tańczyć? – zapytał zdyszany.

– A ciebie tak grać? – roześmiała się.

Jean nie zareagował i znów zaczął brzdąkać jakiś liryczny kawałek, trzymając w kąciku ust papierosa. Próbował to to, to tamto. Nie za bardzo mu wychodziło. Znużony odłożył na miejsce instrument.

– Potrzebujesz kobiety. – powiedziała po chwili Maryjka poważnie.

– Nie wtrącaj się... – odburknął.

– Ja tylko tak...

– Nie twoja sprawa! – wstał z krzesła i poszedł do kuchni po nową butelkę. Nalał sobie wina i wypił duszkiem. – O, pardon... chcesz? – zapytał.

– Nie, dziękuję... – Papa... – Maryjka wzięła głęboki oddech.

– Uhmm?...

– Nie jestem już dzieckiem... – wypuściła powietrze.

– Wiem... Wychodzisz za mąż... – przerwał poddenerwowany.

– No właśnie... Dlatego chciałabym...

– Dość! Nie będę o tym mówić! – warknął.

– Nie wiesz, co chcę powiedzieć...

– Wiem.

– Nie wiesz...

– Zawsze to samo... – jego wzburzenie zaczęło narastać.

– Nie wiesz, co chcę powiedzieć? – nalegała Maryjka.

– Dość! – wrzasnął w końcu.

– Papa...

– Merde! – walnął pięścią w stół tak mocno, że butelka z winem przewróciła się, a czerwony trunek spływał wartko na ziemię.

– Merde! – zawołał Jean i pobiegł do kuchni po szmatę.

Maryjka podbiegła w tym czasie do fortepianu i zaczęła grać Sonatę Patetyczną Beethovena. Była tak wściekła, że chyba nigdy, jak dotąd nie udało jej się zagrać tej sonaty w takim tempie.

W oszołomieniu przebierała palcami cały czas w „forte", nawet w wolniejszych fragmentach przetworzenia. Temat w c–moll i jej serce przyśpieszały coraz bardziej i bardziej i dudniły przeraźliwie, jak jakiś dziki koń, galopujący po drewnianym moście.

Kiedy doszła do finału pierwszej części, zaczęła gwałtownie walić pięściami w klawiaturę.

– Co ty robisz?! – Jean wyleciał z kuchni ze szmatą do podłogi.

– To co ty! – zawołała wzburzona. – Mam temperament taki jak ty! Jestem twoją córką! A może nie jestem nawet i... TWOJĄ córką?!

– Marija!?...

– Do jasnej cholery! Chyba mam prawo wiedzieć kim jestem? Chyba mam prawo wiedzieć kim była moja prawdziwa matka?! Kim jesteś ty?! – krzyczała.

– Gdzie jest moja matka?! Gdzie jest MOJA matka?! Gdzie jest MOJA MATKA??! – wrzeszczała, jak w jakimś transie.

– Codziennie rano budzę się i tęsknię za nią. Mówię do niej, nawet we śnie: „Wiem, że gdzieś jesteś, widzisz mnie i słyszysz... Szkoda, że nie mogę się do ciebie przytulić... Mamoo... MAMOO"!!??...

– Myślisz, że to takie proste? – załkała boleśnie Maryjka. – Nie mogę jej nawet sobie wyobrazić? Nie mogę jej nawet normalnie kochać? Nawet, jak już nie żyje? Nie mogę jej normalnie kochać! Nie mogę jej kochać, bo Ty-y ... na to nie pozwalasz?! Przybliż mi proszę jej obraz! Pozwól mi poczuć to, co każdy człowiek, zwierzę, roślina poczuć powinna... Choćby przez chwilę... Przez małą chwilę... Malutką... – łkała. – Nie odbieraj mi tego!?... Pa-pa...!?... PAPA-A...!??...

Jean siedział skulony w kącie na ziemi i płakał.

Jego szloch natężał się, jak gra flamenco, jak sonata patetyczna Beethovena. Wył, jak porzucony wilk, a jego twarz, wykrzywiona nieludzkim grymasem cała była we łzach, które jak strumienie niepohamowane żadną już siłą, spływały bezwstydnie na otwarte, bezradne dłonie, trzymające szmatę do podłogi.

Łzy tak długo tłumione, skrywane przez tyle lat... oczyszczały teraz i jego i Maryjkę. Cały ten zasrany świat, w którym przyszło mu żyć, nie miał w tej chwili większego znaczenia! Poczuł się wolny jak nigdy, jakby cały wszechświat należał teraz tylko do niego i jego córki.

Wytarł szmatą twarz i przysunął się na kolanach do stojącej jak słup i onie-
miałej Maryjki. Wyciągnął rękę:
– Siadaj! – przyciągnął ją do siebie.
Po raz pierwszy w życiu przytulił ją tak mocno...

22

Wróciliśmy do Arnhem tydzień temu.
Odrobiłam już pierwszego dnia swoją powinność, wyrzucając wszystkie
zdechłe muchy i pająki, leżące od miesiąca w naszym pustym domu. Wy-
czyściłam meble, odkurzyłam i umyłam podłogi, poukładałam papiery nu-
towe na biurku:
– Będę pisać nowy utwór!
Holenderski dom lśni w czystości, a polski nie zdążył się jeszcze przecież
zabrudzić?
Tym razem jesteśmy w Arnhem sami, bez pana Andrzeja, bo w Polsce już
prawie wakacje, a w szkole holenderskiej zostały nam jakieś niecałe dwa
miesiące nauki. Ale... pod koniec lipca, kiedy dzieci będą miały wreszcie
wolne, wyjeżdżamy do naszej ukochanej Francji.
Jak zwykle, co roku. Cieszę się, że jest ładna pogoda, Matt sprząta ogród
i w ogóle „life is beautiful".

Dostałam wczoraj dwie bardzo pozytywne wiadomości. Pierwsze, to praca
w... Barcelonie! Przez jeden semestr profesor kompozycji na uniwersyte-
cie! Drugie, to zamówienie na kwartet smyczkowy od... Kronosów! Hurra!
Hurra!... To chyba jakieś moralne wyrównanie za usunięcie mojej nowej
opery z programu ostatniego festiwalu Warszawskiej Jesieni? Zupełnie
bez zapowiedzenia? Już w czasie prób? Przyznam, że było to i dla Matta
i dla mnie wielkim szokiem. No ale cóż? Szef Warszawskiej Jesieni nie lubi
mnie i mojej muzyki... Chyba?...
Teraz jednak mam nowe wyzwanie i światło, które jakże potrzebne jest
każdemu twórcy? I temu z małym doświadczeniem i temu z dużym.
Tak się cieszę, że aż podczas sprzątania przygotowałam sobie papier nu-
towy, który tylko czeka aby go zapełnić... Zanim to jednak zrobię, pójdę na
chwilkę na leżaczek, na słoneczko, które tak pięknie świeci. Trzeba przyznać, że latem często tu leje, a w lipcu prawie zawsze mamy porę deszczo-

wą. Kiedy jest więc ładnie i nie pada, korzystajmy! Jest sobota, dzieci bawią się w ogrodzie, a Matt kosi trawę.

Właśnie wypadł z gniazda młody szpak. Podskakując niepewnie po tarasie, zsunął się na trawnik i skrył pod kupą ściętych gałęzi. Siedział tam wyciszony i czekał pewnie, aż znajdą go rodzice?

A może czekał na śmierć? Spokojnie z godnością, bez buntowania się przed tym co nieuniknione?

Pierwszy wypatrzył ptaka Filip i od razu chciał mu pomóc. Wyciągnął rękę, żeby go wydobyć spod sterty liści, ale ten przesunął się tylko w głąb krzaków i siedział tam dalej bez ruchu.

– Ptaszku, chodź tutaj, pomożemy ci... – prosiła Tea.

Bezskutecznie. Szpak siedział nieruchomo, a jego oczy powoli zachodziły mgłą. Filip przyniósł śliwkę z ogrodu i położył ją ostrożnie przy rozchylonym dzióbku. Ptaszek jakby się ożywił, skubnął kilka razy śliwkę i wyszedł z ukrycia.

– Jedz ptaszeczku, żyj ptaszeczku, zaraz mamusia cię znajdzie, my tylko pojedziemy po zakupy i zaraz wracamy... – przemawiało moje dziecko.

Istotnie. Po godzinie byliśmy już z powrotem. Odstawiliśmy rowery pod drzewem i szybko poszliśmy zobaczyć co u ptaszka?

Leżał na boku, w tym samym miejscu. Niedojedzona śliwka pokryta była drobnymi muszkami. Małe sztywne ciałko ptaka spoczywało z godnością na trawie. Małe sztywne ciałko ptaka, który bez żadnego buntu przed tym co nieuniknione odszedł samotnie. Urządziliśmy mu mały pogrzeb pod świerkiem, a Filip ułożył z patyków krzyż.

– Czym jest życie? – pomyślałam. – Czekaniem na śmierć? Rodzimy się, żeby umrzeć? A może życie jest filmem? Podróżą? Filmem o podróży? Przygotowujemy się przez cały czas do tej nieznanej podróży, gdzie śmierć jest jej końcową stacją? Wyjściem z kina?

– Overgave is een eenvoudige maar tegelijk diepe wijsheid van meegeven met in plaats van je te verzetten tegen de stroom van het leven... Śmierć jest prostą i jednocześnie głęboką mądrością ofiarowania się bez oporów prądowi życia... – odpowiedziałam sobie i zrobiło mi się jakoś lżej.

W dzieciństwie, kiedy miałam cztery lata, po raz pierwszy wyobraziłam sobie, że życie jest filmem. Jestem na ekranie jakiegoś niewidzialnego wielkiego telewizora i odgrywam swoją rolę. Film bardzo się ciągnie. Tak długo, ile mniej więcej godzin, dni, miesięcy, lat ciągnie się mój los. Jeden do jednego. Nieznani widzowie, może i nawet sam Pan Bóg oglądają mnie, a ja jem, śpię, bawię się czy siedzę w toalecie, tu mogłaby nastąpić przerwa w emisji...

Cały czas jestem obserwowana. Jestem jeszcze na początku tego filmu, tak myślę i nie mam pojęcia jak długo będzie on trwał i jak się skończy? Czy w ogóle się skończy?

Film jest monotonny i nudny. Czasami coś się wydarzy, ale przeważnie to spanie, jedzenie, sranie, chodzenie do szkoły, odrabianie lekcji, użeranie się z mamą, bratem. Zimno, gorąco, ciemno, widno...

– Jaki to długi film? – myślałam. – Czy nie dałoby się tego skrócić? Na przykład: idę do szkoły, prawię pędzę, bo za chwilę lekcja, naciskam jakiś niewidzialny guzik i ... już jestem w klasie. Albo nie mogę zasnąć, boję się, przyciskam guzik i ... budzę się rano. Dlaczego ten czas tak się wlecze? Dlaczego nie ma sposobu, żeby go skracać albo wydłużać? Na przykład podczas wakacji?

Biegnąc do szkoły, zawsze odmierzałam kroki:

– Teraz idę powoli i kroków jest tyle, teraz biegnę i kroków jest tyle, pędzę, żeby się znowu nie spóźnić i moich susów jest coraz mniej. Zmienia się także czas. Przyspieszam klatki mojego filmu, przechodząc w paniczny galop i... jestem w klasie nawet przed dzwonkiem! Mało tego, nie czuję się wreszcie obserwowana!

Być może moja panika przed spóźnieniem zasłaniała na chwilę ten cholerny ekran? Przyznam, że świadomość odgrywania roli w filmie pod tytułem „moje życie" napawała mnie jakimś niezrozumiałym strachem. Kiedy ten film się skończy? Jaki będzie jego koniec? A może nigdy się nie skończy? Nie chcę, nie chcę być tak obserwowana!? Wolałam już spóźnić się na lekcje niż ciągle wisieć na czyimś oku i czuć się pod kontrolą.

Jeszcze gorsze były sny. Sny tak dziwne i niewytłumaczalne, że już jako czterolatka wiedziałam, że nie można ich tak po prostu komukolwiek opowiedzieć. Bardzo się wtedy bałam. Musiałam wymyślać jakąś ludzką wersję o wilkach, trupich czaszkach i podobnych rzeczach, żeby mój lęk brzmiał prawdopodobnie. Często przychodziłam do łóżka matki i prosiłam o pomoc:

– Mamoo, śni mi się wilk...

– To nie myśl o wilku.

– Ale jak nie myślę o wilku, to śni mi się trupia czaszka...

– To nie myśl o trupiej czaszce. – standardowa odpowiedź.

W końcu przestałam przychodzić do matki. Wiedziałam bardzo dobrze, że nie mogę powiedzieć jej prawdy: – Śni mi się żółta linia na szarym tle. Mama, znów śni mi się ta żółta linia... Mama, tak się boję... Żółta linia na szarym tle znów się do mnie dobiera...

Zostawiałam uchylone drzwi sypialni, ale sen ciągle powracał. Strach paraliżował wszystkie moje zmysły tak, że nie mogłam się ruszyć, nie mówiąc już o spaniu.

Żółta linia na szarym tle prześladowała mnie co noc. Zaczynało się to niewinnym łagodnym i sinusowym dźwiękiem, który jak mantra wybrzmiewał małym h i który zobrazowany był świetlistym paskiem żółci, płynącym bez zakłóceń po szarej przestrzeni.

Dźwięk wydobywał się gdzieś z dołu, jakby z dwóch kamieni, ustawionych naprzeciwko siebie... Dwóch czarnych i nieregularnych kamieni, oplecionych czymś w rodzaju wikliny?

Kamienie generowały dźwięk, który stopniowo zaczynał się jakby strzępić. Fala sinusowa przechodziła w kwadratową, a żółta linia wchodziła w coraz to większe drgania. Dźwięk stawał się nieprzyjemny, chropowaty, przerywany i straszny. Żółta linia nie była już linią, tylko bezkształtną, pulsującą masą, siekającą jak jakieś ostrza noży szarą przestrzeń swoim złotym i zdziczałym blaskiem.

Wyglądało to, jak jakiś wykres... bijącego serca? Serce, pędzące w takim tempie, jakby za chwilę miało wypaść z klatki piersiowej! Elektrokardiogram, gdzie ostre szpiczaste fale życia wymykały się aż poza ekran! O dziwo, przecież to właśnie było... życie? Przecież to był właśnie jego wykres? Życia, a nie śmierci!?

Dlaczego tak się tego bałam? Przerażająca siła skaczącej żółci i coraz głośniejsze konwulsyjne tony, wydobywające się z tych kamiennych „głośników" doprowadzały mnie do szaleństwa.

Mój strach narastał wtedy do zenitu. Leżałam skostniała w łóżku, z otwartymi oczami, czując, że jak je zamknę, to horror ten ponownie mnie zaatakuje!

Po jakimś czasie wszystko powoli się uspakajało i wracało do pierwotnego kształtu. Żółta linia na szarym tle... znów była linią, a chropowaty, postrzępiony dźwięk zanikał sinusowym małym h. Uspakajał się też mój lęk i w końcu zasypiałam.

Dlaczego tak się potwornie bałam? Dlaczego wykres... śmierci... dopiero mnie uspakajał? Skąd się to brało? Co to w ogóle miało znaczyć?
– To przecież stereo? – myślałam wiele lat później, kiedy wiedziałam już, co to jest stereo. Wiedziałam też, że za czasów moich snów stereofonii jeszcze nie wymyślono?...

Często zadawałam sobie te pytania i zadaję do dzisiaj. Do dzisiaj też nie znam na nie odpowiedzi. Żółta linia, jak całe moje kruche istnienie falowała, faluje i falować pewnie będzie wzlotami i upadkami, żeby w końcu dojść do celu. Dokończyć tę... podróż i z podniesioną głową wyjść z tego... kina.
– Czym że jest więc śmierć? Czekaniem na życie?

23

Skończył się holenderski rok szkolny i pod koniec lipca mogliśmy wreszcie wyruszyć do Francji. Wybraliśmy trasę przez Niemcy, żeby uniknąć gigantycznych korków na Route du Soleil, tak typowych o tej porze sezonu. Samochód załadowany pod sam dach ruszył w drogę. Doładowaliśmy puste plastikowe skrzynki, których przeznaczeniem będzie... wino! Dobre francuskie wino! Dużo, dużo butelek czerwonego, różowego i białego trunku, który jak dobrze pójdzie, powinien starczyć nam aż do następnego lata. No to jedziemy!

Cudowne są pierwsze chwile wakacji, kiedy to z wielkim entuzjazmem wyczekujemy wspaniałej przygody. Wszystko musi się udać. Nawet zwyczajne dni dostają magicznego znaczenia tylko dlatego, że jest się w nowym miejscu. Nie przeszkadza nam wieczorny deszcz, który przywitał nas w Cap Esterel, uliczny gwar, zakłócający ciszę nocną i rozwrzeszczane mewy o świcie.
To co, że jest aż tyle turystów, basen za mały, a dzieci biegają do północy? Są wakacje!
W końcu można zmienić pokój, kąpać się tylko wtedy, kiedy nie da się już wytrzymać z gorąca, przyrządzać samemu obiadki, wykorzystując rosnący dookoła rozmaryn, tymianek i świeże figi prosto z drzewa i czytać, czytać, czytać...

Właśnie ułożyłam się wygodnie na ręczniku, wysmarowałam olejkiem do opalania i zgłębiam lekturę Dana Browna. Typowa wakacyjna lektura: trochę historii, trochę metafizyki, nauki i strachu, gdzie wartka akcja nieźle wciąga. Oj wciąga...

Co jakiś czas spoglądam niepewnie na kąpiące się non stop w basenie dzieci. Całe szczęście, że umieją już pływać.

Po południu, kiedy trochę przejdzie nam lunchowy szumek z głowy, po wypitej butelce rose, jedziemy zazwyczaj do innego miasteczka szukać produktów na kolację. No i jakby tu rzec... Proza życia! Ale co tam, są wakacje! Mniej się kłócimy, za to więcej jemy, pijemy, konsumujemy i w ogóle życie jest piękne! Dzieci są zachwycone Cap Esterel. Ja trochę mniej, bo siedzenie w zatłoczonej dziurze przez tydzień nie należy do moich marzeń. A Matt? Jak to Matt, nie rozstaje się z komputerem albo i-phonem i mam wrażenie, że jest mu wszystko jedno gdzie przebywamy i co robimy. Aby tylko był komputer, dobre wino, sery i kiełbasa!

Przyznam szczerze, że przyjemnie jest wieczorkiem posmakować sobie tej kiełbasy, popijać winko i delektować się widokiem na morze, oczywiście pod warunkiem, że dzieci już śpią. Nie ma pośpiechu, nie ma niepotrzebnych irytacji. Czytamy, popijamy wino i jemy, jemy, jemy. Znów czytamy, znów jemy, znów popijamy... I tak dalej.

Następne tygodnie w Sète.

Cudowna Languedocja. Moja ulubiona. Nie wiem dlaczego? Może po ostatniej książce Dana Browna?

Od rana kąpiemy się w morzu albo basenie, głównie dzieci, ja się opalam, a potem robimy sobie piesze wycieczki.

– Czy to prawda, że Pan Jezus nie umarł na krzyżu?

– Co?! – przystanęłam.

– Czy to prawda, że Pan Jezus nie umarł na krzyżu, tylko uciekł z Marią Magdaleną z Marsylii? – dopytywał się Filip podczas kolejnego spaceru po wzgórzu miasteczka.

– A ty skąd to wiesz?

– Pani na religii mówiła.

– Ooo?... – zdziwiłam się szczerze.

– Mamka, musimy poszukać skarbów Templariuszy... – tajemniczo komentował każde znalezione świecidełko z potłuczonego szkła.

– Noo... Musimy... – odpowiadałam zamyślona i nie wiem czemu też grzebałam patykiem w ziemi.

A tak à propos skarbów, to kupiłam sobie piękny złoty krzyżyk na złotym łańcuszku, wysadzany purpurowymi granatami. Cudo! Aż dziw bierze, że w takim małym miasteczku na końcu świata, znalazłam to, czego od dawna szukałam? Równoramienny złoty krzyżyk, symbol tego regionu, jak się zorientowałam, symbol Lanquedocji. Znak Katarów. Coś pięknego! Nie zdejmuję go już od dwóch dni. Nawet kiedy idę spać. Chyba że chcę sobie na niego dłużej popatrzeć...

Wzgórze w Sète. Najwyższy punkt. Przepiękny widok! Z jednej strony na otwarte morze, z drugiej na liczne zatoki, poprzecinane cienkimi półwyspami. Ponaciągane sieci, w które łowi się krewetki, muszle Świętego Jakuba i mule. Tyle tego? Hodowla na pół Francji, a może nawet i Europy? Jaki tu piękny widok! Wszystko widać! Jeszcze nawet ładniej niż na pobliskich mieliznach, gdzie również znajdowaliśmy świeże owoce morza. Ba, te były w zasięgu naszych rąk. Szczególnie mule. Najwięcej było muli. Cała mulowa kolonia! Moglibyśmy odrywać je garściami od zamoczonych w wodzie kamieni i zjadać nawet na surowo! Jak ostrygi, jeżeli się ktoś nie brzydzi? Ja, na pewno nie.

– Jak tu ślicznie! Popatrz mamka, jakie duże muszelki! Nazbieramy? – zachwycał się Filip.

– Pójdźmy wzdłuż morza do Cap d'Agde. – proponował Matt. – Ciekawe ile by to nam zajęło?

– To może od razu do Barcelony? – zaśmiałam się. – Chyba tygodnia by nam nie starczyło, żeby tam dojść? Nie sądzisz Matt? Ciekawe...

– Jaka tu jest niebieska woda! Popatrz mamka! Chyba jeszcze bardziej niebieska niż w Cap Esterel?!

– Bo tu jest prawdziwe Niebo! – podsumowała poważnie Tea.

Zeszliśmy z najwyższego punktu Sète i wspinaliśmy się dalej, po innych stromych zboczach półwyspu. Wybieraliśmy najbardziej zacienione dróżki, bo zachodzące słońce paliło nam w plecy.

Nie wiedząc kiedy, dotarliśmy na lokalny cmentarz. Słońce prażyło tam niemiłosiernie, ale piękne krajobrazy, widoczne i z tej wysokości wyrównywały nam tę niewygodę. Spokojne i lekko pofałdowane morze napawało takim błogostanem, taką nadzieją...

– Przyjemnie byłoby tu leżeć... – pomyślałam tak nagle i niespodziewanie, że aż się przestraszyłam.

Ciarki przeszły po moim ciele. Usiadłam na najbliższym nagrobku i zaczęłam analizować:

– Co ja mówię? Co ja właściwie mówię? – myśli nie dawały mi spokoju.

– Moje miejsce po śmierci jest w Polsce albo Holandii? Jestem tu po raz pierwszy w życiu i już chciałabym tu leżeć? Spoczywać na tym małym zapomnianym cmentarzu? Co mi strzeliło do głowy? Why?...

– Mam-ka... Cho-odź... – zawołał Filip.

Nie mówiąc nic, dogoniłam rodzinę i dalej podziwialiśmy spokój i magię tego miejsca. Magię cmentarza, upału zawieszonego w słonym powietrzu, cykad, rozpoczynających koncert na pobliskich piniach. Na dole, nie tylko hodowle krewetek przykuwały naszą uwagę, ale także olbrzymie piaszczyste mielizny, gdzie zbierało się morską sól.

– Acha? To tu robi się tę szarą sól, którą z takim upodobaniem przyklejam do ryb? – pomyślałam z wdzięcznością.

Poszliśmy dalej. Dzieci szukały skarbów, a Matt i ja coraz dokładniej oglądaliśmy groby. Matt szedł przede mną, jakieś może dwa, trzy metry. W pewnym momencie stanął, jak wryty.

Chyba domyśliłam się o co chodzi, bo bez zbędnych komentarzy dołączyłam dyskretnie do niego. Rzuciłam szybko okiem na dzieci, które z upodobaniem układały drobne kamienie i muszelki w fantazyjne mozaiki, a potem spojrzałam na nagrobek, a właściwie na równoramienny krzyż stojący przed nami.

– No i co? No i co ty na to? – zapytałam po chwili, starając się zachować spokój.

Zimny dreszcz przeszedł przez moje ciało, a nogi zrobiły się miękkie jak z waty. No żesz... Niby się spodziewałam, ale nie myślałam że tak zareaguję? Zrobiło mi się niedobrze i czułam, że za chwilę upadnę. Nie patrzyłam już na ten grób, tylko odruchowo rozejrzałam się za miejscem do ułożenia się.

– Nie mogę teraz zemdleć, nie mogę... – walczyłam z myślami.

Odeszłam parę kroków i ułożyłam się na wznak, na kamiennej ławce. Matt nie zareagował.

– Mamusiu, co ty robisz? – zaniepokoiła się Tea.

– Opalam się.

– Tutaj? Na grobie?

– Na grobie?... Faktycznie, na grobie? – udałam zdziwienie.

Było mi wszystko jedno. Chciałam jak najprędzej dojść do siebie, żeby dzieci nie zauważyły mojej słabości i w ogóle niczego. Po co panikować? Matt ocknął się, podszedł do mnie i wyciągnął z plecaka butelkę wody mineralnej. Odruchowo podniosłam się i jak najszybciej zsunęłam na ziemię. Nie chciałam opalać się na... grobie.

– Bawcie się, bawcie dalej... – rzuciłam do dzieci i upiłam łyk wody.

– Lepiej? – zapytał Matt.

– Lepiej... – skłamałam.

Ułożyłam się na trawie obok i zamknęłam oczy. Słońce prażyło niemiłosiernie, a lekki wiaterek muskał mnie po twarzy. Wolałabym leżeć teraz nad morzem i opalać się tam, a nie na jakimś cmentarzu... Matt usiadł obok mnie. Nic nie mówił, tylko dłubał coś w komórce. Trwaliśmy tak dobre pięć czy dziesięć minut. Dzieci zaczęły się w końcu nudzić i Filip strasznie chciał siku.

– Ona mnie prześladuje... – powiedziałam, nie otwierając oczu.

– Marija?

– Może być Marija... – zgodziłam się.

Oddychałam powoli i starałam się opanować ciało.

– No i co ty na to? Boję się gdziekolwiek wyjechać? – dodałam po chwili.

– Może... powinnaś jednak porozmawiać z matką? – zapytał delikatnie Matt.

– Teraz? Teraz to nic nie da. – to mówiąc, podniosłam głowę i sprawdziłam gdzie są dzieci.

– Mamka, ja chcę siku! – przypomniał sobie Filip.

– To zrób synu, tam pod drzewem, tylko nie nalej na groby... – poradziłam mu. – Matt, idź z nim please, ja tu jeszcze poleżę.

Tea poszła za nimi, a ja znów zamknęłam oczy.

– O co tu chodzi, o co tu chodzi? – myślałam intensywnie, a i tak w głowie miałam chaos.

Gdy wrócili, wstałam gwałtownie i podeszłam do grobu. Było mi już znacznie lepiej po pierwszej fali paniki, a poza tym, poczułam narastającą wściekłość.

Matt stanął obok mnie i przez chwilę patrzyliśmy w milczeniu na marmurowy nagrobek, kiedyś biały, a teraz szary od brudu. Obok równoramiennego grubego krzyża stał marmurowy anioł, kiedyś również biały...

– Po co mi to wszystko? Najpierw te sny, potem ta baba w Berlinie?... Po co mi to wszystko? – wyrzuciłam z siebie podirytowana.

– Musisz porozmawiać z matką...

– Porozmawiać z matką? Ona mi nic nie powie! Ona nic nie wie! Gdyby coś wiedziała, powiedziałaby mi wcześniej... Cokolwiek...

– Może?...

– Przecież wiesz, jaka jest moja matka? Niczego nie utrzyma w tajemnicy...

– Może?...

– Przecież wiesz, jakie zawsze są z nią rozmowy?... Albo o chorobach? Albo o wojnie? Albo o nieszczęśliwym dzieciństwie...

– Może nie wie o niczym, ale ty... mogłabyś ją jakoś... wypytać... Nie wiem... podejść? – dokończył pytanie Matt.

– Podejść? Jak to, podejść?

– No... nie wiem... Wypytać... a potem połączyć fakty?

– Połączyć fakty? Matt, ona nic nie wie! Jej nie trzeba podchodzić! Ona nic nie wie i... I to jest problem... To jest mój problem Matt...

– Nasz problem... – poprawił mnie.

– Jedyne, co mogłabym zrobić... – zamyśliłam się. – To przeczytać wreszcie te pamiętniki...

– Jakie pamiętniki?

– No jej oczywiście. Zaczęła pisać w przeddzień wojny, a skończyła gdzieś w czterdziestym piątym czy szóstym, a może siódmym? Nie wiem dokładnie...

– Ma-moo, ja chcę siku...

– Znowu?! – wydarłam się.

Tym razem była to Tea.

– Nie mogłaś zrobić razem z Filipem?

– Nie!

– Dlaczego?

– Bo nie. – upierała się.

– No to chodźmy! – wzięłam ją za rękę i zaczęłam prowadzić pod znajome drzewo.

– Nie tu! – szarpnęła się, kiedy mijałyśmy białego marmurowego anioła. – Nie chcę TU robić siku...

– Ale drzewo jest tam dalej? – udawałam, że nie wiem o co chodzi.

– Ale ta... pani na mnie patrzy...

– To mam pomysł. – powiedziałam po chwili. – Policzcie wszystkie groby, a jak skończycie, to pójdziemy do kawiarni na lody i tam zrobimy siku. Co ty na to? Wytrzymasz? – brnęłam dalej.

– Wytrzymam. A jak znajdziemy grób Marii Magdaleny, to kupisz mi jeszcze frytki? – zapytała niespodziewanie.

– Kupię ci frytki Tea, kupię ci frytki … – uśmiechnęłam się, zaskoczona pytaniem.

Tea dołączyła do Filipa, informując go o nowym zadaniu, a ja podeszłam do nagrobka i rękawem dżinsowej kurtki, zdecydowanym ruchem zaczęłam przecierać owalne zdjęcie w sepii przytwierdzone do krzyża.

– Już to zrobiłem... – powiedział Matt. – Niczego tam więcej nie znajdziesz... Tam niczego więcej nie ma.

– Ale ja nie chcę niczego... więcej znajdować?... – odpowiedziałam spokojnie i przerwałam czyszczenie.

Po chwili, przygryzając wargę, uważnie spojrzałam na Matta. – Ja nie chcę Matt niczego więcej znajdować? Ja wiem, że tam niczego więcej nie ma... – szepnęłam. – Ja chcę tylko przetrzeć twarz... mojej poprzedniczce... Ja chcę tylko... – zamyśliłam się. – Chcę tylko... przetrzeć...twarz... mojemu... poprzedniemu... wcieleniu.

Wieczorem, kiedy dzieci już dawno spały, wyciągnęłam z torebki fotografię w sepii, znalezioną w Berlinie, którą ciągle przy sobie nosiłam i przyłożyłam do zdjęcia nagrobkowego zrobionego i-phonem Matta.

Popijając wino i smakując francuskie sery studiowałam obie wersje:

– Matt, patrz... To jednak nie jest to samo... zdjęcie? – wypowiedziałam to niepewnie. – Popatrz tu... – wskazałam palcem na niby „mój" oryginał.

– Tu jestem w lekkim profilu, a tu... – dotknęłam nagrobkowego zdjęcia zrobionego i-phonem. – Tu jestem en face?

Matt odstawił swój kieliszek, zdjął okulary i z bliska przyjrzał się fotografiom:

– Wygląda na to, że masz rację... Ale, to jest jednak, według mnie... to samo zdjęcie, a raczej... – zastanowił się. – A raczej... drugie ujęcie tego samego zdjęcia?...

– Nie rozumiem?

– Wygląda na to... – przełknął ślinę. – Wygląda na to, że ktoś zrobił ci dwie fotografie, jedna za drugą...

– Jak to?

– Przy sobie masz... powiedzmy pierwszą odbitkę, a tam na krzyżu... wisi druga, okrojona...Popatrz... – wskazał palcem na zdjęcie w i-phonie: – Tu jesteś tylko ty, en face? Chyba zgodzisz się, że to ty? – popatrzył na mnie z lekkim uśmiechem, który nic nie wyrażał.

– No... – zaczęłam niepewnie.

– Te same oczy, to samo znamię?... – kontynuował. – Dziecko jest jakby... okrojone. Widać tylko połowę główki?...

– A może to jest inne dziecko? – zapytałam z nadzieją.

– Niemożliwe! – odpowiedział stanowczo. – Jestem pewien tego, co mówię! To jest to samo dziecko, ale zauważ, że jego główka choć okrojona, to nie zmieniła pozycji? Twoja głowa jest... odwrócona! Patrzysz prosto... – myślał na głos. – Tak! To jest ta sama sesja zdjęciowa! – krzyknął z ulgą po chwili.

– Niesamowite?... – popatrzyłam na niego, prawie nie oddychając.

– To jakby ktoś powiedział: „Marija nie ruszaj się, spójrz tutaj, hallo hallo, patrz prosto, zrobię ci jeszcze jedną fotkę”! – zawołał.

– Tak... – wypuściłam powietrze z płuc. – To jakby ktoś powiedział: „Marija, nie ruszaj się, patrz prosto, bo... chcę ci zrobić ci jeszcze jedną fotkę... Na twój grób”... – zgodziłam się ponuro. – Na twój grób. – powtórzył za mną cicho.

– Ale zaraz, zaraz... – doznałam nagle olśnienia. – Przecież moje zdjęcie, to, które znalazłam w Berlinie jest z tysiąc dziewięćset szesnastego roku? Stoi tam wyraźnie data tysiąc dziewięćset szesnaście? Choroszcz tysiąc dziewięćset szesnaście? Jak więc?... Jak więc jest to możliwe? Rozumiesz coś z tego? – strzelałam jak z automatu. – Jak więc jest to możliwe? Przecież na tym zdjęciu mam już swoje lata? Jestem sporą już panienką, nie uważasz? A tu na tym grobie jest napis... – to mówiąc wyrwałam i-phona z rąk Matta i przeczytałam jeszcze raz: „– Marija Bertrois 1916 – 1939”!

– Czyżby chodziło o to dziecko? – krzyknęłam po chwili zaskoczona. – Czyżby Marija Bertrois była tym dzieckiem? – to mówiąc, przetarłam ekran komórki Matta tak, jak wcześniej przecierałam fotografię na cmentarzu i zaczęłam bezskutecznie szukać całej twarzy tego dziecka, które i tak zawinięte było w jakiś becik i trudno było dopatrzeć się szczegółów. Zaczęłam szukać starego dziada siedzącego na... tej samej ławce w zarośniętym ogrodzie, dziecięcego wózka z zardzewiałymi szprychami w dużych kołach.

– Niesamowite, niesamowite... – mruczałam pod nosem i ciągle przecierałam to nagrobkowe zdjęcie.
Matt nie mówił nic, tylko wlepiał we mnie wzrok. Kiwał głową, jak pla-
stikowy żółwik-zabawka, któremu palcem poruszono główkę, zawieszoną
miękkim drucikiem pod skorupą. Jego oczy robiły się coraz większe i świeciły jak dwa euro.
– Jedno jest pewne... – odezwał się po chwili. – Jakby na to nie patrzeć, to...
czy to ty jesteś na tym zdjęciu, czy to nie ty jesteś, to... i tak nie przeżyłaś tej
wojny. Marija Bertrois nie przeżyła ostatniej wojny.

24

– No to mów! – rzuciła ostro Maryjka.
Jean zaciągnął się jeszcze raz papierosem, po czym rzucił go i rozgniótł
bosą stopą w mokrym piasku. – To nie jest takie łatwe...
– Wiem papa... Spróbuj...

Poszli prosto do morza, aby przejść się wzdłuż plaży w stronę stojącego
w rogu księżyca.
– Od czego zacząć? – spytał bezradny.
– Najlepiej od początku... – szepnęła Maryjka i cisnęła przed siebie kamie-
niem tak, że odbił się sprężyście o wodę kilkoma „kaczkami".
– Ale ci się udało? – uśmiechnął się z uznaniem Jean.
Przez jakiś czas szli w milczeniu. Wiatr delikatnie popychał ich w plecy,
a lekko spienione fale uderzały łagodnie o brzeg. Jean porządkował myśli,
a Maryjka nie chciała mu w tym przeszkadzać.
Zdawała sobie sprawę z tego, że w końcu nadszedł ten moment. Moment,
na który czekała prawie całe swoje życie. Moment poznania prawdy.
Im bliżej czuła te wibracje, tym bardziej się tego bała. Ogarniały ją prze-
dziwne skrajne uczucia.
Z jednej strony pragnęła poznać swoje losy, a z drugiej, jakaś niezrozumiała dla niej pokusa czy siła odwlekała ją, odciągała w zupełnie inną stronę:
– Po co ci to Marija? Po co chcesz to wszystko wiedzieć?
Myśli jej kłębiły się w takim tempie i chaosie, jak wygłodzone mewy nad
pobliską mielizną.

W końcu nie miała już wyjścia. Nie chciała mieć już żadnego wyjścia, ucieczki z tej sytuacji po raz kolejny, żeby tylko znów nie zdenerwować ojca, nie wystawiać znów jego burzliwego temperamentu na kolejną próbę, żeby samej się nie zdenerwować i płakać potem w ukryciu. Chciała poznać prawdę, obojętnie jaka by nie była...

– Miałaś rację... – zaczął cicho Jean.

Jego głos brzmiał niepewnie, jak głos małego zalęknionego chłopca, który coś przeskrobał, a teraz musi przyznać się do winy.

– Miałaś rację... – powtórzył, a po chwili wahania bardzo wolno, rozważając każde słowo, każdą literę dodał:

– Taak... taak... Marija, twoja... matka... była... Polką.

Maryjka spodziewała się takiej odpowiedzi. Poczuła silne mrowienie nóg i rąk i zanim zdołała zaczerpnąć powietrza, żeby coś powiedzieć, cokolwiek powiedzieć, zwaliła się jak kłoda na mokry piasek. Otwarte oczy patrzyły tępo w wiszący nad nią okrągły księżyc. Rozwrzeszczane mewy, jak sępy nad padliną zaczęły zataczać coraz ciaśniejsze kręgi...

Dwa kutry zakończyły właśnie wieczorny połów i rybacy przy blasku pochodni wyładowywali ryby. Nie było tego aż tak dużo, głównie dorady, flądry, makrele i kilka ośmiornic. Pakowali to do skrzyń i powoli, oganiając się od mew składali sieci.

– Marija! Marija... – Jean rzucił się przerażony na ziemię.

Próbował poruszyć córkę, ale ta leżała nieruchomo. Jej źrenice były wielkie, a oczy nie poruszały się. W ogóle nie mrugała, a tylko spokojny regularny oddech wskazywał na to, że żyje.

– Córko moja... – wyszeptał Jean i położył się przy niej.

Znał te objawy bardzo dobrze, ale i tak każde omdlenie Mariji wywoływało niepokój.

– Córko moja... Przepraszam... Przepraszam – wyszeptał, a z oczu popłynęły mu łzy.

Łzy słone i szczypiące, jak morska woda spływały mu po policzkach, wpływały do nosa i do ust. Łzy żalu, niemocy, rozpaczy, nienawiści i miłości. Sam był temu winien. Sam zagłuszył tę miłość, nie robiąc nic, co by mogło ją zatrzymać?...

Sam w swojej dumie i zaparciu zdecydował się na takie życie. Skutecznie zagłuszał wszystko, co kojarzyło mu się nawet w najmniejszym stopniu z... tamtą dziewczyną... To on zdecydował się na taką emocjonalną tułaczkę i samotność. Żadna kobieta nie miała już wstępu do jego serca, chociaż się starał. Żadna też nie znała jego ponurej prawdy? Nawet Maryjka. Prawdy, która mogła przypominać bajkę o kopciuszku, uciekającym od bogatego księcia...

Tylko że on nie był bogatym księciem, a jego kopciuszek, zamiast zostawić niewinny pantofelek zostawił coś innego. Coś zupełnie innego... Coś trudnego, wymagającego poświęcenia. Coś, co stało się jego następną miłością. Zaborczą, egoistyczną, obsesyjną. – Prawdziwą? – Tak, prawdziwą, ale i zakłamaną...

Teraz wszystko zaczęło pędzić w zawrotnym tempie. Pełnia księżyca pulsuje pomarańczowym światłem. Nie potrzeba nawet pochodni, żeby wszystko dokładnie widzieć.

Biegnę po glinianym klepisku, niekończącej się brunatnej powierzchni. Odgłosy kłębiących się nade mną mew mieszają się z innymi odgłosami... Ludzie! Tu są jacyś ludzie! Dużo ludzi! Coraz więcej i więcej! Pojedyncze okrzyki i nawoływania zamieniają się w jakąś dźwiękową masę, kulę o wystających promieniach wyjących karetek i straży pożarnej... Wyją... Wyją i te syreny... I te mewy... Widzę stojącego mężczyznę w jasnej marynarce... Chcę do niego podbiec, ale nogi odmawiają mi posłuszeństwa. Mężczyzna spokojnie pali papierosa i patrzy w niebo... Tłum ludzi napiera ze wszystkich stron, jak jakieś zaciskające się okręgi, pętle... Kula dźwiękowa razi swoimi ostrzami dochodzącej zewsząd paniki...

– Marija! Marija... Co się dzieje?...

Nie mogę się ruszyć, więc robię to, co wszyscy... Wyciągam ramiona na boki i rozstawiam je, jak skrzydła przygotowane do lotu. Wyciągam nogi do przodu tak, żeby nie palce u stóp, ale pięty były moimi wektorami... Ruszam powoli, tuż nad ziemią. Lecę! Gliniane klepisko zamienia się w zielone, równie niekończące się pole koniczyny. Bardzo małej koniczyny, takiej malutkiej, malusieńkiej, która już więcej nie wyrośnie... Nigdy nie wyrośnie...

– Bruno! – krzyczę. – Bru... – głos załamuje mi się. – Odpowiedz, odpowiedz proszę... – błagam go w myśli.

Bruno zapala kolejnego papierosa i jakby z opóźnieniem odwraca powoli głowę. Jakby fala dźwiękowa dotarła do niego później niż obraz. Jaki obraz? Bruno patrzy nie na mnie, ale przeze mnie... PRZEZE MNIE!

– Gdzie jesteś Marija?... Marija?... Marija?... – słowa odbijają się o taflę świadomości, jak kamienie o wodę.

– Ty rozumiesz?... Rozumiesz coś z TEGO?... Co się dzieje?! – wołam.

Bruno uśmiecha się szeroko, a wypalony do połowy papieros wypada mu z ust razem ze szklaną fifką. Popsute zęby, jak pożółkłe i spróchniałe sztafety starego płotu wykruszają się po kolei, ukazując obnażone dziąsła. Szeroki uśmiech zamienia się w wykrzywiony przesadną radością grymas.

– Marija?... Marija?... Marija?...

Wieje straszliwy wiatr od morza i popycha mnie w bezgraniczne pole koniczyny. Moje wysunięte do przodu pięty dotykają, szorują prawie delikatną trawę. Jestem tuż nad ziemią, tuż nad ziemią! Gdybym chciała zahamować, zginam tylko palce stóp w dół i... już jestem! Stoję na palcach, na skrzyżowanych nogach, z rozłożonymi ramionami jak... Chrystus zawieszony na krzyżu...

Widzę leżak w naszym ogrodzie? Gładka i miękka powierzchnia koniczyny przechodzi w niekoszoną dawno, wybujałą trawę. Na leżaku siedzi moje dziecko i przemawia do zdechłego ptaka, leżącego pod kupą zeschniętych liści. To nie jest szpak, tylko kos.

Zielone kolory wybujałej trawy przechodzą w intensywne turkusy. Młoda dziewczyna z maleńkim dzieckiem na rękach przeciska się przez jakiś wąwóz, wał, gdzie wąski korytarz ścieżki porośnięty jest z obu stron turkusowymi krzakami. Krzaki wyciągają w przyśpieszonym tempie swoje macki w stronę uciekającej dziewczyny, jak na jakimś filmie, ukazującym ruch przyrody tak, aby oko ludzkie wyraźnie to zobaczyło.

– Marija! Marija... Przepraszam cię! Wiem... Chcesz znać prawdę! Każdy chce znać prawdę, niezależnie jaka ona będzie? Chcemy wiedzieć... Przynajmniej TY chcesz wiedzieć... JA też! Też chciałbym wiedzieć? Chciałbym nie bać się wiedzieć? Nie bać się wiedzieć do końca? Ale jaka jest prawda? I co jest prawdą? Czy to, co już wiemy albo domyślamy się? Czy to, czego domyślać się powinnyśmy? A może prawdą jest to, co chcemy usłyszeć? Co TY chcesz usłyszeć? A co JA chcę, żebyś TY usłyszała? A czego nie? Marija! Córko moja! Obudź się! Nie zostawiaj mnie teraz! Nie teraz! Przepraszam...

25

„[...] Najdroższy Tadzi-ju, Mon Cherry,

I znów w Barcelonie...
Na Sant Joan piję właśnie lemoniadę i piszę do Ciebie. Jestem w tym samym miejscu, co pięć lat temu. Platany są tu całkiem już spore, a robinie
akacjowe tak pięknie zielone... Jest trochę zimno i czuć w powietrzu lekki
powiew jesieni. Szkoda, że wakacje już się kończą i za chwilę trzeba będzie
wracać do szkoły, ale z drugiej strony... nie mogę się doczekać spotkania
z Tobą... Bardzo już tęsknię!

Minęło pięć lat, a właściwie nic się tu nie zmieniło? Jestem jak zwykle zapracowana. Dużo lekcji w instytucie muzycznym. Jestem też trochę zmęczona fizycznie od ciągłego grania na pianinie, choć robię to z wielką przyjemnością, i od sprzątania. Zmieniłyśmy bowiem tydzień temu mieszkanie
na większe. Zaraz przy szpitalu na Carrer de Sant Antoni Maria Claret.
Hurra! Hurra! Po odcięciu się od gówna w postaci ciągłych narzekań byłej
właścicielki, która nie pozwalała nam ćwiczyć do woli, czujemy się teraz,
jak nowo narodzone. Mam pomysły na ciekawe interpretacje, uczenie się
nowego materiału na nadchodzący semestr, chęci do życia i nadzieję na
przyszłość. Naszą przyszłość Tadzi-ju, choć i zdarza mi się płakać, tak jak
na przykład wczoraj. Ale to chyba z przemęczenia i... oczywiście tęsknoty
za Tobą! Euforii typu „ogrody Gaudiego i wyobrażenie raju" nie doznaję
tak, jak pięć lat temu... Szkoda. Przydałoby się... Laura jest przybita i trudno mi ją ciągle pocieszać... A może też inaczej smakuje mi życie? Może
dlatego, że Ciebie tu nie ma? Bez Ciebie Tadzi-ju wszystko nabiera innego,
znaaaacznie uboższego sensu i koloru. Mon Cherry...
Tamta nora na l'Hospital była nie do wytrzymania! Nie rozumiem, jak Laura mogła tam przez tyle lat wytrzymywać? Kupa turystów, która przewijając
się codziennie, o każdej porze dnia i nocy przez Ramblę zahaczała regularnie o nasze rejony, krzyki w nocy, rozboje, tłuczone szkło, no i ta baba!
Wszystko jej przeszkadzało. Oczywiście ściany były cienkie, jak z tektury
i nawet bąka trudno było puścić, ale w końcu, jak się wynajmuje pianistce
mieszkanie, to są tego
konsekwencje? Nieprawdaż Tadzi-ju? Chyba można pograć? Chyba lepsze
jest granie niż te przewalające się i wrzeszczące tłumy ludzi? Laura i tak

większość dnia ćwiczyła w instytucie, tam, gdzie dawała lekcje, ale czasami chciała sobie pograć w domu? I tu zaczynał się problem. Baba waliła kijem od szczotki w sufit, a naszą podłogę tak, że aż meble podskakiwały! Niby oficjalnie miało być między dziewiątą a jedenastą rano, ale i tak baba nie wytrzymywała i kończyło się to tak, jak się kończyło. Niedziela była wybawieniem, bo babsko chodziło na mszę i przynajmniej przez godzinę był spokój! Mówię Ci Tadz-ju, to było nie do wy-trzy-ma-nia! Teraz jest dobrze, ale Laura i tak jest smutna, bo rzucił ją jakiś Vincent...

Miesiąc w Sète jakoś zleciał na wielkim żarciu, nie bój się nie przytyłam, bo ciągle byli jacyś goście! Pierre wyjechał tylko na kilka dni do siebie, a już przyjechał do ojca jakiś Jean-Paul z Paryża. Hotel otwarty! Jeszcze nie nadążałam nacieszyć się moim pokoikiem na górze, wysprzątanym przytulnym pokoikiem, bez żadnych lokatorów, którzy tam nocowali, a już następny gość czekał w kolejce! No cóż? W końcu sama jestem sobie winna, bo nie potrafię im odmówić. Lituję się nad tymi samotnymi, wysysającymi energię osobnikami i przenoszę się na dół. Ale dość! Poza naszym Pierrem nieprędko wpuszczę obcego do mojego gniazdka! Zresztą, chyba jest całkiem duża nadzieja na odzyskanie go w całości? Namówiłam ojca, oczywiście nie obyło się bez płaczu, żeby Pierre spał u niego, na dole. Mógłby mieć tylko rzeczy osobiste u mnie, a wyrko i biurko z manelami malarskimi u papy. Super! Będę mogła wreszcie przesiadywać w swoim pokoju, bez wyrzutów sumienia, że komuś odbieram prywatność i ze spokojem, że wreszcie mogę za sobą zamknąć drzwi i być na swoim właściwym miejscu. Uff... Nie zanudzam Cię Tadz-ju? Mon Cherry? Pamiętnik w Sète czeka i czeka... A mnie, jak nie ma, tak nie ma, ale już niedługo, po powrocie z Barcelony poprzestawiam łóżka... i... Ach, nie powiedziałam Ci o najważniejszym! Miałeś rację Tadz-ju co do mojej matki! Wyciągnęłam to wreszcie z niego, choć nie było to łatwe... Myślę, że jeszcze mi coś powie, jak wrócę? Ja i tak się domyślałam. Oczywiście była awantura! Dużo by mówić... Opowiem Ci po powrocie do Polski. Może już będę wiedzieć wszystko?... Połażę teraz trochę po Diagonalnej i odkryję nowe sklepy! Zakupię wino i wodę, może jakieś mięcho, owoce i sery na kolację? Laura ciężko pracuje w instytucie i nie ma za dużo czasu na gotowanie. Pomagam jej nie tylko w kuchni, ale też w prowadzeniu lekcji. Ma kilku naprawdę bardzo zdolnych uczniów i przebywanie z nimi to wielka przyjemność... Oj, nie myśl sobie nic złego Tadz-ju... I tak Cię kocham! Najbardziej na świecie Cię kocham! Tu chodzi bardziej o Laurę. Oni i tak są prawie w jej wieku.

Szczególnie Manuel... Wybitny pianista... Chyba się podkochuje w Laurze, ale ona cały czas ma w głowie tego głupiego Vincenta? Tak myślę... Manuel gra tak, że aż oddech zapiera... I jaki przystojny? Głupia ta Laura, że tego nie widzi?... Jego ojciec, pilot wojskowy organizuje za tydzień pokaz samolotowy czy coś w tym rodzaju, chyba jakieś zawody i... zaprosił nas obie! Będziemy mogły popatrzeć, a nawet przelecieć się samolotem! Wyobrażasz to sobie Tadzi-ju?! Nigdy nie latałam samolotem i trochę się boję, ale z drugiej strony... jakie to musi być niesamowite szybować w górze, jak ptak? Ja to tam nawet nie muszę lecieć, ale udaję entuzjazm, żeby przekonać Laurę! Ciągle gada o tym Vincencie, że aż chwilami niedobrze mi się robi od tego powtarzania: „przyjdzie, nie przyjdzie?" Już wolałabym, żeby wróciła do papy, ale nie wiem czy on by chciał? Chyba nie?... W każdym razie, ojciec tego Manuela zaprosił nas na przejażdżkę samolotową! Zamierzamy skorzystać! Uff... biedna ja... Prosił nas o zabranie ze sobą wygodnych sportowych strojów, bez kapeluszy i jeśli to możliwe bez biżuterii. Oczywiście zrobimy tak, jak prosił. Mam nadzieję, że będzie pogoda, ale do trzydziestego pierwszego jeszcze czas... Zaraz po tym, na początku września powinnam powoli wracać do Polski. Nie wiem jeszcze ile dni pobędę w Sète z ojcem? A może pojadę do Polski prosto z Barcelony? Nie wiem. A może ojciec nas odwiedzi? Też nie wiem. Bardzo bym chciała, żeby chociaż pogodził się z Laurą...

Taki tu teraz chaos pociągowy i nie tylko... Moja podróż z powrotem zapewne trochę potrwa? Tym razem przesiadka w Paryżu i Pradze. Myślę, że około dziesiątego powinnam być już w Białymstoku. Zajęcia co prawda zaczną się, ale chyba nic się złego nie stanie, jak się trochę spóźnię? Nie uważasz? Z panną Frankiewiczówną wszystko wcześniej ustaliłam, a Żeber i tak nic do mnie nie ma. Przynajmniej nic mi nie wiadomo...

Przymiarkę też mam dopiero dwunastego, a więc wszystko według planu! Nie mogę się już doczekać... Acha, powiedz pannie Niusi Zaborowskiej, że przywiozę jej te koronki.

Na razie muszę kończyć Tadzi-ju, bo zimno i trzeba ruszyć tyłek, żeby coś pożytecznego porobić jeszcze w tym dniu... Całuję Cię mocno, mocno, najmocniej... Mój Ty Tadzi-ju kochany! Mój Ty filozofie, nadziejo na piękne i mądre życie... Do widzenia Mon Cherry. Do widzenia.

Twoja Marija. Twoja Gszybiara.

P.S. Zatelegrafuję z Warszawy, jak będzie taka możliwość. Całuję Cię najmocniej. Pa.

24. VIII. 1939. Barcelona. [...]"

26

Maryjka przeczytała list, wstawiła brakujące przecinki i włożyła go do koperty. Wyjęła z torebki znaczek pocztowy i nakleiła go w górnym prawym rogu. Adres napisała już wcześniej. Teraz tylko trzeba było znaleźć pocztę i wysłać ten list jak najszybciej. Najlepiej polecony.
Spojrzała na zegarek. Dochodziła czwarta po południu. Laura powinna już skończyć zajęcia i mogą się spotkać.
Maryjka wstała z ławki, strzepnęła kilka wysuszonych listków robinii akacjowej, które przykleiły się do jej lekko spoconych kolan i poszła w kierunku szkoły muzycznej. Nie było już za dużo czasu, żeby samotnie łazić po Diagonalnej. Zrobi to za chwilę z Laurą.
– Zresztą, z instytutu jest chyba bliżej do Diagonalnej niż stąd? – pomyślała. – Trzeba się zbierać... – Maryjka przyspieszyła kroku.
Musiała nieźle przebierać nogami, bo przed szkołą zjawiła się o szesnastej dwadzieścia. Laura już siedziała na murku i obierała mandarynkę.
– Przepraszam... – zawołała zdyszana Maryjka. – Zasiedziałam się. Pisałam list do Tadzi-ja...
– Nie szkodzi... – Laura włożyła kawałek mandarynki do ust. – Chcesz?
– Nie, dziękuję. Miałam zrobić zakupy... Cholera...
– Nie przejmuj się. Zrobimy to razem. A zresztą... możemy dzisiaj zjeść na mieście? Jutro mam wolne!
– Tak? – ucieszyła się Maryjka.
– Zaprowadzę cię na najlepsze tapas na świecie na Pable Sec! Pychota! Jedyny problem, że trzeba tam stać.
– Co tam? – machnęła ręką Maryjka. – Tyle siedzimy przy klawiaturze, że aż tyłek odpada!
– Też prawda...
– Za dużo siedzimy...
– To chodźmy teraz na spacer. – zaproponowała Laura. – Gdzie chcesz iść? Diagonalna?

– Parc Guel – zmieniła zdanie Maryjka.

– Oczywiście... – westchnęła Laura. – To kawał drogi stąd?

– Możemy iść górą? Przedwczoraj wypróbowałam tę drogę. Trochę się trzeba wspinać, ale da się znieść...

– Marija, Marija... Znów ciągniesz mnie do raju?

– Pewnie! Idziemy do raju Laura! Idziemy do raju!

– To wiesz co? – Laura wstała z murka. – Poczekaj tu na mnie... – skierowała się z powrotem do szkoły.

Po chwili wyszła z napoczętą butelką czerwonego wina, w którą wetknięty był do połowy wystający korek.

– Laura?... – przestraszyła się Maryjka.

– No co „Laura"? Jak mamy iść do raju to... – zaczęła się śmiać.

Szły prawie pustymi o tej porze uliczkami, z dala od głównej alei Passeing de Gracia, gdzie nawet sjesta nie wystraszyła turystów. Po drodze wstąpiły na pocztę i Maryjka wysłała list.

W Parc Guel były za godzinę. Połaziły trochę po mozaikowym placu Gaudiego i w końcu wylądowały w krzakach, na jakiejś ławce.

Maryjka rozsiadła się wygodnie, wyciągając szeroko zmęczone nogi, a Laura wyjęła z obszernej torby z nutami butelkę wina:

– Dobra temperatura... – cmoknęła i zębami wyciągnęła korek z butelki. – Rioja... – powąchała korek. – Dobra Rioszka, rocznik trzydzieści cztery... – uśmiechnęła się. – Zdrowie! – pociągnęła spory łyk wina prosto z gwinta i bez słowa przekazała Maryjce butelkę.

– Ojej... Nikt nas tu nie zobaczy? – zastanawiała się dziewczyna.

– Nikt. A nawet jak by?... To co?... Myślisz, że zaraz pójdzie na policję? Pij! Nie przejmuj się! Nie wiadomo, kiedy się znów spotkamy?...

– Zdrowie! – Maryjka przechyliła butelkę.

Chmury się przerzedziły i zrobiło się nagle bardzo ciepło. Laura wystawiła twarz do słońca i podciągnęła do ud sukienkę, żeby poopalać nogi. Maryjka zrobiła to samo. Lekki szum w głowie mieszał się z przyjemnym wiaterkiem. Przed nimi rozciągał się przepiękny widok na Barcelonę.

– Jak dziwne są losy ludzkie i ten dzień... – odezwała się po chwili Maryjka, przymykając oczy.

– Jest czwartek, pełnia lata, słońce wysoko jeszcze na niebie praży nas w twarz... Jak przyjemnie, jak przyjemnie... – mówiła i nie otwierała oczu.

– Siedzimy sobie na tej samotnej ławeczce i popijamy wino... Nie ma wojny... Jest bosko... Prawda Laura? Nie jest ci bosko?

– Uhmm... – mruknęła Laura.

– Przyszłam tu dzisiaj zmęczona, ale szczęśliwa i wolna. I ten szum morza z daleka... Słyszysz Laura?

– Uhmm...

– A czujesz ten zapach wielkiej słonej wody?

– Uhmm...

– A wiesz Laura, że czasami dziwnie się czuję? Jak jakiś żebrak bezdomny?

– Uhmm... Dobrze to rozumiem...

– Nie, nie o to mi teraz chodzi... Po prostu... Czasami czuję się, jak żebrak bezdomny, który nie wie dokąd zmierza i chwila obecna stanowi największą przyjemność jego bytu... Nie wiem co zrobię za chwilę? Czy będę tu jeszcze siedzieć z tobą na ławce, czy pójdziemy dalej? Czy ja pójdę dalej, odkrywać nowe dla mnie miejsca na tej ziemi? Czy wypiję jeszcze łyk wina? Czy zrobię zakupy...

– Idziemy dzisiaj na tapas... – przypomniała leniwie Laura, nie otwierając oczu.

– Zresztą, co mnie obchodzą zakupy? Zatroszczę się o to jutro...

– Słusznie...

– Teraz przeżywam bardzo intensywnie moje bycie tu, w tym parku, na tej ławce, z tobą, otoczona zapachem morza, odgłosami życia Barcelony, pięknej Barcelony, smakiem wina... Jestem przyćmiono zmęczeniem, ale... czuję, że wszystkie moje zmysły pracują jednocześnie na bardzo wysokich obrotach, tak intensywnie... Widzę raj... Słyszę raj... Czuję łagodne głaskanie po ciele wilgotnego i kojącego wiatru, który dmucha znad morza... Prawie smakuję ten wilgotny wiaterek... Wącham... Nie jestem w stanie nawet rozróżnić, co jest pierwsze? Czujesz to też Laura?

– Uhmm... Też to czuję...

– Zatrzymać teraźniejszość... – Maryjka przypomniała sobie słowa Tadeusza. – Tak bardzo chcę zatrzymać teraźniejszość. Teraz, właśnie teraz chcę zatrzymać teraźniejszość! A ty Laura?

– Ja? – Laura otworzyła oczy i powoli usiadła prosto na ławce. Sięgnęła po stojącą obok butelkę wina i bez pytania wypiła do końca jej zawartość.

– Co ja mogę chcieć? Ty masz przynajmniej Tadeusza, a ja?

– Nie ma tu Tadeusza, a mimo wszystko chcę trwać w tym błogostanie? Na tym polega życie.

– Jakaś ty mądra?

– Ty też jesteś mądra, tylko... daj się unieść... ponieść swojej mądrości. Czasami naginamy się na coś, bo wydaje nam się, że tak musi być i już, a...

– No to dlaczego nie odpuścisz Jeanowi?

– Dobre pytanie... – Maryjka się zastanowiła. – Chyba mu jednak odpuszczam... – powiedziała w końcu zamyślona.

– Dowiedziałaś się czegoś? – zapytała po chwili Laura.

– Od niego? Czy w ogóle?

– I to i to?

– Od niego tylko tyle, co już wiedziałam. To, co i ty mi mówiłaś, że moja matka była Polką.

– No, no... To już postęp... – Laura z podziwem pokiwała głową.

– Zawsze był taki uparty? – zapytała Maryjka.

– Sama wiesz lepiej niż ja. Uparty jak osioł! – Laura znów rozłożyła się na ławce i przymknęła oczy. – A co w Polsce? Dowiedziałaś się czegoś więcej?

– I tak i nie...

– Bardzo jesteś tajemnicza?

– No bo to jest tajemnicze? Wszystko to jest takie śliskie i dziwne i tajemnicze. – Maryjka wzruszyła ramionami. – Najpierw mieszkałam u tej Jani na Bojarach, ale ona nic nie wie. Teraz mieszkam u Jadzi i ta też nie ma pojęcia. Może były za młode? Albo zbyt zajęte sobą i wojną, żeby zwracać uwagę na starszą siostrę? W końcu różnica wieku między nimi nie była aż tak wielka, ale wiesz, jak to jest w takim wieku?

– No wiem, wiem... – Laura się uśmiechnęła.

– Jadzia miała dwanaście lat, jak uciekali z powrotem do Polski, a Jania dziesięć.

– To już przecież można coś pamiętać? – zaciekawiła się Laura. – A może nie chcą pamiętać, no bo przecież to wielki wstyd mieć nieślubne dziecko? I to jeszcze w wieku osiemnastu lat?

– Nie sądzę... – odpowiedziała poważnie Maryjka.

– A pokazywałaś im to zdjęcie?

– Jadzi tak. Jani nie.

– Dlaczego Jadzi tak, a Jani nie? – zdziwiła się.

– Bo Jadzia jest trochę rąbnięta. Stara panna, która siedem razy w tygodniu biega na msze do kościoła, kocha się w księdzu i jeszcze do tego ma padaczkę.

– To jak ty tam wytrzymujesz?! – przestraszyła się Laura.

– Nie... Nie w tym sensie jest rąbnięta... To dobra osoba, ciągle mi coś gotuje i podstawia pod nos jedzenie. Jakby to powiedzieć... – Maryjka zastanowiła się. – Jest w pewnym sensie... O! Niegroźna!

– Niegroźna?

– To znaczy... Jest szczera, poczciwa... No... Rąbnięta cholera! – Maryjka uderzyła się ręką o kolano. – Na tyle rąbnięta i niegroźna, że mogłam jej pokazać to zdjęcie!

– I co?

– I pstro! Ona nic nie wie! Popatrzyła i ucieszyła się tylko: „– O Marysia! – Jaka Marysia? – zapytałam. – Moja siostra. – A ten starszy pan? – To tatuś. – Czyj tatuś? – Mój tatuś. – A to dziecko? – Dziecko? – zdziwiła się. – Jakieś dziecko? – była wyraźnie zaskoczona". – No wiesz, nie było żadnych pytań typu: „Skąd to masz?" i takie tam tra-la-la...

– No... A ta druga siostra?

– Jania?

– Uhmm?

– Z Janią był większy problem, bo ta była bardziej bystra. Na początku zaczęłam ją tak... niby przy okazji wypytywać o rodzinę, o siostry... Wiesz, takie tam podchody... Tra-la-la, dupa sra...

Opowiadała mi, jak uciekali przed Niemcami i zostawili Choroszcz w czternastym, jak w Rosji dopadła ich rewolucja, jak najstarsza Marysia dorabiała malowaniem obrazów i szyciem, że była taka piękna i że w dwudziestym czwartym urodziła córkę, nieślubne dziecko, ale ona postanowiła wychować sama tę małą Halinkę...

– To znaczy, że masz siostrę? – wykrzyknęła zaskoczona Laura.

– Siostrę... – Maryjka wypuściła z płuc powietrze. – Jakie to wszystko skomplikowane...

– No i co? Powiedziałaś jej coś?

– Komu?

– Tej Jani?

– No coś ty? Co jej miałam powiedzieć? Że jestem może córką Marysi? Pierwszą córką Marysi?

– A co by to szkodziło, skoro posiadanie nieślubnego dziecka nie było aż takim tabu?

– A skąd wiesz, że nie było?

– No przecież powiedziała ci o tej Halince?

– Co innego powiedzieć o takiej sprawie jakiejś Francuzce, która tylko tu studiuje i jeszcze do tego kaleczy ich ojczystą mowę, a co innego żyć w takiej hańbie na co dzień?

– W hańbie? Chyba przesadzasz?

– Nie przesadzam Laura. Napatrzyłam się wystarczająco jaki tam jest zaścianek, w tej Polsce. Czasami, to aż się wstydzę, że mam takie korzenie...

– No, ale Marysia... to chyba nie była zaściankowa, jeżeli strzeliła sobie dwie córki z różnymi panami? Bo chyba z różnymi?

– Przestań! – Maryjka poczuła się dotknięta i urażona.

– A Halinkę odszukałaś? W końcu... to spora już nastolatka? Może się zaprzyjaźnicie?

– Przestań! Halinka mieszka u swojej babci. Widziałam ją tylko raz, z daleka, na rynku...

– Dobrze, że nie na cmentarzu...

– A co ja mam zrobić? – Maryjka wybuchła nagle nieoczekiwanym płaczem. – Myślisz, że to takie łatwe? Przez całe życie głowię się kim była moja matka? Dobrze, że teraz mam chociaż pewność, że była Polką? Dobre i to, choć nie wiem czy się z tego powodu cieszę? Szukam przez kilka dobrych lat swoich korzeni w tym zasranym Białymstoku i tyle co wiedziałam to i wiem! Co? Może mam tak podejść do tej Halinki i powiedzieć: „– Bonjour, jestem twoją starszą siostrą! Twoja mamusia i moja również puściła się kiedyś w Rosji, w tysiąc dziewięćset szesnastym, z moim tatusiem i urodziła mnie, tylko ja jej nigdy na oczy nie widziałam! A ty Halinko? Czy ty Halinko widziałaś swoją mamusię na oczy? Z tobą była w ciąży osiem lat później i też się puściła! Widziałaś Halinko swoją mamusię na oczy? Nie? Coś takiego? Jak ci współczuję! A tatusia swojego znasz? Nie znasz? Ojej, jakaś ty biedna... Ja przynajmniej... Ha-ha-ha-ha... – Maryjka zaczęła się histerycznie śmiać.

– Marija!

– Ha-ha-ha-ha...

– Marija! Opanuj się!

– Bo co? Ha-ha-ha...

– Nie pokazałaś im zdjęcia?

– A co by to zmieniło? Myślisz, że by mi uwierzyli? Ha-ha-ha... Jak w bajce... Ha-ha-ha... Jak w taniej powieści... Ha-ha-ha...

– Marija!

– Jania mogłaby zabrać mi to zdjęcie i wtedy... Ha-ha-ha... I wtedy już bym jej nigdy nie miała, nawet na zdjęciu? Ha-ha-ha...

– Marija! Przestań...

– Oni nic nie wiedzą! Oni naprawdę nic nie wiedzą! A ja?... A ja nie chcę im komplikować i tak już trudnego życia! – wykrzyczała.

– Marija!...

– Jak ta Marysia przeszła tą ciążę? Bóg raczy wiedzieć! Gdyby coś wiedzieli, to ja bym już dawno coś wyczuła? Nie sądzisz? Albo byli za młodzi, albo zbyt zajęci sobą i wojną? Albo... – Maryjka zaczęła się uspakajać. – Albo... ta cała Marysia się skutecznie ukrywała... – skończyła ciszej.

– A co jest z tą Marysią? – spytała w końcu Laura.

– Nie żyje. Umarła na gruźlicę trzynaście lat temu, w dwudziestym szóstym.

– Mój Boże... – Laura zaczęła coś przeliczać. – To znaczy, że ta... Halinka miała dwa latka?

– Niecałe dwa latka. Marysia umarła w styczniu, a Halinka jest z października.

– Mój Boże...

– Tak. Mój Boże... – powtórzyła po niej Maryjka.

– Jean?... – zaczęła nieśmiało Laura. – A Jean o tym wie?

– Nie wiem. – odpowiedziała szczerze. – Dopiero teraz powiedział mi coś więcej o niej. Coś, co pozlepiało się jakoś w tę... układankę... Zaczęło się jakoś zlepiać I dlatego... – zawahała się.

– I dlatego nie chcę i nie będę już więcej tego drążyć. Nie obchodzi mnie już czy on wie, czy nie? Pewnie wie? Wie i to dużo... Musi wiedzieć? Ale co on z tego ma? Niczego przecież nigdy nie zrobił? Żadnego ruchu nie wykonał?

– A może wykonał? – zapytała Laura.

– Jak wykonał? Co on z tą swoją wiedzą zrobił? Nie próbował nawet jej odszukać? W końcu żyła jeszcze dziesięć lat od mojego urodzenia?! Dlaczego jej nie odszukał? Przecież żyła jeszcze dziesięć lat!

– Mówisz dziesięć?... – Laura się zamyśliła. – Mnie poznał w dwudziestym szóstym, pamiętasz?

– Wiesz co Laura... – Maryjka nie zareagowała na pytanie. – Już mi się to wszystko w głowie i w sercu jakoś poukładało... – poczuła nagle narastający żal i gdyby nie komar, który właśnie przysiadł na jej ramieniu i próbował ją ugryźć, to by się rozpłakała, rozpadła.

– Nie będę już tego drążyć. – powtórzyła smutno. – Niech sobie wie, co chce wiedzieć, a nie wie, czego nie chce wiedzieć. Nie obchodzi mnie to więcej. Niech sobie dalej idzie przez to swoje smutne i samotne życie, skoro tak chce. Niech idzie z tą tajemnicą i niech z nią umiera. To jego wybór.

– Maryjce popłynęły z oczu łzy.

Najpierw powoli zaczęły kapać: pyk, pyk, kropelka po kropelce, coraz więcej i więcej i szybciej i szybciej, pyk-pyk-pyk-pyk-pyk, coraz szerszymi stróżkami i strumieniami, pyk-pyk-pyk-pyk-pyk-pyk-pyk-pyk-pyk-pyk...

Łzy słone i szczypiące, jak morska woda spływały jej po policzkach, wpływały do nosa i do ust. Łzy żalu, niemocy, rozpaczy, nienawiści i... miłości. Jednak i na szczęście miłości.

27

Wspomnienia z kolonii.

„[...] 31 sierpień 1939. Białystok.

Skończyły się wakacje, nie za bardzo dla nas pomyślnie... Żyjemy w ciągłym strachu. Wojna wisi w powietrzu i lada chwila może wybuchnąć... Wrócę jednak dwa miesiące wcześniej, kiedy to jeszcze wszystkim było wesoło i kiedy wszyscy wywczasowali na letniskach. Ja także byłam na koloniach w Druskiennikach. Poznałam tam dużo koleżanek, bardzo miłych i wesołych.

Przez całą drogę jechałam z Jaśką, której nie lubiłam za bardzo, lecz co miałam robić? Przecież tylko ją jedną znałam? Nie lubiła jej zresztą cała klasa. Przez cały czas rozglądałyśmy się na wszystkie strony, podziwiając widoki, tak jak zwykle, gdy pierwszy raz się jest w nowym miejscu. Wreszcie dotarłyśmy do Druskiennik.

Zaprowadzono nas na kolonię. Na pierwszy rzut oka podobał się nam budynek i w ogóle okolica, w której mieliśmy spędzić cały miesiąc.

Po obiedzie podzielono nas na grupy. Ja zostałam przydzielona do najstarszej. Potem wskazano nam sypialnie. Wybrałam sobie łóżko pod oknem, skąd rozciągał się widok na teren kolonii.

Z Jaśką zostałyśmy jednak rozdzielone. Musiała przejść do innego pokoju. Następnego dnia zapoznali nas z regulaminem. Na początku, kiedy nie znałam żadnych dziewczynek było mi bardzo smutno i chciałam, żeby Jaśka wróciła, lecz po jakimś czasie zmieniłam zupełnie zdanie, ponieważ ta zaczęła „pokazywać swoje różki". Koniecznie chciała wleźć do naszego pokoiku i tak dała nam się we znaki, że zaczęłyśmy unikać jej towarzystwa. Ale nie będę za dużo rozpisywać się o naszym stosunku do „Przylepy", tak ją nazywałyśmy. Dodam tylko jeszcze jeden wypadek, po którym znienawidziłyśmy ją, a nawet odwzajemniałyśmy się dokuczaniem. A było to tak: Leżymy sobie wszystkie na leżakowaniu. Wtem jedna z dziewczynek Marysia zaczęła:

– A wiecie gdzie pani schowała zeszyt, w którym zapisuje uwagi o każdej z nas?

My naturalnie: – Gdzie?

Marysia wskazała nam kryjówkę. Jedna z dziewczynek, po której najmniej spodziewałyśmy się odwagi wyciągnęła zeszyt spod poduszki pani. Zaczęła przeglądać notatki i szybko schowała zeszyt z powrotem. Ja także byłam ciekawa jaką mam opinię, więc zrobiłam to samo. W końcu po kolei przeczytałam wszystko o każdej. One zawsze się boją... Gdy doszło do Jaśki, okazało się, że ma złą opinię. Za chwilę weszła pani... My, jak gdyby nigdy nic leżymy spokojnie... Wtem Jaśka zaczyna płakać, „bez łez".

– Czego płaczesz? – zapytała pani.

– Bo mam złą opinię... – odpowiedziała Jaśka i pani domyśliła się o co chodzi.

Miałyśmy z tego powodu niezłą burę, która zresztą zakończyła się przeprosinami.

Przez jakiś czas, część z nas musiała obowiązkowo, za karę chodzić na solanki. Pozostała grupa za to, o jedną godzinę musiała dłużej leżakować. Ja należałam do tej ostatniej grupy. Oprócz mnie, w naszej sypialni zostawała Ela i Marysia, a Sabka, Marynia, Sabina, Jasia i Jaśka chodziły na solanki. Nie wiem co było lepsze? Ela była bardzo roztrzepana, nieładna i w ogóle tak się zachowywała, że w połowie miesiąca wywieziono ją do domu. Drugą po Eli była Sabka, która mało różniła się od poprzedniczki. Ciągle się spóźniała i przez nią dostawały nam się czasem bury, chociaż nie mogłyśmy narzekać, panna Jadzia była bardzo dobrą wychowawczynią. Jednym słowem, niczego nam nie brakło. Tylko najgorsze, że chodziliśmy ciągle do lasu...

Wkrótce jednak zaczęłyśmy chodzić również do parku na koncerty, a stamtąd do miasta.

Gdy wychodziłyśmy z panną Jadzią, było nam bardzo dobrze, lecz gdy czasem zastąpiła ją panna Ania, wtedy cały dzień nie dawała nam spokoju: np. w parku nie można było pisnąć ani słówka.

Park przypominał mi bulwary w Białymstoku. Jakże przyjemnie było słuchać dźwięków muzyki, wdychać powietrze nasiąknięte wonią kwiatów, patrzeć na letniaków, spacerujących alejami. Zapominało się wtedy o całym świecie, o kolonii... Dusza wirowała gdzieś w przestworzach i tylko zbiórka przywoływała nas do porządku. Czasami odłączałyśmy się z Renią od grupy i spacerowałyśmy nad brzegiem Niemna. Jakże było tam pięknie... Po drugiej stronie rzeki bawiły się dzieci i nie mogłyśmy uwierzyć, że tam jest Litwa.

Byłyśmy w domku Marszałka Józefa Piłsudskiego! Także w kinie, chociaż nie widziałyśmy nic, ponieważ dwie godziny trzeba było czekać na film, więc kazano nam iść do domu.

W niedzielę chodziłyśmy do kościoła, ale najczęściej... i tak do lasu! Było tam bardzo dużo grzybów. Gdy myślę o grzybach, przypomina mi się niezbyt miła historia:

Pewnego dnia, po kolacji zaczęłyśmy spacerować wokół naszego budynku. Nie wiadomo kiedy znalazłyśmy się pod obozowym szpitalikiem. W pewnej chwili Sabka zauważyła suszące się tam grzyby. Koniecznie chciała zabrać sobie kilka. Po dłuższym wdrapywaniu się na ścianę szpitalika pociągnęła za nitkę, która pękła i wszystkie grzyby rozsypały się na ziemię. Za chwilę podbiegli chłopcy i zaczęli je zbierać. Sabka zdołała zebrać zaledwie garstkę, ponieważ zaczynała się właśnie wieczorna modlitwa i musiałyśmy wracać. Nie wiadomo co zrobiła z tymi grzybami, które koniec końcem wylądowały w śmietniku i jak się potem okazało, były to grzyby pani doktor!

Panna Jadzia dowiedziała się o tym i wciągnęła nas w tę sprawę, chociaż nikomu nic nie mówiłyśmy. Byłyśmy oczywiście winne, ale i tak wszystko pomyślnie się skończyło.

Nareszcie doczekałyśmy się ostatnich dni przed odjazdem. Urządzono nam ognisko, na którym również nie brakowało przygód. Po ognisku, na drugi dzień wyjechałyśmy do domu. Skończyły się nasze wywczasy letnie, może już ostatnie... Jutro znów zaczyna się szkoła!

P.S. Wiem, że gdzieś jesteś, widzisz mnie i słyszysz...
    Czuję to bardzo wyraźnie...
    Szkoda, że nie mogę się do ciebie przytulić...

Twoja Halinka. [...]"

28

Na wielkiej mównicy, jak w jakimś greckim teatrze czy Koloseum stoi Tadeusz. Przemawia. Nie zwraca uwagi na tłumy ludzi, którzy wcale go nie słuchają, tylko wiercą się na marmurowych ławach. Kobiety poubierane w jasne suknie do ziemi wachlują się słomkowymi wachlarzami, bo jest upał, a mężczyźni, również poubierani w długie szaty rozmawiają między sobą.
Cała ta sceneria zatopiona jest w jasnych kolorach bieli, beżu i brązu, sepii jakby i tylko jaskrawo-błękitne, prawie turkusowe niebo stanowi wyraźny kontrast. Jest strasznie gorąco. Tadeusz przeciera kropelki potu z czoła i z nad górnej wargi i dalej mówi:
– Czas i jego wszelkie wymiary... Gdzie czas ma swój początek i gdzie koniec? Dlaczego w określonych strefach czasowych podporządkowany jest on perpetuum zależnym od pory roku, nocy i dnia? Co wpływa na początek różnych zjawisk, ich rozwój i przemijanie? Czy czas możemy zatrzymać? A może go spowolnić, zwłaszcza wtedy, kiedy jesteśmy w stanie szczęśliwości? Właśnie, ta boska teraźniejszość! Chwilo trwaj... Albo przyspieszyć, kiedy jesteśmy nieszczęśliwi? A może jesteśmy w stanie przeskoczyć pewne strefy czasowe, które mają swój rytm, systematykę i określony puls? A może jesteśmy w stanie przeskoczyć czas liniowy, zwany czwartym wymiarem, którego definicję zaserwował nam Einstein i przejść do jego innych, większych wymiarów? I to, że tak powiem za życia?... Co to w ogóle jest czas i ile ma wymiarów? Bo to, że ma wymiary... Tego jestem pewien...
– Co ty bredzisz? Wynocha stąd! Won! Słyszysz? Nie potrzebujemy już takich gadek! Chcemy się bawić! Dzisiaj chcemy się bawić! Jest święto! Rozumiesz? Jest ŚWIĘTO! – krzyknął jakiś młodzieniec.

– Ale ja... – zaczął Tadeusz. – Ale ja chcę coś powiedzieć?

– No to krótko i węzłowato bracie! Streszczaj się!

– No więc... – zaczął niepewnie Tadeusz. – No więc, obojętnie jaką teorię przyjmiemy czy czas jest, czy nie? Czy płynie nieskażony niczym, czy tylko dzięki ruchowi? Czy jest złudzeniem, czy nie? Jedno jest pewne, skoro istniejemy, to go ZAUWAŻAMY. Mało tego, chcemy go określić i zmierzyć. Gdybyśmy nie istnieli, to czy czas jest, czy nie, nie miałoby znaczenia? Przecież mógłby sobie płynąć bez względu na to czy istniejemy, czy nie? Albo nie płynąć? Ale skoro jednak zauważamy czas, to znaczy że jest! Tylko jaki? A może jest ich więcej? Tylko my o tym JESZCZE nie wiemy? Domyślamy się? Szukamy?... Ja się domyślam! Ba, wiem to na pewno! Spróbuję to udowodnić... Postaram się... Najpierw filozoficznie, a potem...

– Hej Cyceron! Zamknij się! – pada z trybuny.

Tadeusz nie zwraca jednak uwagi i mówi dalej:

– Postaram się... No dobrze! Na razie chciałbym przypomnieć trochę teorii...

– Hej, Cyceron, stul pysk!

– Jak wiemy, mamy cztery wymiary: długość, powierzchnię, objętość i czas. Nazwijmy czas: T od time, a ściślej: T jeden. Dlaczego T do pierwszej potęgi? Dlatego, że żyjemy w czasie LINIOWYM, a nie POWIERZCHNIOWYM czy PRZESTRZENNYM. Czy oby nie?... Żyjemy w czasie liniowym w tym sensie, że istnienie ludzkie zaprogramowane jest na czas liniowy. Bo przecież rodzimy się i umieramy? Nie możemy się cofnąć do naszej młodości ani nie możemy przyspieszyć naszej naturalnej starości. Taśmę filmową możemy odegrać od końca do początku, ale życia ludzkiego nie. W muzyce jest podobnie. Wiem coś o tym, bo moja narze...

– Hej Cyceron! Spadaj stąd! Nudzisz bracie! Nudzisz! – zawołał znów młodzieniec. – Miało być krótko? A ty co?

– E–ron! Cyce-ron! E-ron! Cyce-ron! E-ron! Cyce-ron... – zaczął skandować tłum.

– Ale ja... Ale ja wam chcę coś powiedzieć? Posłuchajcie... – Tadeusz wyciągnął ręce w górę.

– Spierdalaj!

– Czas muzyczny, jakiego w WIĘKSZOŚCI doświadczamy też należy do czasu liniowego!

– Spierd...

– Słuchamy utworu od początku do końca i nawet, jak go odsłuchamy od końca do początku, to odsłuchamy go w kolejności upływu sekund! Biologicznego rytmu! – Tadeusz nie dawał za wygraną i zaczął bardzo szybko mówić. – Biologicznego rytmu! Zegara natury! Naszej ziemskiej natury! Spojrzymy na zegar i powiemy: „– O, upłynęło na przykład dwadzieścia minut?"...

– Jaki „ze"?... Co za „ze"?... Ze-co?...– zawołał ktoś inny.

– Zdarzenia muzyczne mają tu swój początek i koniec! – Tadeusz próbował dalej mówić, a właściwie krzyczeć. – Czas muzyczny więc, jakiego w większości doświadczamy jest czasem realnym w którym żyjemy! Realnym, bo liniowym! Czwartym wymiarem! Muzyka, którą słyszymy w realnym czasie czwartego wymiaru brzmi w przestrzeni, ale przestrzeni również naszej, bo ziemskiej! Muzyka przebiegająca w realnym czasie czwartego wymiaru brzmi również w wymiarze trzecim, zwanym objętością! Czwarty wymiar brzmi w naszej ludzkiej ziemskiej objętości! Tu pozwolę sobie na spostrzeżenie...

– Co ty bredzisz? – znów młodzieniec. – Won stąd! Mamy święto! ŚWIĘTO palancie... Spier...

– E-ron! Cyce-ron! E-ron! Cyce-ron! E-ron! Cyce-ron... – skanduje tłum.

– Człowiek ma dwoje oczu i dwoje uszu! Za pomocą tych organów funkcjonujących...

– Co ty nie powiesz? Myślałem, że więcej? Ha-ha-ha-ha...

– E-ron! Cyce-ron! E-ron, Cyce-ron...

– DUPA! – krzyknęła jakaś wściekła kobieta, po przeciwległej stronie trybuny, za plecami Tadeusza.

Zdezorientowany Tadeusz odwrócił się nagle. W tej chwili przeleciał obok jego twarzy dojrzały pomidor, ale na szczęście go nie trafił. Nie zrażony mówił dalej:

– Człowiek ma dwoje oczu i dwoje uszu...

– Co ty nie powiesz? Ha-ha-ha-ha...

– Za pomocą tych organów, funkcjonujących jednocześnie i bez zastrzeżeń widzi i słyszy przestrzennie, objętościowo, a nie powierzchniowo!

– Co ty nie powiesz?

– Co mogłoby mieć też logiczne wytłumaczenie: funkcją dwóch wymiarów, parametrów jest powierzchnia! Jeżeli zasłonimy jedno oko widzimy powierzchniowo, a nie przestrzennie. Jeżeli zasłonimy jedno ucho słyszymy też „powierzchniowo", a nie przestrzennie. Przestrzeń, czyli objętość, w której więc widzimy, słyszymy i funkcjonujemy i próbujemy ją nieustannie polepszać i rozszerzać, co jest zrozumiałe i nieuniknione i tak będzie zawsze przestrzenią-objętością! Ziemską oczywiście przestrzenią-obję...

– Zamknij się! Hej ty!... Nie potrzebujemy już takich gadek! Chcemy się bawić! Dzisiaj chcemy się bawić! BAWIĆ! Rozumiesz? Jest święto! Rozumiesz? Jest ŚWIĘTO! Nie potrzebujemy JUŻ takich gadek...

– Podążając dalej za tymi spostrzeżeniami... – przekrzyczał go Tadeusz.

– Podążając za tym spostrzeżeniem logicznie byłoby również, gdybyśmy posiadali nie dwie, a trzy gałki oczne i trzy małżowiny uszne do uzyskania tej objętości. Mamy jednak parę oczu i parę uszu, a nasz mózg jest tą trzecią siłą-parametrem, tym trzecim wymiarem łączącym! Słyszymy więc przestrzennie!

– E-ron! Cyce-ron! E-ron! Cyce-ron...

– Przy okazji pragnę dodać, że często zastanawiają mnie takie mowy: czas, przestrzeń, inna przestrzeń, lepsza przestrzeń, bo porozstawiamy instrumenty po całej sali koncertowej...

– E-ron! Cyce-ron! E-ron! Cyce-ron...

– Czy takie mowy, które prowadzą do zastanowienia się czy rzeczywiście osiągniemy inną, lepszą przestrzeń poprzez inne rozstawienie instrumentów na sali będą jednocześnie potwierdzeniem osiągnięcia innej właściwości przestrzeni? A przez to innej rzeczywistości?

– Co ty bredzisz palancie? Spierdalaj!

– Czy inna przestrzeń w ogóle istnieje w TAKIM pojęciu naszego realnego świata?

– Spier...

– Otóż nie! – przerwał mu wściekle Tadeusz i zaczął jeszcze szybciej mówić, połykając prawie słowa: – Otóż... Ot... Otóż innej przestrzeni w realnym świecie na pewno nie uzyskamy w rozumieniu dosłownym, a jedynie lepszą jej... JEJ jakość, bo może, bo może i będziemy się rozglądać dookoła, może jakość brzmienia wyda... WYDA nam się lepsza, ale i tak nie zmieni to faktu, że przestrzeń, czyli trzeci wymiar jest tylko przestrzenią-objętością, w której jesteśmy i w której jest muzyka! Muzyka, trwająca od początku do końca w swoim liniowym czasie i bycie! Tak więc, lepsze lub gorsze w jakości warunki przestrzenno-objętościowe będą zawsze tylko naszym ludzkim i ziemskim trzecim wymiarem! Innej przestrzeni na pewno nie uzyskamy w realnym świecie. Ale w nierealnym... W NIEREALNYM... Jak najbardziej!

– Jesteś w nierealnym świecie idioto! – padło z trybuny.

– Co? – zawołał Tadeusz.

– Jesteś w nierealnym świecie idioto! – krzyknął brodaty starzec. – Może więc warto pokusić się i postarać wejść z powrotem do realności? Hej, Cyceron? Nie uważasz?

– Może więc warto pokusić się i postarać, żeby właśnie wyjść poza tą naszą ludzką, realną rzeczywistość? A przynajmniej SPRÓBOWAĆ? – odkrzyknął Tadeusz.

– A po co masz próbować? Myślisz że TU jest inaczej? Lepiej? TU jest TAK SAMO! Wracaj skąd przyszedłeś! Wracaj do swojej realności! Tu jest tak samo! Też liniowo... Li-nio-wo!

– Naprawdę?

– A co myślisz? Myślisz, że się nad tym nie głowiłem? Głowiłem się! I to jak! TUTAJ też jest czas liniowy! I czas muzyczny TEŻ jest liniowy! Czas liniowy doświadczamy w WIĘKSZOŚCI!

– No właśnie! – podchwycił Tadeusz. – Sam mówisz: „w większości", to znaczy...

– Że w mniejszości odczuwamy co innego! – odpowiedział starzec. – CO INNEGO! – powtórzył.

– No właśnie... – ucieszył się Tadeusz. – Ja też tak uważam! Uważam, że czas muzyczny i w ogóle czas liniowy doświadczamy w większości bo...

– przetarł szybko pot z czoła. – Bo w MNIEJSZOŚCI doświadczamy czas do kwadratu i do sześcianu! W mniejszości doświadczamy czas do potęgi drugiej i trzeciej i...

– Hej, Cyceron! A skąd ty to wiesz?

– I nie NALEŻY tego w jednej linii łączyć z wymiarami ziemskimi, w których TEŻ zawarte są potęgi... – kontynuował Tadeusz, nie zwracając już na starca uwagi. – Doświadczamy czasy do kwadratu, do sześcianu i dalej NIESTETY jeszcze w mniejszości, bo po pierwsze człowiek w swej biologicznej naturze nie jest w większości zaprogramowany i przez to skonstruowany na życie w INNYCH czasach, a po drugie jeżeli nawet mózgi u niektórych ludzi mają większe widełki jakiegokolwiek odbioru kosmosu, tak zwane przypływy geniuszu, co było jest i będzie, to i tak masa przeciętnych wyrówna balans!... Spójrzmy w tym momencie na historię? Gdyby takich geniuszy jak Budda, Chrystus czy Mahomet WYSŁUCHANO właściwie i do końca, nie mielibyśmy wojen krzyżowych? A być może posiadalibyśmy tajemnicę wieczności? I nie tylko? Nasze mózgi mogłyby rozwijać te niewykorzystane procenty, otwierać anteny skierowane na inne rzeczywistości i inne wymiary czasu? Myślę, że teleportacja nie byłaby problemem? Tak, jak zmiany cząsteczkowe, konieczne do CAŁKOWITEGO przejścia z jednego wymiaru czasu do drugiego? Czasu na przykład do kwadratu w czas na przykład do sześcianu czy większej potęgi? Zaraz to rozwinę, ale najpierw...

– Ty lepiej nie rozwijaj tylko wynoś się stąd! – znów ktoś krzyknął z trybuny.

– Cicho...

– Co cicho? Ten palant...

– Cicho głupcze! Daj mu mówić!

– Ale...

– E-ron! Cyce-ron! E-ron! Cyce-ron...

Zrobiło się lekkie zamieszanie, bo brodaty starzec i spora już część ludzi zainteresowała się tym, co mówił Tadeusz i chcieli wysłuchać jego wywód do końca.

– Won! Spadaj stąd palancie! Głosisz jakieś bzdury i herezje! – krzyknął inny młody mężczyzna.

– Cicho! – wrzasnął na niego starzec. – Dajcie mu mówić! No mów! Hej, Cyceron! Mów! – zachęcał Tadeusza, który i tak by mówił, bo był na tyle rozgrzany i upałem i transem, że trudno byłoby go w takim momencie i takiej sytuacji zatrzymać i zamknąć.

Tadeusz przełknął tylko z trudem ślinę i przymknął powieki, bo raziło go słońce i jakieś dziwne pomarańczowe światło, które ze słońcem nie miało nic wspólnego...

– To teraz pozwolę sobie na postawienie pierwszej tezy... – zaczął, gdy zrobiło się trochę ciszej. – Jeżeli czas liniowy, a więc czwarty wymiar, który znamy i w którym jesteśmy i który nazwę literą T jest zbiorem takich podzbiorów jak: wymiar pierwszy-długość, którą nazwę X, wymiar drugi-powierzchnia, którą nazwę XY i wymiar trzeci-objętość, którą nazwę XYZ i wyjdzie nam taka zależność: X – XY – XYZ – T, to czas liniowy do potęgi pierwszej, który nazwę czwartym wymiarem do potęgi pierwszej – T jeden jest zbiorem takich podzbiorów jak: wymiar pierwszy-długość do potęgi pierwszej, którą nazwę X jeden, wymiar drugi-powierzchnia do potęgi pierwszej, którą nazwę XY jeden i wymiar trzeci-objętość do potęgi pierwszej, którą nazwę XYZ jeden i wyjdzie nam zależność: X jeden – XY jeden – XYZ jeden – T jeden. Dodam tylko, że nazwa „zbiór i podzbiory" nie jest może perfekcyjnym określeniem, ale skorzystam umownie z tego hasła, bo jest mi po prostu najwygodniej... – tutaj Tadeusz zawiesił na chwilę głos, żeby sprawdzić reakcję ludzi.

Na trybunach zrobiło się cicho, jak makiem zasiał i nikt już niczego złego nie wykrzykiwał w jego kierunku.

– Mów! Mów... Mów... mów... mów... – odbiło się nagle o jego uszy, jak „kaczka" po wodzie...

– Faktem jest, że taka zależność istnieje na pewno. – zaczął mówić Tadeusz. – Żyjemy w czasie, czwartym wymiarze liniowo, tak, jak i pozostałych wymiarach: długości, powierzchni i objętości żyjemy również LINIOWO. Liniowo w tym sensie, że na ziemskich warunkach. Nie szkodzi, że w swoim zapisie i właściwościach ziemskich wymiary te mają potęgi? Życie nasze, wraz ze swoimi ziemskimi potęgami jest liniowe! Zatem zależność: X – XY – XYZ – T jest TYM SAMYM co zależność: X jeden – XY jeden – XYZ jeden – T jeden. Przy czym, cyferki dodane służą mi tylko po to, żeby odróżnić i to bardziej wizualnie niż pojęciowo różne, dalsze wymiary czasu, czasów wraz ze swoimi podzbiorami, o czym za chwilę...

– Dlaczego za chwilę? – wydarł się brodaty starzec. – To bardzo ciekawe co mówisz? Wal, Cyceron, wal!

– No dobrze... – Tadeusz odetchnął gorącym i suchym powietrzem i zaczął dalej przemawiać:

– Taka sama więc teza, druga teza dotyczy innych wymiarów czasu! Teza, w którą głęboko wierzę, ba, odczuwam to i próbuję nazwać... – zastanowił się na chwile.

Na trybunach panowała absolutna cisza. Gorąc dawał się we znaki, ale ludzie prawie się nie poruszali. Siedzieli, jak zamurowani i tylko szum wachlarzy docierał do świadomości. Szum, jak skrzydła ptaków, które przelatując nad pustynią tworzą perfekcyjne dźwiękowe unisono... Jak wdech i wydech... Puls... Puls Matki Ziemi... Pomarańczowe, niesłoneczne światło też jakby zaczęło delikatnie pulsować. Ale bardzo delikatnie... Tadeusz jednak na wszelki wypadek znów przymknął oczy.

– Zależność czasu do kwadratu ze swoimi podzbiorami, a więc: X dwa, czyli długość do drugiej potęgi – XY dwa, czyli powierzchnia do drugiej potęgi – XYZ dwa, czyli objętość do drugiej potęgi – T dwa, czyli czas do drugiej potęgi odbywa się na TAKICH SAMYCH zasadach, jak zależność czasu do sześcianu wraz ze swoimi podzbiorami, a więc: X trzy, czyli długość do trzeciej potęgi – XY trzy, czyli powierzchnia do trzeciej potęgi – XYZ trzy, czyli objętość do trzeciej potęgi – T trzy, czyli czas do trzeciej potęgi. ! tak dalej. – kontynuował, z zaciśniętymi coraz bardziej powiekami:

– Jeżeli przyjmiemy, że czas liniowy: T jeden jest czasem REALNYM, bo w nim żyjemy, to czas do do kwadratu – T dwa, czas do sześcianu – T trzy i czas do większej potęgi, potęg są... – zawiesił głos. – Są czasami NIERE-ALNYMI, bo w nich nie żyjemy! – Tadeusz zrobił przerwę, ale nic się nie wydarzyło.

Cisza. Cisza świdrująca w uszach. – Na ogół nie żyjemy... – poprawił się i spróbował otworzyć oczy.

– Czas do potęgi, jest więc czasem nierealnym w naszym ludzkim pojęciu, ale czy nieistniejącym? – oczy zaczęły mu nagle łzawić. – Tu miałbym wąt-pliwości, bo skoro na własnej skórze odczuwam coś więcej, to znaczy, że coś więcej jest na rzeczy? Coś, co na szczęście nie tylko ja jeden i ani nie ja pierwszy, i nie ja ostatni odczuwam i odczuwać będę...

– A jak wyobrazić sobie czas nierealny w ogólnym tego pojęcia znaczeniu? – przerwał starzec.

– W bardzo w sumie prosty sposób... – odpowiedział powoli Tadeusz i przetarł rąbkiem wyciągniętej ze spodni koszuli piekące oko. – Ziemia nasza, planeta obraca się wokół własnej osi w ciągu dwudziestu czterech godzin. Tak więc doba ma zawsze dwadzieścia cztery godziny, a rok trzysta sześćdziesiąt pięć dni, bo tyle trwa obieg naszej planety wokół Słońca...

– Ty, Cyceron, a skąd ty to wiesz? – zapytał ktoś.

– Galileusz i Kopernik! Nic ci to nie mówi? – odpowiedział Tadeusz.

Na trybunach powstało nowe, lekkie zamieszanie, ale brodaty starzec i tym razem skutecznie uciszył towarzystwo. – Mów! Mów dalej! – wydał rozkaz.

– Gdyby ruch Ziemi został przyśpieszony lub opóźniony, spowolniony... Krótko mówiąc zachwiany... – mówił dalej Tadeusz. – To wszystkie propor-cje by się zmieniły i teoretycznie znaleźlibyśmy się w czasie nierealnym, gdyż NIENALEŻĄCYM do właściwości naszej planety Ziemi!

– Dlaczego teoretycznie? – padło pytanie.

– Bo praktycznie nikt i nic by nie przeżył, nie przeżyło w takim nagłym zakłóceniu sił natury!

– Jak to?...

– Gdyby jednak okazało się, że ktoś lub coś przeżyło taką nagłą turbulencję czasową, to czas nowy, czas jakiego by ktoś lub coś doświadczało, płynąłby na innych warunkach. Szybciej albo wolniej! Ale nadal LINIOWO! To tak, jakbyśmy przenieśli się na orbitę Merkurego albo Marsa...

– A co to takiego? – padło kolejne pytanie.

– Nie przeszkadzaj mu! – wydarł się starzec na młodego chłopaka w białej tunice.

– Mogę dalej? – zawołał Tadeusz.

Starzec machnął mu ręką.

– No więc... – zaczął Tadeusz. – Gdybyśmy się przenieśli na orbitę Merkurego albo na orbitę Marsa, to czas upływa tam szybciej lub wolniej w stosunku do tego co znamy, ale ciągle liniowo. Bo doba czy rok kończy się i zaczyna również i TAM! Trwa tylko INACZEJ! – odczekał chwilę. – Czas nierealny może być, jak widać również czasem liniowym! Jeżeli czas liniowy, czyli czas do pierwszej potęgi, który znamy i odczuwamy jako czas realny, bo na naszej planecie, może być również czasem nierealnym, bo poza granicami naszej planety i stać się na nowo czasem realnym, jeżeli za te granice naszej planety się przeniesiemy, to czas do kwadratu czy czas do sześcianu i tak dalej też mogą współtworzyć TAKIE zależności! Czas do kwadratu i czas do sześcianu i dalsze, które na warunkach ziemskich wydawać się mogą CZASAMI NIEREALNYMI nabierają cech czasów REALNYCH w momencie ich ROZPOZNANIA i ODCZUCIA!

– ...?

– Jak zatem rozpoznać czas na przykład do kwadratu czy do sześcianu? Czas, który RÓWNIEŻ jest czasem nierealnym w tym znaczeniu, że nie odczuwalnym przez większość?

– ...?

– A może jednak realnym, bo odczuwalnym przez mniejszość?

– ...?

– Ciągle jeszcze NIESTETY odczuwalnym tylko przez mniejszość? A może i dobrze, że tylko nieliczni to czują? Pytania egzystencjalne... W każdym razie... ja się poważnie zastanawiam czy oby na pewno żyjemy TYLKO i wyłącznie w czasie liniowym?

– ...?

– Czy nie żyjemy RÓWNIEŻ w czasie powierzchniowym czy w czasie przestrzennym? Przynajmniej czy nie ZDARZA nam się również bywać w czasie powierzchniowym czy przestrzennym?

– ...?

– Jak TO rozpoznać w naszych ziemskich warunkach? Jak to wyczuć, że tak powiem... jeszcze ZA ŻYCIA? Naszego ziemskiego życia?... – Tadeusz zawiesił głos, a ponieważ nikt nic nie powiedział i nawet szum wachlarzy ustał, zaczął mówić dalej: – I tu teza trzecia!...

– ... trzecia... ecia... ecia... – odpowiedziało mu nieznane echo.

– Myślę, że musimy NAJPIERW przyjąć tę zasadę, że czas do kwadratu jest nałożeniem się, powierzchnią, funkcją dwóch różnych czasów, czas do sześcianu jest nałożeniem się, objętością, funkcją trzech różnych czasów i tak dalej, a NASTĘPNIE musimy spróbować to wszystko rozpoznać, odczuć i przyswoić tak, aby czas dotychczas NIEREALNY stał się czasem REALNYM!

– ...?

– Cały tric polega na tym, żeby odczuć te czasy JEDNOCZEŚNIE! Przy czym, czasy mogą być różne. Długie, krótkie, równe... Teoretycznie nie liczą się długości czasów, ale ich właśnie i przede wszystkim FUNKCJE!

– ...?

– Powinnyśmy odczuwać funkcje tych czasów, te nałożenia się na siebie czasów o różnych długościach JEDNOCZEŚNIE! Na przykład nazwę to umownie: czas Ziemi i czas Merkurego albo: czas Ziemi, Merkurego i Marsa powinnyśmy odczuwać JEDNOCZEŚNIE! To jednoczesne odczucie różnych czasów daje nam DOPIERO inny jego wymiar! Inną jego powierzchnię, inną jego objętość, inną jego potęgę i zupełnie inną jego PRZESTRZEŃ! Inną RZECZYWISTOŚĆ! Przestrzeń o innej właściwości i innej rze-czy-wis-to-ści! Ta NOWA przestrzeń nie ma za dużo... Ba, nie ma NIC wspólnego z objętością, ludzką objętością-przestrzenią, czyli taką, która jest nam znana, dana, którą jak to zwykle nazywamy... Ojej... Ludzka przestrzeń, chociaż jest to, to samo słowo, nie ma nic wspólnego z objętością czasów, innych czasów, z przestrzenią...

– Hej! Cyceron! Jakiego Mar... Marsa? – padło nagle z trybuny, ale Tadeusz nie zwrócił na to uwagi.

– Przy czym inny, nowy wymiar czasu, który do tej pory był czasem nierealnym, w momencie rozpoznania, odczucia i przyjęcia, staje się czasem realnym! Czas nierealny staje się czasem realnym przy jego przyswojeniu!...

– ... jeniu... eniu... eniu... – odbiło się echo, na tle przeraźliwej, świdrującej w uszy ciszy.

– Jednoczesne odczuwanie tych nałożeń czasowych niekoniecznie o różnych długościach może być, jest odczuwalne również w muzyce! Te same czasy są odczuwalne w muzyce, bo człowiek przecież muzykę tworzy? Człowiek tworzy muzykę, zawierającą inne wymiary czasu, czasów pod warunkiem, że te inne czasy, te inne wymiary ROZPOZNA i ODCZUJE!...

– ... czuje... uje... uje...

– Może być jeszcze taka możliwość, że to muzyka, zawierająca inne wymiary czasu zawładnie człowiekiem? Nie wykluczam takiej możliwości? Nieważne, co jest pierwsze... Jajko czy kura?...

– ... kura... ura... ura...

– Ważne, że przyjmuję teorię czasów do potęg! To mi zostało niemalże NARZUCONE! Wystawiam więc swoje anteny na kosmos i z pokorą staram się przyjmować te fale...

– ... fale... ale... ale...

– Staram się przeżywać życie, nowe inne życie, będące funkcją kilku czasów planetarnych, że tak powiem, na przykład w połączeniu czasu Ziemi, Merkurego czy Marsa i to jest, że tak powiem... Mniej straszne...

– ... aszne... szne... ne...

– Ale próbuję też żyć z funkcją, w funkcji czasów o równej długości! Próbuję żyć w funkcji kilku czasów o równej, bo liniowej, ludzkiej długości! Staram się przebywać, doświadczać funkcje czasów różnych ludzkich żyć! Odczuwam różne ludzkie byty jednocześnie i to jest... bardziej straszne...

– ... aszne... szne... ne...

– ... Aczkolwiek możliwe do zaakceptowania i wykonania zadania...

– ... dania... ania... ania...

– Krótko mówiąc, jeżeli oszukamy nasz mózg i przestawimy się RÓWNIEŻ na inny, na przykład trzydziesto-sześcio-godzinny czas dobowy, niekoniecznie tak długi jak na Marsie, to po jakimś czasie nasz organizm zacznie się przyzwyczajać do innej rzeczywistości i w końcu się przyzwyczai...

– ... i... i... i...

– Teraźniejszość, a więc łącznik między przeszłością a przyszłością się WYDŁUŻY! Jeżeli nie stracimy przy tym dobrej i TYLKO dobrej energii, to wydłużająca się teraźniejszość będzie wydłużającym się szczęściem! Nirwaną! W końcu... dążymy do... wydłużającego się szczęścia, a nie do jego skracania?...

– ... cania... ania... ania...

– Tak więc, dłuższe czasy będą zawsze bardziej atrakcyjne, bo o dziwo... starzejemy się TAM... też wolniej?! Czyżby dobra energia, coraz lepsza energia, boska energia spowalniała czy nawet zatrzymywała ziemskie tarcie?...

– ... arcie... cie... cie...

– Jednocześnie żyjemy RÓWNIEŻ w dwudziesto-cztero-godzinnym rytmie dobowym, bo tak mamy i już. Wstajemy rano, a wieczorem idziemy spać. Jeżeli uda nam się utrzymać funkcję tych dwóch czasów, żyjąc w jednym, a czując drugi czas, to jest dobrze! Jeżeli mamy w sobie więcej czasów, to jeszcze lepiej! Przy czym... dłuższe-większe czasy dają nam nie tylko dłuższą teraźniejszość, gdzie kiedy dobrze że tak powiem zadbamy, wydłuży się też nasze poczucie szczęścia, dłuższe-większe czasy dają nam lepszy dystans i balans, i to, że w poczuciu dłuższego życia poprawimy przede wszystkim jego jakość i wartość!...

– ... ość... ość... ość...

– Trwajmy więc w boskiej teraźniejszości! W jej transie! W teraźniejszości, która tak naprawdę najbardziej się liczy! Chwilo trwaj!...

– ... aj... aj... aj...

– To ta mniej straszna funkcja czasów...

– ... ów... ów... ów...

– Jeżeli z kolei oszukamy nasz mózg w tym sensie, że pozwolimy własnym antenom odbierać RÓŻNE fale, to nie jest to wykluczone, żeby nie móc się skontaktować z falami innych bytów?
Może być ludzkich bytów, które już żyły? Albo żyć będą? Albo może żyły, żyją i żyć będą jednocześnie?...

– ... cześnie... eśnie... nie...

– Trudno to sobie wyobrazić, ale z drugiej strony takie pojęcia jak duchy, życie po życiu, reinkarnacja czy deja-vu nie ja wymyśliłem i jeżeli odczuwam funkcję różnych czasów liniowych, różnych ludzkich żyć, będąc w roku tysiąc dziewięćset trzydzieści dziewięć, a widząc jednocześnie zdarzenia z roku tysiąc dziewięćset dwadzieścia sześć... Na przykład z roku tysiąc dziewięćset dwadzieścia sześć, to... tylko się cieszę! Cieszę się, że nie tyle ŻYJĘ, ale UCZESTNICZĘ w czasie do kwadratu, do sześcianu czy dalszych potęg!...

– ...

– To ta bardziej straszna wersja odczuwania przeze mnie czasów do innych potęg...

– ...

– Staram się być... Bywać w długich, dłuższych czasach i to raczej, bardziej... w czasach... pozaziemskich, a mniej w czasach... pozagrobowych... – Tadeusz z trudnością przełknął ślinę.

Trybuna z zastygłymi w upale ludźmi zaczęła jakby falować. A może to gorące powietrze falowało? Gorące powietrze, strzępiące się pomarańczową, niesłoneczną linią? Linią, która nagle zaczęła coraz bardziej i mocniej drgać i wydzielać, wydawać dźwięki, podobne do zaśpiewu wielorybów z oceanicznej otchłani...
Masa dźwięków, gdzie małe h pulsowało w swojej intensywności najbardziej i rozdzierało głowę Tadeusza. Przyłożył zaciśnięte pięści do skroni i znów spróbował zamknąć oczy, żeby przynajmniej nie widzieć tej szalejącej, pomarańczowej linii i móc skończyć jak najszybciej swój nieoczekiwany wykład, swoje myśli, złote myśli, które oplotły go znienacka, jak ta pomarańczowa teraz sieć...
– Staram się osiągnąć taki trans, który pozwoli mi poczuć tę inną rzeczywistość albo inną teraźniejszość... – ciągnął Tadeusz. – Szczęśliwszą teraźniejszość, zawierającą inne czasy i ich inne wymiary... Symultanicznie odczuwalne różne wszechświaty, które jednak TU i TERAZ są...
– Hej Cyceron!...
– Są... – Tadeusz przełknął ślinę. – Zatrzymać teraźniejszość... – znów przełknął z trudem ślinę.
– Hej Cyceron, a mnie się wydawało, że czas jest wieczny? A jego fenomen polega na ciągłym ruchu? – zawołał brodaty starzec, przerywając nagle ten uporczywy, świdrujący w uszach Tadeusza i w całej jego głowie i ciele dźwięk.
– Wiem... – odpowiedział głucho Tadeusz i poczuł, że robi mu się niedobrze.
– Jest ruch... Jest zmiana... Jest czas... – zaczął starzec.
– Nie ma ruchu... Nie ma zmiany... Nie ma czasu... – dokończył Tadeusz.
– ... Bo czas nie istnieje bez zmiany i bez ruchu! Tylko co zrobić z tym „przed" i „po"? – zapytał starzec. – Wiesz coś o tym?
– Ano związać teraźniejszością... Arystotelesie... – odpowiedział resztami sił Tadeusz.
– Eron! Cyceron! Eron! Cyceron!... – rozgorzał nagle i nieoczekiwanie tłum.

– E-ron! Cyce-ron! E-ron! Cyce-ron! E-ron!! Cyce-ron!! – coraz głośniej i głośniej huczał:
– EE–RON!! CYCE–RON!! EE–RON!! CYCE–RON!! EE...
– DUPA!! – wrzasnęła Maryjka wzburzona i otworzyła oczy.

29

Laura kopnięciem nogi otworzyła drzwi do pokoju. Wniosła tacę z jedzeniem:
– Wstawaj!
– Co?... Już?... – mruknęła zaspana Maryjka.
– Już, już... – Laura postawiła tacę na niewielkim stoliku przy oknie. – Czas leci moja kochana Marija...
– A która godzina?
– Ósma dziesięć!
– Dlaczego tak wcześnie?
– Jak to dlaczego tak wcześnie? Właśnie późno! Nie wiesz co jest dzisiaj?
– A co jest dzisiaj?
– Czwartek! Wstawaj! Zrobiłam ci zsiadłe mleko z truskawkami, tak jak lubisz... – powiedziała zadowolona.
– No... Nie o to mi chodzi... Czwartek?... – Maryjka przetarła oczy i powoli zaczęła sadowić się na łóżku.
– Czwartek, czwartek! Czas leci moja kochana... – Laura nalała kawy do filiżanek.
Maryjka jeszcze nie za bardzo wiedziała o co chodzi, bo sen całkowicie nie odszedł, a i wtargnięcie Laury do jej pokoju było tak nagłe, że nie do końca zdążyła się jeszcze wybudzić i te niby rzeczowe pytania z jej strony były tylko częścią jakiegoś jeszcze sennego letargu.
– Mogę skończyć sen?... – zapytała po chwili.
– A kończ... Tylko w miarę szybko, bo o dziewiątej wychodzimy!
– Jeszcze jedna teoria... Jeszcze jedna refleksja, zupełnie niezwiązana z muzyką, ale z czasem, jak najbardziej...
– O czym ty mówisz? – zdziwiła się Laura.
– Oj, przepraszam... – Maryjka zaczęła się wybudzać. – Coś mi się dziwnego śniło i nie chce mnie opuścić...
– To lepiej napij się kawy. – Laura podała Maryjce filiżankę.

– Oj, jak ładnie pachnie... – Maryjka zaciągnęła się zapachem kawy. – I truskawki mi

przyniosłaś? O tej porze? Są jeszcze truskawki o tej porze? – zaciekawiła się szczerze.

– Mam swoje miejsca...

– Mam swoje miejsca... – Maryjka bezwiednie powtórzyła to za nią i tępo zapatrzyła się przed siebie.

W końcu napiła się kawy i odstawiła filiżankę. Posmarowała masłem ciepłą jeszcze bułeczkę i zagryzała nią truskawki, które w całości pływały w gęstym mleku. Laura zrobiła sobie dwie kanapki z szynką i pomidorem. Jadły w milczeniu, popijając co jakiś czas czarną kawą. W pewnym momencie Laura podniosła się z krzesła i odsłoniła zasłony. Rażące promienie słońca wdarły się bez pytania do środka.

– Ale pogoda! – ucieszyła się. – Mamy szczęście. Ani jednej chmurki!

– Każda pogoda jest dobra... – mruknęła Maryjka.

– No nie... Jak jest deszcz, to...

– Każda pogoda jest dobra. – Maryjka przerwała jej stanowczo.

– Ale jakby teraz padało, jakby była zła pogoda to...

– To i tak, lepsza taka niż żadna! – Maryjka wypowiedziała to ze złością.

– Marija? Jesteś w wyjątkowo filozoficznym nastroju albo jeszcze śnisz? – Laura poczuła się lekko urażona.

– Nie śnię.

– To o co ci chodzi? – Laura z powrotem usiadła na krześle.

– O nic. – burknęła Maryjka.

– O Boże, ale wczoraj to nieźle zabalowaliśmy... – Laura spróbowała zmienić temat.

– A papa jeszcze śpi? – zapytała Maryjka.

– Śpi? Dobre pytanie...

– Nie obudziłaś go?

– Marija... – westchnęła Laura. – Nie pamiętasz, co się wczoraj wydarzyło?

– A co się wydarzyło?

– Ooo...

– Ale jak ojciec ma z nami jechać? – teraz Maryjka zmieniła temat.

– Dołączy do nas około południa.

– A zna drogę?

– To bardzo proste, na Plaza Catalunia jest pociąg, który co pół godziny odjeżdża na lotnisko i jedzie około czterdziestu minut.

– Acha...

– Zrobiłam mu rysunek-mapkę, jak ma dojść z Mallorka do Plaza Catalunia i potem już na miejscu... Tam jest taka bardzo czysta plaża w pobliżu. Wiesz? Jakieś może sto metrów od tego rozległego pola, przy którym jest to małe lotnisko. Wiesz co? Możemy się potem, po wszystkim wykąpać w morzu? Tam jest tak czysto, tak przyjemnie i tak pięknie... Co ty na to?

– No...

– Może zabierzmy kostiumy kąpielowe?

– No...

– Ja się cieszę! A ty?

– No... A ojciec?

– Jak dojedzie do nas, to też się ucieszy!

– Jesteś tego pewna?

– O Jezu... – Laura zaczerwieniła się. – Nie pamiętasz?

– A co mam pamiętać? Przecież nie byłam z wami w łóżku! – Maryjka wstała i wyjrzała przez okno, żeby sprawdzić pogodę.

– Marija? No wiesz?... Nie bądź taka... Ojej... Po prostu Jean mi się oświadczył... – wydusiła to z siebie.

– Znowu?

– Nie „znowu" tylko... tym razem. – Laurze zrobiło się trochę przykro. – Chyba naprawdę? Tak myślę?... – dodała niepewnie.

– Chyba?

– Chyba... – Laura spuściła głowę.

– Nie kombinował?

– Kombinował, jak to on: „– W Sète jest tak ładnie i spokojnie o tej porze roku... – mówi, a ja na to: – Wiem Jean, że w Sète jest ładnie i spokojnie o tej porze roku. – Jesienią też jest ładnie... – znów Jean. – I zimą... – dodał. – Chyba o każdej porze roku jest ładnie? – mówię ja, a on na to: – Ale mogłoby być jeszcze ładniej?... A ja: – A co masz na myśli?"...

– No, no... – Maryjka pokiwała głową z lekkim politowaniem.

– Teraz nie miał już wyjścia i musiał mówić bardziej konkretnie...

– No, no... No i powiedział?

– No i... Poprosił... mnie o rękę.

– Tak od razu?

– No nie... Oczywiście, że nie od razu i nie tymi słowami, tylko: „– Czy nie zechciałabym do niego wrócić?"

– I co? Zgodziłaś się?

– Jeszcze nie...

– Ale przespałaś się z nim?

– Marija!

– Przestań Laura, nie jestem już dzieckiem. Sama przespałam się z...

– Przespałaś się?! – Laura wytrzeszczyła oczy. – Z Tadeuszem?

– No a z kim? – Maryjka zaśmiała się cynicznie. – Za dwa tygodnie ślub! Trzeba sprawdzić kandydata...

– Fiu... – Laura zagwizdała z podziwem. – Moja szkoła! I jak? Dobrze było?

– Dobrze... – Teraz Maryjka zaczerwieniła się.

Usiadła na łóżku, zamieszała łyżeczką ostatnie truskawki, pływające w resztce zsiadłego mleka i zjadła śniadanie do końca.

– Wrócisz do niego? – zapytała po chwili.

– Nie wchodzi się dwa razy do tej samej rzeki... – Laura zamyśliła się. – Szczerze mówiąc, nie wiem, co mam zrobić? Minęło osiem lat, zmieniliśmy się...

– Ale kochasz go?

– Dobre pytanie... – Laura znów się zamyśliła. – Kochałam go bardzo... – zaczęła zbierać naczynia po śniadaniu i trochę ogarniać pokój. – Nie zdążyłam tego posprzątać po wczorajszym wieczorze... – tłumaczyła się, dostawiając na tacę trzy kieliszki i trzy puste butelki po winie.

– Wypiliśmy trochę... Nie przypuszczałam, że Jean tu przyjedzie?

– Jak mu powiedziałam, że jadę do Polski prosto stąd, to przyje...

– Acha? To ty maczałaś w tym palce? – Laura opadła na krzesło, trzymając ciągle tacę w rękach.

Kieliszki niepokojąco zadźwięczały, ocierając się o siebie.

– Jakie palce? W końcu sam chciał tu przyjechać. Pięć lat temu też tu byłam, a jednak nie przyje...

– Marija!

– Laura, gdyby nie chciał, to by nie przyje...

– Marija! Musimy już wychodzić! – Laura zerwała się z krzesła.

Jeden kieliszek spadł z tacy i rozbił się tuż przy nogach Maryjki.

– Dobra, dobra, jedźmy... – Maryjka niechętnie wstała z łóżka i zaczęła powoli zbierać potłuczone szkło. – No widzisz? Każda pogoda jest dobra, żeby się... rozbić... – dodała po chwili cicho, ale Laura już tego nie słyszała, bo wyszła w pośpiechu z pokoju.

Biegnąc aleją do dworca kolejowego, przeskakiwały przez zżółknięte liście platanów, które gęsto pokrywały chodnik.

– Wcześnie mamy jesień w tym roku, co? – zauważyła Laura.

– A co za różnica? Wcześnie czy późno?...

– Wiesz co Marija... – Laura zatrzymała się nagle. – Masz mi za złe, że Jean chce do mnie wrócić? Zazdrosna jesteś czy...

– Ha-ha-ha... – Maryjka zaśmiała się gorzko.

– O co ci chodzi? Od samego rana...

– Nie mam ci za złe ani nie jestem zazdrosna. – Maryjka odpowiedziała stanowczo. – Cieszę się, że papa chce wrócić do ciebie. Naprawdę się cieszę...

– To o co ci chodzi? – Laura miała dosyć tego zagadkowego i smętnego nastroju.

– Jakby ci tu powiedzieć...

– Chyba jednak jesteś zazdrosna?

– A wierzysz w duchy? – zapytała nagle Maryjka.

– W duchy? A po co...

– No... w duchy albo lepiej w życie pozagrobowe?

– A dlaczego teraz o to pytasz? Jaki to ma zwią...

– No bo widzisz... – Maryjka zamyśliła się. – Znowu mamy jesień...

– I?...

– I każda pogoda jest dobra...

– I co?... Na co?...

– Wszystko, co się tak pięknie na wiosnę odradza, mówię o przyrodzie, to umiera na jesień...

– Marija!... – Laura przysiadła na murku, który okalał rozległy platan przy skrzyżowaniu ulic.

– Czyżby? – Maryjka przysiadła obok niej.

– Co czyżby? – zapytała zmieszana Laura.

– Czy myślisz, że wszystko, co się na wiosnę rodzi, to umiera jesienią?

– No... Chyba tak?... – spróbowała odpowiedzieć zachrypłym głosem Laura.

– Otóż nie!... – Maryjka zajrzała Laurze głęboko w oczy.

Jasne i przenikliwe oczy Laury, które patrzyły na Maryjkę nieruchomo, wydawały się być teraz jakby nieobecne. Jakby zahipnotyzowane. Jakby te jej dwie błękitne i żywe tęczówki zamieniły się nagle w dwie błękitne i martwe szklane kulki. Martwe szklane oczy-kulki nieruchomej i martwej szklanej lalki...

– Otóż nie umarłoby... Nic by nie obumarło... Nic... Rozumiesz? Nic by nie umarło... Nic i nikt... Nic i nikt... Nic i nikt... – Maryjka zaczęła powtarzać to, jak mantrę, co w uszach Laury brzmiało jak: – Tik, tak... Tik, tak... Tik, tak...

Odwieczny zegar świata zaczął dalej odliczać swoją teraźniejszość, oddzielając ją płaskim dźwiękiem od przeszłości i okrągłym echem od przyszłości...

– Nic by nie umarło, bo... – Maryjka popatrzyła na nieruchomą Laurę, przekręciła głowę tak, jak robią to czasami koty albo psy, starające się dobrze zrozumieć polecenie swojego pana, a po chwili przyłożyła swoje czoło do czoła zastygłej przyjaciółki.

Jej brązowe oczy spotkały się z niebieskimi oczami Laury, tworząc jedno wielkie wspólne oko pośrodku ich głów o nieokreślonej barwie. Maryjka szeptała dalej swoje proroctwo, prawie nie poruszając wargami, a Laura siedziała nieruchomo.

– Gdyby coś obumarło, to by się nigdy nie odrodziło?... – odczekała chwilę, ale Laura się nie odezwała.

Zaczęła więc mówić dalej, rozdzielając każde prawie zdanie:

– Umieramy więc my, ludzie chyba też nie do końca i nie naprawdę, bo jednak się odradzamy.

– ...?

– I chociaż nie jesteśmy tego bezpośrednimi świadkami, to widzi nas przyroda.

– ...?

– Tak jak my przyrodę widzimy odradzającą się, tak przyroda widzi odradzających się nas, ludzi.

– ...?

– Skoro przyroda nie ma zielonego pojęcia o tym, że się odradza, to dlaczego my, ludzie mamy mieć pojęcie o tym, że my się odradzamy?

– ...?

– Jesteśmy mimo wszystko częścią przyrody, częścią natury. Jakie to oczywiste dla nas widzieć, że przyroda się odradza? Jakie to oczywiste jest dla przyrody widzieć, że my się odradzamy?

– ...?

– Zaufajmy przyrodzie! Zaufajmy naturze! Ja zaufałam. A ty? – Maryjka gwałtownie oderwała swoje czoło od czoła Laury.

– Aaa... – jęknęła zaskoczona Laura. – A ty?... – powtórzyła pytaniem, budząc się z letargu.

– A ja?... A ja nie chcę jechać na to lotnisko! – Maryjka podniosła się z murka.

– Ale...

– Nie chcę jechać na to lotnisko! – powtórzyła stanowczo, ogarniając tępym wzrokiem rozległy platan. – Czy nie możemy po prostu pojechać na tę plażę? – ruszyła nagle przed siebie, nie czekając na ciągle zastygłą w bezruchu i zamieszaniu Laurę.

Po kilku krokach stanęła i odwróciła się. – No chodź! Co tak stoisz? Spóźnimy się na pociąg... – powiedziała ostro.

Laura domknęła rozchylone zdziwieniem usta, wstała z murka i ściskając wiklinowy koszyk, posłusznie podeszła do Maryjki. Przez chwilę stały naprzeciwko siebie, dosyć blisko i badały się wzrokiem. Ostre spojrzenie Maryjki jakby trochę złagodniało, zmalało na tyle, żeby uśmiechnąć się do sparaliżowanej strachem przyjaciółki.

– Zapomniałam zdjąć łańcuszek... Widzisz? Chyba nie możemy jednak pojechać na to lotnisko... – powiedziała cynicznie Maryjka.

– Łańcuszek? O czym ty mówisz? – ocknęła się Laura.

– Ha-ha-ha... – Maryjka zaczęła się śmiać. – Nastraszyłam cię trochę? Co?... – śmiała się zwycięsko.

– Z czego się śmiejesz? – Laura była poruszona. – Ze mnie się śmiejesz? Co ci złego zrobiłam? Czy to, że Jean...

– Nie mówmy o Jeanie! – przerwała ostro Maryjka, akcentując przesadnie imię swego ojca. – Ty chyba nic nie rozumiesz?

– A co mam rozumieć? – zdziwiła się szczerze Laura.

– Nie jestem pewna... czy długo nacieszycie się... swoim szczęściem... – powiedziała po chwili Maryjka, rozdzielając słowa i znów ruszyła przed siebie, nie patrząc na przyjaciółkę.

Laura westchnęła ciężko i dogoniła Maryjkę: – Jean mnie nie zdradzał, jeżeli to masz na myśli...

– Wcale nie mam tego na myśli... – Maryjka machnęła ręką. – Wierzę ci... – zajrzała Laurze prosto w oczy.

Ta odsunęła się od niej odruchowo. Przez chwilę szły w milczeniu. Ani za szybko, ani za wolno... Szły zamyślone i odsuwały od czasu do czasu czubkami butów pożółkłe liście platanów, które dość gęsto pokrywały chodnik.

– To ja odeszłam od Jeana... – odezwała się cicho Laura.

– Nie obchodzi mnie to! – ucięła krótko Maryjka.

– To CO cię obchodzi? Dlaczego jesteś dziś taka dla mnie niemiła? – Laura zaczęła się irytować.

– Po prostu, nie chcę jechać na to lotnisko...

– Dlaczego tego wcześniej po prostu nie powiedziałaś?

– Bo nie chciałam popsuć ci dnia...

– Ale przecież to też twój dzień?

– No... Nie bardzo... A poza tym, jak się papa będzie czuł, widząc tego Manuela?

– A co mnie Manuel obchodzi?

– Zaprosił cię!

– Ciebie też!

– No...

– A poza tym, to jego ojciec nas zaprosił! Nie pamiętasz?

– Pamiętam.

– No to CO?...

– Ale Manuel się w tobie podkochuje?

– Ale ja nie podkochuję się w Manuelu! – krzyknęła zdenerwowana Laura.

– A poza tym... Jean przyjedzie później...

– Ha-ha-ha... – Maryjka się zaśmiała. – Tak to sobie wykombinowałaś?

– Nic sobie nie wykombinowałam! Tak wyszło! Sama wiesz...

– Wiesz co Laura? – Maryjka nagle przystanęła. – Jedźmy na tę plażę! Poopalamy się, pokąpiemy...

– A Jean?

– A Jean?... – machnęła ręką. – Znajdzie nas jakoś?

– Może masz rację... – Laura zgodziła się natychmiast.

30

„[...] 10 kwietnia 2007 (wtorek). Barcelona.

Od końca lutego uczę kompozycji w Barcelonie. Przyjeżdżam tu co dwa tygodnie, na sześć dni. Czasami na pięć. Zawsze podobny rytuał: Wtorek: przyjazd i po rozpakowaniu walizki łażenie po głównej alei. Środa, czwartek i piątek: wysypianie się w kolejnym już hotelu, łażenie po mieście i od trzeciej po południu zajęcia ze studentami. Sobota: enjojenie lajfa w sklepach i barach najróżniejszych... Niedziela: powrót, zazwyczaj od razu do Polski, choć Amsterdam też się zdarzył.

Teraz jestem na Sant Joan i piję wodę mineralną. Dokładnie w tym samym miejscu, co trzy tygodnie temu. Jak ten czas leci?... Zaprzyjaźniłam się i ze studentami i z miastem...Szczególnie z miastem, które coraz bardziej mnie zachwyca. Tak pięknego miasta dawno już nie widziałam. Dobrym pomysłem było przeniesienie się z hotelu, przy prawie samej La Rambli do innego, dalszego kwadratowego rewiru. Tak, kwadratowego, bo cała Barcelona składa się z kwadratów i trzeba nieźle się napracować, żeby się w tych kwadratach nie pogubić...

Ja przynajmniej bardzo uważam, ale zdarzyło mi się pomylić ulice i błąkać w kółko, jak mysz po walcu chyba ze trzy albo ze cztery razy... Ale, no właśnie przez to, że jestem dalej od tego głównego centrum, mogę naprawdę poznać Barcelonę. Odkryć nowe piękne miejsca i zakątki, o których istnieniu nie miałabym pojęcia?

Teraz odpoczywam na Sant Joan, jaka piękna okolica i piję wodę mineralną. Jestem trochę zmęczona i łażeniem i życiem... Szczególnie tym drugim... No, ale siedzę na ławce i popijam wodę małymi łyczkami, żeby jeszcze trochę móc powchłaniać tę cudowną rzeczywistość... Nacieszyć oczy i duszę widokiem wspaniałej architektury, poprzetykanej roślinnością, która budzi się zachłannie do życia... Zachłanna na życie roślinność, która bez względu na to czy jest spokój, pokój, czy wojna i tak wyrośnie, zapuszczając bezwzględnie i bezwstydnie swoje pędy i macki tam, gdzie nawet byśmy się tego nie spodziewali? „Bezwzględnie i bezwstydnie", to dobre określenie... Ja bym w każdym razie jednak się wstydziła wyrosnąć gdzieś na przykład... między torami kolejowymi?... No, ale przyroda? Przyroda nie pyta o pozwolenie! Przyroda nie dyskutuje i nie zastanawia się nad niczym! Przyrodzie wszystko wolno! Prawie wszystko... „Prawie" robi różnicę, ale... przyroda ma to gdzieś! Platany puszczają już spore liście, a robinie akacjowe są w pełni zielone, choć jest jeszcze zimno. Przyroda... Odradzająca się przyroda, nie patrząca na nic i na nikogo. Tym bardziej na nikogo...

Za czterdzieści minut powinnam już dojść do szkoły muzycznej i rozpocząć wykłady. Najpierw trzy godziny indywidualnych lekcji, a potem dwie godziny muzyki, tak zwanej polskiej, czyli mojej i kolegów. Co dwutygodniowy rytuał, do którego też się jakoś zdążyłam przyzwyczaić i nie szarpać nerwów bez sensu. Do wszystkiego można się w końcu przyzwyczaić. Wcześniej czy później, mniej lub bardziej...

Za czterdzieści minut trzeba dojść do szkoły. Powoli, choć niechętnie zsuwam się z ławki. Ciężko mi to idzie... Jeszcze trochę posiedzę...

Minęły trzy tygodnie, a właściwie nic się nie zmieniło. W obu ojczyznach jestem jak zwykle zapracowana, głównie fizycznie, bo sprzątam i gotuję dla całej rodziny. Gotuję bezwzględnie, ale czy bezwstydnie? Chyba nie... Robię to w każdym razie z przyjemnością.

Komponuję też z wielką przyjemnością, choć czasami zdarza się, że tyłek mnie boli od siedzenia. Ale, co tam... Po odcięciu się od gówna w postaci Warszawskiej Jesieni i spółki, czuję się i tak jak nowo narodzona! Mam pomysły na utwory, chęci do życia i nadzieję na przyszłość, choć i zdarza mi się płakać, jak na przykład wczoraj... Mam nadzieję, że to tylko ze zwykłego przemęczenia? Jak ja cholera nie lubię układów, kolesiostwa i tym podobnych uwarunkowań i zapętleń w rozwoju ludzkich możliwości i nie daj Boże istniejących przy okazji talentów. Czy musi być aż tyle zawiści? Ojej... głowa mała...

W każdym razie, płacz w barcelońskim hotelu, po zajęciach, przy butelce czerwonej Rioszki, zagryzanej od czasu do czasu zielonymi papryczkami i płatami szynki, dobrze mi zrobił i pewnie nie raz zrobi... Właściwie, to papryczki i szynkę powinnam była popijać winem, a nie odwrotnie, ale co tam... I tak wchłanianie ciał stałych i ciał płynnych mam sprawiedliwie opanowane... Jednak euforii typu: „ogrody Gaudiego i wyobrażenie raju" nie doznaję. A szkoda. Przydałoby się...

Święta wielkanocne jakoś zleciały na umiarkowanym żarciu. Pan Andrzej wyjechał na trzy dni do Warszawy, ale za to zjawił się u nas niejaki pan Kwiatkowski... Hotel otwarty... Nie nadążę naciesz się jeszcze moim studiem, wysprzątanym przytulnym studiem-gniazdkiem, bez żadnych lokatorów, a już następny gość czeka w kolejce! No ale cóż?... Sama jestem sobie winna, bo nie potrafię odmówić i lituję się nad każdym. Ale dość! Poza naszym nauczycielem, nieprędko wpuszczę obcego do mojego gniazdka! Zresztą, jest chyba całkiem duża nadzieja na odzyskanie go w całości! Namówiłam Matta, oczywiście nie obyło się bez płaczu, żeby pan Andrzej spał u niego, na dole, czyli wyrko i biurko byłoby u Matta, a tylko polskie lekcje z dziećmi robiłby u mnie, na górze. Super! Będę mogła wreszcie przesiadywać w swoim pokoju, bez wyrzutów sumienia, że komuś odbieram prywatność i będę mogła zamknąć za sobą szczelnie drzwi, nie robiąc krzywdy nikomu. Być po prostu na swoim właściwym miejscu, którym przez ostatnie lata musiałam się niestety za bardzo dzielić. I to jak widać nie tylko z panem Andrzejem.

Komputer czeka, czeka, a Julii... jak nie było, tak nie ma... Ale... już niedługo! Może nawet i dzisiaj zlecę Mattowi poprzestawianie tych tapczanów...

Połażę teraz trochę po Diagonalnej... Odkryję nowe sklepy, zakupię wino i wodę, może jakieś mięcho, owoce i sery na wieczór? Zimno, cholera... Trzeba wreszcie ruszyć tyłek z tej ławki... [...]"

31

Pociąg wyjechał z małego tunelu, łączącego podziemny dworzec kolejowy na Plaza Catalunia z nadziemnymi torami.

Laura od razu zaczęła grzebać w koszyku, a Maryjka wyglądała przez okno. W otwartym wagonie-przedziale prawie nie było ludzi. Poza parą jakichś chyba turystów z dwójką dzieci i czterema żołnierzami, były tylko one dwie. Usiadły w samym środku wagonu-przedziału, tam, gdzie można siedzieć naprzeciwko siebie.

– Zjesz? – Laura podała Maryjce dojrzałą brzoskwinię.

– Uhm... – Maryjka wzięła do ręki owoc i dalej wyglądała przez okno. – Pojedyncze tory? – zapytała po chwili zdziwiona.

– Tak. Dopiero na trzeciej stacji Barcelonietta jest pierwsza mijanka. Możemy trochę tam postać. Przygotuj się na to... – odpowiedziała Laura i ugryzła swoją brzoskwinię.

Ciepły sok polał się jej po ręce. Laura zostawiła owoc w zębach i znów zaczęła grzebać w koszyku. W końcu wyjęła kąpielowy ręcznik i wytarła porządnie łokieć.

– Dobrze, że nie ma tu takich torowisk... – zaczęła Maryjka. – Bardzo boję się pociągów i takich torowisk... – dokończyła cicho.

– Ale przecież tu nie ma torowisk? – zauważyła Laura.

– Wiem, że nie ma...

– Popatrz, jak tu ładnie? – Laura gestem ręki wskazała na morze. – Jedziemy cały czas wzdłuż morza! To kolejka wąskotorowa.

– No właśnie... Te wąskie tory... Zawsze przerażały mnie te wąskie tory i te wąskie przestrzenie między nimi...

– Nie masz się czego bać... – Laura ostrożnie ugryzła brzoskwinię. – Kolej wąskotorowa ma przeważnie jeden tor... No popatrz... Tak jak tu... – Laura głębiej wychyliła się przez okno. – Nie masz się czego bać!

– Ale ja... No tak... Wiesz Laura, teraz to jest lepiej, ale jak byłam dzieckiem, to ciągle mi się śniły takie wąskie torowiska. Tak wąskie, że aż niemożliwe mi się wydawało, żeby przejeżdżające obok siebie pociągi nie ocierały się...

– To takie złudzenie optyczne. – zauważyła rzeczowo Laura. – Ja też tak mam czasami. Widzę zbliżające się do siebie pociągi i myślę: „O Jezu zaraz się otrą"... To takie złudzenie...

– Niby wiem... – westchnęła ciężko Maryjka. – Wiesz, jak byłam mała, to co noc albo co drugą noc śniły mi się takie wąskie torowiska. Ja stoję pomiędzy pierwszymi torami i drugimi... Nie ma tam takich kamieni jak tu, tylko mniejsze, i zrudziała trawka... Z jednej strony nadjeżdża szybko pociąg:

– Przejść dalej czy zostać w miejscu? – myślę sobie. – Jak zostanę w miejscu, to pociąg może się o mnie otrzeć, więc chyba muszę jednak szybko przeskoczyć na ten drugi tor... – tak sobie dalej myślę i nie ruszam się ze swojej pozycji. Pociąg jest już bardzo blisko i wtedy... nagle decyduję się na przeskoczenie na ten drugi tor! Przeskakuję kamienie i ten zrudziały pasek trawki. Jeszcze chwila, jeszcze trochę... Prawie... Ale odkrywam, że na drugim torze też jedzie pociąg! Z przeciwnej strony! Wyobrażasz to sobie? Nagle! Ni stąd, ni zowąd!? Nie widziałam go wcześniej...

– Ojej?... – zaciekawiła się Laura.

– Nie mogę cofnąć się z powrotem na pierwszy tor, bo tamten pociąg jest już tak blisko, że czuję jego powiew i moją falującą od tego powiewu spódnicę...

– Ojej?...

– Na drugi tor też nie mogę już wejść i przeczekać, bo ten nowy pociąg też jest coraz bliżej! Trąbi na mnie, żebym uciekała...

– O żesz...

– No więc... muszę pędzić dalej na trzeci tor! Ale nie wiem czy zdążę, bo pociąg z drugiego toru prawie na mnie wjeżdża!...

– Ojejku... Jakie to straszne?...

– Może jednak przeskoczyć z powrotem na pierwszy tor? – kombinuję. – Może ten pociąg z pierwszego toru już przejechał? – myślę w popłochu.

– Ale nie! Jeszcze nie przejechał! Jak to możliwe? Dlaczego te prędkości akurat teraz, akurat przy mnie muszą się tak zrównywać?

– Boże! Co za sny?... – jęknęła Laura.

– Nie mam czasu na nic! – Maryjka opowiadała, jak pędząca po równi pochyłej drezyna:

– Nie mam nawet czasu na myślenie! Muszę gnać! Muszę uciekać! Po prostu uciekać! Pociągi przybliżają się w coraz szybszym tempie, bezwzględnie i bezwstydnie. Na pierwszym torze, na drugim, na trzecim... Skąd nagle na trzecim? No, ale dobra, biegnę dalej. Przeskakuję przez te tory. Muszę! Muszę uciekać, bo na czwartym i piątym torze jest... to samo! Mijanka pociągów, które coraz szybciej otaczają mnie ze wszystkich stron! TO SAMO! Stoję pomiędzy czwartym i piątym torem. – Zdążę? Czy nie zdążę? Pozostaje mi szósty i ostatni tor. Na nim, a właściwie pomiędzy szynami rośnie zrudziała trawka, jak gdyby nigdy nic... Kamienie też leżą obojętnie... W oddali rosną jakieś drzewa, które kojarzą mi się z bezpieczeństwem. Bezpieczeństwo pod drzewami? No dobrze, niech i tak będzie, ale... jak tam dotrzeć?! Nie mam na to za dużo czasu. Patrzę w popłochu na zrudziałą trawkę... Nawet ostatecznie ta zrudziała trawka już by się nadawała na krótki odpoczynek. Na przelotny przystanek pozornego bezpieczeństwa. Wystar...Wystarczyła... I... I wiesz? I wiesz co?... – Maryjka zawiesiła głos i zaczęła ciężko oddychać.

Laura przełknęła ślinę. – I co-o? – wytrzeszczyła oczy.

– Na szóstym torze też jedzie pociąg! Równolegle z pociągiem z toru piątego! Jedzie, to mało powiedziane. Pędzi! Naciera! Osacza! Nie widziałam tego wcześniej! Nie zauważyłam, bo mi przysłaniał...

– O Jezu!...

– Co robić?! Co robić?! Jak mam się cofnąć? Nie zdążę chyba...

– O żesz...

– Musiałabym przeskoczyć aż trzy torowiska na raz! TRZY! I to jeszcze do tyłu! Nie dam rady!

– Dlaczego do tyłu? I dlaczego trzy? Do przodu chyba?... – Laura próbowała myśleć.

– Nie mogę do przodu, bo tam kończy się torowisko! Chyba że... zrobię olbrzymi sus do tyłu...

– A nie możesz właśnie uciekać poza to torowisko? Właśnie do przodu? – zawołała olśniona Laura.

– Coo?... – zdyszana Maryjka powoli odwróciła głowę w stronę przyjaciółki.

– No... Uciekać poza ten szósty tor? – dopytywała się Laura.

– To niemożliwe!

– Dlaczego niemożliwe?

– Nie pomyślałam o tym nigdy... – Maryjka nagle przerwała i zaczęła znów ciężko oddychać. Patrzyła tępo na niedojedzoną brzoskwinię Laury. Ta odruchowo wsadziła cały owoc, razem z pestką do buzi, a ponieważ kawałek był zbyt duży, nie mogła ani wypowiedzieć żadnego słowa, ani zaczerpnąć powietrza. Wyglądało na to, jakby za chwilę miała się udusić? Przekręcała językiem owoc w napchanej buzi w panice, ale tylko ciepły sok spływał cienką stróżką na jej ręce i kolana. W końcu wypluła całą zawartość i zaczerpnęła z ulgą powietrza. – Ale dlaczego aż trzy tory musisz przeskoczyć? – przypomniała Maryjce.

– Ale... wydawało mi się zawsze, że to w ogóle nie wchodzi w rachubę! – Maryjka nie zareagowała ani na jej pytanie, ani na to, że teraz czerwona Laura zaczęła ciężko dyszeć.

– Co nie wchodzi w rachubę?... – zapytała zmieszana Laura.

– Uciekać poza szósty tor!

– Dlaczego?

– Bo... – Maryjka się zamyśliła. – Bo to byłoby zbyt proste...

– Zbyt proste? – Laura znów wytrzeszczyła oczy.

– W pewnym sensie... Zbyt proste... – Maryjka nie mogła sama siebie zrozumieć: – Tam, w tym śnie,, musiałam dokonać jakiegoś wyboru, ale tylko... w obrębie tych sześciu torów? Tak mi się wydaje? Tak mi się wydawało? Chyba?... Inaczej wcześniej bym odkryła, wpadła na to, że jest jakieś wyjście? Inne wyjście, żeby się jakoś szybciej stamtąd uwolnić? Ratować...

– No dobrze, a jak kończyły się te sny? Udawało ci się w końcu uciec? – zaniepokojona Laura próbowała zamknąć temat.

– Uciec skąd?

– No... stamtąd? Albo w ogóle ze snu?

– Nie.

– Nie? Nigdy? – teraz oczy Laury zaczęły robić się okrągłe i przezroczyste, jak dwie szklane kulki.

– Czasami leżałam na torze, przyklejona płasko, jak najbardziej płasko do tych kamieni albo do tej zrudziałej trawki między torami, z nadzieją, że przejeżdżający po mnie albo obok mnie pociąg jednak mnie nie dotknie, nie ruszy, nie przejedzie, nie zabije, ale...

– No, no... Dobrze myślisz... Dobry pomysł... – szklane oczy-kulki Laury zaczęły powoli zachodzić łzami.

– Właściwie, to już lepiej chyba by było leżeć płasko na tych torach, a nie pomiędzy...

– Dlaczego? – Laura wreszcie mrugnęła oczami.

– Bo pomiędzy... mógłby się o mnie otrzeć i tak! Obojętnie czy stoję, czy leżę! Otrzeć się o moje ciało i obciąć mi na przykład dłoń albo stopę? A na torach...

– To chyba jeszcze gorzej? – Laura rąbkiem sukienki przetarła piekące oczy.

– Właśnie chyba nie?... – zastanowiła się Maryjka. – Jakbym się tak mocno, najmocniej jak tylko to możliwe przytuliła do tych kamieni... I wciągnęła jeszcze brzuch... I wypuściła całe powietrze...

– Wagony są wyżej, ale lokomotywa mogłaby ci rozszarpać plecy. – zauważyła chłodno Laura.

– No właśnie? Sama więc widzisz? Nie miałam wyjścia...

– No, ale przecież jakoś się to kończyło? Marija? Przecież żyjesz? – Laura klepnęła się w czoło.

– Czyżby?... – zastanowiła się Maryjka. – A co to jest życie? A może życie to właśnie sen? Albo odwrotnie?

– Ojej, Marija... Dajmy już temu spokój... – Laura zaczęła się denerwować.

– Zobacz, jak tu ładnie? Nawet nie zauważyłaś, jak przejechałyśmy Barceloniettę...

– Budziłam się w nocy i zlana potem czekałam na to, co i tak jest przewidywalne... I co i tak jest nieuniknione...

– Marija!...

– Leżąc płasko na torach, a nie pomiędzy traktami... Tak! Pamiętam! Płasko na torach! Między szynami, a nie pomiędzy traktami. Widziałam kątem oka tę zrudziałą trawkę z boku, a nie pod sobą... Pode mną były chyba kamienie? Nie mogę sobie przypomnieć... A jednak... Dwa koła gwiżdżącej lokomotywy, naprzeciwko moich oczu... Ponad moimi oczami... Leżę... Musiałam leżeć. Płasko. Bez ruchu. Bez powietrza. Wciągnięty brzuch. Przyklejone do tułowia ramiona. Złączone jak najciaśniej nogi... Nie oddycham... Nie oddycham... Jeszcze trochę... Jeszcze trochę... Wiem, co nastąpi! Wiem!... Nastąpi to, co jest przewidywalne i nieuniknione! PRZEWIDYWALNE i NIEUNIKNIONE! Rozumiesz?... Nie mam już nawet czasu na to, żeby się bać?!... Wyobrażasz to sobie? Nie ma czasu nawet na strach!

Czekasz z pokorą na to, co za chwilę nastąpi... Na to, co tak przewidywalne i tak nieuniknione, że aż strach odpływa w siną dal... I nie możesz już nic zrobić?! NIC?! Rozumiesz? Nie możesz ani uciec, ani nie możesz się jakoś obronić, wyplątać z tego pociągowego labiryntu... Nic! Tylko leżysz i czekasz... I to jeszcze z pokorą czekasz! Ha-ha-ha... Czekasz z pokorą na śmierć! No bo na co możesz czekać?... Z pokorą... – Maryjka powoli odwróciła głowę w stronę Laury.

– Marija, a może ty jesteś jakieś medium? – zapytała zastygła strachem Laura.

– Tak, tak... – Maryjka z powątpiewaniem pokiwała głową.

– No, ale żyjemy? Przecież żyjesz? Widzę cię? Ty chyba też siebie widzisz? Widzisz siebie?

– A może to jest właśnie sen? A tamto jest życiem? – Maryjka nie dawała za wygraną.

– Przestań już Marija! Nie strasz mnie! Co to jest za sen? Życie jest snem? Przecież ciągle cię widzę? Ciągle jedziemy tym pociągiem? Mam nadzieję, że tym samym? A ty mnie w ogóle widzisz? Widzisz mnie?

– No właśnie... – zamyśliła się Maryjka. – Tak... Jakbym siebie widziała...

32

„[...] 11 kwietnia 2007 (środa). Barcelona.

Trochę cieplej dzisiaj. Zrobiłam zakupy, zrobiłam ćwiczenia i przyszyłam guzik do żakietu. Omówiłam w recepcji płatność za hotel. Okazało się, że wczoraj zapłaciłam za mało, ale darują mi to tym razem. Jestem bardzo dzielna i asertywna. Radzę sobie! Pokój numer 614 jest lepszy od poprzedniego, bo większy, cichszy i odizolowany.

Co ja mam z tymi pokojami! Zawsze coś mi przeszkadza: a to ludzie hałasujący rano albo późno, a to wentylator w łazience, klimatyzacja w pokoju, lodówka wewnątrz lub na zewnątrz... Wewnątrz, to pół biedy, można wyłączyć kabel, ale w korytarzu, to już gorzej. Czasami nie można wyciągnąć kabla z kontaktu, bo nie i już. Kiedyś w Toronto potrzebowałam wieszaka na ubranie i to jeszcze rozmontowanego, żeby odłączyć od sieci wielką chłodziarę z coca-colą, która dawała po uszach jednostajnym buczeniem, tuż przy moich drzwiach. Ale była zabawa w kotka i myszkę z obsługą hotelu: wieczorem wyciągam po kryjomu kabel, rano kabel jest włączony i lodówa przysunięta na maksa do ściany. No więc ja znowu wieczorem, w koszulce nocnej zakradam się z wieszakiem do lodówki, pokonując logistyczne trudności, żeby rano odkryć zwycięskie buczenie, które znowu mnie właśnie obudziło.

– Dżisis...

Co ja mam z tymi hotelami! Nie dość, że gołębie w Arnhem nie dają mi spokoju, to i w hotelach nie mogę się wyspać! A może powinnam zaakceptować ten jednostajny dźwięk? W końcu, w dzieciństwie też go miałam, a wtedy kabla z mózgu nie dało się tak łatwo wyciągnąć... Musiałam przeżywać ten sen, co noc albo co drugą noc...

Chciałam pójść do Sagrada Familia, ale takie tam tłumy, że zrezygnowałam. Pójdę z Mattem i dziećmi, jak do mnie przyjadą. Zaliczymy to razem. W domu na szczęście wszystko dobrze. Radzą sobie. Dusza się cieszy... No i pewnie, tak trzymać! Siedzę więc znów na Passeig de Sant Joan, przy skrzyżowaniu z Mallorca i popijam pierwszą butelkę wody mineralnej. Pogoda jest zbyt marna, żeby iść do ogrodów Gaudiego i posiedzieć sobie w tym raju, wśród palm, na których papugi zakładają gniazda i wrzeszczą niemiłosiernie.

Jest za zimno, żeby popatrzeć z góry na piękną Barcelonę, posłuchać gitarowej muzyki z oddali i poopalać się na ławce. To byłoby zbyt piękne przeżycie... Tak, jak wtedy, siedemnastego marca. Ładne sobie wyprawiłam urodziny. Sama, samiutka w parku i tylko ta przyroda... Zastanawiam się czy można w ogóle powtórzyć w identyczny sposób piękne przeżycie? W identyczny? Tak jak wtedy... Było prawie identycznie... Ale „prawie" robi różnicę i to sporą. Nigdy nie będzie przecież tak samo? Można oczywiście spróbować sobie coś w identyczny sposób przeżyć, powtórzyć, ale i tak nie będzie to „tak jak wtedy"... Może i poczujemy przez chwilę, przez przypadek i z powrotem naszą utraconą, cudowną rzeczywistość, ale... Co ja bredzę? Jaką cudowną rzeczywistość? Jakie „z powrotem"? Jak można z powrotem wskoczyć do utraconej, nawet najcudowniejszej rzeczywistości?...

Strasznie niewygodne są te brązowe sandały. Nogi mnie bolą, ale nie chce mi się wracać do hotelu. Jakoś się przemęczę do zajęć, a potem... to i tak wszystko na siedząco się odbywa...

Jak zwykle mam lekki lęk prze lekcjami typu: „co ja im powiem" i czy zauważą i wychwycą istotne sprawy, problemy?...

Ciągle jestem jeszcze zmęczona i niewyspana po tych cholernych i ciągle nawołujących się gołębiach w Arnhem. Dlaczego one się tak od siódmej rano nawołują? Po co tyle hałasu? Ileż można gruchać? Dlatego budzę się i tu, w Barcelonie około siódmej rano i nadsłuchuję czy oby już nie rozpoczęły pogawędki.

– Dżisis...

Cholerne bestie! Nie ma na nie sposobu! No nie ma! I co ja mam biedna zrobić? Mam nadzieję, że Matt z panem Andrzejem wymyślą coś w końcu na te gołębie, bo inaczej będę strzelać z procy! Mam procę w domu, żeby była jasność. Nabyłam ją w Niemczech, bo w Holandii takich produktów się nie sprzedaje. Zabronione.Też wymyślili?... Do całkiem imponującej procy są jeszcze ochronne okulary. Kamieni musiałam sama sobie nazbierać. Stoją w drewnianej misce, na parapecie okna sypialni w Arnhem. Jak Matt nie widzi, to strzelam z tej procy. Niestety niecelnie... Jak Matt zauważy, to jest problem, niewielka awantura typu: „tak nie wolno, tak się nie robi, sąsiedzi, środowisko, przyroda, tra-la-la, dupa sra" i mój płacz.

– No i co ja mam zrobić?...

Nie chce mi się iść do szkoły... Najchętniej siedziałabym sobie, gdzieś na jakimś przytulnym tarasie, popijała kolejną butelkę wody mineralnej, pisała pamiętnik albo czytała książkę. Mała kawka, tapas w jakimś nowym miejscu, ostatecznie może być stare, czyli to samo, na głównej alei. Wieczorem: Rioszka z papryczkami, już w hotelu i spokojny sen. Mam nadzieję... Spać!

Wczorajszy spacer po Diagonalnej też zmęczył mnie niezmiernie. Nie ma tam wcale fajnych sklepów. Może to i dobrze? Nie siedzę przynajmniej wewnątrz pomieszczeń, przymierzając ciągle jakieś ciuchy, tylko podziwiam architekturę miasta... Hmm... Znów mi zimno... Wypiję wodę i idę dalej... [...]"

33

– W pociągu się poznałyśmy... – zachichotała Laura

– Wiem, wiem, w wagonie restauracyjnym... – Maryjka się uśmiechnęła. – Masz jeszcze tę szarą sukienkę w żółtą łączkę?

– A wiesz, że tak?

– Bardzo spodobała mi się wtedy twoja sukienka...

– Wiem, wiem... – Laura zaśmiała się lekko.

– Pociągnęłam wtedy ojca za rękaw i mówię: „– Zobacz papa, jaką ta pani ma ładną sukienkę? A on na to: – Gdzie? Jaka pani? Jaką sukienkę? – zaczął się rozglądać".

– Pamiętam... – Laura rozmarzyła się. – Zmierzył mnie takim wzrokiem, jakby zobaczył ptasie gówno?

– Bo tak było! – teraz Maryjka się zaśmiała. – Powiedział wtedy do mnie: „– Ta pani wygląda, jakby ją stado ptaków obsrało! – Co ty mówisz, papaa? Cicho... – to ja mówię zawstydzona, bo chyba to usłyszałaś, a on: – O pardon, to pewnie stado os albo pszczół obsiadło tę biedną panią i obsr..."

– Pewnie, że usłyszałam.

– Chlapnęłaś wtedy na niego resztką pesto...

– Pewnie, że chlapnęłam, a co tu czekać? „– Upss... A pana chyba też coś obsrało? Jakaś zielona żabka albo konik polny?"... Ha-ha...

– Ale miał wtedy minę? Pamiętasz?

– Pewnie, że pamiętam! Był tak zaskoczony moją reakcją, że aż zaczął się pierwszy śmiać!

– No... Żebyś wiedziała... – Maryjka z podziwem pokiwała głową. – Nie przypuszczał, że ktoś aż tak odpowie mu na te jego głupie zaloty... I to tak szybko?

– A co tu czekać?

– Ja to się bałam... Nawet bałam się śmiać...

– Ale potem to się śmiałaś? I to jak? Nie pamiętasz?

– Pamiętam... Wszyscy się śmiali.

– I jacyś ludzie obok nas też. Pamiętasz?

– Noo... Ostry masz język Laura. Ostry, jak brzytwa...

– Ty też, Marija. Ty też! Trafiłyśmy na siebie? Nieprawdaż?

– Prawdaż... W sumie, wy też pasujecie do siebie... – stwierdziła z zadowoleniem Maryjka.

Laura na chwilę spoważniała. Rozejrzała się po wagonie-przedziale, ale nikogo już nie było. Ludzie wysiedli na poprzednich stacjach, a one nawet niczego nie zauważyły. Maryjka chyba pomyślała o tym samym, bo nagle zapytała: – Nie przejechałyśmy stacji? Nikogo tu nie ma?

– Nie... – odpowiedziała Laura i dla pewności wyjrzała przez okno.

– Na pewno?

– Na pewno.

– Właściwie... Dlaczego od niego odeszłaś? – zapytała po chwili Maryjka.

– Sama nie wiem... – zastanowiła się Laura. – Ale chyba twoja matka za bardzo mu siedziała w głowie.

– Naprawdę?

– Tak myślę, no bo co? Nie zdradzał mnie, nie gapił się na inne baby, a przynajmniej ja tego nie widziałam. A ty widziałaś?

– Chyba nie...

– Zresztą... – Laura machnęła ręką. – Za młoda byłaś.

– No tak, za młoda... A ty to stara?

– W pewnym momencie... – Laura nie zwróciła uwagę na ripostę Maryjki.

– W pewnym momencie, jak zdarta płyta w gramofonie zaczął mówić o tej Maryni, a ja... – Laura podniosła do góry głowę. – A ja już tego po prostu nie wytrzymywałam... – zamyśliła się i powoli przełożyła nogę na nogę. – Znalazłam w szufladzie to zdjęcie i zabrałam je stamtąd. Nic mu o niczym oczywiście nie powiedziałam, tylko patrzyłam, jak tego szukał i wściekał się... – przełknęła z trudem ślinę.

– Raz nie wytrzymałam i... – Laura zawiesia głos i wstrzymała oddech. Opuściła głowę i wyraźnie posmutniała.

– I co? – Maryjka zastygła w pytaniu.

– I... Tak się kiedyś... A zresztą... – Laura znów machnęła ręką: – Nie chce mi się teraz o tym mówić. Może innym razem...

– Może innym razem... – automatycznie powtórzyła Maryjka.

– Zobacz jak tu pięknie? – Laura wychyliła się nagle przez okno. – Coraz mniej ludzi na plażach i coraz czystszy piasek i morze. Nie sądzisz? – spróbowała się uśmiechnąć. – Za kilkanaście minut będzie jeszcze ładniej i czyściej. Jak tu ładnie, zobacz Marija! Nie sądzisz, że tu ładnie? – próbowała na siłę zmienić temat.

– Sądzę... – poddała się niechętnie Maryjka.

– Marija... Teraz jest dobrze... Zaczyna być dobrze. Nie chcę wracać do tej smutnej przeszłości...

– Chwilo trwaj! – zawołała nagle Maryjka. – Bien! Zwalniam cię z tej opowieści, z racji na piękną chwilę! Piękną chwilę, piękną teraźniejszość, którą do końca przeżyjemy razem!

– Do końca? Razem? Do jakiego końca? – zdziwiła się Laura.

– No... do końca... tej teraźniejszości? Ale zaraz... – Maryjka zastanowiła się. – Przecież nie o taką teraźniejszość mi chodzi? Nie o TAKĄ? Mnie przecież chodzi o teraźniejszość bez końca?

– No to jak chcesz „do końca" przeżyć to ze mną? – zapytała podchwytliwie Laura.

– Masz rację?... No dobrze... – Maryjka podrapała się w brodę: – No dobrze. Chwilo trwaj! A w tej twojej chwilo piękności, w tej twojej chwilo teraźniejszości chcę pobyć trochę z Laurą! Z moją kochaną i obecną tu Laurą chcę pobyć przynajmniej do końca dnia! Może być? Lepiej? – poprawiła się.

– Może być. Lepiej. – zgodziła się udobruchana Laura.

– Ale opowiesz mi tę historię? – zapytała Maryjka.

– Kiedyś ci opowiem... – obiecała przyjaciółka.

34

„[...] 13 kwiecień 2007. Barcelona.

Wczoraj lało i było bardzo zimno, także nigdzie nie zatrzymywałam się, żeby skrobnąć parę słów do pamiętnika. Wyszłam z hotelu trochę później i przemierzałam barcelońskie kwadraty, praktycznie bez przystanków. Szkoda, że tak zimno. W Holandii było nawet cieplej, ale wolę nie myśleć i nie porównywać, tylko w miarę możliwości cieszyć się życiem. No właśnie? Cieszyć się życiem? Jakie to mądre. Jakie to dojrzałe. Kto z nas potrafi cieszyć się życiem? Niech zgadnę? Ha-ha... Nikt? Ooo... Jaka szkoda?... Ja w każdym razie próbuję! Raz, dwa, trzy... Baba Jaga patrzy...

Teraz siedzę na Diagonalnej pod palmą i odpoczywam. Za chwilę ostatnia seria wykładów. Zaczynam z Claudio. Oj Claudio, Claudio... Cóż za niechęć do nauki u tego chłopaka? On wszystko wie najlepiej i nie potrzebuje żadnego nauczyciela! Oj Claudio, Claudio, co ja mam z tobą zrobić? Przymykam oczy, muszę przymykać oczy, żeby nie utracić resztek energii i trochę, a właściwie całkiem bardzo nie zacząć cię olewać? Już cię olewam...

Cholera, nie tak miało być? Ale w końcu, to twoja sprawa. Doigrałeś się! To ciebie powinna obchodzić twoja kompozycja, bardziej niż mnie? Mnie, moja kompozycja obchodzi najbardziej, poza oczywiście rodziną i myślę, że takie podejście jest zdrowe. A ty? Chrzań się... Twój wybór. Nie będę pruć flaków i wysilać się bez sensu, jeżeli komuś nie zależy. I tak płacą mi mniej niż myślałam...

Ale przecież i tak nie o to chodzi? To wyjście ostateczne! Jeżeli kogoś nie interesują lekcje kompozycji, to w poczuciu bezsilności, ale też w poczuciu jakiegoś duchowego pocieszenia się myślę często o cykającym liczniku. Liczniku kasy oczywiście, no bo i czego? Przecież nie bomby, chociaż czasami miałabym ochotę odkorkować zapłon takiej bombki i cisnąć nią w jakiegoś opornego osobnika, miernotę... przez duże M i bez F... No cóż, licznik bije, choć student oporny... Lepiej byłoby, żeby student był bystrzejszy... Na szczęście pozostali są bardziej zaangażowani, w miarę utalentowani i oddający mi z powrotem utraconą energię. Szczególnie Manuel... Z Manuelem przegadaliśmy całą godzinę o jedzeniu, o piciu... I nie tylko o jedzeniu i o piciu...

Jestem dzielna! Porozmawiałam wczoraj z Eduardo, który jest szefem wydziału kompozycji, teorii i dyrygentury, o mojej ewentualnej pracy tutaj. Eduardo nie mówi „nie", ale nie mówi też „tak". Bardzo bym chciała tu pouczyć, ale i tak nic więcej nie mogę zrobić. Zobaczymy, co z tego wyjdzie? Życie pokaże...

Sprawdziłam ceny trąbek, kupiłam prezenty i kiełbasy. Tym razem obejdzie się bez świniaka, którego nigdzie nie mogę znaleźć ani w sklepie, ani na targu! Same świńskie głowy, jeżeli już, a ja nie będę przecież wieźć świńskiej głowy do Holandii? Jeszcze dzieci się wystraszą? Miał być mały świniak, w całości i już! A zresztą, może i dobrze że nie kupiłam tego świniaka? Nie chce mi się go ani peklować, ani marynować w hotelu, no bo i gdzie indziej, ani też dźwigać, a wiadomo, że takie zwierzę to pewnie sporo waży? I tak waliza ledwo się domyka: kiełbachy, zwoje chorizos, jak kiszki, pozawijane w niezdrowym skręcie, flaszki z winem i wodą mineralną, plus oczywiście jakieś duperele, które też ważą?...
– Dżisis...
Jak ja to poupycham? Ostatnio miałam tak zapchaną walizkę winem i kiełbasami, że waga, jak się okazało później na lotnisku, przekroczyła nieznacznie czterdzieści kilo! Taksówkarz, który ochoczo zaproponował mi

włożenie tej walizy do bagażnika swojego samochodu, pierdnął niechcący z nieoczekiwanego wysiłku:
– Co pani tam wiezie na Boga?!
– Wino i wodę... – powiedziałam niewinnie, powstrzymując śmiech.
– Wino i wodę? – zdziwił się szczerze. – Wino, to rozumiem, ale wodę? Chyba, że ta woda zamienia się w wino? – spróbował rozładować niezręczną sytuację i zażartować.
– Być może, być może... – roześmiałam się w końcu. – To jest woda święcona proszę pana!

Nie ma pogody, cholera...
Moja była nauczycielka opowiedziała mi kiedyś prawdziwą podobno historyjkę, nawet śmieszną: „– Stoi dwóch facetów przed hotelem i czekają, aż przestanie padać deszcz. Czekają, czekają... – Co za pogoda... Ciągle leje... Ale pogoda... – denerwuje się jeden. – Panie... – macha ręką drugi: – Pogoda się panu nie podoba? Panie... Lepsza taka, niż żadna”...

No dobra, pogoda jest brzydka, nie da się ukryć, ale jeśli nawet byłaby ładna, to i tak nie chce mi się już nigdzie łazić. Zmęczyłam się. Jutro mam samolot o dwunastej pięć, więc spróbuję być na lotnisku już o dziesiątej. Nie wiadomo przecież na jakiego taksówkarza trafię? Przedostatni nie chciał mnie tam w ogóle zawieźć, bo bagaż był dla niego za ciężki. Też coś? Dopiero jak mu dopłaciłam siedem euro, zgodził się łaskawie. Dobrze, że już wyjeżdżam. Tęsknię za dziećmi...
[...]

35

– Ten pociąg wcale nie jedzie? – zdziwiła się nagle Maryjka. – Stoimy tu już dobre pół godziny? Czy naprawdę nie przejechałyśmy stacji? – zaniepokoiła się.
Laura znów rozejrzała się po pustym od jakiegoś czasu wagonie-przedziale. Surowe drewniane ławki lśniły, wyślizgane ludzkimi tyłkami, a na równie surowych półkach nad nimi nie leżało nic.
– Rzeczywiście stoimy... – spojrzała na zegarek. – Za piętnaście jedenasta? To już ponad pół godziny? Już dawno powinnyśmy być w Sant Pol de Mar? – to mówiąc, podniosła się gwałtownie z ławki i wyjrzała przez okno.

Spokojne morze obijało się o piaszczysty brzeg małymi falkami. Słońce świeciło nie skażone ani jedną chmurką, ale plaża była zupełnie pusta. Nie było w ogóle ludzi, tylko wrzeszczące mewy biły się o jakieś szczątki jedzenia, pozostawionego w koszach na śmieci.

– Nie widzę stacji?... – jęknęła Laura. – Czyżby mijanka? Ale dlaczego stoimy tak długo?... – zastanawiała się. – Wyjechałyśmy z Barcelony o w pół do dziesiątej?

– Mówiłam ci, że przejechałyśmy stację...

– Ale dlaczego nic nie widziałam?

– A kiedy wysiedli ludzie?

– Nie wiem? – Laura otworzyła szeroko oczy. – Od jakiegoś czasu jedziemy same. Nie pamiętasz?

– No... Tak, ale...

Laura otworzyła z trudem okno i wystawiła głowę. – Tu nie ma stacji! – krzyknęła. – Co robimy? – popatrzyła z nadzieją na Maryjkę.

– Chyba powinnyśmy stąd wysiąść... – zaczęła niepewnie Maryjka i podniosła się z ławki.

Laura założyła ręce na biodra i zaczęła rozglądać się po przedziale. – A gdzie torba?

– Jaka torba? – zdziwiła się Maryjka.

– No jak to „jaka"?! Koszyk nasz! Bagaż! Przecież tam mamy pieniądze, klucze, wszystko... – Laura zaczęła w panice schylać się i szukać wiklinowego kosza.

Maryjka zrobiła to samo, ale miejsca pod siedzeniami były puste. Patrzyła z nadzieją na półki na górze, ale i tam niczego nie było.

– Gdzie jest nasz bagaż? – zapytała bezradnie.

– Nie wiem... – Laura wytrzeszczyła swoje niebieskie oczy.

Stały przez chwilę naprzeciwko siebie i mierzyły się wzrokiem. Maryjka chciała zbliżyć się do Laury, ale ta powstrzymała ją ruchem ręki:

– Nie! Nie teraz! – powiedziała i gwałtownie ruszyła przed siebie w stronę następnego wagonu-przedziału.

Otworzyła drzwi i przeskoczyła harmonijkę, łączącą następny wagon. Maryjka podążała za nią. Nie musiała rozsuwać tych ciężkich i opornych drzwi wagonów, bo robiła to Laura, w pośpiechu, desperacko, z wielką siłą. Przebiegły następny wagon, następny i następny... Wszędzie pusto. Nie było ludzi, nie było jakiegokolwiek bagażu. Wyślizgane od ludzkich tyłków ławki, które przeważnie zawsze są zatłoczone i kiedy uda się zauważyć jakiś żółtawy wyślizgany skrawek siedzenia, to zawsze jest szczęście, teraz szyderczo świeciły do nich swoją wyślizganą pustką, tak niepożądaną w takim momencie...

– Gdzie jest koszyk? – jęknęła Laura.

– Gdzie jest koszyk? – powtórzyła automatycznie Maryjka.

Zatrzymała się na chwilę, patrząc na swoje odbicie w szybie. Skrawek czerwonej sukienki, którą miała akurat na sobie, mignął w szybie i na chwilę zniknął z pola widzenia. Odbił się w następnym oknie i znów zniknął. Ruch jej czerwonej sukienki odbijał się w kolejnych szybach tego wagonu--przedziału, aż w końcu przemieścił się do następnego.

– Przecież stoję w miejscu? – zdała sobie nagle sprawę Maryjka i wytarła mokre od potu dłonie o czerwoną sukienkę.

– Co się dzieje? Gdzie ja jestem?...

– Marija! – usłyszała głos Laury z następnego wagonu.

– Już idę... – ocknęła się Maryjka i spróbowała ruszyć z miejsca, ale zablokowane strachem nogi odmówiły posłuszeństwa.

– Co się dzieje? Gdzie ja jestem?... – jęknęła płaczliwie i odruchowo schyliła się, zaglądając pod ławkę-siedzenie, przy której akurat stała.

Podniosła z ziemi małą laleczkę, zrobioną z jakiejś twardej masy, a nie z gałganków, jakie pamiętała z dzieciństwa.

Laleczka była mała i naga. Tak mała, że mieściła się w całości w otwartej dłoni. Nie miała żadnego ubranka. To zdziwiło Maryjkę, jeżeli w ogóle można mówić o zdziwieniu w takiej zawikłanej sytuacji? Rączki i nóżki tej zabawki ruszały się przy dotknięciu, bo przyczepione były do miniaturowego korpusu drucikami. Laleczka miała cielisty, ludzki kolor, a miniaturowe błękitne oczy-kulki, jak szklane główki od szpilek wpatrywały się w zastygłą Maryjkę.

Włosy tej zabawki były też cieliste i zrobione z tej samej twardej masy co ciało.

– Pewnie jakieś dziecko zostawiło?... – pomyślała odruchowo.

Podniosła ostrożnie z ziemi tę laleczkę i ułożyła ją płasko na otwartej dłoni. Przez chwilę wpatrywała się w nią, nie myśląc o niczym, a następnie ostrożnie powąchała. Ale żadnego zapachu nie wyczuła. Żadnego ludzkiego zapachu...

– Marija! – znów wydarła się Laura.

– Już idę... – zawołała Maryjka.

Tym razem udało jej się ruszyć z miejsca. Przechodząc z jednego wagonu do drugiego, w ostatniej chwili spojrzała w okno. Zobaczyła swoje odbicie w szybie, które poruszało się razem z nią. Skrawek czerwonej sukienki zakołysał, gdy weszła do harmonijki łączącej wagony.

– Marija! Zobacz... – Laura wskazała jej coś ruchem głowy.

Maryjka stanęła w drzwiach wagonu restauracyjnego, w którym była Laura i powoli odwróciła głowę w stronę miejsca, wskazanego przez przyjaciółkę.

– Ojej?... – otworzyła usta, zaskoczona widokiem ich koszyka, który stał sobie, jak gdyby nigdy nic przy jednym ze stolików barowych.

– Kto go tam przyniósł? – zapytała Laura.

Minę miała tak poważną i grobową, że Maryjka aż się uśmiechnęła.

– Z czego się śmiejesz? – warknęła na Maryjkę.

– Na pogrzebie babci też się śmiałam. To z nerwów...

– Wychodziłaś do baru?

– Przecież wiesz, że nie...

– A do łazienki?

– Przecież...

– No to kto...

– Idziemy stąd! – zadecydowała nagle Maryjka. – Wiejmy stąd! Uciekajmy, zanim będzie za późno...

– Co ty mówisz? – Laura klepnęła się ręką o czoło. – To wszystko przez ciebie!

– Przeze mnie? – Maryjka wytrzeszczyła oczy.

– Jesteś, cholera jasna, jakieś medium albo co...

– O czym ty mówisz?

– Czarownica jesteś!

– Wiejmy stąd! – Maryjka podbiegła do wyjściowych drzwi i próbowała je otworzyć. Bezskutecznie.

– Uciekajmy stąd! – pociągnęła Laurę za rękę i chwyciła wiklinowy koszyk, ich koszyk.

Laura posłusznie dała się prowadzić z powrotem do wagonów-przedziałów. Za każdym razem sprawdzały drzwi wejściowe do pociągu, ale wszystkie były pozamykane. W końcu wróciły do swojego przedziału, gdzie zostawiły otwarte okno. Laura wyrwała się do przodu i wychyliła się przez to okno prawie całym ciałem.

– Hallo!... Ratunku!... Jest tam ktoś?... – zaczęła krzyczeć.

Spokojne fale morza obijały się łagodnie o brzeg. Teraz już nawet mew zabrakło. Zupełna pustka, a słońce tak ładnie świeci i nie zwraca na nic i na nikogo uwagi...
– Hallo!... Proszę pana! Proszę pana!... – to znów Laura.
Tym razem zaczęła gwałtownie machać ręką.
Jakiś jegomość zbliżał się do pociągu od strony morza. Widząc machającą w popłochu Laurę, przyspieszył kroku.
– Proszę pana... – Laura ciągle wymachiwała ręką, chociaż nie było to już konieczne.
Kolejarz zbliżał się w ich stronę, nerwowo dopinając rozporek spodni i kiedy był już blisko pociągu, z godnością wcisnął sobie na głowę kolejarską czapkę.
– A co tu panienki porabiają? – zapytał zdziwiony.
– Czy to jest Sant Pol de Mar? – zapytała Laura.
– Kurort? Czy koniec trasy?
– A jakie to ma znaczenie? – niepokoiła się Laura.
– Ooo... Duże znaczenie... Szanowne panienki pewnie do kurortu, a kurort już dawno był...
– My nie do kurortu, my na lotnisko! – przerwała mu Maryjka.
– Na lotnisko? – znów zdziwił się kolejarz. – Na lotnisko, to nie tu. To w odwrotnym kierunku!
– W odwrotnym kierunku? – Laura aż podskoczyła. – Co pan mówi?
– Szanowne panienki pewnie do kurortu... Lotnisko jest...
– Do żadnego kurortu! – wrzasnęła Laura. – I nie szanowne panienki, tylko panie! – poprawiła wzburzona.
– Ooo... To bardzo przepraszam szanowne panien... panie, ale tu nie ma lotniska.
– A Gdzie my jesteśmy? – zapytała Maryjka.
– W Niebie! – kolejarz zaczął się śmiać.
– A pan, to pewnie święty Piotr!? – odcięła się Laura.
– Ha-ha... A żeby szanowne panien... panie wiedziały... – śmiał się coraz bardziej, aż jego gruźliczy śmiech zamienił się nagle w kaszel.
– Nieładnie się tak śmiać. – Maryjka popatrzyła na niego z niechęcią. – Zabłądziłyśmy.
– To widzę... – odpowiedział, jak już przestał kaszleć.

Zaczął grzebać w swojej wielkiej skórzanej kolejarskiej torbie na ramię i po chwili wyjął podniszczony brązowy notes. Bez pośpiechu przerzucał zżółknięte kartki rozkładu kolejowego, a dziewczęta czekały w napięciu.

– Ten pociąg ruszy stąd za godzinę. Jak chcecie czekać, to czekajcie, ale i tak musicie wrócić do Barcelony i pojechać w przeciwnym kierunku...

– Ale my nie chcemy jechać w przeciwnym kierunku? Przecież tu jest lotnisko. – jęknęła Laura.

– Takie małe... – dodała z nadzieją Maryjka.

– Już wam mówiłem, że tu nie ma żadnego lotniska. Nawet małego. – odpowiedział stanowczo kolejarz.

– Ale ja...

– Szanowna panien... pani, proszę się rozejrzeć? Gdzie tu ma być lotnisko? Tu jest kurort! Był kurort... – poprawił się. – Trzy kilometry stąd, to tyłu...

– To dlaczego nie ma ludzi? W tym... kurorcie? – zauważyła cynicznie Maryjka.

– Bo to proszę panienki koniec sezonu! Ludzie już wyjechali! Koniec sezonu! Dlatego pociągi od wczoraj rzadko kursują...

– Nie „panienki" tylko „pani"... – z naciskiem przypomniała Maryjka.

– A poza tym, proszę panienki... Wojna idzie! Wojna! Nic panienka nie słyszała?

– Możemy stąd wysiąść? – zapytała łagodniej Laura, widząc narastające napięcie na twarzy kolejarza.

– Już szanowne panienki wypuszczam... – odpowiedział ponuro i wielkim kluczem otworzył najbliższe drzwi.

– Rzeczywiście nie ma tu stacji? – zauważyła Laura, ostrożnie zsuwając się z kamiennego nasypu przy torach.

– Mówiłem... – mruknął zwycięsko mężczyzna i próbował podpalić sobie zapałką papierosa.

– A gdzie my jesteśmy? – zapytała Maryjka.

– W Niebie. – odpowiedział poważnie.

36

„[...] 2 maj 2007. Barcelona.

Tym razem z całą rodziną. Wczoraj zaliczyliśmy wreszcie katedrę Gaudiego. W środku! No i... nic szczególnego. Jest tam ciągle teren zabudowy, nie wart tylu pieniędzy, ile wydaliśmy na bilety, ale za to jest całkiem fajne muzeum. Najważniejszy, jak się okazuje jest widok na zewnątrz. No, ale cóż? Stało się. Któż mógł wiedzieć, że w środku będzie tak sobie?
Na szczęście przeczekaliśmy tam deszcz, bo znów zrobiło się zimno i nieciekawie. Po wyjściu z Sagrada Familia wyszło słońce i do końca dnia mieliśmy ładną pogodę. Wszystkie sklepy i restauracje co prawda były pozamykane, ze względu na pierwszego maja, ale udało nam się znaleźć otwarty tapas-bar i spędzić z koleżanką Matta Laurą przyjemny wieczór. Do hotelu wróciliśmy około północy. Dzieci nieprzytomne ze zmęczenia, Filip oczywiście najbardziej narzekający, ale jakoś udało mu się wytrwać do końca, w umiarkowanie dobrym humorze. Nam przy okazji też...

Pierwszy dzień godnie przebyty i przeżyty. Lepiej niż się spodziewałam. Zaliczyliśmy muzeum, długi spacer, odkryliśmy nowe miejsca w Barcelonie przy Jaume, równoległej do Liceu, gdzie poprzednio mieszkałam. Cudowne tereny! Ciasne uliczki starego miasta i domy, tak wąskie, że chyba mieszczą w sobie tylko jeden pokój? Suszące się pranie, wywieszone przez okna, tak, jak we Włoszech albo na południu Francji. Małe sklepiki, kafejki...
Księżyc w pełni, a wokół morze i palmy. Dobre wino, tapas i towarzystwo sympatycznej Laury. Dobry dzień... Trochę gorzej ze spaniem, bo jak zwykle budzę się za wcześnie... Chyba przez to wino?...
Rano zrobiliśmy zakupy, pokazałam rodzinie szkołę, w której uczę, połaziliśmy po Jaume. Udało się spotkać Harrego? Chce, żebym napisała dla niego utwór. Pomyślę...
Teraz siedzę w swojej sali 353 i czekam na studentów. Jaka cisza... Uwielbiam tę ciszę po całodziennym łażeniu po mieście. Za oknem słynny „Ogórek", a wokół odgłosy instrumentów: waltornie, trąbki, puzony, jakiś klarnet, jakieś wprawki fortepianowe, ktoś gdzieś śpiewa...
Nogi rwą od chodzenia... Oriol i Marc nie przyjdą dzisiaj! Tylko Josep. Poczekam więc na niego pół godziny, a potem mam wolne do osiemnastej.

Szkoda, że nie mogę wcisnąć gdzieś tego opornego Claudia, żeby wcześniej móc iść do domu. No, ale cóż? Odsiedzę swoje! W końcu płacą mi za to, a licznik bije... I to w końcu nie najgorzej... [...]"

„[...] 3 maj 2007. Barcelona.

Drugi dzień męczący. Byliśmy w muzeum nauki. Bolą mnie straszliwie nogi. Co innego jednak łazić w swoim tempie po Barcelonie, a co innego zaliczać cenne miejsca z rodziną. Bardzo wyczerpujące i jeszcze do tego pogoda marna. Zimno, nie ma słońca. Jednym słowem średnio. Dobrze, że chociaż nie leje deszcz... Dzisiaj powinno być krócej, także o dziewiętnastej trzydzieści możemy już iść na tapas. Muszę zjeść wreszcie coś ciepłego, bo tak się zapchałam ostatnio, że... ani w tę, ani we w tę... Czekam na studentów. [...]"

„[...] 4 maj 2007. Barcelona.

I znów czekam na studentów. Denerwujące jest to, że nigdy nie wiadomo czy i kiedy przyjdą? I siedzi człowiek sam i czeka, czeka, a tu nic! Przyjdą? Nie przyjdą? Cholera... Dzisiaj przynajmniej lepsza pogoda. Mamy też lepszy pokój w hotelu – 611, a przez to lepsze spanie. Tea ma swoje flamenco-ciuszki, całkiem profesjonalne, a Filip wyżebrał wreszcie od nas swoje prezenty...
Wczorajszy dzień dobrze się skończył. Energetyzujące lekcje z najlepszymi studentami. Potem koncert, na którym pokazałam swoje oblicze szerszej rzeszy nauczycieli. Poznałam profesora Oriola, Marcie i Daniela. Trochę pokręciłam się w środowisku Esmuka, po czym poszliśmy na pyszne tapas przy Passeing de Gracia, tam, gdzie zawsze chciałam zjeść, ale sama nie miałam odwagi.
Dobrze, że już ostatni dzień zajęć, bo szczerze mówiąc, mam już dosyć. Jestem zmęczona. Może to z powodu rodziny? Pogody? Niewyspania? Okazuje się, że lubię samotność od czasu do czasu, a tu nie mam okazji wystarczająco jej posmakować... Poza tym, wzięłam złe buty i ciągle mam poobcierane stopy. [...]"

37

– Mogę zapalić papierosa? – zapytała Laura.

– To ty palisz? – zdziwiła się Maryjka.

– Popalam. Przynajmniej wiem, jak to się robi...

– Proszę szanownej panienki... – kolejarz podstawił jej paczkę papierosów.
Laura wyciągnęła jednego i poczekała, aż kolejarz podpalił jej go zapałką.
Wiał lekki wietrzyk od morza i trzeba było przysunąć się ciasno do wagonu, żeby taka czynność w ogóle była możliwa.

– Ja bym proponował panienkom wrócić brzegiem morza do Sant Pol de
Mar i stamtąd pojechać do Barcelony. Stamtąd jest więcej pociągów do Barcelony...

– Ale my nie chcemy wracać co Barcelony... – Laura z lubością zaciągnęła
się papierosem, a Maryjka popatrzyła na nią z podziwem.

– Szanowne panienki przesiądą się na Plaza Catalunia w pociąg, który wyrusza o pierwszej i do El Prat macie...

– Ale my nie wybieramy się z powrotem do Barcelony! – powtórzyła stanowczo Laura.

– Ale w El Prat jest lotnisko? – nie mógł zrozumieć kolejarz.

– Ale my nie wybieramy się do El Prat, tylko właśnie do Sant Pol de Mar! –
powiedziała z naciskiem Laura.

– Ooo... Nie mówiłem? Kurort! Po prostu kurort! Panienkom pewnie się
pomyliło?...

– Tak, kurort... – Maryjka machnęła ręką i porozumiewawczo popatrzyła
na Laurę.
Ta wyrzuciła do połowy wypalony papieros i schyliła się po koszyk.

– Dziękujemy panu za pomoc. – powiedziała grzecznie Maryjka. – To my
już sobie pójdziemy...

– To jakieś trzy kilometry stąd... – przypomniał kolejarz. – Plażą najszybciej. Tam już macie pociąg do Barcelony...

– Dziękujemy... – rzuciła Laura i bez oglądania się za siebie, ruszyła gwałtownie w stronę morza.
Maryjka bez wahania pobiegła za nią.

– Nie ma za co! Niech szanowne panienki uważają na siebie! O pierwszej
macie pociąg do El Prat! – odkrzyknął i pomachał im na pożegnanie.

– Tak jest święty Piotrze... – mruknęła do siebie Laura.

– Dokąd idziemy? – zapytała po chwili Maryjka.

– Do Sant Pol... – odpowiedziała wściekła Laura.

– A która godzina?

Laura zatrzymała się i spojrzała na zegarek: – Za piętnaście jedenasta!

– Co-o? – Maryjka podskoczyła i zatrzymała się gwałtownie. – Za piętnaście jedenasta? Już była? JUŻ BYŁA! – wykrzyknęła.

– Rzeczywiście... – przypomniała sobie Laura. – Chyba stanął mi zegarek... – to mówiąc, popukała delikatnie wskazującym palcem w cieniutkie szkiełko, pokrywające tarczę zegarka i przyłożyła go do ucha: – Cyka?... Chodzi?... – odstawiła rękę od ucha i spojrzała zdziwiona na Maryjkę. Widząc jej mocno zaciśniętą prawą pięść zainteresowała się: – Co ty tam trzymasz?

Maryjka spojrzała na swoją zaciśniętą pięść i powoli zaczęła ją rozluźniać. Po chwili na jej rozłożonej płasko dłoni ukazała się mokra od potu mała laleczka.

– Co to? – zaciekawiła się Laura.

– La-le-czka... – odpowiedziała, jak automat Maryjka.

– Widzę, że laleczka, ale skąd to masz? – Laura zastygła w ciekawości.

– Z tego pociągu...

– Dziwna ta laleczka... – Laura wzruszyła ramionami. – I goła... – dodała po chwili.

– I goła... – powtórzyła po niej Maryjka, po czym cisnęła laleczką prosto do morza.

Zabawka pływała przez jakiś czas po powierzchni wody, a następnie zanurzyła się w niej bezpowrotnie. Laura ciężko westchnęła.

Przez jakiś czas szły brzegiem morza w milczeniu, rozgarniając od czasu do czasu mokry piasek bosymi stopami. Wiatr przestał powiewać i morze całkowicie się uspokoiło. Było tak cicho, tak przyjemnie... Żadnych mew, żadnych ludzi...

– Byłam z nim w ciąży... – Laura przerwała tę błogą ciszę.

– Z kim?... – sennie zapytała Maryjka. – Z tym Vincentem?

– Jakim Vincentem... Z twoim ojcem. – wypowiedziała powoli Laura.

– Jezu?... Kiedy?... – Maryjka przystanęła.

– Chodź, chodź... Mamy mało czasu... – Laura popędziła ją, nie zatrzymując się.

– Z moim ojcem? Kiedy byłaś w ciąży? – Maryjka dogoniła Laurę.

– Wtedy... Już w Sète... Jakieś osiem lat temu...

– Czyli wtedy... – zamyśliła się Maryjka.

– Tak, wtedy. – potwierdziła Laura ze smutkiem.

– Dlaczego nic mi nie powiedziałaś? – Maryjka zapytała z wyrzutem.

– Marija, byłaś jeszcze dzieckiem...

– No... A... Co na to papa?

– Jean?... Nie chciał mieć tego dziecka. Żadnego dziecka nie chciał mieć. Ani ze mną, ani... – Laura zawiesiła głos. – Nie chciał mieć żadnego dziecka. Nawet o niczym nie chciał słyszeć...

– I co się stało? – Maryjka zamarła w pytaniu.

– Poroniłam po dwóch miesiącach.

– O Boże... – Maryjka złapała się za głowę.

Teraz musiały obie przystanąć, a nawet usiąść na mokrym piasku, bo Maryjce nagle zrobiło się niedobrze.

– Marija, ale ty chyba nie zemdlejesz?... – przestraszyła się Laura.

Maryjka położyła się na plecach i patrzyła tępym wzrokiem prosto w słońce. Jej źrenice zrobiły się nagle bardzo wąskie, a po chwili z oczu popłynęły łzy. Spływały po jej policzkach, po szyi, po dekolcie. Najpierw wolno, a potem coraz szybciej i szybciej... Kapały na jej ramiona i mokry od wody morskiej i od jej łez chłodny piasek.

– To wtedy... – powtórzyła. – Nie wiedziałam co się dzieje?... Papa wychodził z domu, siedział w nocy na plaży... Myślałam, że ma inną kobietę?... I tyle pił?... Ale jak to? Ale jak to?... – Maryjka spróbowała unieść się na łokciach, ale nie miała jeszcze na to siły i osunęła się bezwładnie na piach.

– Kochałam go... Bardzo go kochałam... Był dla mnie całym światem... Przecież miałam wtedy szesnaście lat... Był dla mnie... – teraz Laura nie opanowała wzruszenia i rozpłakała się: – Ale...

Ale... wtedy zrozumiałam... Myślałam, że... że... mnie... mnie... kochał, ale... ale... on... on... kochał... kochał... tylko ciebie i... i... tą... tą... Ma... Marynię... – zaniosła się spazmem. – Za... Zabrałam mu to zdję... zdjęcie, ale... ale... on... on... tylko... tylko... ta... ta... Ma... Marynia...

Ta... Ma... Marynia... Marynia... – szlochała Laura. – Cią... Ciągle ta... ta... Ma... Marynia... Ja... Ja... Ja nie miałam wy... wyjścia...

Maryjce udało się w końcu usiąść i przysunąć do płaczącej Laury: – No już, już... Cii... Cii... No już kochana... – przygarnęła ją do siebie ramieniem.

– Po... Poroniłam, a on... on... – Laura znów zaniosła się spazmem. – A on... on... on... Wy... Wyjdź stąd!... Wyjdź stąd!... po... powiedział... – zawyła Laura.

Maryjka przycisnęła ją do siebie tak mocno i ciasno, że Laura prawie nie mogła złapać oddechu.

Trochę się jakby uspokoiła, choć cały czas trzęsła się, porywana spazmatycznymi konwulsjami.

Przez chwilę nie mówiły nic. Laura co jakiś czas podskakiwała od kończącego się spazmu i ciężko oddychała. Była cała mokra i od wilgotnego chłodnego piachu i od łez.

– Daj mu jeszcze jedną szansę? – poprosiła nieśmiało Maryjka, ale Laura nie zareagowała.

– Daj mu proszę jeszcze jedną szansę... – powtórzyła Maryjka. – Opiekuj się nim proszę, jeśli... – nie dokończyła zdania, bo z jej oczu znów zaczęły kapać niekontrolowane łzy.

Siedziały teraz objęte mocnym i ciasnym uściskiem i płakały. W pewnym momencie Maryjka przytuliła swoje czoło do czoła Laury, która tym razem nie protestowała, tyko popatrzyła jej prosto w oczy. Poddała się bez wahania... Jedno wielkie wspólne oko o nieokreślonej barwie ani brązowe, ani niebieskie znajdowało się teraz pośrodku ich twarzy i pulsowało strumieniami łez.

Jakaś pijaczka pojawiła się nie wiadomo skąd i stanęła obok nich bezszelestnie. Przyglądała się z zaciekawieniem i nic nie mówiła. Pierwsza ocknęła się Laura: – Co... Co pani tu robi? – spytała zapłakana.

Pijaczka pokiwała ze współczuciem głową. Jej przekrwione oczy wyglądały tak, jakby w ogóle nie było tam białek? Gorzej, jakby zamiast oczu miała dwie wypalone czerwone dziury! Pomimo tego, patrzyła ze współczuciem i ze smutkiem na te dwie płaczące kobiety, aż w końcu odwróciła się i zaczęła powoli odchodzić:

– Nie będę już wam wróżyć. – machnęła zrezygnowana ręką i oddaliła się równie bezszelestnie jak przyszła. – Za późno... – powiedziała do siebie, kiedy dwie płacące kobiety zostały same na pustej plaży, daleko w tyle...

38

„[...] 23 maj 2007. Barcelona.

Żegnam się powoli z Barceloną, siedząc pod palmą na Diagonalnej. Zachodzące słońce, dźwięki karetek pogotowia, motorów i rozwrzeszczanych zielonych papug. Och, jak ja to lubię...
Emilly poszła gdzieś w miasto, a telefon zostawiła w pokoju. No, to sobie mogę podzwonić to Emilly. A zresztą, straszna nudziara ta moja znajoma. Niech sobie idzie gdzie chce, przynajmniej nie muszę odpowiadać na jej upierdliwe pytania i mogę posłuchać... swojego wnętrza i swojego życia. Przysłuchiwać się życiu po mojemu...

Ostatni to już mój pobyt tutaj... Trochę szkoda, no ale co zrobić?... Studenci przychodzą na czas, zostawiają mi płyty, partytury i dobre słowa. Potrzebuję tych dobrych słów, a szczególnie dzisiaj, bo wczoraj dowiedziałam się, że znowu nic mojego nie będzie grane na Warszawskiej Jesieni. Niby spodziewałam się tego, nie byłam tym specjalnie zaskoczona, a jednak trochę zabolało... Dopiero dobre słowa Manuela postawiły mnie jakoś na nogi. Zresztą, moje słowa też nieźle na niego zadziałały. Porozmawialiśmy sobie szczerze o tym i o tamtym... Trudny mamy zawód, co zrobić? Będąc kompozytorem, trzeba cały czas wierzyć w siebie i robić swoje, chociaż czasami ciężko bywa, bo baterie tak łatwo się wyładowują... Ale żeby naładować je z powrotem, to trzeba się nieźle napracować i namęczyć... No, ale nie ma wyboru. Jeśli chce się być kompozytorem, to trzeba trochę podwiązać swoją wrażliwość, zawiesić obok na kołku i od czasu do czasu z tego kołka zdejmować... Musimy zaciskać pięści, robić swoje z pokorą i już! Nie ma innego wyjścia, jeżeli chce się być kompozytorem. Niby wrażliwość potrzebna, ale czasami bardzo przeszkadza. Właściwie, mówiąc to do Manuela, mówiłam do siebie samej... I niech to tak zostanie...
Jakaś pijaczka dosiadła się do mnie i chyba muszę zmienić miejsce. Żegnaj więc Diagonalna... Wrócę tu na pewno... [...]"

– Na pewno idziemy w dobrą stronę? – zapytała Maryjka. – Dziad mówił, że trzy kilometry, a my idziemy i idziemy i końca nie widać...
– Bo nie ma końca... – stwierdziła rzeczowo Laura.
– Jakaś ty mądra ostatnio?... – zauważyła cynicznie Maryjka.

Przystanęła, zgięła się w pół i zwiesiła ramiona do dołu, prawie dotykając wilgotny piasek: – Już nie mogę... Nie dam rady... Muszę odpocząć...

– No to odpocznijmy. – zgodziła się Laura.

Otarła z czoła pot i rozsiadła się na mokrym piachu. Wyjęła z koszyka butelkę wody i pociągnęła z gwinta. Bez słowa podała butelkę siedzącej obok Maryjce. Ta też bez słowa wypiła potężny łyk i zamknęła butelkę kapslem.

– Może się wykąpiemy? – zaproponowała.

– Tu?... – Laura rozejrzała się dookoła.

– A co ci przeszkadza? I tak nie ma ludzi? Możemy nawet na golasa?

– Nie chce mi się... – Laura wzruszyła ramionami. – Jak chcesz, to się kąp. – wydała polecenie.

– Mnie też się nie chce... – przyznała się Maryjka. – Która godzina?

– Pierwsza! – strzeliła Laura, nie patrząc na zegarek.

– A papa już tam jest?

– Daj spokój z tym papą... Jest? Albo nie?... Jest! To ci pytanie...

– Szekspir?

– Dupa, nie Szekspir! – rzuciła podirytowana Laura.

– Daj mu jeszcze szansę... – poprosiła Maryjka. – To tylko człowiek. Tylko człowiek...

– Wiem Marija. Wiem... – Laura pokiwała głową.

– Jesteś jeszcze młoda, możesz mieć dzieci...

– A właśnie, że nie mogę... – Laura przesadnie wolno odwróciła głowę w stronę Maryjki.

– Ale go kochasz?

– I co z tego?

– Miłość wybacza...

– Jakaś ty mądra Marija...

– No i co ja mam powiedzieć? – Maryjka bezradnie rozłożyła ręce. – Kocham cię, jak siostrę, ale kocham też mojego ojca! Dobrze nam było i w Marsylii i w Sète. Wam chyba też? Chciałabym...

– A ty kochasz Tadeusza? – Laura spróbowała zmienić temat.

– Chyba tak... – zastanowiła się Maryjka.

– Chyba tak? Marija? Co ty mówisz? Chyba?... Przecież za dwa tygodnie wychodzisz...

– Kocham, kocham... – przerwała jej Maryjka. – Właśnie dlatego, że mam wyjść za mąż, to się zastanawiam... Myślisz, że to takie proste?

– Wiem Marija... Rozumiem cię... Bardziej niż myślisz...

– A ten Vincent? – zainteresowała się nagle Maryjka.

– Vincent? – Laura uśmiechnęła się.

– Przecież byłaś ostatnio chora z miłości?

– Bzdury... – ucięła Laura.

– No, ale przecież...

– Zakochanie, to jeszcze nie miłość. – powiedziała poważnie Laura, nie patrząc na Maryjkę.

– A kto to jest ten Vincent?

– Był. – poprawiła ostro Laura.

– A kto to był ten Vincent? – powtórzyła pytanie Maryjka.

– Samiec alfa. – odpowiedziała krótko Laura. – Samiec alfa, jak twój ojciec.

– To masz szczęście... do samców alfa... – pokiwała głową Maryjka.

Laura prychnęła cynicznym śmiechem: – Żebyś wiedziała... Nikt tak nie dba o mnie, jak ten twój Ta-dzi-ju o ciebie... – znów prychnęła śmiechem.

– To coś złego? – Maryjka zaczęła się irytować.

– Dajmy już spokój tej rozmowie. – Laura machnęła ręką. – Jakie to ma znaczenie? Kochacie się i to jest najważniejsze. A co będzie? Przecież nikt tego nie wie? Nawet chyba sam pan Bóg...

– No właśnie... – podchwyciła Maryjka. – To dlaczego nie dasz szansy ojcu? Przecież go kochasz? Widzę to! Myślisz, że jestem ślepa?

– Ale on mnie nie kocha!

– Mylisz się. W końcu nie przyjechał by tutaj?

– Przyjechał dla ciebie. Czy ty tego nie rozumiesz? Dla CIEBIE! – Laura miała łzy w oczach.

– Ale... przecież poprosił cię o rękę?

– Bo ty odchodzisz! Nie rozumiesz tego? TY!

– Co JA?

– Ty wychodzisz za mąż!

– Ale przecież to jest mój ojciec?! Co ty wygadujesz? On cię kocha! On cię musi kochać? I ty go też kochasz! Przecież to widzę! Już jako dziecko widziałam, jak na niego patrzyłaś, jak go...

– Ale ON na mnie nie patrzył!

– Jak to, nie patrzył? Widziałam...

– Dobrze... – przerwała jej Laura. – Dam mu szansę! – to mówiąc, wstała nagle i zaczęła się rozbierać.

Ściągnęła z siebie popielatą sukienkę, majtki, stanik i zupełnie naga wsko-
czyła do morza. Przez chwilę unosiła się na powierzchni wody, a następnie
zanurzyła się w niej, jak bezpowrotnie zatopiona laleczka...
– Laura! – krzyknęła Maryjka i bez wahania wbiegła do morza w ubraniu. –
Laura! Laura!... – zaczęła panicznie wrzeszczeć i ściągać z siebie przeszka-
dzającą w ruchach czerwoną sukienkę.
Laura wynurzyła się z wody i zawołała: – Ooo... Nastraszyłam cię? Co?...
– Nie rób tego więcej! – Maryjka rozpłakała się.
Złapała w ostatniej chwili swoją sukienkę, która beztrosko zaczęła odpły-
wać w głąb morza.
– Nie rób tego więcej... – otarła łzy i obrażona wróciła na brzeg.
– Przepraszam... – zdyszana Laura usiadła po chwili obok niej. – Przepra-
szam... – powtórzyła ze skruchą. – Wrócę do niego. Obiecuję! – zasaluto-
wała.
– Laura... – Maryjka zaczęła cicho. – Muszę mieć pewność...

39

„[...] 24 maj. Barcelona.

Cudowny dzień. Słońce! Liliowe kwiaty na drzewach. Papugi. Dobra energia... Spotkanie z Harrym udało się. Wiem co nie co na temat klarnetu
basowego, a poza tym było miło.
Z Emilly posiedziałyśmy na Diagonalnej pod palmą... Zatrzymanie klatki filmu pod tytułem „Życie"... Bez pośpiechu... Tu i teraz... Z poczuciem
spełnienia i szczęścia...
Za chwilę przyjdzie Adria, mój wyjątkowo zdolny student. Pogramy sobie
na pianinku. Potem przyjdzie Manuel. Porozmawiamy o jedzeniu i o piciu... Prawie o jedzeniu i piciu... „Prawie" robi różnicę... Wreszcie przyjdzie Joseph. Dobrzy ludzie. Dobrych mam studentów.
„Ogórek" za oknem, w słońcu mieni się kolorami. Chyba wyszła tęcza? Ale
przecież nie było dzisiaj deszczu? Ale co tam... I tak jest bardzo ładnie.
Niech sobie będzie tęcza bez deszczu.
W końcu mamy demokrację?... Słyszę jakieś wprawki fortepianowe za
ścianą, jakiś klarnet, jakaś trąbka, puzon, waltornia, ktoś gdzieś śpiewa?... Szkoła muzyczna. Po prostu szkoła muzyczna, pachnąca świeżym

drewnem i wypastowaną podłogą... Żegnam się z tą szkołą muzyczną...
Żegnam się z Barceloną... Powoli, bez pośpiechu, stopniowo, choć i tak
wiem, mam nadzieję, że tu wrócę... [...]"

– Oczywiście że wrócę... – Laura zaczęła się powoli ubierać.
– A wierzysz w duchy? – znienacka zapytała Maryjka.
– Znowu zaczynasz? – zirytowała się przyjaciółka.
– Teraz ja ci coś opowiem... – Maryjka z trudem wcisnęła na siebie mokrą
czerwoną sukienkę.
– Co chcesz mi opowiedzieć? – Laura wyrównała na sobie ubranie, ułożyła
na nowo rzeczy w koszyku i wytrzepała z piasku sandały.
Maryjka odczekała wszystkie te czynności, wyrównała również na sobie
przemoczoną sukienkę, wytrzepała również z piasku swoje sandały i kiedy
już ruszyły dalej w drogę, beznamiętnym głosem przemówiła:
– Dwudziestego czwartego lipca, tysiąc dziewięćset trzydziestego dziewiątego roku widziałam ducha.
– Co ty nie powiesz? – zamyślona Laura nawet się nie zatrzymała.
– Był wtedy u nas jakiś Jean-Paul. Spał na dole, ale część rzeczy miał
w moim pokoiku. Tak, jak nigdy nie zamykam na klucz swojego pokoju, tak tym razem go zamknęłam. Wiadomo...Położyłam się do łóżka,
zdmuchnęłam lampę i próbowałam zasnąć. I wtedy... usłyszałam głos:
„– Marija, Marija"... – dwa razy. „– Co?"... – zapytałam, trochę zła, że ktoś
mi przeszkadza, ale zaraz sobie uświadomiłam, że przecież zamknęłam
drzwi na klucz i nikt przecież nie mógł tutaj wejść? Zrobiło mi się nagle
gorąco i niedobrze, bo... uświadomiłam sobie... Wiesz, jak ci to teraz opo-
wiadam, to dłużej trwa... Tam nie miałam tyle czasu żeby myśleć... Wiesz,
chyba samo myślenie, takie myślenie „po kolei" też dłużej trwa niż...
Laura powoli odwróciła głowę.
– No więc, moje uświadomienie trwało krócej niż myśl, a uświadomiłam
sobie...
– Co? – Laura zamarła w ciekawości.
– Właściwie, to moje uświadomienie zbiegło się na raz z tym co zobaczy-
łam...
– Co?
– A zobaczyłam... ducha!
– Jakiego ducha?
– Białego...

– Białego?

– Taki był... jakby zrobiony z białej pary... Wisiał nade mną jakieś może... półtora metra, metr, pod sufitem... Ale nie dotykał sufitu... Ręce miał skrzyżowane tak, że trzymał się dłońmi przeciwległych ramion...

– I?...

– Nogi podwinięte w kolanach... Nie widziałam jego całych nóg, tylko do kolan... Nawet sobie zdążyłam pomyśleć... Nie, przepraszam, nie tyle zdążyłam pomyśleć, co zdążyłam sobie tylko uzmysłowić, bo przecież na myślenie takie, takie „po kolei" nie było czasu...

– No mów! – Laura nie wytrzymała.

– No więc... Uzmysłowiłam sobie, że jeżeli ktoś nad tobą tak wisi, jak on wtedy... to... to...

– To co?

– To musi chyba skrzyżować te ramiona i podwinąć nogi, żeby mu się nie... nie majtały w dole?

– Aleś ty mądra?... – Laura przyśpieszyła kroku, bo nagle zobaczyła jakichś ludzi na horyzoncie.

– Nie wierzysz mi? – zapytała rozczarowana Maryjka.

– Wierzę. – odpowiedziała twardo Laura. – To znak! – dodała po chwili.

– Chyba znak... – zgodziła się Maryjka.

– No i co dalej?

– Nic właściwie... Popatrzyłam na niego i w pierwszej chwili chciałam uciec z pokoju, do ojca, ale uświadomiłam sobie, że przecież nie powiem mu: „– Papa, u mnie w pokoju jest duch"...

– No i co?

– No i... zostałam w łóżku i... przeczekałam.

– No i?...

– Duch powisiał jeszcze trochę pod sufitem, a ja tylko szybko się pomodliłam... No wiesz, tak szybciutko: „– O panie Boże, daj mi trochę pieniędzy"...

– No wiesz? – Laura aż przystanęła. – Pieniądze? W takiej chwili?

– No... Tak wyszło... – Maryjka wzruszyła ramionami. – To było szybsze ode mnie...

– No i co?... – Laura znów ruszyła.

– No i... ten duch podpłynął jeszcze wyżej pod sufit, prawie dotknął sufitu i... zaczął się zmniejszać.

– Zmniejszać?

– Zmniejszał się i zmniejszał... I w końcu... rozpłynął. Znikł.

– Znikł?

– Nie zmieniał pozycji ani nie ruszał się, tylko się zmniejszał i zmniejszał, aż w końcu...

– A ten duch to był facet? – zapytała nagle Laura.

– Facet. – potwierdziła Maryjka.

– No właśnie... Tak myślałam... Zawsze mają pierwszeństwo... – rzuciła Laura.

– Miał krótkie włosy, a być może nawet był łysy, bo... – Maryjka się zastanowiła. – Ale chyba miał włosy, tylko przylizane do twarzy, szczupłej i pociągłej twarzy...

– A znasz go?

– Nie... Nigdy go nie widziałam. Mógł mieć po czterdziestce albo i więcej...

– To jakiś stary ten duch?

– Miał wyraźnie dusze uszy...

– Starym dziadom rosną uszy. – zauważyła Laura. – Nie wiedziałaś?

– Przestań! Nie wierzysz mi?

– Wierzę, wierzę...

– Ciekawe... dlaczego tak się zmniejszał?... – Maryjka ciągle się zastanawiała.

– No i co?

– Tak sobie wyobrażam idealną śmierć... – dodała Maryjka.

– Jaką śmierć?...

– Zmniejszać się i zmniejszać, aż w końcu zniknąć i... umrzeć...

– Co ty wygadujesz? – Laura zaczęła się niepokoić. – Przecież duch nie może umrzeć? No pomyśl sama? – zajrzała Maryjce w twarz.

– Chyba duchy nie umierają? – Maryjka popatrzyła na nią ze zdumieniem.

– No, ale jednak... Zmniejszał się i to wyraźnie, a potem zniknął...

– No, ale chyba nie umarł? – Laura wzruszyła ramionami.

– A bo ja wiem? – odpowiedziała szczerze Maryjka.

– A może stwierdził, że nie ma dla ciebie wystarczająco pieniędzy? – Laura zaczęła się śmiać.

– Przestań!

– Za krótko się pomodliłaś?

– Przestań!

– Po prostu zniknął. Jak to duch. Przecież nie umarł?

– A kto to wie?

– No i co dalej? – Laura spoważniała.

– Zasnęłam.

– Wiesz co Marija... – Laura zaczęła ostrożnie. – A może to ci się tylko wydawało? Albo...

– Wcale nie wydawało! – Maryjka poczuła się dotknięta. – Myślisz, że jestem wariatką? Czarownicą? Już mi to kiedyś mówiłaś...

– Oj przestań... – Laura pogłaskała ją po ramieniu. – Wcale tak nie myślę, tylko się zastanawiam.

– Ja też się zastanawiam. – Maryjka przystanęła i bezradnie rozłożyła ręce.

– To znak. – powiedziała Laura. – To jakiś znak! – poprawiła.

– Też tak myślę... – zgodziła się Maryjka. – Ale co on mi chciał przekazać?

– Cholera go wie... – Laura westchnęła. – Chodźmy, bo chyba nigdy nie dojdziemy do tego Sant Pol de Mar czy co... Już chyba bliżej będzie dojść do Sète? – zażartowała.

– To chyba jednak w przeciwną stronę... – zauważyła ponuro Maryjka i ruszyła za przyjaciółką.

– Masz rację. – potwierdziła Laura i zdecydowanie przyspieszyła: – Coraz więcej ludzi na plaży! O tam... – wystawiła przed siebie wskazujący palec.

– Widzisz?... A tam, na tamtej skarpie są powtykane chorągiewki katalońskie...

– Lotnisko?... – zapytała niepewnie Maryjka.

– Tak mi się wydaje... – odpowiedziała z nadzieją. – Jesteśmy uratowane! – ucieszyła się.

– Czyżby... – mruknęła do siebie Maryjka.

40

„[...] 25 maj. Barcelona.

Ostatni dzień zajęć. Jestem zmęczona, jak nigdy dotąd. Wczoraj z Emilly zabalowałyśmy i piłyśmy wino do trzeciej w nocy. Lekko przesadziłam i teraz boli mnie głowa...

Widziałam się z Eduardem i podpisałam formularze, dotyczące ocen moich studentów. Teraz tylko muszę dosłać konkretne stopnie, wpisane elegancko w odpowiednie krateczki. Zrobi się. Eduard jest ze mnie bardzo zadowolony. Słyszał bardzo dobre opinie na mój temat od ludzi, także...

chyba się sprawdziłam? Może uda się tu jeszcze przyjechać w przyszłości? Pouczyć albo zrobić koncert? Zobaczymy. W każdym razie zaproponowałam mu to raz, a dobrze i to powinno wystarczyć. Koniec kropka. Taka jestem. Raz, a dobrze, bez wazeliny... Powinno się udać. Do zobaczenia Barcelono...

Filip zdał egzamin z fortepianu na piątkę! Bardzo się cieszę. Jestem dumna z mojego syna. Cudowny Filip. Kochany mój chłopak.
Pogoda taka sobie, ale i tak lepsza taka niż żadna... Słońce za chmurami i trochę zimnawo. Zrobiłam zakupy, a przynajmniej część i wina chyba na miesiąc mi wystarczy! Pochodziłyśmy z Emilly po sklepach, oj pochodziłyśmy... Chcę dokupić Tei jeszcze jakiś ładny wachlarz, poza tym trochę kiełbas, serów, może jeszcze kilka flaszek? Tyle oczywiście, ile się zmieści. Mogę przewieść nie więcej niż czterdziestu kilo.
– Dżisis...
Kolejny taksówkarz chciał mi ostatnio pomóc wstawić walizkę do bagażnika, ja go ostrzegam:
„– Panie, ale to jest ciężkie." A on na to: „– Oj tam, oj tam." No i jak podniósł walizę, to tylko jęknął: „– Co to-oo?" A ja na to: „– Wi-no-oo"...
Całe szczęście, że nie pierdnął. A zresztą, kto go tam wie?... Do zobaczenia Barcelono... [...]"

– Ten dziad nas oszukał. – odezwała się Laura, kiedy podchodziły już do skarpy. – To wcale nie były trzy kilometry, ale chyba z dziesięć...
– Nie przesadzaj... Ale byłyśmy w Niebie! – powiedziała żartobliwie Maryjka.
– Tak, tak... Ładne mi Niebo... A ten cały święty Piotr?... – Laura była niepocieszona. – Teraz musimy zasuwać tyle kilometrów.
– Widziałaś, jak szybko zapinał rozporek? – Maryjka spróbowała ją rozśmieszyć.
– Widziałam, widziałam... Tak się śpieszył, bo myślał, że mu zaraz ten jego ptak wyfrunie!
Maryjka roześmiała się: – Ale masz Laura ostry język! Jak brzytwa! Zazdroszczę ci...
– A co?... – Laura zamaszystymi krokami wchodziła po kamieniach na skarpę. – I też miał duże uszy. Jak ten twój duch... – dodała trochę już udobruchana.

– No właśnie... Jak ten mój duch... – Maryjka westchnęła. – Dziwne było to Niebo... – zamyśliła się.

– Tylko znowu nie zaczynaj... – skarciła ją Laura.

– Nie, nie... Myślisz, że można przeżyć coś dwa razy? Identycznie?

– A co masz na myśli? Myślisz, że ja i Jean...

– Nie... – Maryjka pokręciła głową. – Nie to miałam na myśli, tylko... No wiesz... Czy możemy wskoczyć w taką samą rzeczywistość?

– Po śmierci? Czy jak? – zainteresowała się Laura.

– Czy ja wiem?... – zastanowiła się Maryjka. – Bardziej mi chodzi o to, tak w ogóle, czy można coś przeżyć drugi raz w identyczny sposób?

– Sama nie wiem... – teraz Laura zamyśliła się.

– A jeżeli już, to przecież może być różnie? – zastanawiała się Maryjka.

– Co różnie? – zapytała Laura.

– Możemy przecież wskoczyć przez przypadek w gorszą rzeczywistość? Możemy wskoczyć w gorszy lub lepszy raj?

– Jaki gorszy lub lepszy raj? Co masz na myśli?

– A to co w ogóle jest raj? A co nie? – Maryjka spojrzała uważnie na Laurę.

– Dobre pytanie...

– Chociaż raj zazwyczaj kojarzy się nam ze szczęściem? Prawda? W końcu, jak jesteśmy szczęśliwi mówimy: „jestem w raju", a nie: „jestem w piekle"? Prawda?

– No tak... – zgodziła się Laura.

– A może powinnyśmy zostawić ten raj, jaki by nie był na później i cieszyć się tym, co się ma w danej chwili?...

– No... To chyba to robimy? Zaraz polatamy sobie samolotem! – Laura popatrzyła w górę i z zadowoleniem stwierdziła, że są wreszcie na właściwym miejscu.

Samolot-dwupłatowiec, który z wielkim hukiem wystartował właśnie z pola przy skarpie, na którą się wspinały, przeleciał pięknym łukiem prawie nad ich głowami. Laura złapała spory kosmyk swoich ciemnych włosów, który wraz z silnym powiewem wiatru oderwał się od fryzury i sprawnym ruchem wplotła go z powrotem w gruby warkocz. Twarz miała pogodną i rozświetloną jakąś nadzieją, jakąś radością, nieznaną jej dotąd radością i ciekawością. Jakby cała ta poprzednia rozmowa, nawet całe poprzednie życie nie miało już znaczenia ani sensu. Liczyło się tylko „tu i teraz".

– Tu i teraz... Tu i teraz... Tu i teraz... – Laura zaczęła powtarzać te słowa, jak nakręcana lalka.

– Raj czy nie raj... Raj czy nie raj... Raj czy nie raj... – Maryjka również zaczęła powtarzać swoje słowa, jak mechaniczna zabawka: – Raj czy nie raj... Raj czy nie raj... Raj nie raj... Raj nie raj...

Wszystko jedno, aby było dobrze... – mówiła, nie patrząc na Laurę. – Ważne, aby poczuć się szczęśliwym albo wyobrazić sobie szczęście. Myślę, że od tego w ogóle trzeba zacząć? Trzeba wyobrazić sobie najpierw szczęście, żeby wiedzieć do czego dążymy...

– Nie gadaj już Marija, tylko chodź szybko! Zobacz, jak tu pięknie! Zobacz, co nas czeka! – przerwała jej Laura.

– Myślę, że szczęście można sobie wyobrazić. Ja w każdym razie próbuję i na następne moje, nasze tu przybycie nastawiam się pozytywnie. Nastawiam się na raj! A czy to będzie ten sam raj, czy prawie ten sam raj, czy inny, to już nie ma dla mnie większego znaczenia! To już mało mnie obchodzi! Będzie raj i już, bo ja tego chcę! Życie pokaże, bo ja jestem ŻYCIEM...

– Co ty gadasz kobieto?... No chodź żesz tu... – krzyknęła podekscytowana Laura. – Widzę Manuela... Manuel!... Manuel!... – Laura wbiegła na pole i zaczęła gwałtownie wymachiwać rękoma.

Maryjka zapatrzyła się na tę scenę z radością i ze smutkiem. Właściwie nie wiedziała, co jest pierwsze i co silniejsze? Emocje wymieszały się ze sobą, jak dobry alkoholowy drink i zaczęły powoli przekształcać rzeczywistość. A może to rzeczywistość zaczęła przekształcać emocje?...

41

– Marija!... Marija!... – Jean rzucił się przerażony na ziemię.

Próbował poruszyć córkę, ale ta leżała nieruchomo. Jej źrenice były wielkie, a oczy nie poruszały się.

– Córeczko moja... Córeczko moja... – szlochał Jean i próbował położyć się przy niej.

– Proszę się odsunąć! – lekarz pogotowia krzyknął na niego, a dwóch innych funkcjonariuszy podstawiało nosze.

O jakieś może dziesięć metrów dalej leżało ciało Laury. Ryk ambulansów i straży pożarnej mieszał się z rykiem tłumu przerażonych ludzi.

Wszystko zaczęło teraz pędzić w zawrotnym tempie... Mieszają mi się obrazy, mieszają mi się daty: tysiąc dziewięćset szesnaście, dwadzieścia sześć, trzydzieści osiem, trzydzieści dziewięć, dwa tysiące pięć, sześć, siedem, osiem, dwanaście... I do tyłu: tysiąc dziewięćset dziewięć, tysiąc osiemset dziewięćdziesiąt osiem... I od nowa... Skaczą mi te numery do przodu i do tyłu, jak w jakimś niemym filmie, gdzie obroty zostały przyspieszone i dźwięk nie nadąża za obrazem:

1916, 1926, 1938, 1939, 2005, 2006, 2007, 2008, 2012, 2008, 2007, 2006, 2005, 1939, 1938, 1926, 1916, 1909, 1898...

Biegnę po glinianym klepisku niekończącej się brunatnej powierzchni jakiegoś pola... Odgłosy kłębiących się nade mną mew mieszają się z innymi odgłosami... Ludzie! Dużo ludzi... Coraz więcej i więcej ludzi... Pojedyncze okrzyki i nawoływania zamieniają się w jakąś przedziwną i przerażającą dźwiękową masę, kulę o wystających i siekających swoją intensywnością promieniach, zakłębionych i uwięzionych w wyjących karetkach i samochodach straży pożarnej.

Widzę stojącego mężczyznę w jasnej marynarce. Chcę do niego podbiec, ale nogi odmawiają mi posłuszeństwa. Mężczyzna spokojnie pali papierosa i patrzy w niebo. Tłum ludzi napiera ze wszystkich stron, jak zaciskające się okręgi, pętle... Wielka kula dźwiękowa razi swoimi ostrzami dochodzącej zewsząd paniki.

– Marija!... Marija!... Co się dzieje?... Córeczko moja! Córeczko...

Kim są ci ludzie? Kim jestem ja? Kim i gdzie jest Marija?... Nie mogę się ruszyć, więc robię to, co wszyscy. WSZYSCY... Wyciągam ramiona na boki i rozstawiam ręce, jak skrzydła przygotowane do lotu. Wyciągam złączone nogi do przodu tak, żeby nie palce u stóp, ale pięty były moimi wektorami, moimi przewodnikami... Ruszam powoli, tuż nad ziemią. Lecę! Lecę!... Gliniane klepisko zamienia się w zielone, równie niekończące się pole koniczyny. Bardzo małej koniczyny. Takiej malutkiej, mięciutkiej koniczyny, która już nigdy więcej większa nie wyrośnie... Lecę! Lecę!

– Bruno!... – krzyczę. – Bruno... – głos załamuje mi się. – Odpowiedz! Odpowiedz proszę... – błagam go w myśli.

Bruno zapala kolejnego papierosa i jakby z opóźnieniem odwraca powoli głowę. Jakby fala dźwiękowa dotarła do niego później niż obraz.

– Jaki obraz?... Bruno patrzy nie na mnie, ale przeze mnie... PRZEZE MNIE!

– Gdzie jest Marija?... Marija?... Marija?... – imię to obija się w mojej głowie, jak „kaczka" puszczona na wodzie.
– Ty rozumiesz? Rozumiesz coś z tego? Co się dzieje?... – wołam.
Bruno uśmiecha się szeroko, a wypalony do połowy papieros wypada mu z ust razem ze szklaną fifką. Popsute zęby, jak pożółkłe i spróchniałe sztafety starego płotu wykruszają się po kolei, ukazując obnażone dziąsła. Szeroki uśmiech zamienia się w wykrzywiony przesadną radością grymas...
Wieje straszliwy wiatr od morza i popycha mnie w bezgraniczne pole koniczyny. Moje wysunięte do przodu pięty dotykają, szorują prawie delikatną trawę. Jestem tuż nad ziemią, tuż nad ziemią! Gdybym chciała zahamować, zginam tylko palce stóp w dół i już jestem! Stoję na palcach! Na skrzyżowanych nogach! Z rozłożonymi ramionami... Jak Chrystus zawieszony na krzyżu...

Widzę leżak w naszym ogrodzie... W naszym holenderskim ogrodzie... Gładka i miękka powierzchnia koniczyny przechodzi stopniowo w niekoszoną dawno, wybujałą trawę. Na leżaku siedzi moje dziecko i przemawia do zdechłego ptaka, leżącego pod kupą zeschniętych liści. Matt pozbył się ostatnio dwóch kretów, ale nie pokazał nam ich ciał.
– To ty nie wiesz?... – Bruno jeszcze bardziej wykrzywia twarz. – To ty nic nie wiesz?... – patrzy na mnie, prawie z obrzydzeniem.
– Który to jest rok?! – krzyczę. – Który mamy rok? – poprawiam się.
Nie mogę złapać oddechu. Jakaś niewidzialna siła popycha mnie w stronę morza, w stronę wielkiej słonej wody. Wieje straszliwy wiatr. Bezzębna twarz Bruna patrzy przeze mnie... PRZEZE MNIE... Bruno zaczyna się śmiać. Coraz bardziej i bardziej. Histeryczny, konwulsyjny śmiech zamienia się w szloch: – Ty NIC nie wiesz?...
– To do mnie było? – pytam. – Co mam wiedzieć? Kim jesteś człowieku? Kim jesteś? Gdzie jest Marija? Gdzie jestem ja? JA?... Gdzie...

Zielone kolory wybujałej trawy przechodzą w intensywne turkusy. Młoda dziewczyna z maleńkim dzieckiem na rękach przeciska się przez jakiś wąwóz, wał, gdzie wąski korytarz krętej ścieżki porośnięty jest z obu stron turkusowymi krzakami. Krzaki wyciągają w przyśpieszonym tempie swoje macki, w stronę uciekającej dziewczyny. W przyśpieszonym tempie, jak na jakimś filmie przyrodniczym, ukazującym ruch przyrody tak, aby oko ludzkie wyraźnie to zobaczyło, wyraźnie zobaczyło i zarejestrowało ze wszelkimi szczegółami przyśpieszenie ruchu przyrody, przyśpieszenie ruchu wskazówek zegara, przyśpieszenie życia!...

Dziewczyna z dzieckiem biegnie coraz szybciej. Wąwóz jest coraz trudniejszy do przebycia, bo turkusowa roślinność rozrasta się do jego środka. Krzaki, jak węgorze albo węże kłębią się coraz bliżej jej twarzy, wszelkich otworów: ocznych, usznych... Próbują wpełznąć do nosa... Oplatają też to niemowlę...

– O niee! – wola rozpaczliwie dziewczyna. – Nie teraz...

Dziecko nagle zaczyna się zmniejszać. Nie wiadomo czy to pod wpływem tych krzaków, węgorzy czy węży? Dziecko zaczyna się zmniejszać! ZMNIEJSZAĆ!

– O niee! – wola rozpaczliwie dziewczyna. – Nie teraz! Nie rób mi TEGO!... Nie umieraj mi teraz?! NIE UMIERAJ!?...

Dziecko jest coraz mniejsze. Wygląda, jak odpustowa plastikowa lalka... laleczka... mieszcząca się w dłoni... Kobieta trzyma plastikową laleczkę-dziecko w dwóch dłoniach, jakby chciała je przed czymś ochronić? W dwóch dłoniach złożonych, jak do modlitwy. Jakby chciała ochronić je przed dalszym zmniejszaniem...

– Nie rób mi tego teraz... – błaga. – Nie teraz... Proszę... Nie rób mi tego... Nie umieraj... – płacze.

– Marija!... Marija!... Gdzie jesteś? Nic ci się nie stało?... Córeczko... Nie może ci się teraz nic stać... Nie możesz teraz umrzeć!... Jeszcze nie teraz!... Przepraszam!... PRZEPRASZAAM!!...

Zdjęcie w sepii. Jakaś para. Został tylko starzec. Kobiety z dzieckiem nie ma! Ktoś wyciął ostrym nożem kawałek zdjęcia, owal... Wyciął tam, gdzie znajdowały się... ich twarze... ICH TWARZE...

42

Jeszcze raz: Zdjęcie w sepii. Jakaś para. On stary, z brodą, siedzi wyprostowany na ławce w zarośniętym ogrodzie. Ona młoda, dużo młodsza, siedzi obok niego. Trzyma na kolanach dziecko. Przy ławce podrdzewiały dziecięcy wózek z dużymi kołami. Szprychy w kołach też są zardzewiałe. Dziecko zaczyna płakać. Kobieta kołysze przez chwilę maleństwo w ramionach, po czym wstaje i podchodzi do wózka, żeby je tam ułożyć i ukoić do snu. Starszy mężczyzna z długą przerzedzoną na końcach brodą siedzi dalej, bez ruchu, jakby w ogóle nie obchodziło go nic co się wokół niego dzieje albo może wydarzyć... Nie jest w sumie taki stary?... Brązowe przenikliwe oczy, zamurowane kolorami sepii... patrzą w dal... Nagle drgnął. Złapał kobietę za rękę i gwałtownie przyciągnął do siebie.

– Zostaw! – syknął jej do ucha.

– Ależ ojcze? – zawołała. – To przecież moje dziecko!

– To nie twoje dziecko! Zapomnij o niej... Oddaj mu ją jak najszybciej!

– Ależ ojcze...

– To rozkaz!

– Chcę się do niej przytulić? Tylko na chwilę? Tylko na chwilę?...

– To Rozkaz! Rozumiesz?...

– To moje dziecko!

– Ten bękart? Wiesz co to znaczy?

– Ojcze...

– Oddaj mu ją, póki nie będzie za późno...

– Nie będzie za późno?... O czym ty mówisz? Ojcze...

– Wiesz, ile masz lat?

– Wiem... Ojcze...

– Wiesz, co się dzieje?!

– Wiem...

– Musimy uciekać! Musimy stąd uciekać... Wiesz, co się dzieje?...

– Ale jak?... Jak on przedostanie się przez granicę?

– To już nie twoja sprawa!

– Ojcze...

Turkusowe liany i krzaki, jak wijące się węgorze i węże zacieśniają swoje macki. Dziewczyna biegnie dalej. Coraz szybciej i szybciej, wpadając niemalże w galop. Musi przez to przejść, musi zdążyć... Musi zdążyć... Jest jednak coraz trudniej. Przeciska się przez tak przecież wąski wąwóz? Plastikową laleczkę-dziecko trzyma już teraz w jednej zaciśniętej dłoni.

– Żeby tylko zdążyć? – płacze i z trudem rozdziela gałęzie. – Żeby tylko zdążyć... – jej oddech jest tak szybki, a serce wali jak młot.

W oczach wibruje rozświetlony rój żółtawych punkcików, a w uszach siekająca swoimi ostrzami masa przeraźliwych dźwięków: pisku karetek pogotowia, straży pożarnej, rozwrzeszczanych ludzi i ptaków... I szum wody, wielkiej zbliżającej się wody...

– Nie umieraj mi teraz? – błaga i otwiera dłoń, żeby sprawdzić... – NIEE!? – krzyczy i zasłania ręką twarz. – NIEE! Nie teraz! Nie teraz... Nie ZMNIEJSZAJ SIĘ! Nie znikaj! Nie umieraj!...

Przed nią, niespodziewanie ukazuje się otwarta przestrzeń równego jak tafla lodu i ciągnącego się w nieskończoność glinianego klepiska. Brunatnordzawe kolory pasów startowych rozgałęziają się na wszystkie strony. Jak promienie... Poprzedzielane regularnymi płatami zielonej koniczyny... Promienie w promieniach... Rozgałęziają się... Powierzchnia morza przybliża się i oddala w przyśpieszonym tempie. Pulsuje... Pulsuje... Tylko dlaczego nie ma ani jednej fali?... Zastygła masa wielkiej słonej wody, jak tafla granatowego lodu, poprzecinana jest cieniutkimi chodniczkami, które prowadzą do...

– No właśnie... Co to właściwie jest?... Na środku morza jakieś starożytne budowle? Zamki? Kolosea, gdzie cieniutkie chodniczki, jak pasy startowe prowadzą do ich wnętrz? Co to jest? Gdzie podziały się turkusowe liany, próbujące wyrwać mi TO, co jest dla mnie najcenniejsze?... Gdzie jest pole koniczyny?...

Jaki TU spokój. Jakie piękne kolory: żółcie, błękity, pomarańcze? Wszystko zatopione, jak w jakimś śnie?... Nie chcę wychodzić z tego snu. Jest mi tu tak dobrze... Nie chcę się obudzić...

Wibrujący dźwięk, jak rój pszczół otacza mnie ze wszystkich stron. – NIEE... Nie teraz! Nie teraz... – dochodzi do mojej świadomości. – A może to nie pszczoły tylko ludzie? – próbuję się unieść.

Wystawiam złączone nogi do przodu, a ramiona rozkładam w bok. Otwieram zaciśnięte dłonie. Samotne, spocone dłonie... Samotne, spocone dłonie... Puste dłonie... PUSTE... Lecę! Lecę...

Gliniane klepisko zamienia się w zielone, równie niekończące się pole koniczyny. Bardzo małej koniczyny... Lecę! Lecę...

– Bruno!... – krzyczę. – Bruno... – głos załamuje mi się. – Odpowiedz! Odpowiedz proszę... – błagam go w myśli.

Bruno zapala kolejnego papierosa i jakby z opóźnieniem odwraca powoli głowę. Jakby fala dźwiękowa dotarła do niego później niż obraz. – Jaki obraz?... Bruno patrzy NIE na mnie, ale PRZEZE MNIE...

– Gdzie jest Marija?... Marija?... Marija?... – imię to obija się w mojej głowie, jak „kaczka" puszczona na wodzie...

– Gdzie ja jestem?! Co się dzieje?! – wołam. – Ty coś rozumiesz? Rozumiesz coś z tego? Co się dzieje?...

Bruno uśmiecha się szeroko, a wypalony do połowy papieros wypada mu z ust razem ze szklaną fifką. Popsute zęby, jak pożółkłe i spróchniałe sztafety starego płotu wykruszają się po kolei, ukazując obnażone dziąsła. Szeroki uśmiech zamienia się w wykrzywiony przesadną radością grymas... Wieje straszliwy wiatr od morza i popycha mnie w bezgraniczne pole koniczyny. Moje wysunięte do przodu pięty dotykają, szorują prawie delikatną trawę. Jestem tuż nad ziemią, tuż nad ziemią! Gdybym chciała zahamować, zginam tylko palce stóp w dół i już jestem! Stoję na palcach! Na skrzyżowanych nogach! Z rozłożonymi ramionami... Ale nie hamuję. Nie mogę zahamować! Nie mogę teraz zahamować... Nie chcę! Samotna, spocona dłoń... Samotna, spocona dłoń... Pusta dłoń... Pusta dłoń! Muszę zdążyć... Przez chwilę mignął mi leżak w naszym ogrodzie... W naszym holenderskim ogrodzie... Gładka i miękka powierzchnia koniczyny przechodzi stopniowo w niekoszoną dawno, wybujałą trawę... Oj Matt... Kiedy wreszcie skosisz tą trawę?... Oj Matt... Na leżaku siedzi moje dziecko i przemawia do zdechłego ptaka... Piękna sierpniowa pogoda... Ani jednej chmurki... Oj Matt... Musisz mi teraz pokazywać tego zdechłego kreta?...

– To ty nie wiesz?... – Bruno jeszcze bardziej wykrzywia twarz. – To ty nic nie wiesz?... – patrzy na mnie, prawie z obrzydzeniem.

– Który to jest rok?! – krzyczę. – Który mamy rok? – poprawiam się.

Nie mogę złapać oddechu. Jakaś niewidzialna siła popycha mnie w stronę morza, w stronę wielkiej słonej wody... Wieje straszliwy wiatr. Bezzębna twarz Bruna patrzy PRZEZE MNIE... Bruno zaczyna się śmiać. Coraz bardziej i bardziej... Histeryczny, konwulsyjny śmiech zamienia się w histeryczny szloch: – Ty NIC nie wiesz?...

– To do mnie było? – pytam przerażona. – A co mam wiedzieć?... Kim są ci ludzie?... Gdzie...

– Ha-ha-ha... Ha-ha-ha-ha... Ha-ha-ha-ha-ha... – coraz bardziej śmieje Bruno, obnażając swoje puste dziąsła.

– Kim jesteś człowieku? Kim jesteś?... Gdzie jest Marija? Gdzie jestem ja? JA?... Gdzie...

– Ha-ha-ha-ha-ha...

– Co to wszystko ma znaczyć? To SEN? Czy RZECZYWISTOŚĆ?... – krzyczę.

– A co za różnica? – Bruno cały czas patrzy na mnie z obrzydzeniem.

Próbuje zapalić papierosa, ale silny wiatr od morza nie pozwala mu na to.
– Nie pal jak do mnie mówisz! – wołam oburzona.
Nie słyszę swojego głosu. Pisk mew, karetek pogotowia, straży pożarnej i ryk panikujących ludzi mieszają się z jakimś dziwnym zapachem taniej wody kolońskiej i piżma...
– Nie pal!... – wołam do niego mimo to.

– Jean!... Jean!... Odezwij się! Czy widzisz to, co ja widzę? – pyta przerażony drobny Żydek w beżowym garniturze.
– Wygląda, jakby wyłączyli silniki... – odpowiada powoli Jean i nie odrywa oczu od samolotu.
Stoją jak zahipnotyzowani i patrzą w niebo. Krążący samolot-dwupłato-wiec z żółtoczerwonymi pasami na kadłubie, pasami kolorów katalońskiej flagi szybuje niepokojąco na wietrze. Wychyla się coraz bardziej na boki. Wachluje skrzydłami to w jedną, to w drugą stronę, raz dłużej, raz krócej, zamazując jakiekolwiek proporcje grawitacji.
– Co on wyprawia!? – krzyczy Jean. – Dlaczego nie włączy silników?!
Zbiega się zewsząd tłum. Ludzie, dużo ludzi, coraz więcej i więcej, jak jakieś zaciskające się okręgi, szturmujące pole koniczyny... – A może to nie ludzie? Tylko rój wściekłych pszczół?...

Odrywam się znów od pola koniczyny i sterując lekko ugiętymi kolanami unoszę tuż nad powierzchnią ziemi. Jest tak ciepło, bezpiecznie ciepło... Słoneczne niebo i ani jednej chmurki...Nie wiem, jak to powiedzieć, jak to nazwać?... To jest takie ciepło, jakiego już nie ma. Jakiego TU już nie ma. Serce wali mi, jak kościelny dzwon. Chcę TU zostać, a jednocześnie boję się, czuję, że nie należę do TEGO świata, życia. Jakaś siła mnie trzyma... To tak, jak powrót do dzieciństwa, do domu rodzinnego, do czegoś co przeminęło, co zostało w naszej pamięci, co rozczula nas nawet na samo wspomnienie... Coś, co już było i nie powróci... I nagle... jesteś w TYM – CZYMŚ. Czujesz zapachy. Patrzysz na kolory, na ludzi, na szczegóły. Czujesz ciepło, którego TU... dawno, a może nigdy nie było? Ciepło zakodowane gdzieś w podświadomości, nadświadomości? Ciepło, którego nie chcesz zostawić, przypominasz sobie...
– Dlaczego nie włączy silników?! Dlaczego do cholery nie włączy silni-ków?!!...

Jaki TU spokój. Jakie piękne kolory: żółcie, błękity, pomarańcze? Wszystko zatopione, jak w jakimś śnie?... Nie chcę wychodzić z tego snu. Jest mi tu tak dobrze... Nie chcę się obudzić...

Ludzie, jak jakieś zaciskające się okręgi napierają ze wszystkich stron. Jak promienie. Promienie w promieniach... Rozgałęziają się... Połączone na nowo...
– Dlaczego nie włączy silników? Przecież on zaraz spadnie?!...

Powierzchnia morza przybliża się i oddala w przyśpieszonym tempie. Pulsuje... Pulsuje... Tylko dlaczego nie ma ani jednej fali?... Zastygła masa wielkiej słonej wody, jak tafla granatowego lodu poprzecinana jest cieniutkimi chodniczkami, które prowadzą do... jakichś starożytnych budowli na środku morza. Co to właściwie jest?... Na środku morza takie starożytne budowle? Zamki? Kolosea, gdzie cieniutkie chodniczki, jak pasy startowe, jak promienie... wskazują ich bramy? Wskazują ich wejścia i wnętrza? Prowadzą do ich wnętrz? Zapraszają do środka tych zaplątanych pamięcią domów? Odwróconych domów?... Co to jest?... Gdzie podziało się to, co jest dla mnie najcenniejsze? Gdzie jest pole koniczyny?...
– Który to jest rok? – pytam. – Który MAMY rok?... – poprawiam się.
Mieszają mi się obrazy. Mieszają mi się daty. Widzę, jak migają mi przed oczami numery: 1916, 1926, 1938, 1939, 2005, 2006, 2007, 2008, 2012, 1909, 1898... Biegnę po glinianym klepisku niekończącej się brunatnej powierzchni jakiegoś pola... Odgłosy kłębiących się nade mną mew mieszają się z innymi odgłosami... Ludzie! Dużo ludzi... Coraz więcej i więcej ludzi... Pojedyncze okrzyki i nawoływania zamieniają się w jakąś przedziwną i przerażającą dźwiękową masę, kulę o wystających i siekających swoją intensywnością promieniach, zakłębionych i uwięzionych w wyjących karetkach pogotowia ratunkowego i straży pożarnej, zaplątanych bezpowrotnie w zgiełku przerażenia... Widzę stojącego mężczyznę w jasnej marynarce. Chcę do niego podbiec, ale nogi odmawiają mi posłuszeństwa. Mężczyzna spokojnie pali papierosa i patrzy w niebo... Tłum ludzi napiera ze wszystkich stron, jak zaciskające się okręgi, pętle... Kula dźwiękowa razi swoimi ostrzami dochodzącej zewsząd paniki...
– Co się dzieje?!...
– Sama jesteś sobie winna! Po co ci to było?! Nie wystarczył ci już tamten wypadek? Nie WYSTARCZYŁ?!

– Marija!... Marija!... Co się dzieje?... Córeczko moja! Córeczko...
– Ale ja...
– SAMA jesteś SOBIE winna! Nie dokonałaś WŁAŚCIWEGO wyboru!
– Właściwego wyboru? Co ty mówisz? Bruno?...
– To po co TAM się pchałaś?!
– Ale ja...
– I to jeszcze z NIĄ?!
– Ale ja...
– Każdy powinien SAM dokonywać właściwego wyboru! Sam, rozumiesz?...
– Ale ja...
– TY, TY...
– Marija!... Oddychaj!... Marija!... Cór...
– A Bóg? Gdzie jest...
– Zostaw Boga w spokoju! Chcesz na Boga zrzucić odpowiedzialność? Na BOGA?... To był twój wy...
– Ale ja...
– JA, JA... Zawsze tylko JA... I to nas gubi! Nas, ludzi! To wieczne JA!
– Bruno...
– Marija!... Marija!...

– Dlaczego nie włączy silników?! Bruno! Czy widzisz to co ja? Bruno... – krzyczę, ale żaden dźwięk nie wydobywa mi się z gardła.
Nie jestem w stanie wydobyć z siebie żadnego dźwięku, chociaż... widzę siebie! Widzę, jak krzyczę, macham do Bruna, do Jeana, do przechylającego się na boki samolotu... WIDZĘ SIEBIE!
– On spada! – przeraźliwy głos Bruna – On spada! Patrzcie... O Boże... Dlaczego nie włączy silników? Jean!... Czy widzisz to co ja?... Jean spójrz!...
– Jean!... Jean!... Czy widzisz to co ja?... Jean spójrz!... Spójrz na mnie! – teraz ja wrzeszczę:
– On Spada! On spada... Patrz... Jean!... O Boże... Spadam!... Spadamy!!... Jean!... PAPAA...

– Marija!... Marija!... Córeczko moja! Córeczko moja... – Jean rzucił się przerażony na ziemię. Próbował poruszyć córkę, ale ta leżała nieruchomo. Jej źrenice były wielkie, a oczy nie poruszały się.

– Córeczko moja... Córeczko moja... – szlochał Jean i próbował położyć się przy niej.

– Proszę się odsunąć! – lekarz pogotowia krzyknął na niego, a dwóch innych funkcjonariuszy podstawiało nosze.

O jakieś może dziesięć metrów dalej leżało ciało Laury. Ryk ambulansów i straży pożarnej mieszał się z rykiem tłumu przerażonych ludzi...

– Teraz to i tak nie ma znaczenia... NIE MA... – szlochał Jean: – Cokolwiek bym powiedział albo nie powiedział, zrobił albo nie zrobił... To i tak nie ma znaczenia. To nie ma już żadnego znaczenia! ZA PÓŹNO... Nigdy mi nie uwierzysz, tak jak nie uwierzyła mi Laura... LAU-RA!... A wiesz dlaczego mi nie uwierzyła? Dlatego, że powiedziałem jej właśnie prawdę! Bolesną prawdę, która wymyka się poza wszelkie standardy wyobraźni ludzkiej i wiary? A teraz ty?... Dlaczego muszę dokonywać takiego wyboru? Przepraszam cię... Marija... Moja Marija... Odpłyń sobie na chwilę, ale wróć do mnie! Musisz do mnie wrócić, bo... tylko Ciebie mam, choć o to nie prosiłem! I tylko Ciebie kocham, choć też o to nie prosiłem! NIE PROSIŁEM! Stało się! KOCHAM CIĘ! Nic na to nie poradzę! I nie pytaj mnie więcej o NIĄ, bo nie wiem nawet jak miała naprawdę na imię? Tak jak nie wiem, jak miałaś naprawdę na imię Ty?... Ma... Marynia... Tak mi powiedziała, kiedy po raz pierwszy i po raz ostatni...

– Ale my spadamy! Jean!... My spadamy! Ja nie odpływam! Jean!... Ja spa...

– To dlaczego nie włączy silników?... Marija!... Nie odpływaj!... Nie możesz mi teraz tego zrobić! Nie odpływaj! Nie zostawiaj mnie! Już idź do tego Tadeusza, ale nie zostawiaj mnie! PROSZĘ... Przepraszam! Przepraszam... Tylko Ty się liczysz! Tylko TY mi zostałaś, choć o to nie prosiłem! Tylko Ciebie KOCHAM, choć o to też nie prosiłem...Tak się stało! Uwierz mi? Tak się stało! Tak się stało!... Tak musiało się stać i taka jest prawda! Czy chcesz, czy nie!? Taka jest PRAWDA! Nie wiedziałem nawet jak ONA miała naprawdę na imię?!... NIE ZNAŁEM JEJ!... Zostawiła mi tylko Ciebie i... tę wetkniętą w krzaki KOPERTĘ... Ma... Marynia... Marynia... Marija!... Marija!...

– NIEE!... Nie teraz!... Jeszcze nie teraz... – niski sinusowy dźwięk rozrywa moje wnętrzności. Postrzępiona żółta linia, jak kwadratowa fala szaleje na ciemnej przestrzeni...

– Który TO jest rok? – słyszę swój głos PO RAZ kolejny. Skąd znam tę scenę?...

– Który MAMY rok? – łzy, jak soczewki filtrują obrazy otaczającej mnie RZECZYWISTOŚCI: Wielka, czarna woda wzburzonego morza, żółcie, pomarańcze, błękity, dużo zieleni, turkusy, dużo turkusów... Kolory wyostrzają się. Przechodzą z jaskrawych błękitów w żółcie i na odwrót. Pulsują... Pulsują...

Samolot... i pole koniczyny...
– Który mamy rok? – powtarzam. – Który MAMY ROK?! – prawie krzyczę, ale nikt mi już nie odpowiada.
Nikt i nic... Nikt i nic... Nikt i nic... Tik-tak... Tik-tak... Tik i tak... Tik i tak...
– Tuk-ta-ta, tuk-tuk-tuk-ta-ta, tuk-ta-ta... – zacina się niewidzialny pociąg w mojej wyobraźni.
– Tuk-ta-ta, tuk-Tuk-Tuk-Ta-Ta, TUK-TA-TA... – przybiera na sile, coraz bardziej i bardziej...
Dźwięk jest bardzo głośny i tak przejmujący. Niby blisko, a daleko. Jak z głębi oceanu, jak zaśpiew wielorybów z jakiejś morskiej otchłani... Tak, jak na zwolnionych do granicy percepcji klatkach filmowych dźwięk jest niski, sinusowy. Opada coraz niżej wolnym glissandem. Fala sinusowa przechodzi w kwadratową, a żółta linia wchodzi w coraz to większe drgania. Dźwięk staje się nieprzyjemny, chropowaty, przerywany i straszny. Żółta linia nie jest już linią, tylko bezkształtną pulsującą masą, siekającą, jak jakieś ostrza noży szarą przestrzeń swoim złotym zdziczałym blaskiem. Wygląda to, jak jakiś wykres bijącego serca? Serce pędzące w takim tempie, jakby za chwilę miało wypaść z klatki piersiowej? Elektrokardiogram, gdzie ostre szpiczaste fale życia wymykają się aż poza ekran? O dziwo, przecież TO właśnie jest ŻYCIE?
Przecież TO jest właśnie jego wykresem?! Życia? A nie Śmierci? Dlaczego tak się tego boję? Dlaczego przerażająca siła skaczącej żółci i coraz głośniejsze konwulsyjne tony, wydobywające się z tej odwróconej przestrzeni doprowadzają mnie do szaleństwa? Skąd ten mój strach? Narastający do zenitu strach? Dlaczego leżę skostniała na polu koniczyny, z otwartymi oczami, czując, że jak je zamknę, to horror ten ponownie mnie zaatakuje? Dlaczego TO WSZYSTKO nie może się po prostu uspokoić i wrócić do pierwotnego kształtu? Dlaczego żółta linia na szarym tle znów nie może być tylko linią? A chropowaty postrzępiony dźwięk nie zniknie z mojej świadomości sinusowym małym h? Dlaczego nie uspokoi się nigdy mój lęk, żebym mogła normalnie zasypiać? Funkcjonować? Żyć? Dlaczego tak

się potwornie boję i dopiero wykres ŚMIERCI może mnie jakoś uspokoić? Skąd się TO bierze? Skąd się TO wzięło? Co to w ogóle ma znaczyć? Czy żółte pulsujące punkciki to ludzie? Czy insekty? A może i jedno i drugie? Właściwie CO jest pierwsze, a CO ostatnie? Jak ustawić kolejność? Z której strony, jeżeli w ogóle jest jakaś strona, kolejność, siła? Bo Co może być słabsze i Co silniejsze?

Emocje mieszają mi się ze sobą jak dobry alkoholowy drink i zaczynają powoli przekształcać rzeczywistość... A może to rzeczywistość zaczyna przekształcać emocje?...

Wszystko teraz zaczęło gwałtownie przyspieszać i było mi już wszystko jedno, gdzie się znajduję i kiedy... Który jest rok... Czy jestem Julią, Marią, Maryjką, Ma... Marynią czy Laurą? Kim była kobieta na zdjęciu w sepii?... I jakie były moje poprzednie wcielenia?... Czy moja babka była moją babką?... A matka moją moją matką?... Przeczytałam jej pamiętniki uważnie. Zaczynają się trzydziestego pierwszego sierpnia, tysiąc dziewięćset trzydziestego dziewiątego roku i opisują ostatni dzień wakacji i zaskakującą wojnę. Opis wojny, dzień po dniu. Nic tam jednak nie znalazłam nadzwyczajnego? Ani nic o Mariji, Maryjce, Maryni, ani o Laurze. Ani o tym zdjęciu... Mogłam się przecież tego spodziewać?...
Tylko wojna, długa straszliwa wojna, widziana oczami nastolatki. Może to kiedyś opiszę...

– On spada! On spada! Patrzcie!... – śmiertelnie szybujący samolot stracił swoją równowagę.

Zamknęłam oczy. Zacisnęłam mocno powieki, a postrzępiony chropowaty dźwięk zaczął stopniowo zanikać.
Znikały także obrazy otaczającej mnie rzeczywistości: kolory, ostre kolory, które stawały się coraz bledsze i jaśniejsze... Znikały żółte punkciki, znikała też wielka czarna woda, a na niej te poodwracane starożytne budowle...
Poodwracane domy Raju...
Jeszcze bardziej zacisnęłam oczy, tak, że aż prawie pociekły mi łzy. Nie, nie chciałam oglądać tego samego po raz kolejny...

43

„[...] 1. 09. 2008. Chicago.

Jak dziwne są losy ludzkie i ten dzień... Jest poniedziałek, pełnia lata. Słońce wysoko jeszcze na niebie praży w Down-Town Chicago. Nie ma wojny... Siedzę na wilgotnej intensywnie zielonej trawie w Millenium Parc i przyglądam się drapaczom chmur, na nieskazitelnie błękitnym niebie. Jest bosko! Drugi raz w życiu, po Barcelonie czuję się jak w raju. To raj na ziemi! Ludzie wylegujący się na trawie, tak jak ja, popijający wodę, soki, piwo. Dzieci bawiące się na kocach. Kosze jedzenia, kieliszki, talerze, odgłosy amerykańskiej mowy. Szum jeziora Mitchigan i ten zapach... Zapach wielkiej słodkiej wody... Zapragnęłam nagle wakacji. Słodka woda, to jednak nie morze... Jest taka swojska, przypominająca mi dzieciństwo i wczasy w Augustowie...

Przyjechałam tu dzisiaj zmęczona, ale szczęśliwa i wolna. Za dwa dni premiera mojego czwartego kwartetu smyczkowego, w wykonaniu słynnych Kronosów!
Jak małe dziecko pytam o wszystko. Na peronie pociągu do Downtown Chicago pomogła mi jakaś Koreanka. Chyba dobrze mnie oceniła, bo zaproponowała, żebym zwiedziła najsłynniejsze drapacze chmur z dwiema wieżami: „– Restauracja jest co prawda bardzo droga, ale polecam ci ladys--room". – powiedziała na pożegnanie.

Dziwnie się czuję. Jak jakiś żebrak bezdomny, ale wolny, który nie wie dokąd zmierza i chwila obecna stanowi największą przyjemność jego bytu. Nie wiem co zrobię za chwilę? Czy będę tu jeszcze leżeć na trawie, czy pójdę dalej odkrywać nowe dla mnie miejsca na ziemi? Czy wypiję jeszcze łyk wody mineralnej? Czy dokupię gdzieś ładowarkę do telefonu? A zresztą... Co mnie teraz ma obchodzić ładowarka? Zatroszczę się o to jutro. Teraz przeżywam bardzo intensywnie moje bycie tu, w tym parku, na zielonej trawie, otoczona zapachem jeziora, odgłosami życia Ameryki, smakiem wody...
Jestem przyćmiona zmęczeniem, bo w Europie już noc, a tu dopiero słońce schowało się za wieżowce, ale czuję, że wszystkie moje zmysły pracują jednocześnie na bardzo wysokich obrotach... [...]"

– Julia... – padło z tyłu.

Odwróciłam się i zobaczyłam stojącą nade mną Laurę. Miała tę samą szarą sukienkę w żółtą łączkę, ten sam słomkowy kapelusz, naciągnięty głęboko na czoło, ten sam gruby ciemny warkocz, z którego wymykał się niesforny kosmyk włosów, te same błękitne oczy, które bez mrugania patrzyły prosto na mnie.

W pierwszej chwili chciałam uciekać, ale ciekawość była tak wielka, że wygrała ze strachem. Postanowiłam nie ruszać się, tylko w ostatniej chwili pokazałam jej gestem dłoni, żeby usiadła.

– Jak żyjesz? – zapytała Laura, sadowiąc się obok mnie na trawie.

– Dobrze... – z trudem przełknęłam ślinę.

– Jesteś spełniona. – stwierdziła, bez żadnej emocji.

– Chyba tak... Tak... – poprawiłam. – Jutro mam premierę utworu granego przez najsłynniejszy kwartet...

– Wiem. – uśmiechnęła się.

Wyglądała jak... kopenhaska syrenka, siedząca nad brzegiem wielkiej słodkiej wody...

– A ty?... – z trudem zapytałam i odchrząknęłam.

Miałam tak mało śliny w ustach, że aż zlepiły mi się wargi. Bałam się sięgnąć po butelkę z wodą i nie spuszczałam z niej oczu. Wydawało mi się, że skoro już przełamałam strach, to nie mogę spuścić jej z oczu. Nie mogę... Nie teraz...

– Spełniasz się. – świdrowała mnie swoim wzrokiem, ciągle bez mrugania. Próbowałam zrobić to samo, ale oczy zaczęły mi łzawić.

– A jest z tobą Jean?... – zapytałam nagle, zdumiona tym, że się w ogóle się na to pytanie zdecydowałam.

Było to jednak szybsze i silniejsze ode mnie. Szybsze niż nawet zdążyłam pomyśleć? A może dlatego, że nagle zaczęły mi tak szczypać i łzawić oczy, że chciałam jak najszybciej odwrócić od tego uwagę?

– Od sześćdziesiątego piątego. – odpowiedziała Laura.

– Widziałaś go? Jesteś... – znów odchrząknęłam, bo głos odmówił mi posłuszeństwa.

– Nie jestem.

– Nie jesteś z nim?... – spróbowałam odzyskać głos.

– Czasami go widuję. – odpowiedziała spokojnie.

– Wi-du-jesz?... – zapytałam ochrypłym głosem.

– Tak, widuję. – Laura lekko się uśmiechnęła, widząc moje zakłopotanie.

Wyglądało na to, że bawi ją to moje zakłopotanie, bo nie odpowiadała mi pełnymi zdaniami tylko półsłówkami i tylko jakby czekała na moją inicjatywę. Trochę to mnie zdenerwowało, więc przełknęłam wreszcie ślinę, odchrząknęłam porządnie i zapytałam już śmielej:

– Jesteś, czy nie jesteś z moim... ojce... Z Jeanem?

– Nie jestem.

– Ale go widujesz?

– Owszem.

– Od kiedy?

– Od sześćdziesiątego piątego.

– A... co on...

– Jest.

– Ży...

– Tak, żyje. – Laura znów się uśmiechnęła.

– Dlaczego nie jesteś z nim? – zapytałam, już bez żadnego strachu.

– Ciebie kocha.

– Ale ja jestem... Byłam jego...

– A skąd ta pewność? – popatrzyła na mnie i przekrzywiła głowę tak, jak jakiś pies, który dobrze chce zrozumieć polecenie swego pana.

Przez chwilę patrzyłyśmy na siebie uważnie. Teraz nawet i ja przestałam mrugać i chyba nawet oddychać.

– Wiedziałaś o tym? – pytałam dalej.

– Nie.

– Kazirodcza miłość! – rzuciłam nagle, przestraszona tym, co wydobyło mi się z ust.

– I tak i nie. Ale jeśli ci z tym wygodnie, to niech to będzie kazirodcza miłość. – odpowiedziała wreszcie całym zdaniem.

– A ta... ta... – głos znów ugrzązł mi w gardle.

– Marynia?

– Tak, Ma... Marynia...

Laura tym razem nie odpowiedziała, tylko świdrowała mnie tymi swoimi błękitnymi oczami. Chciałam odwrócić głowę, ale jakaś siła znów mnie powstrzymała.

– Widziałaś ją? Tą... tą... tą... Ma... Ma... Marynię? – zaczęłam się jąkać.

– Nie. – Laura przecząco pokręciła głową.

– NIE?... W ogóle?...

Laura znów przecząco pokręciła głową.

Nagle wydała mi się jakby mniejsza. Kopenhaska syrenka zaczęła się nagle zmniejszać...

– Ojej... – pomyślałam. – Nie mogę do tego dopuścić... – Laura! – krzyknęłam. – To Jean był w końcu moim ojcem? Czy nie był? A moja matka? Kto był moją matką?

– To ty nie wiesz? – uśmiechnęła się.

– Matką Mariji? – poprawiłam.

– Zdjęcie... – odpowiedziała zmniejszająca się Laura.

– Ojej... Laura! Nie zmniejszaj się! Nie znikaj! Nie umieraj!

– Nie umieram...

– Nie teraz! Proszę?

– Spełniaj się dalej...

– Proszę? Poczekaj?

– Tak trzymaj... – Laura spuściła głowę i teraz naprawdę wyglądała jak kopenhaska syrenka, bo nie dość, że zmniejszyła swoje kształty, to jeszcze jej ubranie i całe jej ciało zaczęło przybierać ciemnego koloru.

Kolor szarego granitu czy marmuru ciemniał i ciemniał i upodabniał się coraz bardziej do wielkiej ciemnej wody. Do czarnej tafli czarnego jak smoła morza...

– Laura... – zawołałam stłumionym głosem i patrzyłam, jak się zmniejsza i zmniejsza, aż w końcu zrobiła się taka malutka, jak jakaś plastikowa laleczka, którą można w całości zmieścić w dłoni...

– Laura... – spróbowałam jeszcze raz zawołać, ale nie było już przy mnie nikogo.

Czułam tylko przez chwilę zapach jej perfum, ale nawet i to zniknęło tak szybko i nagle, jak się pojawiło. Rozejrzałam się bezradnie wokół siebie. Jakaś Murzynka, siedząca nieopodal na kocu popukała się kilka razy w głowę i wskazała na moją otwartą butelkę z wodą mineralną, która przewróciła się i beztrosko zalewała mi spódnicę.

– Laura... Chciałabym... żeby moja rodzina była zdrowa i szczęśliwa. – wyszeptałam. – A w tym moim spełnieniu, chciałabym... zarobić trochę więcej kasy... – dodałam trochę zawstydzona.

„[...] Widzę raj. Słyszę raj. Czuję łagodne głaskanie trawy po ciele i wilgotny kojący podmuch wiatru od jeziora. Prawie smakuję tę trawę i ten wilgotny wiatr... Wącham... Nie jestem w stanie nawet rozróżnić, co jest pierwsze?...

Taką mam przy tym ochotę na hamburgera! Wielkiego krwistego, amery-
kańskiego hamburgera!
Napiję się trochę wody i... pójdę już dalej. [...]"

Koniec

Części pierwszej

Czytaj dalej...

Część druga

Hanna Kulenty-Majoor

Kompozytor (a nie kompozytorka) polsko-holenderski. Od 1985 roku pracuje jako wolny twórca, realizując liczne zamówienia i korzystając ze stypendiów twórczych. Autorka ponad stu kompozycji – od utworów solowych, poprzez kameralistykę, symfonikę, opery, a kończąc na muzyce teatralnej i filmowej.

Charakterystyczny styl muzyczny, z jej techniką „polifonii łuków" (opracowaną w pracy magisterskiej), następnie techniką „transu w muzyce europejskiej" i w końcu techniką „polifonii czasoprzestrzeni" (opracowaną w pracy doktorskiej), jest rozpoznawalny niemalże od pierwszej nuty, a trzymający w napięciu do ostatniej. Jej filozofia czasu i czasoprzestrzeni ma odzwierciedlenie w muzyce, gdyż muzyka to dla niej najdoskonalszy język wyrazu: „Wypadkową mojej filozofii jest język muzyczny, a nie odwrotnie" (H.K.).

Jej utwory są wykonywane na wszystkich kontynentach. Hanna Kulenty wykłada w różnych instytucjach muzycznych, konserwatoriach i na kursach (m.in. Stany Zjednoczone, Kanada, Wielka Brytania, Dania, Holandia, Niemcy, Hiszpania, Litwa, Polska). Uczestniczyła również w pracach jury rozmaitych konkursów muzycznych, także dla wykonawców.

Studiowała kompozycję pod kierunkiem W. Kotońskiego w Akademii Muzycznej w Warszawie i Louisa Andriessena w Królewskim Konserwatorium w Hadze. Uczestniczyła w kursach kompozytorskich organizowanych przez ptmw oraz w Międzynarodowych Letnich Kursach Nowej Muzyki w Darmstadcie. W 1990 roku była przez rok guest composer Deutscher Akademischer Austauschdienst (DAAD) w Berlinie. Jest laureatką szeregu nagród, z których najbardziej ceni pierwszą lokatę na 50. Międzynarodowej Trybunie Kompozytorów UNESCO oraz Medal Mozartowski Międzynarodowej Rady Muzycznej przy UNESCO za I Koncert na trąbkę i orkiestrę (2003).

Zwolenniczka wolności twórczej jednostki. Niepoddająca się trendom i modom muzycznym, które nie wynikają z jej filozofii. Respektująca tradycje muzyczne. Swoją muzykę nazywa „turbulencjami harmonicznymi" lub „muzyką surrealistyczną".

www.ingramcontent.com/pod-product-compliance
Lightning Source LLC
Chambersburg PA
CBHW071836020726
47502CB00004B/1388